Mara Laue

12 Stunden Frist

Thriller

Verlag Waldkirch

Dieses Buch ist gewidmet

Kerstin Göbel,
die den Anstoß gab,

und

J.S.,
der die Idee zu diesem Roman lieferte.

Über dieses Buch

Dieser Roman entstand aufgrund einer Herausforderung des Online-Magazins „Zauberspiegel“, bei der Mara Laue unter Beweis stellen musste, dass es möglich ist, denselben Plot als Roman wie auch als Kurzroman und Story auszuarbeiten, ohne dass die beiden Letzteren nur Verkürzungen des Romantextes sind.

Entstanden ist ein Dreiergespann: Im Roman „12 Stunden Frist“ erleben die Leser die Handlung aus der Perspektive der Ermittler, im Kurzroman „Operation Clavis“ aus der Sicht der Verbrecher und in der Story „Ein Spiel für ein Leben“ aus der Perspektive von Ricky Schäfer als Ich-Erzählerin.

Lesen Sie alle drei Versionen in diesem Band.

Um die Spannung zu erhalten, wird empfohlen, die drei Teile in der vorliegenden Reihenfolge zu lesen.

Vorbemerkung der Autorin

Alle Handlungen und Personen dieses Romans sind frei erfunden. Ähnlichkeiten mit realen Personen oder Ereignissen wären zufällig. Alle genannten Orte sind dagegen authentisch. Lediglich einige Adressen (Hausnummern) sind aus Rechtsgründen ebenfalls frei erfunden.

Obwohl ich die Polizeiarbeit so realitätsnah wie möglich dargestellt habe, musste ich mir ein paar dichterische Freiheiten für die Schilderung der Arbeit der Besonderen Aufbauorganisation (BAO) des LKA Berlin erlauben, die für die Bearbeitung von Kindesentführungen zuständig ist. Ihre reale Vorgehensweise unterliegt aus verständlichen Gründen der Geheimhaltung.

12 Stunden Frist

Sonnabend, 6. Juli – 11.07 Uhr

„Oh Monfree, quelqu'un a enlevé Marie-Claire!“

Dem folgte ein Schwall weiterer französischer Worte, die Manfred Thaler nicht verstand. Er sprach ohnehin kaum Französisch. Wann immer seine Frau vor Aufregung in ihre Muttersprache verfiel, redete sie so schnell, dass er gar nichts mehr begriff.

„Monique, bitte beruhige dich. Was ist los? Was ist mit Marie-Claire?“

„Sie 'aben entführt *mon petit bébé*!“ Monique heulte los.

Manfred war für einige Augenblicke erstarrt und umklammerte den Telefonhörer, unfähig, einen klaren Gedanken zu fassen. Schlagartig überfiel ihn das Gefühl, einen Albtraum zu erleben, der mit der Angst begann, sein Kind nie wiederzusehen. Oh Gott, bitte, nur das nicht! Tausend Gedanken und Bilder schossen ihm durch den Kopf, eins schlimmer als das andere. Das schlimmste zeigte seine kleine Tochter tot in einer trostlosen Umgebung, weggeworfen wie eine zerbrochene Puppe. Er fühlte Panik in sich aufsteigen und kämpfte sie mit eisernem Willen nieder. Er musste einen klaren Kopf behalten. Unter allen Umständen, auch wenn ihm vor Angst und damit einhergehender Verzweiflung zum Schreien war. Und zum Heulen.

„Was genau ist denn passiert?“ Hysterisches Schluchzen. „Monique? Rede mit mir!“

„Isch 'abe gelassen *ma petite* auf die Terrasse nur *un moment*, um zu gehen ins Bad. Als isch komme zurück, sie ist weg. Dafür liegt *une lettre* in ihre Laufstall.“

„Was für ein Brief?“

„Worin sie stellen ihre absurden *revendications*. Oh Monfree, du musst kommen sofort nach 'ause!“

Er war schon aufgestanden und dabei, seinen Computer auszuschalten. „Hast du die Polizei gerufen?“

„*Mais non*! Das 'aben sie verboten! Wir rufen *la police*, und sie töten *notre enfant*! Monfree, komm schnell!“

„Ich bin unterwegs.“

Er unterbrach die Verbindung und stellte fest, dass er am ganzen Körper zitterte. Er erwog, die Polizei sofort anzurufen. Im Gegensatz zu Monique machte er sich keine Illusionen darüber, dass sie ihr Kind nur lebend wiedersehen würden, wenn sie der Polizei die Sache überließen. Zunächst musste er sich aber selbst ein Bild von der Sache machen. Monique neigte manchmal zu Übertreibungen. Und aus ihrer Schilderung wurde er sowie nicht ganz schlau. Was nicht nur an ihrem halb französischen Gestammel lag. Außerdem hoffte er, dass sich das Ganze als Irrtum oder böser Streich herausstellte.

Andererseits hatte er befürchtet, dass eines Tages so etwas passieren könnte. Niemand war so schnell so erfolgreich wie er, ohne sich ein paar Feinde zu machen und Neider auf den Plan zu rufen. Aber er hatte geglaubt, dass es ausreichte, seine Firma zu sichern, sie mit dem neuesten und besten Equipment überwachen zu lassen und an seinem Grundstück Alarmanlagen und Überwachungskameras anzubringen. Im Leben hätte er nicht damit gerechnet, dass jemand am hellichten Tag in einem dicht besiedelten Wohngebiet ein Kind von der Terrasse entführen könnte.

Und wenn er nicht jeden Sonnabend, manchmal bis in die Nacht, in seiner Firma arbeiten würde, sondern stattdessen zu Hause gewesen wäre, dann hätte Monique Marie-Claire nicht allein lassen müssen und seine Tochter wäre nicht entführt worden. Oder der oder die Entführer hätten sich das Kind mit Gewalt geholt, wobei irgendjemand möglicherweise schwer verletzt oder sogar tot auf der Strecke geblieben wäre.

Manfred schloss hastig sein Büro ab, aktivierte den Sicherheitscode der Tür und rannte zum Ausgang. Das ganze Gebäude war ausgestorben, weshalb seine Schritte geisterhaft hallten. Weil er der Einzige war, der sonnabends in der Firma arbeitete – nur dann hatte er die größtmögliche Ruhe –, musste er jede Zwischentür auf- und wieder zuschließen. Es schien ewig zu dauern, bis er endlich den Ausgang erreicht hatte und den Schließcode erst für die innere, dann für die äußere Tür eingegeben hatte, wobei er sich auch noch vertippte.

Er sprang in seinen Wagen, der vor dem Haupteingang stand, und parkte mit quietschenden Reifen so heftig aus, dass er beinahe mit einem der Blumenkübel kollidierte, die den Rand des Parkplatzes säumten. Er raste zum Tor und verfluchte den Umstand, dass er hier anhalten und aussteigen musste, um den Sicherheitscode einzutippen, der das Tor öffnete, und nach der Durchfahrt wieder anhalten und aussteigen musste, um es zu verriegeln. Er fuhr nach Hause, so schnell er konnte und es der Verkehr erlaubte, und hatte das Gefühl, dass die sechzehneinhalb Kilometer, die er vom Firmengelände auf der Grünauer Straße in Adlershof bis zu seinem Haus in der Koenigsallee in Grunewald brauchte, kein Ende nähmen. Er scherte sich den Teufel darum, dass er auf dem Weg mehrmals geblitzt wurde. Zum Glück waren Schulferien und die A 100 vergleichsweise leer, sodass er wenigstens hier schneller vorankam als gewöhnlich.

Während der Fahrt betete er unablässig, dass sich alles als harmlos herausstellen würde und nicht als Entführung. Marie-Claire war der Mittelpunkt seines Lebens, seit er sie unmittelbar nach ihrer Geburt vor zwei Jahren zum ersten Mal im Arm gehalten hatte. Allein der Gedanke, dass sie sich in fremden Händen befinden könnte, die unsanft mit ihr umgingen, und an die Angst, die sie ausstehen musste, drehte ihm den Magen um.

Als er endlich mit einer Vollbremsung vor seinem Haus ankam, erwartete Monique ihn bereits in Tränen aufgelöst an der Gartentür. Sie warf sich ihm in die Arme und weinte herzzerreißend. Er zog sie ins Haus. Die Nachbarn mussten nicht unbedingt mitbekommen, dass bei Thalers etwas nicht in Ordnung war. Zum Glück waren sowohl die Schmidts zur Rechten wie auch die Krampowskis zur Linken seit Tagen im Urlaub. Und Professor Faber von gegenüber spielte hingebungsvoll und bis auf die Straße hörbar ein Nocturne von Chopin auf seinem Flügel und bekam sowieso nichts mit, was draußen vor sich ging.

„Beruhige dich, Monique. Bitte. Wo ist der Brief?“

Sie brachte kein Wort heraus, sondern deutete zum Wohnzimmer. Manfred ging hin und zog sie mit sich, da sie sich an ihn klammerte, ihr Gesicht gegen seine Schulter presste und nicht bereit war, ihn loszulassen. Er musste sie energisch in einen Sessel drücken, ehe sie von ihm abließ. Auf dem Tisch lag ein aufgefalteter Zettel. Er nahm ihn und las die computergeschriebene Nachricht:

Manfred Thaler,
wir haben Ihre Tochter. Wenn Sie sie unversehrt wiedersehen wollen, spielen Sie TRENIGMARIS in Ihrem Haus. Wir überwachen das Spiel mit der Webcam.

UNSERE BEDINGUNGEN:

1. *Verlassen Sie während des Spiels nicht das Haus. Verlassen Sie es oder geben Sie Ihren Laptop in fremde Hände, stirbt Ihre Tochter.*
2. *Gewinnen Sie alle Levels der Reihe nach von Level 1 bis Level 7 in zwölf Stunden.*
3. *Verlieren Sie oder benötigen Sie länger als zwölf Stunden, stirbt Ihre Tochter.*
4. *Haben Sie das Spiel nicht bis 14 Uhr begonnen, stirbt Ihre Tochter. Sobald Sie begonnen haben, bekommen Sie für jeden Level 1 Stunde und 42 Minuten Zeit. Überschreiten Sie bei nur einem Level diese Zeit, haben Sie das Spiel verloren und Ihre Tochter stirbt. Je eher Sie beginnen und je schneller Sie die einzelnen Levels schaffen, desto mehr Zeit haben Sie für die folgenden Levels.*
5. *Sie erhalten während des Spiels verschiedene Hinweise. Alle Hinweise zusammen führen zum Aufenthaltsort Ihrer Tochter. Level 7 zu gewinnen ist also die einzige Möglichkeit für Sie, sie lebend wiederzusehen.*
6. *Halten Sie sich akribisch an unsere Anweisungen, sonst stirbt Ihre Tochter.*
7. *KEINE POLIZEI! Sonst stirbt Ihre Tochter.*

Der Countdown läuft.

Jetzt wusste er, was Monique mit „absurden Bedingungen“ gemeint hatte. Die erste Absurdität war, dass die Erpresser kein Lösegeld verlangten. Stattdessen sollte er ein verdammtes Computerspiel spielen. Das war doch Irrsinn. Besonders im Hinblick darauf, dass seine Firma TRENIGMARIS zwar vermarktete, er selbst es aber gar nicht spielen konnte. Er war Geschäftsmann, kein Nerd, der seine Zeit mit PC-Spielen verbrachte.

Und die wiederholte Drohung, dass Marie-Claire sterben sollte, wenn er nicht tat, was diese Wahnsinnigen verlangten, machte ihn wütend und versetzte ihn in Panik. Bis zu Maries Geburt hatte er sich nicht vorstellen können, dass man ein Kind so sehr lieben könnte – dass er jemals ein Kind so sehr lieben könnte. Doch er liebte seine Tochter nicht nur – sogar mehr als Monique, wenn er ehrlich war –, er hätte buchstäblich sein Leben für sie gegeben.

Dass er nicht da gewesen war, als sie entführt wurde, dass er nicht in der Lage war, sie zu beschützen und keine Möglichkeit hatte, sie zu befreien, ließ ihn sich schwach und hilflos fühlen. Ein widerliches Gefühl, das in ihm den brennenden Wunsch weckte, die Entführer zu töten; sie langsam und qualvoll zu Tode zu foltern, damit sie am eigenen Leib seine Hilflosigkeit erfuhren und jeden Schmerz, den sie Marie-Claire vielleicht zugefügt hatten. Er durfte gar nicht daran denken, was die Kerle mit ihr taten. Oder schon getan hatten.

Er sah auf die Uhr. Elf Uhr zweiundvierzig. Ihm blieben noch zwei Stunden und achtzehn Minuten, um mit dem Spiel zu beginnen – einem Spiel, bei dem er wahrscheinlich schon den ersten Zug auf Level 1 verlor. Oh Gott! Wer tat ihm so etwas an?

„*Monfree, je t'en prie, commence*! Bitte, fang an.“

Er zuckte beim Klang von Moniques Stimme zusammen. Zum ersten Mal empfand er es als unangenehm, dass sie seinen Namen auf französische Weise aussprach. Bisher hatte er das charmant gefunden; jetzt gab es ihm das Gefühl, dass sie einen Fremden meinte, nicht ihn.

Verdammt, was sollte er tun? Er konnte TRENIGMARIS nicht spielen und erst recht nicht gewinnen. Es gab nur eine einzige Möglichkeit, Marie-Claire zu retten: Sie mussten die Polizei einschalten, auch wenn die Entführer das verboten hatten. Aber wenn die das mitbekamen … Oh Gott! Er stöhnte und verbarg das Gesicht in den Händen.

Monique zerrte an seinem Arm in Richtung Arbeitszimmer, wo er seinen Laptop stehen hatte. „*Monfree, commence*!"

Wahnsinn! Das Ganze war der schiere Wahnsinn. Ihm wurde übel. Wenn er versuchte, TRENIGMARIS zu spielen, würde er verlieren und Marie sterben. Wenn er die Polizei einschaltete und die Entführer das bemerkten, würden sie Marie ebenfalls umbringen. So oder so, er, vielmehr Marie verlor in jedem Fall.

Er rannte zum Fenster und schaute auf die Straße. Weit und breit war nichts Auffälliges oder Ungewöhnliches zu sehen. Alle Autos, die in Sichtweite parkten, gehörten Anwohnern. Die Fenster der gegenüberliegenden Häuser waren teilweise mit geschlossenen Jalousien oder Rollos gegen die einfallende Sommersonne geschützt. Nirgends konnte er ein fremdes oder überhaupt ein Gesicht hinter einer Scheibe sehen. Und da alle Häuser Ein- oder Zweifamilienhäuser waren ohne wechselndes Mietpublikum, war es unwahrscheinlich, dass dort einer der Entführer lauerte und Manfreds Haus beobachtete.

Aber wenn doch? Er hatte sich in seinem ganzen Leben noch nie so hilflos gefühlt wie in diesem Moment der Wahl zwischen Teufel und Beelzebub. Er entschied sich für das kleinere Übel und griff zum Smartphone. Das Herz schlug ihm bis zum Hals, und die Übelkeit verstärkte sich.

Monique fiel ihm in den Arm. „*Mon Dieu*, was tust du?"

„Ich rufe die Polizei."

„*Non*!"

Der Ausruf schrillte unangenehm in seinen Ohren. Den Rest ihrer Tirade verstand er nicht und hätte ihn wohl auch kaum verstanden, wenn sie Deutsch gesprochen hätte. Dass sie mit den Fäusten ziemlich kräftig gegen seine Brust trommelte, verstand er dagegen sehr gut. Er packte sie an den Handgelenken und hielt sie fest.

„Verdammt, Monique, reiß dich zusammen! Ich kann dieses Scheißspiel nicht spielen! Die Polizei ist die Einzige, die Marie-Claire retten kann. Und darum rufe ich die jetzt an."

Er war sich jedoch keineswegs sicher, ob er damit wirklich das Richtige tat.

13.21 Uhr

Hauptkommissar Aktan Sunay schüttelte den Kopf und reichte den Erpresserbrief Staatsanwältin Paulus, die ihn überflog und an Vera Kalinina vom Erkennungsdienst weitergab, die sofort begann, ihn mit ihrem mobilen Equipment zu untersuchen.

„Das ist die ungewöhnlichste Erpressung, von der ich je gehört habe", stellte Aktan fest. Er blickte Manfred Thaler und seine Frau an, die auf der Couch saßen, einander im Arm hielten und hofften, dass Aktan und sein Team ihr Kind retteten und die Zuständigkeit der Mordkommission auch für Entführungsfälle kein böses Vorzeichen war. „Und Sie haben wirklich keinen Schimmer, von wem das ist?“

Thaler schüttelte den Kopf.

„Oder wissen Sie, was das soll, Frau Thaler?“

„*Non! Je ne sais rien*!“ Sie brach in Tränen aus. Zum vierten Mal seit der Ankunft von Aktans Team.

„Herr Thaler?“

Der Mann schüttelte mit verkniffenem Gesicht erneut den Kopf. Aktan war sich nicht sicher, ob die Verkniffenheit der Situation oder dem hysterischen Geheul seiner Frau geschuldet war, das ihnen allen auf die Nerven ging. Ben Eggers, der angeforderte Notfallpsychologe, war noch nicht eingetroffen.

„Nein“, beantwortete Thaler Aktans Frage und sah auf seine Armbanduhr. „Das heißt ...“ Er schüttelte zum dritten Mal den Kopf.

„Was? Wissen Sie etwas oder nicht?“

„Nein, ich weiß nichts. Jedenfalls nichts Konkretes. Der Einzige, dem ich so eine Aktion zutrauen würde, ist mein ehemaliger Geschäftspartner. Aber erstens hat der mich schon vor vier Jahren beinahe fertiggemacht, und zweitens würde er Geld verlangen und nicht so eine hirnrissige Forderung stellen.“ Er machte eine ungeduldige Handbewegung. „Sollte ich nicht langsam mit dem Spiel anfangen?“

„Nun bleiben Sie mal ganz ruhig.“ Michael Kohler, der die Fangschaltung an Thalers Laptop und der PC-Station installierte, war die Ruhe selbst und strahlte das auch aus. „Bevor ich hier nicht fertig bin, können Sie sowie nicht anfangen. Keine Sorge, das schaffen wir schon bis zwei Uhr.“ Michael lächelte ihm beruhigend zu. „Wir machen das schon.“

„Hoffentlich.“ Thaler blickte Aktan an. „Sie haben doch Erfahrung mit so was?“

„Haben wir. Wie ist das nun mit Ihrem Partner?“

Aktan wartete auf eine Erklärung, doch Thaler schwieg und tätschelte die Schulter seiner Frau in dem vergeblichen Versuch, sie zu beruhigen. Sein Hemd hatte an der Schulter bereits einen großen nassen Fleck von ihren Tränen.

„Gehen wir das Ganze mal der Reihe nach an. Wie heißt Ihr Partner?“

„Expartner. Takumi Saito.“

„Ein Japaner?“

„Ja. Eigentlich ...“ Thaler schüttelte den Kopf. „Verdammt, wir müssen doch irgendwas tun!“ Er blickte sich gehetzt um.

„Wir sind doch schon dabei, Herr Thaler. Dazu müssen wir jedes Detail wissen, auch Dinge, die Ihnen vielleicht unwichtig vorkommen. Blinder Aktionismus hilft Ihrer Tochter nicht.“

Thaler nickte. „Sie haben recht. Entschuldigung.“ Er fuhr sich mit der Hand übers Gesicht. „Ja, also die Sache mit Takumi. Ursprünglich waren wir Freunde. Das dachte ich zumindest. Ich habe in Mannheim studiert. Betriebswirtschaft mit Schwerpunkt Marketing.“ Er wischte sich wieder über das Gesicht.

„Ach, das ist aber ein Zufall“, sagte Aktan. „Ich stamme auch aus Mannheim. Stadtteil Jungbusch. Meine Familie wohnt immer noch dort.“

Das erwähnte Aktan nicht, um sinnlos zu plaudern, sondern um Thaler ein bisschen zu beruhigen und in ihm ein Gefühl von Gemeinsamkeit zu erwecken, damit er zumindest in Aktan einen Verbündeten sah und sich nicht von lauter „Fremden“ umzingelt fühlte. Aktan war seiner Frau zuliebe nach Berlin gezogen. Naila war das einzige Kind ihrer Eltern. Denen hätte es das Herz gebrochen, wenn sie nach Mannheim gezogen wäre. Also hatte Aktan sich nach Berlin versetzen lassen. Aber er vermisste Mannheim manchmal immer noch.

„Ihr Partner hat auch in Mannheim studiert?“, nahm er den Faden wieder auf.

Thaler nickte. „Informatik an derselben Uni. Wir haben beide ein Faible für Mangas; dadurch haben wir uns kennengelernt und irgendwann mit dem Gedanken gespielt, nach dem Studium damit was Zündendes zu machen. Daraus wurde aber zunächst nichts, denn nach dem Abschluss haben sich unsere Wege getrennt, weil ich nach Berlin gezogen bin. Ich hatte hier ein lukratives Jobangebot. Vor gut vier Jahren stand Takumi plötzlich vor meiner Tür. Er hatte eine tolle Idee für ein Manga-basiertes Computerspiel. Aber um es zu realisieren und zu vermarkten, brauchte er Geld. Ich verstehe zwar nicht viel von Computerspielen, aber von Marketing. Die Idee war fantastisch, nach meiner Marktanalyse absolut einwandfrei und vor allem sehr gewinnträchtig. Also haben Takumi und ich unsere Zwei-Mann-Firma gegründet: Thaler-Rengo. Rengo ist das japanische Wort für Union. Ich klapperte mit unserem Konzept die Banken ab, sorgte für Kredite und das Vorabmarketing und holte Sponsoren ins Boot. Takumi entwickelte das Spiel.“

„Dieses TRENIGMARIS.“

Thaler schüttelte den Kopf. „Ein anderes. Wir hatten ihm noch keinen Namen gegeben. Im Nachhinein weiß ich auch, warum er darauf bestanden hat, denn ein halbes Jahr vor dem Launch“, Thaler ballte die Faust und biss die Zähne so stark zusammen, dass Aktan sie knirschen hörte, „ist er mit dem Spiel verschwunden, hat sämtliche Entwicklungsdateien von unseren Servern gelöscht und mich mit einem Riesenberg

Schulden sitzen lassen, für den ich als persönlich haftender Gesellschafter geradezustehen hatte."

„Ich nehme an, Sie haben ihn verklagt?"

Thaler nickte. „Das hätte ich getan, wenn er auffindbar gewesen wäre. Takumi ist untergetaucht. Drei Monate später brachte eine japanische Firma ein Computerspiel auf den Markt, das mit dem identisch ist, das er entwickelt hat. Da ich dank seiner Hinterlist, sämtliche Dateien zu löschen, nicht beweisen kann, dass er das Spiel für Thaler-Rengo entwickelt hat, konnte ich nichts dagegen tun. Natürlich habe ich einen Anwalt konsultiert, aber der sagte, dass ich keine Chance hätte, einen solchen Prozess zu gewinnen. Einmal mangels Beweisen, dass das Spiel ursprünglich für Thaler-Rengo gedacht war, zum anderen weil Takumi japanischer Staatsbürger ist und außerdem unauffindbar. Offenbar hat er keinen festen Wohnsitz. Zumindest nicht unter seinem Namen." Wieder ballte er die Faust. „Der Kerl hat doppelt abkassiert. Von mir das Geld, mit dessen Hilfe er das Spiel überhaupt entwickeln konnte, dann das Geld, das er von der japanischen Firma dafür bekommen hat. Und bestimmt ist er auch noch am Gewinn beteiligt."

„Und was hat es mit diesem Spiel auf sich – TRENIGMARIS?"

Thaler warf wieder einen Blick auf die Uhr. „Das ist doch jetzt vollkommen unwichtig, Herr Sunay. Finden Sie meine Tochter, bevor die Zeit abläuft!"

Das dürfte unmöglich sein, da es bis jetzt keinen Anhaltspunkt dafür gab, wo man nach dem Kind suchen sollte. Aktan musste Thaler überzeugen, dass sie ohne seine Auskünfte auch kaum einen finden würden. Er blickte Michael Kohler an, der sich immer noch an Thalers Laptop zu schaffen machte.

Michael nickte ihm zu. „Schaltung steht. Sobald sich die Entführer über den Laptop oder das Telefon melden, fangen wir sie." Mit dem Telefon hatte sich ein zweites Team beschäftigt und eine Fangschaltung eingerichtet.

Thaler sprang auf. „Worauf warten wir dann noch?"

Aktan machte eine beschwichtigende Handbewegung. Bevor er etwas sagen konnte, kam Michaels Kollege Lukas Jung und stellte einen Laptop auf den Tisch vor die Staatsanwältin. Sigrid Paulus war die oberste Instanz bei den Ermittlungen und hatte wie Aktan und sein Team Bereitschaft gehabt, weshalb sie für diesen Fall zuständig war. Aktan stellte sich neben sie und sah ihr über die Schulter.

„Die Aufzeichnungen der Überwachungskameras von der Terrasse. Die Typen sind mit einem Motorboot vom See gekommen." Lukas drückte die Entertaste. Die Aufzeichnung wurde abgespielt und gleichzeitig an Hauptkommissarin Rebecca Goldberg und die Kollegen in der sofort eingerichteten Einsatzzentrale im Präsidium am Platz an der Luftbrücke übertragen. Goldberg hatte die Einsatzleitung der BAO, der besonderen Aufbauorganisation, die bei Kindesentführungen sofort gebildet wurde.

Das Grundstück der Thalers lag am Halensee und hatte hinter dem Haus einen Zugang zum Wasser. Aktan bat Thaler und seine Frau, sich die Aufzeichnungen anzusehen. Haus und Grundstück waren so mit Überwachungskameras bestückt, dass jeder Winkel erfasst wurde. Vorbildlich, aber es hatte die Entführung nicht verhindern können.

Eine Kamera zeigte Monique Thaler, wie sie auf der Terrasse mit ihrer Tochter spielte. Nach einer Weile setzte sie das Mädchen in den Laufstall und ging ins Haus. Keine Minute später kam das Boot in Sicht, das mit drei Leuten besetzt war.

Sie trugen dunkelblaue Overalls und hatten sich Sturmhauben aufgesetzt. Zwei Personen sprangen an Land. Einer rannte auf die Terrasse, während der andere mit einer Maschinenpistole in der Hand die Aktion sicherte. Der Dritte blieb im Boot. Der Mann, der auf die Terrasse zulief, warf einen Briefumschlag in den Laufstall, ehe er dem Kind die Hand auf den Mund presste – Monique Thaler wimmerte, als sie das sah –, es aus dem Laufstall hob und mit ihm zurück zum Boot rannte. Mit aufheulendem Motor drehte es vom Ufer ab und verschwand Sekunden später aus dem Erfassungsbereich der Kameras. Das Ganze hatte keine zwei Minuten gedauert.

Offenbar hatten die Entführer die ganze Aktion nicht nur von langer Hand geplant, sondern auch das Haus schon eine Zeit lang beobachtet, sonst hätten sie nicht den perfekten Moment abpassen können.

„Eindeutig Profis“, stellte Sigrid Paulus fest.

Sie trat auf die Terrasse hinaus. Aktan folgte ihr. Ein Teil von Vera Kalininas Team war damit beschäftigt, den Laufstall zu untersuchen, ob es daran Fingerabdrücke oder Faserspuren gab, die nicht von den Eltern des Kindes stammten. Weitere Mitarbeiter untersuchten akribisch den Boden vor der Terrasse.

Sigrid Paulus beschattete die Augen und blickte zum See. „Die haben sich wahrscheinlich bei der Insel versteckt und gewartet, bis der Zeitpunkt günstig war.“ Sie deutete auf die gegenüberliegende Seite des Sees.

Dem Grundstück der Thalers direkt gegenüber befand sich eine kleine Insel, kaum fünfzig Meter lang und höchstens halb so breit. Im Schatten der dort bis ans Ufer wachsenden Bäume, deren Zweige teilweise so tief hingen, dass sie beinahe das Wasser berührten, hatte sich das dunkle Motorboot problemlos verstecken können. Von dort konnte man die Terrasse bequem einsehen, besonders wenn man ein Fernglas nahm.

„Die Route, die sie genommen haben, ist auch klar", meinte Aktan. „Hinter dem See ist die Trabener Straße." Er deutete nach rechts. „Die sind bestimmt schräg übern See Richtung Friedenthalpark. Ungefähr hundert Meter hinter dem letzten Haus geht der Weg zum Park bis fast ans Wasser. Ich wette, die haben da mit dem Auto gewartet und über die Trabener Straße die Fliege gemacht. Auf dieser Seite ist zu viel Trubel, beim Ristorante und dem Hallenbad. Und um zur Halenseestraße zu kommen, müssten sie am Park vorbei. Da sind bei diesem Wetter zu viele Leute, die sie hätten sehen können."

„Ich lasse das überprüfen." Sigrid Paulus griff zum Handy und rief in der Zentrale an. „Frau Goldberg, wir brauchen ein Team Trabener Straße und Friedenthalpark. Das Kind wurde mit einem Motorboot über den See entführt und wahrscheinlich dort in einem Wagen abtransportiert. Lassen Sie die Anwohner befragen, ob denen was aufgefallen ist."

Aktan wusste, dass das nicht viel bringen würde. Es war mitten in den Sommerferien, herrliches Wetter, und der Zeitpunkt der Entführung war gegen elf Uhr gewesen. Die Hälfte der Leute, die am See wohnten, war verreist, die andere Hälfte tummelte sich im Halensee-Freibad, im Park oder anderswo im Freien, und die Ehefrauen und Mütter waren mit Kochen beschäftigt, sofern sie nicht ebenfalls auf einem Ausflug waren. Wenn die Entführer klug waren – wovon Aktan ausging –, hatten sie, wahrscheinlich noch bevor sie das andere Ufer erreicht hatten, die Sturmhauben abgenommen, die Overalls ausgezogen und die Waffen verborgen, sodass sie, falls man sie gesehen hatte, nur drei Männer mit einem Kind gewesen waren.

Aber selbst wenn sie aufgefallen waren, würde es dauern, bis die Kollegen jemanden gefunden hätten, der sie gesehen hatte und beschreiben konnte. Aktan kehrte mit der Staatsanwältin ins Haus zurück und wandte sich an die Thalers.

„Herr Thaler, Frau Thaler, ist Ihnen einer der Entführer auf dem Video bekannt vorgekommen?"

„Wie denn?", fauchte Thaler und deutete auf den Bildschirm, auf dem der leere Laufstall im Standby zu sehen war. „Die Typen haben Masken getragen, falls es Ihnen entgangen sein sollte."

Aktan blieb vollkommen ruhig. Dies war nicht der erste Entführungsfall, den er vor Ort betreute. Die Angehörigen waren immer außer sich und reagierten abwechselnd verzweifelt, aggressiv, niedergeschlagen oder völlig irrational. Und oft genug alles zusammen. Er hatte sogar einmal erlebt, dass die Mutter eines von seinem Vater entführten Jungen mit den Fäusten auf ihn eingeschlagen hatte, weil er ihrer Meinung nach nicht schnell genug arbeitete.

„Vielleicht kommt Ihnen etwas an der Art bekannt vor, wie sich einer von ihnen bewegt hat? Auch daran kann man Menschen zuverlässig erkennen."

Thaler schüttelte den Kopf. Seine Frau ebenfalls. Sie schluchzte und drückte ihr Gesicht gegen die Schulter ihres Mannes. Er streichelte mechanisch ihren Rücken.

„Bitte, Herr Sunay, ich muss dieses Spiel beginnen. Denn ich glaube kaum, dass Sie meine Tochter in der verbliebenen Viertelstunde bis zwei Uhr finden können. Sie haben doch gesagt, dass Ihre Leute die Entführer aufspüren können, sobald die sich in das Spiel einklinken."

„Nur den, der mit Ihnen spielt, Herr Thaler", korrigierte Aktan. „Ich will Ihnen nichts vormachen. Es gibt keine Garantie dafür, dass der sich am selben Ort befindet wie Ihre Tochter. Besonders im Hinblick darauf, dass es sich bei den Entführern um eine gut organisierte Gruppe zu handeln scheint, die aus mindestens drei Leuten, wahrscheinlich aber mehr besteht."

„Oh Gott!" Thaler warf einen Blick an die Decke und schluckte. Die Angst um sein Kind stand ihm ins Gesicht geschrieben. Er fuhr sich mit der Hand zum wiederholten Mal darüber.

„Und deshalb", sagte Aktan eindringlich, „brauchen wir vorab so viele Informationen von Ihnen wie möglich. Kurz vor zwei werden Sie mit dem Spiel beginnen. Dann sehen wir weiter."

Thaler ballte die Fäuste. „Aber ich kann dieses verfluchte Spiel nicht spielen! Schon gar nicht Level 7 gewinnen. Keiner kann das!"

Aktan sah ihn an. „Wie soll ich das verstehen?"

Thaler machte eine fahrige Handbewegung. „Als das Spiel in den Verkauf kam und innerhalb eines halben Jahres zu einem Renner wurde, hat meine Firma ein weltweites Preisausschreiben lanciert. Level 7 ist der höchste Schwierigkeitsgrad. Wer es als Erster schafft, diesen Level online zu knacken, erhält hunderttausend Euro. Das war vor über zwei Jahren. Nachdem sich niemand gemeldet hat, um den Preis zu kassieren, haben wir die Aktion im letzten Dezember eingestellt. Aber glauben Sie mir, wenn das jemandem inzwischen gelungen wäre, hätte sich derjenige gemeldet, allein schon wegen des damit verbundenen Prestiges."

Aktan schüttelte den Kopf. Die Forderung der Entführer ergab immer weniger Sinn. Falls Thalers Behauptung stimmte, dass niemand das Spiel gewinnen konnte, war sein Versagen programmiert und damit auch der Tod seines Kindes. Ihm kam der Verdacht, dass es den Entführern gar nicht um das Spiel ging, sondern nur darum, Thaler zu quälen. In dem Fall war das Kind möglicherweise schon tot. Ein entsetzlicher Gedanke. Den offenbar auch Sigrid Paulus hatte, wie er an ihrem Gesichtsausdruck erkannte.

„Herr Thaler, Ihr Expartner Takumi Saito. Könnte er dahinterstecken?“, fragte sie.

Thaler schüttelte den Kopf. „Die Möglichkeit besteht natürlich, aber welchen Grund sollte er haben? Er hat doch mit seinem Spiel auf der anderen Seite der Welt mehr Erfolg, als er sich je hat träumen lassen.“

„Er könnte neidisch auf Ihren Erfolg sein. Wie ging das damals weiter, nachdem er Sie im Stich gelassen hat? Sie sagten, Sie hätten auf einem riesigen Schuldenberg gesessen.“

Thaler nickte. „Nicht nur das. Ein paar Leute hatten in das Spiel und seine Vermarktung bereits investiert. Das Geld hat Takumi auch abgeräumt. Er hatte schließlich als mein Teilhaber Zugang zum Firmenkonto. Ich musste ein Spiel präsentieren oder den Leuten ihr Geld zurückzahlen, das nicht mehr da war. Also habe ich eine Top-Programmiererin beauftragt, ein Spiel zu entwickeln, das den Vorankündigungen entsprach.“ Er zuckte mit den Schultern. „In diesem Punkt war es ein Glück, dass Takumi darauf bestanden hatte, die Vorankündigungen relativ vage zu halten und dem Spiel noch keinen Namen zu geben. Das hatte er natürlich getan, damit er behaupten konnte, dass sein Spiel nicht das ist, das er für Thaler-Rengo entwickelt hat.“

„Wie habe ich mir das vorzustellen?“

Thaler machte eine ungeduldige Handbewegung und sah zum zigsten Mal auf die Uhr. „Das waren nur so Appetizer wie: *Sie suchen das ultimative Computerspiel? Sie suchen eine*

Herausforderung? In so und so viel Tagen ist es so weit. Und so weiter. Mit noch ein paar Hooks, die die Zielgruppe neugierig machen sollten. Dazu hatten wir ein Logo und ein paar interessante Manga-Figuren entworfen, die Takumi natürlich nicht für sich verwendet hat, um untermauern zu können, dass er für uns ein ganz anderes Spiel entwickelt hatte. Auf der Basis dieses Materials hat die Programmiererin das Wunder fertiggebracht, in nur vier Monaten TRENIGMARIS zu entwickeln. Das Spiel ist auf dem Markt eingeschlagen wie eine Bombe. Es hat auf Anhieb beim Deutschen Entwicklungspreis für Computerspiele den Newcomer Award gewonnen. Und ich gebe zu, es hat mich mit Genugtuung erfüllt, dass es erfolgreicher ist als Takumis Spiel."

Für Aktan klang das nach einem verdammt guten Motiv für den ehemaligen Partner, Thaler eins auszuwischen. Zumindest passte die Forderung mit dem Spiel dazu.

Der Meinung war auch Sigrid Paulus. „Wir überprüfen diesen Takumi Saito." Sie griff wieder zum Handy und wies Rebecca an, über Saito alles herauszufinden, was möglich war.

„Herr Thaler, gibt es noch jemand, der ein Motiv haben könnte?", fragte Aktan.

Der zögerte, ehe er den Kopf schüttelte. „Da fällt mir niemand ein."

Aktan hatte das Gefühl, dass das nicht der Wahrheit entsprach. Thaler konnte ihm nicht in die Augen sehen, was meistens ein Zeichen war, dass jemand etwas zu verbergen hatte.

„Und ganz ehrlich, Herr Sunay, ich traue das nicht mal Takumi zu. Er ist zwar ein geldgieriger Mistkerl, aber gerade deshalb würde er, wie ich schon sagte, von mir Geld erpressen und nicht so eine idiotische Forderung stellen. Besonders da er genau weiß, dass ich mit solchen Computerspielen nichts am Hut habe. Ich meine, was soll denn das Ganze? Wieso soll ich unbedingt hier im Haus am Laptop spielen? Wieso soll ich das Spiel gewinnen? Und wieso diese Frist von zwölf Stunden?“ Thaler blickte verzweifelt von ihm zur Staatsanwältin und wieder zurück.

„Wir müssen alles über Ihren gewöhnlichen Tagesablauf erfahren, Herr Thaler“, sagte Sigrid Paulus. „Aber jetzt müssen Sie erst mal das Spiel beginnen, sobald Herr Kohler fertig ist.“

„Fertig“, sagte Michael aufs Stichwort. „So, Herr Thaler. Das läuft jetzt wie folgt. Sie schalten den Laptop ein, einschließlich der Webcam. Ich habe das Mikro deaktiviert. Das heißt, dass die Entführer Sie zwar sehen, aber nicht hören können und entsprechend auch nicht hören, was Sie sagen beziehungsweise was um Sie herum gesprochen wird. Da die Typen verlangt haben, dass Sie auf keinen Fall die Polizei rufen, haben Sie das angeblich auch nicht getan. Das heißt“, er sah Thaler eindringlich in die Augen, „dass Sie nach Möglichkeit keinen von uns ansehen.“ Er lächelte. „Da man aber reflexartig denjenigen ansieht, mit dem man spricht, dürfen Sie dann immer nur einen von uns ansehen, niemals aber von einem zum anderen schauen. Da die Typen wissen, dass Ihre Frau im Haus ist, werden sie glauben, dass Sie mit ihr reden. So weit verstanden?“

Thaler nickte. Aktan bezweifelte, dass das mit dem Nichtansehen tatsächlich klappte. Reflexe ließen sich nur schwer unterdrücken. Thaler war äußerst gestresst und vor Sorge um seine Tochter einer Panik nahe. Es war nahezu sicher, dass er den Fehler beging, vor dem Michael ihn gewarnt hatte. Man konnte nur hoffen, dass das den Entführern nicht auffiel. Andernfalls …

„Gut. Alles, was Sie auf Ihrem Bildschirm sehen, wird auch auf meinen Laptop übertragen.“ Michael deutete auf ein Gerät, das er auf den Wohnzimmertisch gestellt hatte. „Ich kann also alles sehen, was Sie und Ihr Spielgegner tun. Sobald Ihr Gegner online ist, verfolgen wir sein Signal. Mit etwas Glück schnappen wir ihn in der nächsten halben Stunde. Schließlich haben wir das SEK in Bereitschaft.“

Man sah es Thaler an, dass ihn das in keiner Weise beruhigte. Seine Frau ebenfalls nicht, die wieder anfing zu weinen, nachdem sie die letzten Minuten still und beinahe katatonisch vor sich hin gestarrt hatte. Verdammt, wo blieb Ben Eggers?

„Was ist, wenn das nicht klappt?“

„Für den Fall spielen Sie das Spiel, Herr Thaler.“ Michael drückte beruhigend seinen Arm. „Ich coache Sie. Zumindest bis Level 3 kriege ich das problemlos hin.“

„Sollte es so weit kommen, dass Sie über die ersten Züge hinaus spielen müssen“, fügte Aktan hinzu, „werden Sie Ihre Spielzüge unter dem Vorwand, sie vorher genau zu durchdenken, so lange es geht verzögern. Das gibt uns die Zeit, die Entführer zu finden.“ Er sah ihn eindringlich an. „Sind Sie bereit?“

„Nein.“ Thaler schüttelte heftig den Kopf. „Weil ich ein ganz mieses Gefühl dabei habe. Aber“, er tat einen tiefen Atemzug, „was sein muss, muss sein. Also beginnen wir.“

Das Klingeln eines Handys, das lautstark die Marseillaise spielte, ließ alle zusammenfahren. Monique Thaler schnappte sich das Gerät, das auf dem Beistelltisch neben der Couch lag, und hatte die Empfangstaste gedrückt, bevor jemand sie daran hindern konnte.

„*Allô! – Ah, Drini! Quelqu'un a enlevé notre enfant*!“ Sie heulte los.

Aktan riss ihr das Handy aus der Hand und unterbrach die Verbindung. So weit reichte sein Schulfranzösisch, dass er verstanden hatte, dass die Frau jemandem von der Entführung erzählt hatte. „Frau Thaler, Sie dürfen mit niemandem über die Entführung sprechen. Das könnte Ihr Kind gefährden. Wer war das?"

„*C'est Drini, ma sœur.*" Sie versuchte, Aktan das Handy wegzunehmen, das erneut die Marseillaise erklingen ließ.

„Oh bitte, Herr Sunay, lassen Sie meine Frau mit ihrer Schwester telefonieren. Drini steht ihr sehr nahe. Mit ihr zu sprechen könnte einen beruhigenden Einfluss haben."

Aktan hörte sehr wohl das eindringliche Flehen in Thalers Äußerung. Dennoch zögerte er.

„Lassen wir Frau Thaler mit ihrer Schwester telefonieren, Herr Sunay", wies Sigrid Paulus ihn an. „Sie braucht jetzt jeden Trost, den sie bekommen kann."

Aktan hörte an ihrem Unterton, dass sie hoffte, dass Monique Thaler ihnen nicht im Weg sein und sich hoffentlich auch weniger hysterisch benehmen würde, solange sie damit beschäftigt war, mit ihrer Schwester zu reden.

„Wir werden die Schwester natürlich überprüfen." Sie wandte sich an Monique Thaler. „Wie heißt Ihre Schwester?"

„Drini Leclerc."

Aktan reichte ihr das Handy, denn die Marseillaise wurde immer lauter. Monique Thaler flüchtete in einen Sessel im Wohnzimmer, zog die Beine hoch, schlang einen Arm darum und berichtete ihrer Schwester unter einem Schwall von Tränen, was sich zugetragen hatte. Aktan verstand, dass die Schwester anbot, sofort nach Berlin zu kommen, denn Monique lehnte ab mit den Worten, dass der Weg von Paris nach Berlin zu weit wäre und die Polizei ihr Kind bestimmt schnell finden würde. Die darauf folgende Tränenflut strafte ihre zur Schau gestellte Zuversicht jedoch Lügen.

Aktan wandte sich an Thaler. „Fangen wir an.“

13.56 Uhr

Thaler nahm am Schreibtisch seines Arbeitszimmers Platz und klappte den Laptop auf. Aktan konnte vom Wohnzimmer aus durch die offene Tür sehen, dass seine Hände zitterten. Er setzte sich neben Michael und blickte zusammen mit ihm gebannt auf den Bildschirm des Laptops, hielt aber weit genug Abstand, dass Michael ungestört arbeiten konnte. Sigrid Paulus sprach mit Rebecca Goldberg und wies sie an, eine Französin namens Drini Leclerc in Paris zu überprüfen und zu dem Zweck notfalls die Hilfe des BKA in Anspruch zu nehmen.

Thaler ging ins Internet und wählte die Website von TRENIGMARIS an. Bevor er auf den Button „Neues Spiel“ klicken konnte, öffnete sich bereits das entsprechende Fenster. Ein Schriftfeld wurde eingeblendet.

Willkommen zu TRENIGMARIS, Manfred Thaler! Sie spielen gegen Black Knight. Überlegen Sie Ihre Züge sorgfältig. Wenn Sie verlieren, stirbt Ihre Tochter.

„Die haben Ihren Laptop gehackt“, stellte Michael trocken fest. „Und zwar schon vor einer geraumen Weile. Schauen wir mal, wer dahintersteckt.“

Er tippte mit rasanter Geschwindigkeit auf seinen Laptop ein. Zur selben Zeit erschien auf Thalers Bildschirm die nächste Botschaft.

Das Spiel beginnt. Die Zeit läuft.

Gleichzeitig wurde am oberen linken Rand ein schwarzes Feld eingeblendet, das mit roter Schrift den Gesamtcountdown anzeigte: 11:59:59, 11:59:58, 11:59:57 ...

Darunter wurde ein Block sichtbar, der den Countdown für jeden einzelnen Level anzeigte.

Level 1: 15.42 Uhr. 1:41:55, 1:41:54 ...
Level 2: 15.42 – 17.24 Uhr. 00:00:00
Level 3: 17.24 – 19.06 Uhr. 00:00:00
Level 4: 19.06 – 20.48 Uhr. 00:00:00
Level 5: 20.48 – 22.30 Uhr. 00:00:00
Level 6: 22.30 – 00.12 Uhr. 00:00:00
Level 7: 00.12 – 02.00 Uhr. 00:00:00

Für Level 7 hatten die Entführer in ironischer Großzügigkeit sechs Minuten mehr Zeit eingeräumt.

Ein Spielbrett tauchte auf. Es zeigte zunächst ein schachbrettähnliches Muster, das Felder mit verschiedenen handgezeichneten Figuren aufwies. Sekunden später wurde das Bild blau, als tauche es in Wasser ein, ehe es nach hinten klappte und eine bunte Landschaftsanimation zeigte. Am linken unteren Rand des Bildschirms erschien ein rotes Startfeld, auf dem rotgekleidete Fantasyfiguren im Manga-Stil auftauchten. Jede wurde mit einem Meer von Lichteffekten und von einem Donnerschlag untermalt in Szene gesetzt. Am rechten Rand erschien ein blaues Startfeld mit den gleichen Figuren in blauer Kleidung. Zwischen den beiden Feldern leuchtete ein knallgelber Schriftzug auf: Level 1, der nach ein paar Sekunden erlosch. Ein Oktaeder kam ins Bild. Einige Seiten waren mit Punkten in verschiedener Anzahl versehen, auf den anderen Flächen befanden sich Abbildungen von einer Figur, die einer menschlichen Spinne glich, einem Sensenmann und anderen.

Ein roter Cursorpfeil klickte auf eine weibliche Figur, die ein Schwert in der Hand hielt und schob sie auf ein rundes Feld zu Beginn eines aus grünen Quadraten bestehenden, kreuz und quer über das sichtbare Spielfeld verlaufenden Pfades. Ein Doppelklick auf den Oktaeder wirbelte ihn durch die virtuelle Luft. Er fiel zu Boden und zeigte auf den dem Bildschirm zugewandten Flächen ein leeres Feld und drei Punkte. Die rotgekleidete Schwertschwingerin sprang mit einem eleganten Satz drei Felder nach vorn. Das blaue Startfeld leuchtete auf.

„Was mache ich denn jetzt?“ Thaler klang panisch.

„Sie klicken eine Ihrer Figuren an und danach den Oktaeder“, erklärte Michael. „Auf Level 1 funktioniert das Spiel so ähnlich wie *Mensch ärgere dich nicht*. Sie müssen alle Ihre Figuren, die Ihr Gegner Ihnen während des Spiels nicht aus dem Feld geschlagen hat, ins Zielfeld bringen, bevor er seine letzte reingebracht hat. Dafür gibt es ein paar Tricks. Aber um ins Spiel zu kommen, müssen Sie den ersten Zug nach dem Vorbild Ihres Gegners tun. Nehmen Sie ebenfalls Ihre Schwertkämpferin. Aber warten Sie noch ein paar Sekunden.“

Michael tippte wie besessen auf seiner Tastatur, während er Thaler Anweisungen gab. „Verdammte Scheiße!“, knurrte er Sekunden später so leise, dass nur Aktan und Sigrid Paulus ihn verstehen konnten. „Die Kerle sind schlau. Und sie wissen, was sie tun.“

„Soll heißen?“, wollte Aktan wissen.

„Die haben ihr Signal über ich weiß nicht wie viele Proxyserver über die ganze Welt umgeleitet.“ In einem zweiten Fenster rief er eine schematische Darstellung auf, die den Verlauf des Signals zeigte, das quer über die Weltkarte hin und her sprang. „China, Polen, Schweiz, New York, Russland, Japan, Italien, Indien, Ghana – oh, was ganz Exotisches: Kiribati."

Das Signal hüpfte immer noch weiter. Michael blickte die Staatsanwältin an.

Sigrid Paulus seufzte frustriert. Auch Aktan wusste, was das bedeutete. Um die Identität der sich hinter den ausländischen Servern verbergenden Usern herauszufinden – von denen mit größter Wahrscheinlichkeit kein einziger etwas mit den Entführern zu tun hatte –, mussten sie sich zunächst an das BKA wenden. Das würde via Interpol mit den Dienststellen in den betreffenden Ländern Kontakt aufnehmen und um Amtshilfe ersuchen. Die wiederum würden, falls sie die Amtshilfe gewährten, anhand der von Michael gelieferten Daten die Standorte der Server ausfindig machen und ermitteln, ob die betreffenden Leute etwas mit der Entführung zu tun hatten. Nur um mit an Sicherheit grenzender Wahrscheinlichkeit festzustellen, dass jemand sich über offene Hotspots in ungeschützte WLAN-Netze eingeklinkt hatte. Selbst wenn tatsächlich einer der Server zu den Entführern gehören sollte – Aktan zählte inzwischen dreiundzwanzig auf dem Bildschirm – würde dessen Ermittlung erheblich länger dauern als die zwölf Stunden, die man Thaler zur Verfügung gestellt hatte. Tage, um genau zu sein. Somit schied diese Möglichkeit, den Standort der Entführer zu finden, aus.

„Also, Herr Thaler, machen Sie Ihren Zug", wies Michael ihn an. Er blickte Aktan und die Staatsanwältin an und flüsterte: „Die wissen, dass wir hier sind."

„Wie meinst du das?" Aktan flüsterte ebenfalls.

Michael deutete auf den Bildschirm. „Die würden sich kaum solche Mühe machen, ihre Spur zu verwischen, wenn sie nicht damit rechnen würden, dass Profis hinter ihnen herschnüffeln. Die haben sich immense Mühe gegeben, die ganze Chose generalstabsmäßig zu planen. Deshalb gehe ich davon aus, dass die wissen, dass Thaler weder die Kenntnis noch das Equipment hat, um deren Signal rechtswidrig hackend zurückzuverfolgen. Wenn sie nur mit Thaler rechnen würden, hätte es genügt, wenn dieser Black Knight eine anonymisierte IP-Adresse benutzte. So eine knacken bis jetzt nicht mal die Kollegen beim BKA. Das Signal rund um die Welt über bis jetzt dreiundzwanzig Proxyserver zu leiten heißt mit Kanonen auf eine Mücke zu schießen. Meiner Meinung nach bedeutet das, dass die wissen oder zumindest damit rechnen, dass Thaler trotz des Verbots die Polizei einschaltet. Und sie wollen uns erstens beschäftigen und es uns zweitens unmöglich machen, ihren Standort zu finden. Dafür spricht auch, dass sie nicht fragen, warum das Mikro nicht funktioniert." Er nickte nachdrücklich. „Die gehen davon aus, dass wir hier sind. Und wenn ihr mich fragt, haben wir ihnen das mit dem deaktivierten Mikro bestätigt. Mist, verdammter!"

Das ergab keinen Sinn. Wenn die Entführer drohten, das Kind zu töten, wenn Thaler die Polizei einschaltete, gleichzeitig aber damit rechneten, dass er das trotzdem tat ... Akan wagte kaum, den Gedanken zu Ende zu denken, dass das Mädchen in dem Fall möglicherweise schon tot war. Was ihn wieder zu der Frage brachte, welchem Zweck diese absurde Forderung mit dem Spiel diente.

„Sitzt einer von den Proxys hier in Berlin?"

Michael schnaufte und schüttelte den Kopf. „Ganz sicher nicht. Ich will dich nicht mit Einzelheiten langweilen, die du sowieso nicht verstehst, aber jeder halbwegs gewiefte Hacker ist in der Lage, ein Signal so zu verschleiern, dass er in diesem

Raum sitzen könnte und ich trotzdem von seinem PC die Meldung bekäme, dass er in China hockt."

„Kannst du das knacken?"

„Ja. Wenn ich erstens alle Vorschriften und Gesetze missachte und zweitens erheblich mehr Zeit hätte als zwölf Stunden." Er schüttelte den Kopf. „Nicht zu machen in der kurzen Zeit. Tut mir leid."

Auf dem Bildschirm war der Oktaeder so gefallen, dass er wieder eine leere Seite und drei Punkte zeigte. Die blaugekleidete Schwertkämpferin sprang auf dasselbe Feld wie die rote. Bildgewaltig wurde ein kurzer Kampf der beiden Frauen mit klirrenden und funkensprühenden Schwertern gezeigt, ehe die blaue Kriegerin der roten das Schwert ins Herz stieß. Sie fiel zu Boden. Aus dem Erdreich tauchten maulwurfähnliche Gestalten auf, die die Leiche im Zeitraffer in einer Trauerprozession unter die Erde trugen.

„Hervorragend", kommentierte Michael an Thaler gewandt. „Den Zug haben Sie gewonnen. Gleich erhalten Sie einen Bonus."

Auf dem Bildschirm erschien eine Frauengestalt, die nur spärlich bekleidet war und sehr sexy aussah, mit üppigen Brüsten und straffen Schenkeln. Um die Hüfte trug sie einen goldenen Gürtel mit sieben großen Perlen, auf denen verschiedene Symbole erschienen.

„Ist das Spiel eigentlich jugendfrei?", murmelte Sigrid Paulus, erwartete aber keine Antwort.

„So, Herr Thaler, Sie schnappen sich jetzt Ihre Belohnung", wies Michael ihn an. „Klicken Sie den Boten an. Das ist die männliche Figur mit der Schriftrolle in der Hand. – Gut. Und jetzt klicken Sie auf die Perle am Gürtel der Fee, auf der der Drache abgebildet ist. – Prima."

Der Bote auf dem Bildschirm wurde etliche Felder weiter auf dem grünen Pfad auf ein Feld mit der Aufschrift *Dragon's Lair* abgesetzt, das direkt neben einer Höhle lag, aus der ein Drache finster blickte und dem Boten eine Drachenschuppe reichte, die dieser sich um den Hals hängte.

„Und was soll das?“ Thaler blickte kurz auf, ehe ihm wieder einfiel, dass er nach Möglichkeit nicht zu den Beamten hinsehen sollte.

„Der Bote ist, wie Sie vielleicht schon gesehen haben, die einzige Figur, die nicht bewaffnet ist. Das heißt, er kann sich nicht gegen die gegnerischen Figuren wehren, was später im Spiel noch relevant sein wird. Durch die Drachenschuppe ist er jetzt unverwundbar. Das bedeutet, dass er auch nicht mehr von einer anderen Figur, die auf demselben Feld zu stehen kommt wie er, aus dem Spiel geschlagen werden kann und in jedem Fall durchkommt.“

Thaler knurrte etwas Unverständliches. „Langsam wird mir klar, warum ich von Anfang an dieses Spiel nicht verstanden habe“, fügte er hinzu. „Ist nicht meine Welt.“ Seinem Gesichtsausdruck nach zu urteilen wünschte er sich in diesem Moment aber nichts sehnlicher, als dass es seine Welt wäre, damit er seine Tochter retten könnte.

Aktan riss sich von dem Geschehen auf dem Bildschirm los, das ihn zu faszinieren begann. Eigentlich waren Computerspiele auch nicht sein Ding. Das hier schien ihm jedoch recht interessant zu sein.

„Herr Thaler, wären Sie normalerweise sonnabends um diese Zeit zu Haus?“

„Nein, in der Firma. Am Sonnabend arbeitet dort niemand. Deshalb habe ich dann die erforderliche Ruhe, um die Wochenberichte und die Zwischenbilanzen zu lesen. Unter der Woche komme ich selten dazu. Und wenn ich die Arbeit mit nach Hause nehme“, er warf seiner Frau einen liebevollen Blick zu, „bin ich ständig abgelenkt und werde damit kaum fertig. Deshalb die Sonnabendschicht.“

Das wussten garantiert auch die Entführer. Durch die Entführung seiner Tochter hatten sie ihn aus der Firma gelockt und nagelten ihn jetzt mit dem Spiel hier im Haus fest, um in der Firma freie Bahn zu haben, die ihr eigentliches Ziel war.

„Herr Thaler, was gibt es in Ihrer Firma, hinter dem irgendjemand her sein könnte?“

Thaler sah auf. „Was meinen Sie?“

„Nicht hersehen!“, warnte Aktan.

Thaler senkte den Blick und starrte auf den Bildschirm.

„Ich meine, ob es irgendwelche Unterlagen bei Ihnen gibt. Aufzeichnungen über Entwicklungen, Prototypen von neuen Spielen – irgendwas, das zu stehlen lohnen würde.“

Thaler blickte wieder auf, senkte aber sofort den Kopf. „Sie glauben, dass jemand mich mit der Entführung weggelockt hat, um in die Firma einzubrechen?“

„Die Möglichkeit besteht. Also, gibt es dort was, auf das irgendjemand es abgesehen haben könnte?“

„Klar. Suchen Sie sich was aus. Der Spielemarkt ist heiß umkämpft. Wenn die Konkurrenz wüsste, was wir als Nächstes planen, könnten sie uns zuvorkommen und ein Spiel nach unseren Idee entwickeln, noch ehe es bei uns die Marktreife erreicht hat. Besonders wenn es ihnen gelänge, die Entwürfe zu kopieren. Aber dagegen haben wir vorgesorgt. Die Firma ist mit Sicherheitstechnik vom Feinsten ausgestattet. Kennen Sie die Fernsehserie *Bones, die Knochenjägerin*?“

„Ja.“

„Da muss jeder Mitarbeiter des Instituts, der einen bestimmten Bereich betreten will, seine Kennkarte registrieren lassen, sonst gibt es Alarm. So was Ähnliches ist auch in der Firma installiert. – Herr ... eh ...“, offenbar fiel ihm Michaels Name nicht ein, „da ist ein Bogenschütze aufgetaucht. Was mache ich jetzt?“

„Abwarten und Tee trinken.“ Michael blieb wie immer völlig gelassen, obwohl die Geschwindigkeit, mit der er auf der Tastatur tippte, sich steigerte. „Wir schinden Zeit. Bis zum Ablauf des Ultimatums haben wir noch elf Stunden und achtundvierzig Minuten, wie man uns freundlicherweise ständig einblendet. Das ist noch lange hin.“

Aktan hörte an seinem Tonfall, dass Michael damit nur Thaler und auch dessen Frau beruhigen wollte, selbst aber nicht oder nur unter Vorbehalt daran glaubte. Aktan senkte seine Stimme wieder zu einem Flüstern. „Was ist?“

„Die lassen das Signal über die Proxys rotieren, und zwar mit einer Geschwindigkeit, dass nicht mal die Kollegen vor Ort die dingfest machen könnten. Zumindest nicht ohne erheblichen Aufwand und Zeit. Der Typ, gegen den wir spielen, könnte theoretisch im Haus nebenan oder auf der anderen Seite der Welt sitzen.“

Was zu Takumi Saito passen würde. „Herr Thaler, Sie wollten mir was über die Sicherheitsvorkehrungen Ihrer Firma erzählen.“

Thaler wischte sich über die Stirn. Er schwitzte, was aber nicht an der sommerlichen Temperatur lag, die draußen herrschte, denn das Innere des Hauses wurde durch eine Klimaanlage angenehm temperiert. „Da gibt es nicht viel zu erzählen. Jede Tür ist mit einem Code gesichert, und jeder Mitarbeiter hat seinen eigenen Code. Zusätzlich braucht man einen Sicherheitsschlüssel, und für die inneren Bereiche, wo die Entwickler an den neuen Spielen arbeiten, braucht man eine Sonderfreigabe. Am Wochenende werden diese Räume außerdem mit Alarmanlagen und Laserschranken gesichert. Es müsste schon mit dem Teufel zugehen, wenn es jemandem gelingen sollte, da einzubrechen."

Bedauerlicherweise hatten die Entführer, vielmehr der oder die Leute, die hinter dem Ganzen steckten, wahrscheinlich die technischen Möglichkeiten, solche Sicherheitsvorrichtungen zu knacken. Oder sie hatten einen Mitarbeiter in ihre Gewalt gebracht, der Zugang zu diesen Bereichen hatte, und würden ihn zwingen, sie mit seinen Codes und Schlüsseln zu öffnen.

Sigrid Paulus rief Rebecca in der Zentrale an und wies sie an, mehrere Streifenwagen zu Thalers Firma zu schicken, nachdem sie sich von ihm die Adresse hatte geben lassen.

„Sagen Sie, Herr Thaler, sind die Überwachungskameras immer eingeschaltet? Auch tagsüber?", fragte sie anschließend.

Thaler nickte. „Meine Frau hat ein hohes Sicherheitsbedürfnis, seit wir letztes Jahr einen Burschen erwischt haben, der von der anderen Seite herübergeschwommen ist, obwohl Baden im See wegen der Keimbelastung verboten ist, und einfach an unserem Ufer sonnenbaden wollte. Vielleicht hatte er auch anderes im Sinn. Wir haben ihn verscheucht. Seitdem laufen die Kameras rund um die Uhr. Es hat aber keinen weiteren Zwischenfall gegeben. Auch keinen Einbruch oder so. Bis heute war alles in Ordnung."

Sigrid Paulus wandte sich an Monique Thaler. Sie hatte das Telefonat mit ihrer Schwester beendet und hockte mit angezogenen Beinen im Sessel. Ihrem Gesichtsausdruck nach zu urteilen, würde sie jeden Moment wieder in Tränen ausbrechen.

„Frau Thaler, können Sie mir sagen, was Sie normalerweise sonnabends tun?“

Sie blickte die Staatsanwältin verständnislos an. „*Ça n'a aucune importance*. Das ist doch völlisch unwischtig. Finden Sie *mon bébé, je vous implore*!“

Sigrid Paulus lächelte mitfühlend. „Genau dafür brauche ich Ihre Hilfe. Wenn wir verstehen, warum man ausgerechnet Ihre Tochter entführt hat, können wir sie schneller finden. Werden Sie uns dabei helfen?“

Monique Thaler nickte. „*Bien sûr*. Was isch tue an *samedi*? Solange Monfree ist in die Betrieb, isch spiele mit *mon bébé* oder gehe spazieren mit ihr vor dem Mittag. Dann isch mache Essen für Marie-Claire. Nach dem Essen isch bringe sie ins Bett für *une petite sieste*. Und während sie schläft, isch telefoniere mit *ma sœur* oder isch male.“

Sie deutete auf ein paar Bilder an den Wänden, farbenfrohe Landschaftsgemälde in klassischem Stil. Soweit Aktan das beurteilen konnte, hatte sie tatsächlich Talent.

„Die sind sehr schön.“

„*Merci*.“

„Und das tun Sie jeden Sonnabend?“

Sie nickte.

„Haben Sie ein Kindermädchen?“

„*Oui*. Aber Simone 'at frei am Wochenend'. Und bevor Sie fragen, *non*, es 'at nie gegeben Probleme mit ihr, kein Streit, nischt einmal ein unfreundlisches Wort.“

„Wie heißt diese Simone mit Nachnamen? Und wo wohnt sie?“

„Simone Bergfeld in Belziger Straße 42.“

Diesmal übernahm es Aktan, diese Information an Rebecca weiterzugeben. Rebecca hatte bereits ein paar Eckdaten über Monique Thalers Schwester in Erfahrung gebracht. Drini Leclerc arbeitete als erfolgreiche Malerin in Paris, betrieb ein Atelier und verdiente laut den auf ihrer Website ausgewiesenen Preisen für ihre Gemälde wohl ziemlich gut. Sie und Monique waren Zwillinge und hatten das Atelier nach ihrem Kunststudium gemeinsam gegründet als Auftragsatelier für Porträtmalerei. Offenbar hatte sich Monique daraus zurückgezogen, denn laut Website lief das Atelier nur noch auf den Namen ihrer Schwester.

„Frau Thaler, ist Ihnen in der letzten Zeit etwas Ungewöhnliches aufgefallen?“, erkundigte sich Sigrid Paulus. „Auch wenn Sie es für unbedeutend gehalten haben, kann uns jedes Detail weiterhelfen.“

Die Französin stützte die Stirn in die Hand und dachte nach. „*Non*, isch ’abe nischt bemerkt etwas.“

„Vielleicht Leute, die sich in der Straße herumgetrieben haben, obwohl sie hier nichts zu suchen haben? Oder einen fremden Wagen, der auffallend oft vorbeigefahren ist? Seltsame Anrufe?“

„*Non! Rien!*“ Monique klang ungehalten. Sie warf der Staatsanwältin einen verzweifelten Blick zu. „Wer tut so was? Und warum?“

Das war die Eine-Million-Euro-Frage. Sigrid Paulus lächelte Monique beruhigend zu. „Das finden wir heraus, Frau Thaler.“

Die Marseillaise unterbrach, was sie noch hatte sagen wollen, und Monique widmete sich wieder einem tränenreichen Telefonat mit ihrer Schwester.

„Michael, wie sieht es aus?“, fragte Aktan, nachdem er sein Gespräch mit Rebecca beendet hatte.

„Da ich den Standort des Gegenspielers nicht ermitteln kann, komme ich hier nicht weiter." Michael flüsterte wieder. „In dem Erpresserbrief steht doch, dass Thaler während des Spiels Hinweise auf den Aufenthaltsort seiner Tochter erhält. Solange wir keine anderen Anhaltspunkte haben, sollten wir das Spiel forcieren, um möglichst schnell an diese Hinweise zu kommen."

„Hast du nicht gesagt, dass du es nur bis Level 3 kannst?" Aktan flüsterte ebenfalls.

„Stimmt. Aber je nachdem, welche und wie viele Hinweise wir bekommen, genügen die vielleicht schon, um uns den Ort zu verraten."

„In Ordnung", entschied Sigrid Paulus. „Machen wir es so."

„Okay, Herr Thaler", sagte Michael. „Wir ändern unsere Strategie und werden massiv, um dem Gegner die Hinweise zu entlocken, die zum Aufenthaltsort Ihrer Tochter führen sollen. Wir müssen aufpassen. Der Bogenschütze ist gefährlich. Bringen Sie Ihren ins Spiel. Klicken Sie auf den Oktaeder. Nur beim ersten Zug müssen Sie zuerst irgendeine Figur anklicken. Bei jedem weiteren Zug entscheiden Sie erst nach dem, was Sie gewürfelt haben, welche Figur Sie mit dem Ergebnis ziehen wollen."

Thaler gehorchte. Der Oktaeder wirbelte und fiel so, dass er auf der einen, dem Spieler zugewandten Seite eine Frau mit vier Beinen, vier Armen, zu einem ausgebreiteten Spinnennetz geformten Haaren und einer Maske auf dem Gesicht zeigte. Die netzartigen Haare füllten auch die zweite sichtbare Fläche.

„Klicken Sie Ihren Bogenschützen an, Herr Thaler."

Sekunden später landete der blaugekleidete Bogenschütze auf einem Feld mit der Aufschrift *Mother Spider*. Aus dem Netz des danebenliegenden Feldes heraus schälte sich die gleiche Spinnenfrau, die auf der Oktaederfläche abgebildet war. Ein Stachel fuhr aus ihrem Hintern, dessen Spitze auf die Brust des Bogenschützen deutete. Eine Schriftrolle erschien in ihrer Hand, die sie entrollte. Dadurch wurde der Text darauf sichtbar: *Ich bin stärker als die Sonne, doch schwächer als der Wind.* Darunter erschien ein Eingabefeld mit einem blinkenden Cursor.

„Was soll das denn jetzt?“ Thaler klang erschrocken.

„Wer auf dem Feld der Spinnenmutter landet, erhält eine Rätselfrage.“ Michael klang gelassen wie immer. „Wenn sie richtig gelöst wird, bleibt die Figur im Spiel und rückt ein Feld weiter vor. Bei einer falschen Antwort wird sie vom Giftstachel der Spinnenfrau getötet und scheidet aus. Schreiben Sie ‚Wolke‘ ins Eingabefeld.“

Thaler zögerte. „Sind Sie sicher, dass das richtig ist? Ich meine ...“

„Absolut. Die Wolke verdunkelt die Sonne, ist also stärker als sie, wird aber vom Wind hin und her getrieben, ist also schwächer als er. Vertrauen Sie mir, Herr Thaler. Ich spiele das Spiel nicht zum ersten Mal. Auf Level 1 sind die Fragen noch ziemlich einfach, auch wenn es dafür einen so großen Pool gibt, dass ich bis jetzt noch nie dieselbe Frage zum zweiten Mal hatte. Ihre Programmiererin hat da echt tolle Arbeit geleistet.“

Aktan fragte sich, warum Thaler errötete und nicht darauf antwortete.

Thaler tippte „Wolke“ ein. Die Spinnenfrau verschwand, und der Bogenschütze sprang per Animation auf das nächste Feld. Ein Foto erschien auf dem Bildschirm, das die Siegessäule zeigte. Ein Chat-Feld wurde eingeblendet. *Am Zaun der*

Aussichtsplattform finden Sie einen blauen Zylinder und darin den ersten Hinweis. Schicken Sie Ihre Frau. Sie spielen weiter.

Thaler starrte erst auf den Text, dann Aktan, Michael und Sigrid Paulus entsetzt an und vergaß, dass er auf keinen Fall von einer Person zur anderen sehen durfte. „Was zum Teufel soll das denn?"

Das fragte sich Aktan auch. Noch etwas, das keinen Sinn ergab.

„Was jetzt?" Thaler standen dicke Schweißperlen auf der Stirn. Er atmete heftig.

„Sie bleiben ruhig sitzen und tun so, als würden Sie Ihrer Frau die Anweisung übermitteln", wies Sigrid Paulus ihn an. „Nicht vergessen, dass die Entführer Sie über die Webcam beobachten. Um alles andere kümmern wir uns. Sie spielen gleich mit Herrn Kohlers Hilfe weiter. Und bitte, sehen Sie nach Möglichkeit keinen von uns an."

Thaler fuhr sich über das Gesicht und wischte die danach schweißnasse Hand an der Hose ab. Er schüttelte den Kopf. „Das kann ich nicht! – Oh Gott, ist mir übel!"

Der Mann stand offenbar kurz davor, die Nerven zu verlieren.

„Herr Thaler, bitte bleiben Sie ganz ruhig", mahnte Aktan und bemühte sich, seine Stimme sanft und beruhigend klingen zu lassen. „Die Sicherheit Ihrer Tochter hängt davon ab, dass Sie die Nerven behalten. Atmen Sie tief durch. Je schneller Sie weiterspielen und die nächsten Hinweise erhalten, desto schneller finden wir Ihre Tochter. Schaffen Sie das?"

Thaler starrte ihn an. Sein Blick sagte, dass er mit der Situation komplett überfordert war. „Im Barfach steht eine Flasche Glenkinchie. Würden Sie mir die bitte bringen?"

Aktan hielt es für keine gute Idee, dass Thaler Alkohol trinken wollte. Man sah ihm seine Befürchtung wohl an, denn Thaler schüttelte den Kopf.

„Keine Soge, ich besaufe mich nicht. Aber ich brauche jetzt einen Schluck. Bitte.“

Sigrid Paulus nickte zustimmend. Aktan ging zum Wohnzimmerschrank und öffnete das Barfach. Von zwei Etagen verspiegelter Stellflächen blinkte ihm, von der darin befindlichen Lampe angeleuchtet, eine Batterie Whiskyflaschen entgegen. Er zählte siebzehn verschiedene Sorten. Die meisten waren noch versiegelt und nur drei bereits angebrochen, aber noch relativ voll. Eine davon trug die Aufschrift Glenkinchie. Er nahm die Flasche und ein Glas aus dem Seitenfach und reichte beides über den aufgeklappten Bildschirm, damit die Entführer über die Webcam nicht sehen konnten, dass die reichende Hand einem Mann gehörte. Auch wenn diese Vorsichtsmaßnahme wahrscheinlich sowieso sinnlos war.

Thaler nahm nur die Flasche und ignorierte das Glas. Er zog den Korken heraus, setzte sie an den Mund und nahm einen langen Zug, ehe er sie verschloss und zur Seite stellte. „Danke.“ Er warf einen Blick auf seine Frau.

Monique Thaler war immer noch in das Gespräch mit ihrer Schwester vertieft, hatte die Augen geschlossen und offensichtlich ihre Umgebung ausgeblendet.

„Soll meine Frau wirklich diese Nachricht abholen? Das steht sie nicht durch.“

„Nein, das erledigen wir.“ Sigrid Paulus griff zum Handy.

„Aber die Leute beobachten uns doch offensichtlich. Wenn die feststellen, dass nicht Monique losfährt, um ... Verdammt, was dann?“

Die Staatsanwältin sah ihm in die Augen. „Herr Thaler, die Leute beobachten Sie über die Webcam. Denen ist offenbar nur wichtig, dass Sie das Haus nicht verlassen. Es macht wenig Sinn, Ihre Frau auch noch zu überwachen. Wir schicken eine Beamtin in Zivil. Bitte vertrauen Sie uns. Wir alle wissen, was wir tun und erleben so eine Situation nicht zum ersten Mal.“

Das entsprach nicht ganz der Wahrheit. Zwar hatten sie bei Geldübergaben in Entführungsfällen schon einmal ein Double eingesetzt, aber „so eine Situation“, die sich mit dieser vergleichen ließ, hatte bisher keiner von ihnen erlebt. Immerhin hatten Sigrid Paulus' Worte den gewünschten Effekt. Manfred Thaler wurde ruhiger. Vielleicht lag das auch mit am Whisky.

„In Ordnung.“ Er schnitt eine Grimasse. „Bleibt mir ja nichts anders übrig. – Herr Michael, eh, Kohler, was mache ich als Nächstes?“

15.10 Uhr

„Wir sind oben.“ Gero Lauters Stimme klang gepresst und keuchend.

Rebecca Goldberg schmunzelte. Sie war auch schon die 285 Stufen zur Aussichtsplattform auf der „Goldelse“ gestiegen, wie die Viktoriastatue auf der Siegessäule im Volksmund genannt wurde. Wer nicht über eine exzellente Kondition verfügte, fühlte sich, oben angekommen, wie nach einem Marathonlauf, Drehwurmgefühl gratis wegen der Wendeltreppe. Gero Lauter begleitete Heike Adam, die Rebecca damit beauftragt hatte, an Monique Thalers Stelle den blauen Zylinder zu holen. Heike sah ihr ähnlich genug, dass ein Beobachter, der die Französin nicht allzu gut kannte, sie mit ihr verwechseln konnte.

Nicht nur Rebecca war zu dem Schluss gekommen, dass es einen Beobachter geben musste. Die Aussichtsplattform war eine Touristenattraktion, auf der täglich Hunderte von Menschen in gut fünfzig Metern Höhe die Aussicht über die Stadt mit freiem Blick über den Potsdamer Platz, das Brandenburger Tor und den Großen Tiergarten genossen. Wer hier einen auffallenden blauen Zylinder anbrachte, musste damit rechnen, dass neugierige Besucher den vor Monique Thaler fanden und an sich nahmen oder ihn als störenden „Schandfleck" am goldfarbenen Gitter wegwarfen. Es musste deshalb jemand dort oben warten, um das zu verhindern. Dieser Beobachter musste also genau wissen, wer berechtigt war, den Zylinder an sich zu nehmen.

Deshalb trug Heike einen modischen Sommerhut mit breiter Krempe, hinter der sie ihr Gesicht weitgehend versteckte. Gero, der über einen „Knopf im Ohr" und ein Miniaturmikrofon unter dem Kragen seines Hemdes mit der Zentrale verbunden war, tat so, als gehöre er nicht zu Heike und spielte den Touristen, während sie sich nach dem Zylinder umsah. Gero beobachtete unauffällig die Leute, die sich am Gitter drängten, ob er jemanden sah, der sich auf die Leute konzentrierte und nicht auf die Aussicht. Er machte Aufnahmen mit seinem Smartphone wie andere auch. Da das aber direkt mit der Zentrale verbunden war, konnten Rebecca und das Team auf einem Bildschirm verfolgen, was er sah.

Heike, die vom Aufstieg mindestens so erschöpft war wie er und keuchend einen Moment innehielt, eine Hand am Gitter abgestützt, blickte sich um. „Kein Zylinder in Sicht", murmelte sie. Auch sie trug einen Empfänger im Ohr und ein Mikrofon unter dem Blusenkragen. Langsam ging sie am Gitter entlang und versuchte, zwischen den teilweise dicht gedrängten Menschen zu sehen, ob irgendwo ein blauer Zylinder befestigt war. Gero folgte ihr unauffällig und behielt sie weitgehend im Fokus seiner Smartphone-Kamera.

Sie umrundeten die gesamte Plattform, aber von einem blauen Zylinder war weit und breit keine Spur. „Entweder die Leute verarschen Thaler, oder jemand hat das Ding inzwischen entfernt", murmelte Heike.

„Keine verdächtige Person zu entdecken", meldete Gero. „Das will aber nichts heißen."

„Vielleicht ist er heruntergefallen", vermutete Rebecca. „Geh noch mal herum, Heike, und such auch am Boden."

Heike gehorchte. „Nichts", meldete sie fünf Minuten später. „Ich mache aber noch mal eine Runde."

Gero umrundete die Plattform in der entgegengesetzten Richtung. „Hier ist ein blauer Bindfaden an eine Strebe geknotet", meldete er und zoomte die Stelle heran.

Rebecca sah auf dem Bildschirm, dass der Faden nach außen am Gitter herabhing und so straff war, dass am anderen Ende ein Gewicht hängen musste, das aber leicht genug war, dass der Faden im Wind hin und her schwang, der oben um die Plattform wehte.

Heike kam, fasste durch die goldfarbene Verstrebung des Gitters, das direkt über der Mauer angebracht war, und zog den Faden nach innen. Daran hing ein blauer Zylinder, ungefähr zehn Zentimeter lang und fingerdick. Da sie sich keine Plastikhandschuhe anziehen konnte, bevor sie ihn anfasste – der noch nicht entdeckte Beobachter hätte dadurch sofort gewusst, dass sie von der Polizei und nicht Monique Thaler war –, nahm sie ihn mit zwei Fingern an einem Ende und löste ihn vom

Bindfaden. Geros Kamera lieferte inzwischen weiterhin Bilder von den Umstehenden, von denen sich immer noch keiner verdächtig benahm. Erst recht sah niemand zu Heike hin.

Der Zylinder hatte in der Mitte eine Schraubvorrichtung wie ein Kugelschreiber. Heike drehte ihn vorsichtig auf.

„In dem Ding ist ein zusammengerolltes Blatt“, meldete sie. Sie nahm es heraus, steckte die beiden Zylinderteile in die Brusttasche ihrer Bluse und rollte das Blatt auseinander. „Was soll das denn?“

„Rede mit uns, Heike“, bat Rebecca. „Wir können nicht sehen, was du hast.“ Und Gero konnte nicht fotografieren, was sie in der Hand hielt, ohne Heikes Tarnung gegenüber dem Beobachter auffliegen zu lassen.

„Ein dreieckiges Blatt, ungefähr fingerlange Seitenkanten. Sieht aus, als wenn es ein Teil eines ausgedruckten Fotos wäre. Es scheint sich um die getünchte Außenwand eines Gebäudes zu handeln. An der unteren Kante ist was zu sehen, das könnte die obere oder untere Ecke einer Tür sein. Was soll das werden? Eine Schnitzeljagd?“

Genau das vermutete Rebecca. „Fahrt zu Thalers Haus. Sobald ihr im Auto sitzt, macht ein Foto von dem Zettel. Vera ist mit ihrem Team noch vor Ort. Sie soll den Zylinder und das Bild auf Fingerabdrücke untersuchen. Wir analysieren inzwischen die Bilder von den Leuten, die Gero aufgenommen hat.“

Das Bild, das von Geros Smartphone übertragen wurde, erlosch, als er es ausschaltete.

Das Festnetztelefon auf Rebeccas Tisch klingelte. Die im Display sichtbare Nummer des Anrufers zeigte eine Wiesbadener Vorwahl. Der Anruf kam vom BKA.

„Was haben Sie für mich, Herr Vogler?“, fragte sie, ohne sich mit einer Begrüßung aufzuhalten.

„Eine gute und eine schlechte Nachricht, Frau Goldberg. Wir haben mit einem japanischen Kollegen Kontakt aufgenommen. Er hat für uns Takumi Saito überprüft. Und ihn gefunden."

Rebecca seufzte. „Ich nehme an, das war die gute Nachricht. Wie lautet die schlechte?"

„Er ist tot. Schon seit über einem Jahr. Wie es aussieht, hat er den Erfolg nicht verkraftet, den er mit seinem Spiel erreicht hat. Er hat ihn wohl ein bisschen zu intensiv mit Partys und viel Sake gefeiert. Eines Nachts ist er auf dem Heimweg von so einer Party im Rokku – das ist das Vergnügungsviertel im Tokioter Stadtteil Asakusa – in der U-Bahn-Station unglücklich gestürzt und hat sich den Schädel gebrochen. Er ist tags darauf im Krankenhaus gestorben. Er kann also nicht Ihr Entführer sein oder hinter dem Ganzen stecken. Das ist die zweite gute oder auch schlechte Nachricht."

„Danke, Herr Vogler. Das hilft uns ein bisschen weiter."

„Viel Erfolg! Wir alle drücken Ihnen die Daumen, dass Sie das Kind unversehrt finden. Melden Sie sich, wenn wir noch etwas für Sie tun können."

Rebecca bedankte sich nochmals und beendete das Gespräch. Sie gab die Nachricht an Aktan weiter, dass Saito nicht der Entführer war. Der Bildschirm erhellte sich wieder, als Gero das Bild des Fotoausschnitts sendete. Es wurde sofort vergrößert und durch verschiedene Filter geschickt. In der Vergrößerung sah man deutlich, dass es sich tatsächlich um den Ausschnitt einer Mauer handelte, deren grauweißer Putz bröckelte, und der den Teil einer Türzarge zeigte.

Rebecca sah Heikes Vermutung bestätigt, dass die Entführer mit ihnen, vielmehr Thaler und seiner Frau, eine Schnitzeljagd veranstalten wollten. Wahrscheinlich hatten sie über die ganze

Stadt kleine blaue Zylinder oder andere Behälter verteilt, in denen jeweils ein Teil des Fotos steckte. Die zusammengesetzten Teile offenbarten am Ende – hoffentlich – den Aufenthaltsort der kleinen Marie-Claire. Die Frage war nur, ob sie das Kind dort lebendig fanden oder eine Leiche bergen mussten.

Die Analyse lief bereits. Das Bilderkennungsprogramm versuchte, aus dem Detail der Tür den Rest zu errechnen und entsprechend zu ergänzen. Da der Ausschnitt aber zu klein war, gab es noch zu viele Möglichkeiten. Sie mussten also warten, bis sie das nächste Puzzleteil bekamen. Dank Programmen wie Google Streetview würde das errechnete Aussehen der Tür und des Restes des Gebäudes mit den eingespeisten Daten abgeglichen, bis eine Übereinstimmung erzielt wurde. Aber das würde so oder so noch Stunden dauern.

15.36 Uhr

Mark Dombrowsky goss sich kalten Tee aus der Thermoskanne in den Becher und trank einen Schluck. Ein kühles Bier wäre ihm lieber gewesen. Eigentlich wäre er um diese Zeit mit der Familie im Garten beim Grillen. Aber nachdem die Entführung des Thaler-Mädchens gemeldet worden war, hatten nicht nur die Kollegen, die an diesem Wochenende Bereitschaft hatten, ihre Freizeit abbrechen müssen.

Mark und seine Kollegin Svenja Martin observierten seit gut einer Stunde Thalers Firma in der Grünauer Straße. Sie hatten sich in einem Zivilfahrzeug in der Einfahrt des Betriebsgeländes gegenüber in den Schatten des Gebäudes gestellt. Dort fielen sie nicht auf, weil hier zu jeder Zeit Wagen parkten, auch an Sonnabenden. Bis jetzt war nichts Auffälliges passiert.

Zumindest nicht auf der Straße. Für den Fall, dass sich jemand dem Gelände von Thaler-Rengo auf der rückwärtigen Seite über die Dahme nähern sollte, um weitgehend unbemerkt von dort aus einzusteigen, patrouillierten Kollegen in einem Motorboot auf dem Fluss.

Mark sah auf die Uhr. Zwanzig vor vier. „Müssten die Typen nicht mal bald kommen?" Immerhin hatte Thaler die Firma bereits um kurz nach elf verlassen und saß seit kurz vor zwei vor seinem Computer fest, wie die Einsatzleitung aus der Zentrale gemeldet hatte.

„Ich kann mir nicht vorstellen, dass die den Einbruch von der Straße aus versuchen." Svenja trank einen Schluck aus ihrer Mineralwasserflasche. „Auch wenn Sonnabend ist und Ferien sind, ist hier immer noch relativ viel Verkehr."

„Du kennst doch die Vorgehensweise von Berufseinbrechern", erinnerte er sie. „Die operieren ganz offen. Wenn sie nicht gerade das Brecheisen auspacken und dadurch Aufmerksamkeit erregen, sondern sich ganz normal verhalten, wird niemand jemandem einen zweiten Blick gönnen, der zum Beispiel mit einer Aktentasche unter dem Arm so tut, als würde er bei Thaler-Rengo ganz normal die Tür aufschließen, auch wenn er sie mit einem Dietrich oder in diesem Fall elektronischen Decodierer knackt. Eine Gestalt, die am helllichten Tag auf offener Straße eine Tür aufschließt, selbst wenn das ein paar Sekunden länger dauert als üblich, erregt keine Aufmerksamkeit." Mark trank einen weiteren Schluck. „Außerdem können die Typen, die hier einbrechen wollen, sich denken, dass Thaler die Polizei einschaltet und reichlich schnell darauf kommt, dass er aus der Firma weggelockt werden sollte. Wenn ich die wäre, würde ich mich auch erst mal davon überzeugen, dass die Luft auch wirklich rein ist, bevor ich zur Tat schreite."

Svenja griff zum Sprechgerät. „Wagen 5 an Boot. Wie sieht es bei euch aus? Hier ist alles ruhig.“

„Nichts Verdächtiges zu sehen“, kam unverzüglich die Antwort.

Mark stieß sie an und nickte zur Straße hin. „Die beiden Biker fahren hier schon zum zweiten Mal vorbei. Zumindest der Typ mit dem Panther auf dem Helm. Ist noch keine Viertelstunde her. Ich bin mir ziemlich sicher, dass der andere auch dabei war. Und die sind beim ersten Mal auch von rechts gekommen.“

Er blickte den beiden Motorrädern nach, konnte von seiner Position aus aber kein Nummernschild erkennen.

Svenja griff wieder zum Sprechgerät. „Leute, zwei möglicherweise verdächtige Biker bewegen sich auf der Grünauer Richtung Glienicker Straße.“

„Hier Wagen 4. Die sind gerade in die Glienicker eingebogen.“

Wagen 4 hatte sich in der Einfahrt des Geländes zwischen „Matratzen Concord“ und der Bushaltestelle postiert und hatte die Grünauer zu beiden Seiten von der Einmündung der Glienicker im Blick. Ein weiterer Wagen stand vor Haus 74.

„Die sind vor ein paar Minuten hier schon mal langgefahren. Wir haben das Kennzeichen von dem einen. Halterabfrage folgt.“

Die dauerte keine zwei Minuten. „Halter ist ein Kevin Nowak, Jahrgang 90. Und er hat ein paar Vorstrafen, unter anderem wegen Einbruch.“

„Na sieh mal einer an.“

Svenja brauchte keine Aufforderung. Sie meldete das der Einsatzleitung.

„Wenn die noch mal auftauchen, anhalten und überprüfen“, wies Rebecca Goldberg alle an.

Nowak und sein Begleiter kamen zehn Minuten später erneut vorbei. Diesmal hielten sie an und schoben ihre Motorräder auf den Grünstreifen neben den Mülltonnen vor Haus 55. Sie sahen sich um, ehe sie zur Haustür gingen und davon stehenblieben. Während Nowak irgendwo klingelte oder so tat, als ob, blickte sein Begleiter sich weiterhin um. Das tat schließlich auch Nowak. Als niemand ihnen öffnete, gingen sie zu ihren Bikes zurück.

Mark und Svenja hatten bereits ihren Wagen verlassen und gingen auf die beiden zu. Obwohl sie in Zivil waren, hatte ihr Anblick eine erstaunliche Wirkung auf die beiden Männer.

„Scheiße!“, brüllte Nowak, sprang auf seine Maschine, legte einen Kavaliersstart hin und brauste davon. Sein Freund folgte seinem Beispiel.

„Halt! Polizei!“

Falls die beiden das durch den Lärm der aufheulenden Motoren gehört hatten, was Mark bezweifelte, beachteten sie es nicht. Er und Svenja machten kehrt und rannten zum Wagen zurück. Während Svenja sofort eine Durchsage machte, das Blaulicht aufs Dach setzte und die Sirene einschaltete, jagte Mark bereits den Flüchtenden hinterher. Wagen 3, der vor Nummer 74 gestanden hatte, war nur Sekunden später hinter ihnen.

Die Biker rasten auf die Glienicker-Kreuzung zu. Wagen 4, ebenfalls mit Blaulicht und Sirene, schoss auf die Straße und versuchte, ihnen den Weg abzuschneiden. Der vordere Motorradfahrer machte einen riskanten Schlenker, der ihn auf die Gegenfahrbahn brachte und einen entgegenkommenden Wagen zu einer Vollbremsung zwang, durch die er sich quer stellte. Der zweite Biker, Nowak, schaffte es nicht, zwischen diesem Auto und Wagen 4 hindurch seinem Kumpel zu folgen. Er riss die Maschine nach links und raste in die Glienicker Straße, wobei er beinahe einen Fußgänger überfuhr, der die Straße überquerte. Der Mann stolperte erschrocken rückwärts und stürzte zu Boden, schien aber nicht ernsthaft verletzt zu sein.

Mark bog ebenfalls in die Glienicker ein und verfolgte Nowak. Wagen 4 schloss sich an, während Wagen 3 dem anderen Biker weiter auf der Grünauer Richtung Oberspreestraße/ Müggelheimer Straße folgte. Svenja machte ununterbrochen die Durchsagen.

„Verdächtiger fährt Richtung Adlergestell. Will vermutlich auf die A 113. Oder über Schmöckwitz nach Brandenburg."

Was problematisch wäre, da hinter der Stadt- und gleichzeitig Bundeslandgrenze die Brandenburger Kollegen zuständig wären und sie dann Amtshilfe anfordern müssten.

Nowak raste auf die Kreuzung Glienicker und Spindlersfelder zu. Dass die Ampeln auf Rot schalteten, interessierte ihn nicht. Halsbrecherisch jagte er zwischen den Autos, die an den Ampeln gerade angefahren waren, im Zickzack vorbei weiter auf dem Glienicker Weg. Zum Glück reagierten die Autofahrer vorbildlich auf Blaulicht und Sirene, machten Platz und stoppten sofort. Trotzdem musste Mark etwas abbremsen, um nicht mit einem der halb in der Kreuzung stehenden Fahrzeuge zu kollidieren.

Da der Glienicker Weg nicht breit genug war, um Mark dieselben Überholmanöver zu gestatten, die Nowak hinlegte, fiel er etwas zurück und holte erst in Höhe von „Berlin-Chemie" wieder auf, weil der Verkehr hier dünner wurde. Die Ampel vor der Kreuzung Adlergestell zeigte Rot, und eine kleine

Schlange stand auf jeder der sich hier auf vier Spuren in Fahrtrichtung verbreiternden Straße.

Nowak fuhr ohne zu zögern auf die Gegenfahrbahn, scherte sich nicht darum, dass die Entgegenkommenden ihm ausweichen mussten, und erst recht nicht um das Hupkonzert, das darauf folgte. Mark musste ihm notgedrungen folgen. Offenbar hatte Nowak tatsächlich geplant, nach links Richtung Schmöckwitz abzubiegen. Doch von dort schnitten ihm zwei Streifenwagen den Weg ab. Er machte eine scharfe Biege nach rechts, die ihn ins Schleudern und beinahe zu Fall brachte, um in die Köpenicker Straße einzuschwenken. Doch auch dort versperrten Autos auf jedem Fahrstreifen den Weg und kam ihm ein Polizeiwagen entgegen. Er brachte seine Maschine wieder unter Kontrolle, schwenkte nach rechts und jagte Richtung Treptow.

„Wir müssen den Kerl irgendwohin bugsieren, wo wir ihm jeden Fluchtweg abschneiden können", knurrte Mark.

Svenja gab das über Funk weiter. Doch das war leichter gesagt, als getan. Nowak hatte zwei Vorteile: Sein Motorrad war schneller als die Streifenwagen und zivilen Wagen und sehr viel schmaler, weshalb er sich durch Verkehrslücken manövrieren konnte, die für Autos unpassierbar waren. Zum Glück herrschte gegenwärtig auf der Adlergestell wenig Verkehr, sodass auch Mark und die Kollegen in den anderen Wagen mit hoher Geschwindigkeit fahren konnten, ohne jemanden zu gefährden.

Nowak raste weiter. Da die Straße schnurgerade war, die jetzt in die Michael-Brückner-Straße und gleich darauf in die Schnellerstraße überging, gab es keine Kurven, in denen er hätte abbremsen müssen.

„Kann dem Kerl *bitte* das Benzin ausgehen“, betete Mark und trat nach dem Überholen eines Lastwagens das Gaspedal voll durch.

Nowak flog förmlich über die Brücke des Britzer Zweigkanals und brauste weiter auf der Köpenicker Landstraße.

„Wenn der nicht bald die Geschwindigkeit drosselt, legt er sich spätestens in der Kurve zur Bulgarischen Straße“, war Svenja überzeugt.

„Oder der Kerl ist so wahnsinnig und rast Am Treptower Park in den Gegenverkehr.“

Zwar ging die Straße auch an dieser Kreuzung geradeaus weiter, war aber ab der Einmündung Am Treptower Park eine Einbahnstraße, wo man nur nach rechts in die Bulgarische abbiegen konnte – wenn man vorschriftsmäßig fuhr. Nowak war ein heißer Kandidat dafür, außer den Verkehrsvorschriften auch hier die eigene Sicherheit zu missachten und sein Glück im Gegenverkehr zu versuchen. Dahin konnten Mark und die anderen ihm nicht folgen; zumindest nicht mit größerer Geschwindigkeit, da selbst der reaktionsschnellste Autofahrer nicht schnell genug seinen Wagen an die Seite lenken konnte, um für den Polizeikonvoi eine Mittelgasse zu schaffen.

Die Kreuzung kam in Sicht. Nowak drosselte die Geschwindigkeit – und raste in den Gegenverkehr.

Mark bremste scharf ab. „Scheiße, verfluchte!“ Er schlug mit der Faust aufs Lenkrad.

„Ich habe zwar keine Ahnung, wohin er will, aber der schnellste Fluchtweg führt über die A 113.“ Svenja rief im Navi etwas auf. „Über die käme er auch am schnellsten zu seiner Wohnung.“

„Falls er so dämlich ist hinzufahren. Der wird sich wohl denken können, dass wir Leute hingeschickt haben, die ihn dort abfangen, sobald er auftaucht.“ Mark wendete. „Aber falls er tatsächlich zur A 113 will, können wir ihn mit etwas Glück vor der Auffahrt Grenzallee abfangen. Gib’s durch, Svenja.“

Svenja informierte die Kollegen in den anderen Wagen. Mark fuhr ein Stück auf der Köpenicker Landstraße zurück und bog wenig später rechts in den Dammweg ein, der auf die Grenzallee führte. Von Nowak war nichts zu sehen. Da auch diese Straße beinahe schnurgerade war, erreichten sie schnell die Grenzallee.

„Verdächtiger auf der Sonnenallee gesichtet“, kam die Meldung eines Streifenwagens. „Fährt Richtung Grenzallee.“

„Gut kombiniert, Svenja.“

Die Kollegen der Streifenwagen, die Mark folgten, stoppten beim „Sconto-Markt“ den Verkehr, der von der Autobahn abfuhr oder auffahren wollte und riegelten mit vier Wagen die Straße ab. Der fünfte Wagen verstellte die Einfahrt zum Parkplatz des gegenüberliegenden „Boss-Marktes“.

„Verdächtiger ist in die Grenzallee eingebogen“, meldete der Wagen, der Nowak verfolgte. „Kommt auf euch zu.“

Da kam er auch schon in halsbrecherischem Tempo angerast.

„Wir sehen ihn“, meldet Svenja.

Aber Nowak sah sie ebenfalls, als er die Einmündung Bergiusstraße erreichte. Er bremste ab und riss den Lenker herum, um in die Bergiusstraße zu flüchten. Zu seinem Pech konnte man mit einem Motorrad bei so hoher Geschwindigkeit nicht mehr im rechten Winkel abbiegen. Er verriss den Lenker. Die Maschine legte sich auf Seite, kippte um und schlitterte funkensprühend über den Asphalt, ehe sie gegen den Laternenpfahl prallte, der an der Ecke stand. Der Mast wurde durch den Aufprall umgeknickt und stürzte auf den Maschendrahtzaun des dahinterliegenden Geländes.

Nowak, der schon vorher vom Sitz geschleudert worden war, rutschte ebenfalls ein Stück über die Straße. Er rappelte sich aber erstaunlich schnell wieder auf und versuchte, humpelnd zu flüchten. Bevor er mehr als drei Schritte weit gekommen war, hatten die Kollegen ihn gefasst und legten ihm Handschellen an.

Der Vehemenz nach zu urteilen, mit der Nowak sich dagegen wehrte und wie ein Rohrspatz fluchte, schien er nicht verletzt zu sein oder allenfalls ein paar Prellungen abbekommen zu haben.

Mark, der seinen Blockadeposten aufgegeben hatte, als er Nowak stürzen sah, hielt neben dem Streifenwagen der Kollegen. Die Gepäckbox des Motorrades war aufgegangen. Der Inhalt hatte sich rund um die Maschine verteilt, deren Räder immer noch rotierten, aber schon langsamer wurden, nachdem der Motor durch den Aufprall nicht mehr lief. Mark stieg aus und sah sich die Gegenstände an. Skimaske, Einweghandschuhe, ein Satz Dietriche und ein durch den Aufprall zerbrochener Dekodierer neben ein paar weiteren Utensilien, die nicht zum Reparieren oder Pflegen des Motorrades gedacht waren.

„Volltreffer", stellte er zufrieden fest. Er wandte sich an die Streifenbeamten. „Kollegen, wir nehmen den Spezi zur Vernehmung mit. Von dem, was er bei sich hatte", er deutete auf die Einbruchwerkzeuge, „brauchen wir schnellstens eine komplette Aufstellung."

„Wird erledigt", versprach der Kollege, der Nowak am Arm festhielt und schob ihn zu Mark.

„Herr Nowak, Sie sind vorläufig festgenommen wegen des Verdachts, an der Entführung von Marie-Claire Thaler beteiligt zu sein sowie wegen gefährlichen Eingriffs in den Straßenverkehr. Brauchen Sie vorher einen Arzt?"

Nowak starrte ihn perplex an. „Seid'a bekloppt oda wat? Wat wollt'a Scheißbullen ma da anhäng'? Ick hab nüscht jemacht!"

„Also kein Arzt", stellte Mark unbeeindruckt fest und zwang Nowak mit Svenjas Hilfe, auf dem Rücksitz Platz zu nehmen. „Alles andere klären wir im Präsidium."

16.11 Uhr

Aktan sah, wie Manfred Thaler der Schweiß ausbrach, als das Rätselfeld aufklappte und die Frage preisgab, während der Stachel des Spinnenungeheuers seine Schwertkämpferin bedrohte. Mit Michaels Hilfe war es ihm gelungen, auf Level 2 zu kommen. Der war schwieriger als Level 1, weshalb es im Moment unentschieden stand. Immerhin hatte es Thaler, vielmehr Michael geschafft, auf das Rätselfeld zu kommen. An seinem ratlosen Gesicht erkannte Aktan aber, dass auch Michael die Antwort nicht wusste. Zumindest nicht auf Anhieb.

„Das Dunkle im Hellen, das Helle im Dunklen, in Ewigkeit vereint", las Thaler laut vor und warf einen verzweifelten Blick in die Runde.

Das hatte er, seit er mit dem Spiel begonnen hatte, schon öfter getan und immer wieder vergessen, dass er dadurch den Beobachtern am anderen Ende der Webcam verriet, dass außer seiner Frau noch andere Personen anwesend waren.

Falls denen das aufgefallen war, womit man rechnen musste, wussten die inzwischen mit Sicherheit, dass er entgegen ihrer Anweisung die Polizei informiert hatte. Aktan wertete es als gutes Zeichen, dass die Entführer trotzdem weiterspielten. Das gab Anlass zu der vorsichtigen Hoffnung, dass das Kind vielleicht noch lebte. Es konnte aber auch dem Zweck dienen, Thaler mit eben dieser Hoffnung zu quälen, um sie ihm am Schluss zu zerstören.

„Was zum Teufel soll das denn heißen?“ Thaler blickte Michael an, der schwieg und nachdenklich die Stirn runzelte. „Ich denke, Sie kennen das Spiel. Sagen Sie jetzt bloß nicht, Sie wissen nicht, was das zu bedeuten hat!“

Michael machte eine beschwichtigende Geste. „Bitte bleiben Sie ruhig, Herr Thaler. Was ich nicht weiß, weiß das Internet. Davon abgesehen müssen auch Kenner des Spiels ihre grauen Zellen immer mehr anstrengen, je höher der Level wird.“

Thaler schlug mit der flachen Hand auf den Tisch. „Verdammt, Sie haben gesagt, dass Sie meine Tochter finden, bevor Sie mit Ihrer Weisheit für dieses Scheißspiel am Ende sind. Und was ist? Sie haben nichts! Nur vertrackte Rätsel, die Sie nicht lösen können, und nicht die geringste Ahnung, wo die Kerle Marie versteckt halten. Sie ...“

„Bitte beruhigen Sie sich, Herr Thaler.“ Sigrid Paulus’ Stimme klang zwar ruhig, aber auch kalt und wirkte deshalb selbst auf Aktan wie eine kalte Dusche. „Sie sehen doch, dass wir alles in unserer Macht Stehende tun. Und dieses Rätsel ist nicht so schwer zu lösen, wie Sie und Herr Kohler glauben.“ Sie nickte Michael zu und sah Thaler wieder an. „Geben Sie ‚Yin und Yang‘ ein.“

Man sah Thaler an, dass er erhebliche Zweifel daran hatte, dass das richtig sein könnte. Verdammt, wo blieb Ben Eggers?

Ausgerechnet dann, wenn man einen Notfallpsychologen dringend brauchte, verzögerte sich dessen Eintreffen.

Die Staatsanwältin nickte Thaler zu. „Das ist schon richtig, Herr Thaler. Ich bin Buddhistin. Das Yin-Yang-Zeichen besteht aus zwei gleich großen Flächen, die eine schwarz, die andere weiß. In jeder dieser Flächen ist ein Punkt der jeweils anderen Farbe, der weiße Punkt im schwarzen Feld und der schwarze im weißen Feld. Sie symbolisieren die Gegensätze, die trotzdem, vielmehr gerade deswegen eine Einheit bilden." Sie lächelte Thaler zu. „Vertrauen Sie mir, Herr Thaler."

Thaler zögerte. Schließlich gab er nach. „Auf Ihre Verantwortung."

Er tippte „Yin und Yang" ein. Das Rätselfeld verschwand. Das Spinnenmonster zog sich zurück, die Schwertkämpferin rückte ein Feld weiter. Wie beim ersten Mal erschien ein Foto. Es zeigte die Fassade eines Restaurants mit grün gestrichenen, von braunen Rahmen umrandeten hölzernen Fensterläden, über dessen Eingang ein grünes Schild mit goldenen Lettern in alter deutscher Schrift „Zur letzten Instanz" prangte. Im Chat-Feld wurde geschrieben: *Blauer Zylinder unter dem Tisch vor der Bierzapfanlage neben dem Kachelofen.*

„Herr Lauter, Frau Adam", wandte sich Sigrid Paulus an die beiden Beamten, die weisungsgemäß in Thalers Haus auf ihren nächsten Einsatz warteten. „Restaurant ‚Zur letzten Instanz'. Dort ist der nächste blaue Zylinder unter einem Tisch versteckt."

Heike ging zu Michael, blickte über seine Schulter auf den Bildschirm und las, was die Entführer gepostet hatten. Sie nickte Gero zu und verließ mit ihm das Haus.

Monique Thaler, die gerade das x-te Telefonat mit ihrer Schwester beendet hatte, brach wieder einmal in Tränen aus.

Sie sprang von der Couch auf, in deren Ecke sie sich verkrochen hatte, lief ins Arbeitszimmer und warf sich ihrem Mann in die Arme. Er stand auf und drückte sie an sich, strich ihr über das Haar und küsste sie auf Wange und Stirn. Auch in seinen Augen schimmerten Tränen, die er sich bemühte, nicht zu vergießen.

Der Laptop gab einen Signalton von sich. Thaler nahm ihn nicht wahr oder ignorierte ihn. Er und seine Frau klammerten sich aneinander fest in dem fruchtlosen Versuch, ihrer Verzweiflung Herr zu werden. Aktan konnte nur unvollkommen ermessen, wie sie sich fühlten. Wenn er sich vorstellte, dass jemand seine geliebte Naila entführt hätte – Kinder hatte er noch nicht – und er nicht wüsste, wie es ihr ging, ob sie verletzt war oder überhaupt noch lebte, bekam er eine vage Ahnung. Deshalb hasste er, dass er sie in ihrem Schmerz unterbrechen musste.

„Herr Thaler, Sie müssen den nächsten Zug machen. Sonst verlieren Sie."

Seine Frau klammerte sich noch enger an ihn und schluchzte herzzerreißend. Er drückte sie noch einmal fest an sich, ehe er sie nachdrücklich und trotzdem widerstrebend von sich schob. „Bitte, Schatz, setz dich wieder hin und lass mich dieses verdammte Spiel spielen."

Sie nickte nur, schlug die Hände vors Gesicht und wankte in Richtung Wohnzimmer. Sigrid Paulus legte einen Arm um ihre Schulter und führte sie zur Couch. „Lassen Sie sich bitte nicht entmutigen, Frau Thaler. Wir schaffen das."

Aktan hoffte, dass sie recht behielt. Thaler setzte sich wieder, wischte sich über die Augen und fuhr sich mit der Hand wieder einmal über das Gesicht. Sie zitterte. Die Entführer sahen das natürlich über die Webcam. Möglicherweise fanden sie das auch noch befriedigend. Monique Thaler setzte sich mit angezogenen Beinen in eine Couchecke, griff zum Handy, rief wieder ihre Schwester an und führte mit ihr das nächste tränenreiche Gespräch. Sigrid Paulus seufzte und wünschte garantiert ebenso wie Aktan, Ben Eggers herzaubern zu können.

Thaler starrte auf den Bildschirm. „Und jetzt?" Auch seine Stimme zitterte.

„Sie würfeln, Herr Thaler." Michael klang ruhig wie immer.

Thaler klickte den Oktaeder an. Er fiel so, dass seine dem Betrachter zugewandte Seiten insgesamt neun Punkte zeigten.

„Hervorragend", fand Michael. „Sie bewegen jetzt Ihre Zauberin fünf Felder nach vorn und vier nach rechts. Auf die Weise kommt sie auf ein Wunschfeld neben dem *Lord of Death*."

Thaler klickte eine Figur an, die ein fantasievolles Kleid trug und einen Zauberstab in der Hand hielt, und das Feld, auf dem sie zu stehen kommen sollte. In der virtuellen Welt des Spiels lief die Figur anmutig über den grün gepflasterten Pfad und kam auf einem schwarzen Feld zu stehen, auf dem die Buchstaben *One Wish* aufleuchteten. Direkt daneben ragte ein Sensenmann in schwarzer Kutte auf.

„Sie kriegen gleich drei Wünsche serviert, Herr Thaler. Unsterblichkeit für die Zauberin, die ab da für alle Levels des Spiels gilt, Tod einer gegnerischen Figur nach Ihrer Wahl oder Tod aller noch lebenden gegnerischen Figuren. Wenn Sie das wählen, tötet der Tod auch eine von Ihren Figuren, die dann für alle weiteren Levels tot bleibt, Ihnen also nicht mehr zur Verfügung steht."

„Welche wird das sein?"

Michael schüttelte den Kopf. „Das entscheidet der Tod. Darauf haben die Spieler keinen Einfluss. Sie können Glück haben, wenn er die Sängerin nimmt; sie ist die am wenigsten wichtige Figur, auch auf den höheren Levels. Wenn Sie Pech haben, nimmt er den Bogenschützen. Den braucht man aber noch."

Thaler presste die Hände an den Kopf. „Was soll ich denn tun, verdammt? Nun sagen Sie es mir schon!"

Der Tod auf dem Bildschirm machte eine Handbewegung. Vor der Zauberin erschienen drei leuchtende Sphären, in denen sich das Amulett der Unsterblichkeit, ein kleiner Pfeil sowie ein Bündel von Pfeilen befanden.

Michael dachte kurz nach. „Nehmen Sie das Pfeilbündel. Dann sind alle Gegner tot, und Sie können Ihre Figuren als einziger verbliebener Spieler ins Ziel bringen und zum nächsten Level aufsteigen."

Thaler gehorchte. Der Sensenmann schleuderte grinsend das Pfeilbündel von sich. Die Pfeile bohrten sich in die Körper der gegnerischen Figuren, die realitätsgetreu blutend zu Boden fielen. Der kleine Pfeil bohrte sich in die Brust der Zauberin, die mit einer dramatischen Geste „starb".

„Ist das gut oder schlecht?"

„Mittelprächtig", beruhigte Michael ihn. „Jetzt brauchen Sie nur noch zu würfeln und ihre Figuren ins Ziel zu bringen. Dann haben Sie diesen Level in ein paar Minuten geschafft und für den nächsten ungefähr eine halbe Stunde Zeit rausgeholt."

Thaler gehorchte.

Aktan trat zu Sigrid Paulus. „Wie es aussieht, finden wir das Kind doch nicht so schnell, wie wir gehofft hatten." Er flüsterte, damit Thaler und seine Frau ihn nicht verstehen konnten.

Sie seufzte. „Wem sagen Sie das?"

„Ich schlage vor, dass wir jemanden organisieren, der das Spiel besser und vor allem bis auf einen höheren Level beherrscht. Durch diesen Spielcoup hat Thaler gleich Level 3 erreicht. Und das ist der Letzte, den Michael schaffen kann. Spätestens auf dem nächsten wird er höchstwahrscheinlich versagen. Was passiert, wenn er einen Fehler macht, durch den die Entführer gewinnen? Wir müssen damit rechnen, dass die ihre Drohung wahrmachen, in dem Fall das Kind zu töten."

Die Staatsanwältin überdachte das. „Ich sage es nur ungern, aber ich glaube, das Spiel ist nur eine Ablenkung. Von was auch immer. Alles andere ergibt absolut keinen Sinn. Und das bedeutet, dass entweder das Kind bereits tot ist – was Gott verhüten möge! – oder dass es völlig egal ist, ob Thaler gewinnt oder verliert."

Der Gedanke war Aktan auch gekommen. „Darauf können wir uns aber nicht verlassen, Frau Paulus."

Sie nickte. „Rufen Sie in der Zentrale an, Herr Sunay. Die sollen alle Kollegen anrufen, die nicht in Urlaub sind, und jemanden finden, der dieses Spiel besser beherrscht. Und wenn Sie nebenbei noch Zeit für ein Gebet finden, kann das gewiss nicht schaden."

Aktan gehorchte. Aber das Gebet sprach er zuerst.

Zur selben Zeit

„Verdammt, George, wann geht es endlich los?"

George McNamara zuckte mit den Schultern und schnitzte unbeeindruckt weiter an einem Stück Holz, das langsam die

Gestalt eines Bären annahm. „Wenn es so weit ist, Pawel." Er blickte zur Seite. „Sandy, wie weit ist Thaler?"

„Er hat Level 2 fast geschafft." Sandy sprach Englisch, wie es in der Gruppe üblich war, da sie aus Mitgliedern verschiedener Nationen bestand, die nicht alle die Muttersprachen der anderen Mitglieder verstanden. Sie tippte etwas in ihren Laptop. „Offenbar hat er von jemandem Hilfe, der zumindest auf den unteren Levels ganz geschickt ist. Andernfalls hätte er schon längst verloren." Ihr Gegner machte einen neuen Zug, der sie zu einem anerkennenden Kopfnicken veranlasste. „Der Typ ist wirklich nicht übel. Aber spätestens auf Level 3 kriege ich ihn."

„Und wie lange dauert das noch?", knurrte Pawel. „Wir haben nicht ewig Zeit."

„Pawel hat recht, George", ergriff Sergej Pawels Partei. „Können wir das Ganze nicht forcieren?"

George warf ihm einen kalten Blick zu. Sandy hätte voraussagen können, dass die beiden Russen sich mit ihrer Ungeduld nur Ärger einhandelten. In dem Punkt verstand George keinen Spaß. In anderen Punkten auch nicht. Zum Beispiel hatte er ein ehemaliges Mitglied der Gruppe abserviert, das nach einem mehrjährigen Gefängnisaufenthalt wieder einsteigen wollte. Angeblich hatte er Juan eine fürstliche Abfindung geboten, die dieser akzeptiert hatte. Aber Sandy hatte ein paar Tage später in der Zeitung gelesen, dass der Mann tot in seinem Hotelzimmer gefunden worden war; gestorben an einer Überdosis Beruhigungsmittel. Sie schloss nicht aus, dass das Georges Werk gewesen war. Er konnte verdammt skrupellos sein, wenn er einen Job gefährdet sah. Deshalb wären Pawel und Sergej gut beraten, den Mund zu halten. Zu ihrer eigenen Sicherheit.

„Natürlich könnten wir das Ganze forcieren, aber das würde auffallen. Und deshalb warten wir ab. Wenn euch das nicht passt, könnt ihr gern aussteigen. Euren Anteil behalte ich dann ein. Und zusammenarbeiten werde ich mit euch danach in Zukunft nie wieder. Also reißt euch zusammen. Wir liegen noch gut in der Zeit.“

Er fixierte die beiden ebenso wie den Rest der Gruppe mit einem eisigen Blick, ehe er sich wieder seiner Schnitzerei widmete.

Sandy beneidete ihn ein bisschen um seine Gelassenheit. Denn der Zeitplan basierte darauf, dass Manfred Thaler TRENIGMARIS gar nicht spielen konnte, wie der Mann mehr als einmal in Interviews behauptet hatte. Dass er jemanden gefunden hatte, der ihm dabei unter die Arme griff, war nicht vorgesehen. Es stimmte zwar, dass im Moment noch genügend Zeit blieb. Aber je nachdem, wie gut Thalers Helfer war, konnte sich das schnell ändern.

Sie hoffte, dass George auch für diesen Fall einen Plan hatte.

16.40 Uhr

Als Heike das „Zur letzten Instanz“ betrat, brummte das Restaurant bereits vor Leben. Fast alle Tische waren besetzt, und das Personal hatte alle Hände voll zu tun. An einem Sonnabend war schon vor Beginn der Stoßzeit gegen sechs Uhr abends eine Menge los. Deshalb fürchtete Heike, dass der besagte Tisch vor der Bierzapfanlage und neben dem historischen Kachelofen besetzt sein würde. Doch auf dem stand ein Schild „Reserviert“.

Heike ging hin und setzte sich. Gero betrat das Lokal, sein Smartphone offen in der Hand. Sie hatten abgesprochen, dass er den Touristen spielen sollte. Da sich auch hier vermutlich ein Beobachter aufhielt, der dafür sorgen musste, dass kein Unbefugter den blauen Zylinder fand beziehungsweise an sich nahm, sollte er unter dem Vorwand, das älteste Lokal Berlins, das ein Touristenmagnet war, fotografieren zu wollen, die Anwesenden mit aufnehmen. Im Präsidium würden die Kollegen diese Fotos mit den Bildern der Besucher abgleichen, die zur gleichen Zeit wie Gero und Heike auf der Goldelse gewesen waren. Falls sich darunter dasselbe Gesicht befand oder mehrere, lag der Verdacht nahe, dass einer von denen mit den Entführern unter einer Decke steckte.

Heike bestellte pro forma einen Orangensaft und ließ sich die Speisekarte reichen. Gero, der von einem Kellner die Genehmigung zum Fotografieren erhalten hatte, nahm den Kachelofen ins Visier von einer Warte aus, bei der er die in unmittelbarer Nähe sitzenden Leute mit aufs Bild bekam. Er knipste die Theke und scheinbar die Bilder an den Wänden. Während Heike unter dem Tisch nach dem dort wohl angeklebten Zylinder tastete, beobachtete sie, ob irgendjemand, der in Geros Visier geriet, auffallend zu vermeiden versuchte, mit aufs Bild zu kommen, oder zu ihr hersah. Aber niemand verhielt sich auffällig.

Heike ertastete unter dem Tisch nichts. Um keine Aufmerksamkeit zu erregen, indem sie sich bückte und unter den Tisch blickte, begann sie, mit einem Bierdeckel zu spielen, als hätte sie Langeweile und ließ ihn scheinbar versehentlich fallen. Als sie ihn vom Boden aufhob, warf sie einen Blick unter den Tisch. An dem Ende neben dem Kachelofen, wo kein Stuhl stand, klebte tatsächlich ein mit Tesafilm angebrachter blauer Zylinder derselben Art wie der auf der Else.

Tesafilm! Ein besseres Mittel zur Konservierung von Fingerabdrücken gab es nicht, sah man vom Equipment des Erkennungsdienstes ab. Vorausgesetzt, jemand hatte sich auf der Klebefläche verewigt.

Heike zog den Zylinder vorsichtig ab und steckte ihn unter der Tischplatte in einen Asservatenbeutel, damit die Anwesenden davon nichts mitbekamen. Ebenso unbemerkt steckte sie ihn in ihre Handtasche und verließ das Lokal. Da ihr Getränk noch nicht gebracht worden war, würden die Bedienung und auch die Anwesenden glauben, sie wäre verärgert, weil man sie nicht sofort bedient hatte. Auf die gebotene Höflichkeit konnte sie in diesem Fall keine Rücksicht nehmen.

Vor dem Lokal sah sie sich um, ob jemand sie beobachtete, konnte aber niemanden entdecken. Zumindest schenkten ihr die Leute, die vor der Tür an ihren Tischen saßen, sowie die Passanten keine Beachtung. Sie ging zum Wagen, den sie in der Parochialstraße abgestellt hatten, zog Einweghandschuhe an öffnete den Zylinder. Wieder steckte ein Fotoausschnitt darin, der einen anderen Teil der Tür zeigte, von der bereits der erste Schnipsel stammte. Am Rand war die Ecke eines Tür- oder Firmenschildes zu erkennen. Aber natürlich hatten die Entführer es so abgeschnitten, dass keine Rückschlüsse möglich waren, was darauf stand. Heike fotografierte den Schnipsel mit ihrem Smartphone und sendete das Bild an die Kollegen von der Einsatzleitung.

Gero stieg ein und schüttelte den Kopf. „Ich habe kein bekanntes Gesicht entdecken können. Aber das will nichts heißen. Wenn die Typen klug sind, haben sie sowieso nicht den Aufpasser vom Turm auch ins Lokal gesetzt.“ Er schickte seine Fotos ebenfalls an die Kollegen, während Heike den Wagen startete und nach Grunewald zurückfuhr. Er schüttelte den Kopf. „Verdammt, was für ein perverses Schwein denkt sich so ein perfides Spiel aus? Und wieso überhaupt?"

Das war die Frage, deren Antwort, wenn sie sie endlich fänden, sie auch zu dem Ort führen würde, an dem ein kleines Mädchen hoffentlich noch lebte.

16.50 Uhr

Rebecca setzte sich dem Mann in Motorradkluft – eigentlich fast noch ein Junge – gegenüber und legte eine Akte auf den Tisch, die sie demonstrativ durchblätterte. Kevin Nowak gab sich die größte Mühe, cool zu erscheinen und den Eindruck zu vermitteln, ein taffer Bursche zu sein. Er hatte die Beine lang unter dem Tisch ausgestreckt, die Arme vor der Brust verschränkt und starrte betont desinteressiert mit zurückgelegtem Kopf an die Decke.

Rebecca sah jedoch den Schweißfilm auf seinem Gesicht, der nicht von der Raumtemperatur und der dicken Bikerkleidung herrührte. Außerdem verriet ein unkontrollierbares Zucken unter einem Auge seine Nervosität.

„Nettes Strafregister haben Sie, Herr Nowak. Diverse Diebstähle, Körperverletzungen, Beleidigungen, Störung der Totenruhe und", Rebecca zog sie Augenbrauen hoch, „Erregung öffentlichen Ärgernisses."

„Det war nüscht als 'n Missfaschtennis. Jenauso wie det mit die Totenruh'."

„Ja klar. Ich frage mich, was es da misszuverstehen gibt, dass Sie nackt auf Ihrem Motorrad durch die Stadt gefahren sind, noch dazu betrunken. Oder dass Sie in flagranti erwischt wurden, wie Sie einen frisch ausgegrabenen Sarg aufzubrechen versuchten."

„Det sin doch olle Kamell'n. Red'n wa ma lieba darüber, dat Ihre Nulpen von Bullen meene Maschine zaleecht hahm. Die hahm ma wejen nüscht un wieda nüscht fafolcht wie en Fabrecha."

Hotte Müller, der das Protokoll führte, grinste breit. „Tja, warum wohl, Herr Nowak? Weil Sie ein mehrfach verurteilter Verbrecher sind. Erst einundzwanzig und schon ein Strafregister wie Al Capone. Also waren die Kollegen ganz und gar nicht ohne Grund hinter Ihnen her."

„Und für die ‚Nulpen von Bullen' gibt es die nächste Anzeige wegen Beamtenbeleidigung", ergänzte Rebecca. „Darüber hinaus stehen Sie in dringendem Verdacht, dass Sie bei Thaler-Rengo einbrechen wollten und in dem Zusammenhang an der Kindesentführung von Marie-Claire Thaler beteiligt zu sein."

Nowak starrte sie an, als hätte sie den Verstand verloren. „Wat denn fürn Blaach? Dat hahm Ihre Kollejen mir schon anzuhäng' fasucht. Ick hab nüscht jemacht! Nüscht! Det is alles 'n Missfaschtennis. Meen Kumpel und ick hahm bloß 'n Päusken bei die Firma vonnem Thaler jemacht. Is ja noch fabot'n, wa."

Rebecca schnaufte. „Das Päuschen nicht. Der Versuch, in eine Firma einzubrechen, schon. Und kommen Sie nicht auf den Gedanken, das als Zufall oder Missverständnis zu deklarieren. Sie hatten das Einbruchwerkzeug dabei und haben sich der Festnahme widersetzt. Dazu kommen noch etliche Verstöße gegen die Straßenverkehrsordnung und gefährliche Eingriffe in den Straßenverkehr. Aus der Nummer kommen Sie nicht mehr raus, Herr Nowak, und ich werde nicht weiter mit Ihnen darüber diskutieren. Ich will wissen, wo das Kind ist."

Nowak hatte jede Selbstsicherheit verloren. Er schnappte nach Luft, schüttelte den Kopf und fuchtelte mit den Händen. „Ick weeß nüscht vonnen Blaach! Wenn ick et doch saach!"

Rebecca sah ihm ernst in die Augen. „Herr Nowak, Sie und Ihre Komplizen haben die Tochter von Manfred Thaler entführt, um ihn mit der Lösegeldforderung aus der Firma zu locken, damit Sie freie Bahn für Ihren Einbruch dort haben. Sie wussten, dass er sonnabends als Einziger da arbeitet. Die Frage ist nur, warum Sie nicht bis morgen gewartet haben. Dann hätten Sie völlig freie Bahn gehabt und sich die Entführung sparen können." Sie beugte sich vor. „Also, was steckt hinter der ganzen Sache? Und vor allem: Wo ist das Kind?"

Zu ihrer Überraschung sah sie Tränen in Nowaks Augen schimmern. Er schniefte vernehmlich.

„Se sin' ja wahnsinnich! Det lass ick ma nich anhäng'! Mit Entführung hab ick doch nüscht zu tun, det schwör ick! Det müssen Se ma jlooben!"

Rebecca pochte auf die Akte mit seinen Straftaten. „Das hier spricht eine ganz andere Sprache. Das Einzige, was sich für Sie günstig auswirken könnte, ist ein Geständnis. Vor allem die Preisgabe des Ortes, wo das Kind ist."

„Det weeß ick nich!" Nowak heulte fast. „Damit hab ick wöhklich nüscht zu tun!" Er sprang auf und blickte gehetzt zur Tür, vor der einer der Beamten stand, der ihn festgenommen hatte, und der jetzt die Hand an die Waffe legte.

„Hinsetzen! Sofort!", verlangte Rebecca kalt.

Nowak setzte sich, blickte sie eindringlich an und rang die Hände. „So waret wöhklich nich!"

Sie beugte sich leicht vor. „Wie war es dann?"

Nowak wiegte den Kopf hektisch hin und her. „Wat ne Kacke, ey!“ Er fuhr sich mit beiden Händen durch das Haar.

„Reden Sie.“

Er stieß die Luft aus und machte eine fahrige Bewegung mit den Händen. „Wa wollt’n beim ollen Hinrich rin. Der mit’n ollen Krempel.“

Rebecca blickte erst Nowak, dann Hotte fragend an.

„Sie meinen Franz Hinrich, den Antiquitätenhändler?“, half Hotte.

Nowak nickte. „Da wo in Numma 57 B wohn’ tut. Da is in Urlaub. Und da Kalle hat jesacht, dat da en Haufn Kohle jebunkat hat in seen Seef. Det wollt’n wa uns holn.“

„Wenn ich Sie richtig verstehe, behaupten Sie also, dass Sie mit Ihrem Freund Kalle in Herrn Hinrichs Haus einbrechen wollten, um das Geld aus seinem Safe zu stehlen.“

Nowak nickte. „Konnt’n wa ja nich riechn, dat de Polente schon da is. Mit de Firma nehman hahm wa jehnfalls nüscht zu tun, ehrlich! Un erst recht nich mit ne Entführung. Un det is de Waheit!“ Nowak rang die Hände und wischte sich über die Augen, schniefte wieder.

Entweder der Mann war ein oskarreifer Schauspieler, oder er sagte tatsächlich die Wahrheit. Seine Verzweiflung wegen des Entführungsvorwurf wirkte jedenfalls echt.

Die Tür wurde geöffnet. Andrea Falling gab Rebecca einen Wink. Sie verließ den Raum und schloss die Tür hinter sich. „Was hast du für mich, Andrea?“

„Der Halter des entkommenen Motorrades heißt Pascal Jäckel alias Kalle. Vorbestraft wegen Einbruchs und Hehlerei. Fahndung läuft.“

Das passte zu der Aussage von Nowak.

„Unter den Sachen, die Nowak bei sich hatte, vielmehr in der Gepäckbox seines Bikes, sind nur herkömmliche Einbruchwerkzeuge und ein Dekodierer für elektronische Schlösser, speziell für Safes. Nach dem, was Mark und Svenja gesagt haben, braucht man, allein um bei Thaler-Rengo auf das Gelände zu kommen, ohne irgendwo Alarm auszulösen, wohl spezielles Hightech-Werkzeug. Das ist für Jäckel und Nowak in jedem Fall eine Nummer zu groß. Genaueres können wir natürlich erst sagen, wenn wir auch Jäckel einkassiert haben und vernehmen konnten. Aber im Moment sieht es so aus, als hätten die beiden mit dem Thaler-Fall nichts zu tun."

Den Eindruck hatte Rebecca ebenfalls gewonnen. Nowak schien ihr nicht intelligent genug zu sein, um so einen Coup wie den Einbruch bei Thaler durchzuziehen. Erst recht nicht für die ausgeklügelte Strategie und die generalstabsmäßige Planung, mit der das Ganze durchgeführt worden war. Selbst wenn sie davon ausging, dass jemand anderes die beiden als Handlanger angeheuert hatte, erschien ihr das nicht nachvollziehbar. So gut organisierte Kriminelle wie die Entführer hätten wohl kaum Kleinganoven wie Nowak und Jäckel genommen, die absolut keine Teamplayer waren. Das Risiko, dass die die Sache verbockten, wäre viel zu groß.

Was, wenn die ganze Entführung einem völlig anderen Zweck diente? Rebecca schüttelte den Kopf. Das ergab keinen Sinn. Thaler sollte offenbar mit der Forderung, das Spiel zu Hause zu spielen und sich nicht von dort weg zu rühren, aus der Firma gelockt werden. Wenn die Firma nicht das Ziel wäre, welchem Zweck sollte das dienen?

„Danke, Andrea."

Sie kehrte zu Hotte und Nowak zurück. „So, Herr Nowak. Ist das alles, was Sie uns zu sagen haben?"

Nowak nickte mit hängendem Kopf. „So isset jeweesn. Ick schwör' et." Er schüttelte den Kopf. „Manno, det sollte janz eenfach loofn. Un jetz bin icke da Jelackmeierte. Fack, ey!"

Rebecca verbiss sich ein Grinsen. „Das haben Sie klar erkannt. Sie werden gleich in die Gewahrsamszelle gebracht und morgen dem Haftrichter vorgeführt. Es sei denn, Sie hätten uns noch was zu sagen?"

Nowak blickte zur Seite. „Nee."

Rebecca nickte dem Kollegen an der Tür zu, der Nowak Handschellen anlegte und ihn abführte. Sie ging mit Hotte in den Konferenzraum.

„Gute Neuigkeiten", empfing Andrea sie und legte den Telefonhörer auf. „Sie haben Jäckel erwischt. Direkt vor seiner Wohnung. Offenbar wollte er ein paar Sachen packen und abhauen. Er wird gleich hergebracht. Und Heike hat uns ein zweites Puzzlefoto geschickt."

Rebecca nahm an ihrem Tisch Platz. „Wenigstens etwas. Leute, was übersehen wir? Die ganze Sache mit der Entführung ergibt überhaupt keinen Sinn."

Sie trat an die Flipchart, auf der sie schon vor Stunden ein Schaubild zu malen begonnen hatte. „Wir haben die Entführung, die von gut organisierten Leuten ausgeführt wurde. Das Ganze war von langer Hand geplant. Auf den ersten Blick sah es so aus, als sollte Thaler aus seiner Firma gelockt werden, damit die Entführer dort freie Bahn haben, um wahrscheinlich Daten zu stehlen. Aber", sie pochte auf einen Kreis mit dem Wort „Einbruch", „warum ziehen die das nicht am Sonntag durch, wenn auch Thaler nicht in der Firma ist und sie absolut freie Bahn hätten? Dann hätten sie sich die ganze Sache mit der Entführung sparen können, die in jedem Fall ein hohes Risiko birgt." Sie strich den „Einbruch"-Kreis durch. „Ich glaube, das können wir mit an Sicherheit grenzender Wahrscheinlichkeit ausschließen." Sie blickte auffordernd in die Runde.

Eine Weile schwiegen alle, bis das Klingeln eines Telefons die Stille unterbrach.

Andrea nahm den Anruf entgegen. „Zwischenmeldung von den Kollegen, die die Anwohner im Bereich Trabener Straße befragen, soweit die zu Hause sind", gab sie bekannt, nachdem sie das Gespräch beendet hatte. „Nichts Auffälliges. Keiner hat was gehört oder gesehen. Erst recht keine vermummten Leute mit einem Kind." Sie deutete auf die Flipchart. „Ich denke, es hat irgendwas mit dem Spiel zu tun. Ich habe mich schlau gemacht. Mal abgesehen davon, dass Level 7 bisher noch von niemandem geschafft wurde, dauert selbst bei optimalem Verlauf ein Spiel bis Level 6 länger als zwölf Stunden. Vorausgesetzt man spielt kontinuierlich einen Level nach dem anderen ohne Pause. Es gibt in der Gamer-Szene Statistiken darüber, wie lange man für jeden Level braucht. Der ins Netz gestellte Rekord liegt bei fünfzehn Stunden und zweiunddreißig Minuten bis zum Ende von Level 6. Die gewöhnliche Durchschnittszeit liegt bei achtzehneinhalb Stunden reine Spielzeit. Also etwaige Pausen von der Zeit abgezogen. Falls jemand den Rekord unterboten haben sollte, hat er das nicht im Netz bekanntgegeben."

„Was ich mir nicht vorstellen kann." Hotte schüttelte den Kopf. „Einer aus der Gamer Community würde das im Netz für alle posten, selbst wenn er nur ein paar Sekunden schneller gewesen wäre. Und jemand, der nicht der Community angehört, würde sich wohl kaum mit diesem Spiel beschäftigen. Selbst ‚Einzelkämpfer' posten ihre Rekorde im Netz."

Andrea nickte. „Genau. Die Zwölf-Stunden-Frist ist also unmöglich einzuhalten. Erst recht ist es unmöglich, jeden

Level in nur einer Stunde und zweiundvierzig Minuten zu schaffen. Die ersten beiden Level unter Umständen ja, aber auch das kann man nicht vorhersagen und erst recht nicht planen, weil sehr viel davon abhängt, wie der Oktaeder zufällig fällt. Spätestens ab Level 3 wird es problematisch. Es sei denn, man wäre Superhirn."

Unangenehmes Schweigen breitete sich aus. Rebeccas Blick wanderte unwillkürlich zu einem Kreis auf der Flipchart, der besonders dick schwarz umrandet, aber noch leer war. Er symbolisierte die Möglichkeit, an die niemand denken mochte: dass Marie-Claire Thaler bereits tot war. Sie riss ihren Blick von dem Kreis los.

„Haben wir Thalers Finanzen überprüft und die seiner Frau?"

„Sein Steuerberater war sehr kooperativ", bestätigte Jonas Abel. „Die Firma ist etliche Millionen schwer im oberen zweistelligen Bereich, es gibt keine Unregelmäßigkeiten – zumindest nicht auf den ersten Blick –, und die Frau verdient ein bisschen Geld mit dem Verkauf von selbstgemalten Bildern. Ab und zu hat sie eine Ausstellung, die jedes Mal eine fünf- bis sechsstellige Summe bringt. Falls du darauf hinaus willst, dass die Entführung von der Frau nur vorgetäuscht sein könnte, um an Geld zu kommen", Jonas schüttelte den Kopf, „so ist das höchst unwahrscheinlich. Frau Thaler hat Verfügungsgewalt über das gemeinsame Konto und lebt laut Steuerberater nicht verschwenderisch. Ich sehe auf dem Gebiet kein Motiv."

Das sah auch Rebecca nicht. „Hat jemand eine Idee, warum die Entführer den Thalers Hinweise zukommen lassen, wo angeblich das Kind zu finden ist?"

Sie deutete auf den Bildschirm, auf dem die beiden Fototeile zu sehen waren. Das Programm versuchte immer noch, den

Rest des Bildes zu errechnen und mit eingespeisten Bildern abzugleichen. Bis jetzt erfolglos.

„Ich sag's nur ungern", meldete sich Hotte, „aber das deutet meiner Meinung nach auf den ‚Worst Case' hin." Er nickte zu dem leeren schwarzen Kreis auf der Flipchart. „Wir gehen doch davon aus, dass die Entführer damit rechnen, dass Thaler die Polizei eingeschaltet hat. Dann rechnen die auch damit, dass wir die Puzzleteile bekommen. Und weil heutzutage jeder Depp durch die ganzen CSI-Serien weiß, was zumindest theoretisch machbar ist, gehen die wahrscheinlich davon aus, dass wir Möglichkeiten haben, das Bild schneller zu vervollständigen, als Thaler alle Teile zusammenbekommt und entsprechend schnell das Haus identifizieren können, zu dem die Tür gehört. Oder Thaler erkennt sie auf Anhieb, sobald einige signifikante Merkmale zu sehen sind. Wenn das Kind dann noch am Leben wäre, hätte das Ganze keinen Sinn."

„Es sei denn", warf Andrea ein, „genau das wäre der Sinn des Ganzen." Sie blickte in die Runde. „Rache. Und gleichzeitig Thaler mit der absurden Forderung mit dem Spiel und der dadurch in ihm erweckten Hoffnung zu quälen, dass er sein Kind lebend zurückbekommen könnte."

Der Gedanke war auch Rebecca gekommen. „Dann finden wir mal raus, wen Manfred Thaler dermaßen verärgert haben könnte."

Sie griff zum Handy und rief Aktan an.

17.40 Uhr

„Scheiße!“ Michael ballte die Faust. „Sorry“, entschuldigte er sich sofort. „Aber damit habe ich jetzt nicht gerechnet.“ Er deutete auf den Bildschirm seines Laptops.

Das Spiel bewegte sich auf Level 3. Hatte es bisher nicht schlecht für ihn und Thaler ausgesehen, hatte sich das Blatt gerade gewendet. Nachdem Michael einen Bonus erspielt und einen Drachen gewählt hatte, der seine Figuren vor den gegnerischen Angriffen schützte, war es Black Knight gelungen, eine seiner Figuren auf das *One-Wish*-Feld des *Lord of Death* zu bringen. Mit dem gewählten Wunsch hatte er nicht nur Michaels Drachen getötet; der „sterbende“ Drache hatte auch alle in seiner Nähe befindlichen blauen Figuren im Todeskampf vernichtet. Eine einzige war noch übrig geblieben, die jedoch noch weit vom Ziel entfernt war, zu dem sie gelangen musste, damit der nächste Level erreicht wurde. Black Knight hatte dagegen noch fünf im Spiel. Wenn kein Wunder geschah, würde Michael und damit Thaler diesen Level verlieren.

Thaler sah ihn entsetzt an, nachdem er fassungslos die Vernichtung seiner Figuren auf dem Bildschirm verfolgt hatte. „Heißt das, ich habe verloren?“ Seine Stimme klang schrill. „Heißt das, Sie haben gerade das Leben meines Kindes verspielt? Dass die Marie jetzt umbringen werden?“

Michael wurde blass. „Ich ...“

„Sie verdammter ...“

Thaler vergaß, dass er vor dem Laptop sitzen bleiben musste. Er sprang auf und stürzte sich auf Michael. Seine Frau begann hysterisch zu schreien. Aktan fing Thaler ab, bevor er Michael erreicht hatte, nahm ihn in einen Haltegriff, der ihn zu

Boden zwang, und hinderte ihn daran, gewalttätig zu werden. Thaler brach in die Knie und brüllte unartikuliert. Seine Frau sprang mit wie zu Klauen vorgereckten Händen auf Aktan zu.

„*Lâchez-le, salaud!*"

Aktan wusste zwar nicht, was ein „salaud" war, ein Kompliment war es jedenfalls nicht. Dennoch hatte er nicht vor, Thaler loszulassen, wie seine Frau verlangte.

Sigrid Paulus und Heike Adam hielten Monique fest, bevor sie Aktan erreicht hatte.

„Frau Thaler, beruhigen Sie sich!"

Sie dachte nicht daran, sondern wehrte sich buchstäblich mit Händen, Füßen und Zähnen, bis die beiden Frauen sie mit Hilfe von zwei Kollegen vom Erkennungsdienst überwältigt und auf die Couch bugsiert hatten, wo sie noch eine Weile weiter kämpfte und auf Französisch fluchte. Übergangslos sackte sie in sich zusammen und heulte wie ein verwundetes Tier.

Thaler war ebenfalls auf die Knie gefallen. Er weinte, hegte aber nicht mehr den Wunsch, Michael den Schädel einzuschlagen; oder was immer er im ersten Impuls vorgehabt hatte. Aktan half ihm hoch und in den Sessel, neben dem er stand. Falls die Entführer tatsächlich so brutal waren, das Kind zu töten, weil Thaler vor Verzweiflung ein paar Minuten seinen Platz vor dem Laptop verlassen hatte, dann kam es auf zwei Minuten mehr auch nicht mehr an. Immer vorausgesetzt, das Kind lebte noch.

Ben Eggers, der Polizeiseelsorger, der vor einer guten halben Stunde endlich eingetroffen war, hatte alle Hände voll zu tun, erst einmal Monique Thaler zu besänftigen. Erst als er einen Notarzt rufen wollte, damit der ihr eine Beruhigungsspritze gab, wurde sie still. Einen Arzt wollte sie auf keinen

Fall. Heike setzte sich zu ihr und hielt eine Weile ihre Hand, was Eggers Gelegenheit gab, sich um Michael zu kümmern.

Der war zutiefst erschüttert. „Verdammt, ich tue, was ich kann. Ehrlich! Aber das konnte ich wirklich nicht voraussehen. Ich ..."

„Das wissen wir, Herr Kohler." Ben Eggers sprach ruhig, aber eindringlich. „Was immer passiert oder nicht passiert, es geschieht nicht Ihretwegen. Auch nicht, weil Ihre Fähigkeiten begrenzt sind, sondern ausschließlich, weil die Entführer sich dieses perverse Spiel ausgedacht haben. Ohne Sie hätte Herr Thaler längst verloren. Und das weiß er auch. Er hat nur furchtbare Angst und reagiert deshalb nicht mehr rational."

„Tut mir leid", murmelte Thaler und nickte Michael zu.

„Schon gut, Herr Thaler. Ich nehm's Ihnen nicht übel. Ich weiß nicht, wie ich reagieren würde, wenn es meine Tochter wäre." Er schüttelte den Kopf. „Aber ich bin mit meiner Weisheit am Ende. Und ich kenne niemanden, der für mich übernehmen könnte und in der kurzen Zeit, die uns noch bis zur Deadline für diesen Level bleibt, hier sein könnte. Tut mir leid."

Ein Signalton ließ sie alle zusammenzuckten.

„Eh, Herr Thaler, Black Knight verlangt, dass Sie augenblicklich ans Spiel zurückkehren." Michael blickte Sigrid Paulus an. „Die wissen ganz sicher, dass wir hier sind und das Spiel überwachen. Herr Thaler kann diese Botschaft nicht lesen, weil er nicht an seinem Platz sitzt. Außerdem hätten die dann geschrieben: ‚Kehren *Sie* sofort an Ihren Platz zurück und spielen *Sie* weiter.' Hier steht aber: ‚*Thaler* soll sofort an seinen Platz zurückkehren und weiterspielen.'" Er nickte nachdrücklich. „Die wissen, dass wir hier sind."

„Oder das ist ein Bluff, mit dem sie auf den Busch klopfen wollen“, wandte Aktan ein.

Thaler stand schwerfällig auf.

Aktan hielt ihn zurück. „Bitte warten Sie noch einen Augenblick. Falls es wirklich ein Bluff ist, verraten wir uns, wenn Sie sofort reagieren.“

Eggers kam zu Thaler. „Das stimmt, Herr Thaler. Atmen Sie ein paar Mal tief durch. – So ist es gut. Sie müssen für Ihre Tochter stark sein. Wenn Sie die Nerven verlieren, können Sie ihr nicht helfen.“

Thaler nickte. Er wirkte gebrochen und zutiefst verzweifelt. Kein Wunder. Das Schlimmste an der ganzen Situation, außer dem Gefühl, fremdbestimmt zu sein, war die Ungewissheit über das Schicksal seines Kindes. „Ich ... ich schaffe das schon. Irgendwie.“

„Ich bin bei Ihnen und ständig für Sie ansprechbar“, versicherte Eggers. „Ich setze mich hier hin und bleibe bei Ihnen.“ Er nahm demonstrativ in dem Sessel Platz, aus dem Thaler aufgestanden war.

„Danke.“ Thaler setzte sich wieder vor seinen Laptop.

„Tun Sie entsetzt, Herr Thaler, als würden Sie erst in diesem Moment von der Botschaft auf dem Bildschirm erfahren“, coachte Eggers.

Thaler gehorchte. Er tippte hektisch in das Eingabefeld: *Tut mir leid, ich musste mich um meine Frau kümmern. Sie hatte einen Zusammenbruch. Bitte tun Sie Marie nichts an!!!*

Die Antwort von Black Knight kam prompt: *Spielen Sie weiter.*

„Okay, Herr Thaler.“ Michael hatte sich wieder gefangen. „Würfeln Sie. Und dann zögern Sie, das Ergebnis umzusetzen. So gewinnen wir etwas Zeit.“

„Wofür denn?“ Thaler klang resigniert. „Ich habe das Spiel doch schon verloren, nicht wahr?“

Es kostete ihn sichtbare Anstrengung, sich zusammenzureißen und nicht wieder in Tränen auszubrechen. Der Mann war am Ende; zumindest kurz davor. Er schüttelte den Kopf, würfelte und starrte auf das Ergebnis. Es zeigte einen Raben und ein rotes Feld.

„Nicht schon wieder ein Rätsel“, stöhnte er.

„Keine Panik, Herr Thaler. Das ist gut. Wenn Sie das Rätsel eines roten Feldes lösen, dürfen Sie nochmals würfeln, bevor Ihr Gegner den nächsten Zug machen kann. Das heißt, wir gewinnen Zeit. Und da Sie auf das Rätselfeld des *Winged Herold* müssen, wird er bei richtiger Antwort Ihre Figur um elf Felder in die von Ihnen gewünschte Richtung tragen. Stellen Sie Ihren Schamanen auf das rote Feld neben dem Raben.“

Thaler tat das. Ein Rätselbanner klappte auf: *Er schwang den Hammer, bis die Schlange ihn tötete.*

„Und jetzt tun wir so, als müssten wir überlegen, wie die Antwort lautet“, sagte Michael. Er blickte Sigrid Paulus an. „Wir brauchen dringend jemanden, der das Spiel besser beherrscht als ich.“ Er gab sich keine Mühe, leise zu sprechen, denn diese Tatsache war inzwischen für alle offensichtlich.

Die Staatsanwältin griff zum Smartphone, um in der Zentrale anzurufen, ob man inzwischen jemanden gefunden hatte, der zumindest einen Level weiter kam, oder ob es sonst etwas Neues gäbe. Aktan sah ihr an, dass sie wusste, dass das nur Aktionismus war, um den Thalers das Gefühl zu geben, dass sie wirklich alles taten, was in ihrer Macht stand. Denn gäbe es etwas Neues, hätte sich Rebecca längst gemeldet.

„Ricky ist die Einzige, die das Spiel schaffen kann. Einschließlich Level 7.“

Sigrid Paulus hielt inne. „Wer ist Ricky?“

Thaler schien erst jetzt zu merken, dass er seine Gedanken laut ausgesprochen hatte, was ihn sichtbar verlegen machte. „Ricky Schäfer. Sie hat das Spiel entwickelt.“

Michaels Kopf ruckte hoch. Er blickte Thaler halb ungläubig an. „Ricky Schäfer? *Die* Ricky Schäfer? Wow! Das erklärt die Klasse des Spiels. Ich wusste bis jetzt nicht, dass sie auch Computerspiele entwickelt.“

„Wer ist Ricky Schäfer?“, wollte Sigrid Paulus wissen. Sie blickte von Michael zu Thaler.

„Eine 1-A-Software-Entwicklerin von Weltklasseformat.“ Michael hob die Hand, Daumen und Zeigefinger zum Kreis zusammengelegt. „Sie wollen Ihre Daten besonders raffiniert schützen oder brauchen eine Software für ein effizientes Abrechnungssystem von was auch immer, das alles in den Schatten stellt, was es auf dem Markt schon gibt; oder Sie wünschen eine unknackbare Firewall für Ihr Netzwerk – Ricky Schäfer ist die erste Wahl. Sie hat vor einiger Zeit einen Artikel über Datensicherheit in *dotnetpro* veröffentlicht. Das ist eine Fachzeitschrift für Profi-Software-Entwickler. Die Frau ist so was von kompetent.“ Man hörte Michael seine Begeisterung und Bewunderung an. „Und die hat TRENIGMARIS programmiert?“ Er schüttelte den Kopf. „Wie gesagt, mir war bisher nicht bekannt, dass sie auch Spiele entwickelt.“

Thaler war sichtbar verlegen. Aktan fragte sich, warum.

„Ich glaube, das tut sie generell auch nicht. Ich hatte mich damals umgehört nach jemandem, der mir ein gutes Spiel innerhalb von vier Monaten entwickeln könnte. Jeder Spieleentwickler, den ich gefragt habe, hat abgewinkt. Das sei in der Zeit nicht zu schaffen, sagten alle. Aber falls eine das Wunder möglich machen könnte, wäre das Ricky Schäfer. Darin waren sich alle einig. Also habe ich sie engagiert, ehe ich noch länger vergeblich suchte."

Michael nickte anerkennend. „Muss Sie eine gehörige Stange Geld gekostet haben."

Thaler errötete. Verdammt, der Mann verbarg etwas. Und es hatte offensichtlich mit dem Spiel oder dieser Ricky Schäfer zu tun.

„Gibt es etwas, das Sie uns dazu sagen wollen, Herr Thaler?" Aktan blickte ihn aufmerksam an, damit ihm keine seiner Regungen entging.

Thaler wirkte erschrocken und wurde blass. „Nein." Kopfschütteln. Ein fahriger Blick zur Seite.

Der Mann log. Daran bestand für Akten kein Zweifel. Er hielt es aber nicht für gut, ihn jetzt damit zu konfrontieren. Dann würde er bloß dichtmachen und erst recht kein Wort sagen. *Geduld.* Die war bei Ermittlungen oft der Schlüssel zum Erfolg. Sofern man die Zeit dafür hatte.

Thaler machte eine ungeduldige Handbewegung. „Jedenfalls ist Ricky die Einzige, die das Spiel gewinnen kann. Und wahrscheinlich diesen Level noch schafft, auch wenn es verdammt mies für mich steht."

Michael nickte. „Das sehe ich ganz genauso. Ich habe jedenfalls keine Chance. Und ich kenne auch niemanden, der das könnte. Alle Leute, die ich kenne und die das Spiel beherrschen, schaffen es nicht über Level 5 hinaus." Er nickte Sigrid Paulus zu. „Ich schlage vor, dass wir Frau Schäfer holen, damit sie das Spiel spielt."

Die Staatsanwältin überdachte das und schüttelte nach einer Weile den Kopf. „Fällt das nicht auf? Herr Kohler, Sie haben bei den letzten Spielzügen ein paar Fehler gemacht. Wenn jetzt plötzlich Herr Thaler wie ein Ass spielt, könnten die Entführer misstrauisch werden."

Michael nickte. „Das ist in der Tat der Schwachpunkt. Aber", er blickte von Paulus zu Aktan, „ich bin mir relativ sicher, dass die Entführer wissen, dass Herr Thaler das Spiel gar nicht spielen kann. Ich meine, die haben sich immense Mühe gegeben, seine Lebensumstände und alles auszubaldowern. Und da sollte ihnen ausgerechnet dieses Detail durchgegangen sein?" Er schüttelte den Kopf.

„Oh Gott!" Thaler stöhnte und fuhr sich wieder mit der Hand über das Gesicht. „Die wissen das ganz sicher. Ich habe das in diversen Interviews mehr als einmal offen zugegeben. Das war sogar eine Art Werbegag. Der Mann, der das erfolgreichste Spiel der letzten drei Jahre auf den Markt gebracht hat, kann es selbst gar nicht spielen." Er nickte heftig. „Die wissen das." Verzweifelt sah er von einem zum anderen. „Verdammt, was wollen die bloß?"

Ehe jemand ihn daran hindern konnte, tippte er in das Chat-Feld, mit dem sich die beiden Spieler miteinander verständigen konnten, die Frage ein: *Was zum Teufel wollen Sie???*

Die Antwort kam prompt: *Dass Sie das Spiel zu Ende spielen und Level 7 gewinnen.*

Warum???, postete Thaler zurück.

Sekunden verstrichen, in denen Thaler unverwandt auf den blinkenden Cursor starrte. Sekunden, die sich zu gefühlten Ewigkeiten dehnten, in denen nicht nur Manfred Thaler den Atem anhielt. Endlich kam die Antwort.

Ihre Auslobung des Preisgeldes für den ersten Gewinner von Level 7 war nur ein Marketing-Gag und somit Betrug. Sie wissen genau, dass kein Mensch Level 7 gewinnen kann. Sie sind ein Betrüger. Dafür werden Sie bezahlen. Sie sollen fühlen, wie es ist, wenn man ein Kind verliert.

Thaler, der die ganze Zeit über angespannt auf der Kante seines Sessels gesessen hatte, ließ sich zurückfallen und starrte mit offenem Mund auf die Zeilen. Er fuhr sich über das Gesicht, wischte die Hand an der Hose ab. „Oh mein *Gott!*"

„Herr Thaler?" Sigrid Paulus sah ihn eindringlich an. „Sie wissen, was das bedeuten soll?"

Er nickte langsam, fuhr sich erneut über das Gesicht; diesmal mit der anderen Hand. „Oh mein Gott!" Er schüttelte den Kopf. „Dafür konnte doch niemand was. Erst recht nicht ich!" Er sprang auf, wandte dem Schreibtisch den Rücken zu und stellte sich ans Fenster. Stützte die Hände auf die Fensterbank und ließ den Kopf hängen.

„Herr Thaler, bitte reden Sie mit uns." Aktan bemühte sich, seine Stimme ruhig klingen zu lassen. Dabei hätte er den Mann am liebsten gepackt und geschüttelt, damit der endlich auspackte.

Thaler atmete ein paar Mal tief ein. Er fuhr sich mit dem Arm über die Augen. Offensichtlich wischte er Tränen ab. Langsam wandte er sich um. Mit schleppenden Schritten ging er zum Schreibtisch, ließ sich in den Sessel falls, stützte die Ellenbogen auf den Tisch und vergrub das Gesicht in den Händen.

„Herr Thaler, bitte", drängte Sigrid Paulus.

Er hob den Kopf und blickte über den Bildschirm hinweg ins Leere. „Vor ..." Er räusperte sich, weil seine Stimme so rau klang, dass er kaum sprechen konnte. „Letztes Jahr war da ein Junge. Vierzehn war er, glaube ich. Der hat mich, vielmehr die Firma herausgefordert, indem er behauptete, dass er Level 7 knacken könnte. Das Ganze wurde pressewirksam in

Szene gesetzt. Von ihm, nicht von mir, das schwöre ich. Er hat auch dauernd bei Facebook und Twitter und auf seinem persönlichen Blog mehrmals täglich darüber gepostet und Fotos veröffentlicht, auf denen er als Sieger mit dem Victory-Zeichen posierte." Er schüttelte den Kopf. „Nachdem er es drei Wochen später immer noch nicht geschafft hatte, verstummte er und hat die Fotos wieder gelöscht. Aber Sie wissen ja, dass das Internet nichts vergisst. Die Fotos waren schon zigmal kopiert worden und wurden danach von etlichen Leuten dazu benutzt, den Jungen fertigzumachen. Sie wurden mit Sprechblasen und Labels gepostet, die ihn als Versager, Großmaul und Dummkopf hinstellten, nur mit erheblich drastischeren Worten."

„Cybermobbing", brachte Michael es auf den Punkt.

Thaler nickte. „Der Junge hat das nicht ausgehalten und sich zwei Wochen später umgebracht. Genau zwei Tage vor Weihnachten." Er schüttelte den Kopf. „Ich war und bin mir immer noch keiner Schuld bewusst." Das klang trotzig. „Ich habe den Jungen schließlich nicht herausgefordert, sondern er mich beziehungsweise das Spiel. Und die Sache mit dem Preisgeld war reell. Ricky hat mir versichert, dass es möglich ist, Level 7 zu gewinnen, wenn man entsprechend gut ist. Und ich glaube ihr. Schließlich hätte sie keinen Grund gehabt zu lügen. Und sie ist auch keine von denen, die keine anderen Cracks neben sich am Cyberhimmel dulden wollen oder ertragen können."

Thaler schwieg und starrte auf den Bildschirm, auf dem der Cursor abwartend blinkte.

„Haben die Eltern Ihnen die Schuld am Selbstmord ihres Sohnes gegeben?", vermutete Sigrid Paulus.

Thaler nickte. „Ich bin selbstverständlich persönlich zu ihnen gegangen, um ihnen zu kondolieren. Die Mutter ist hysterisch geworden, und der Vater hat mich geschlagen, übel beschimpft und angebrüllt, ich allein wäre schuld, denn wenn ich dieses Spiel nicht erfunden hätte, wäre sein Sohn noch am Leben."

„Das ist eine normale Reaktion in der akuten Trauerphase." Ben Eggers' Stimme klang sanft. „Erst ist man fassungslos, dann sucht man nach Schuldigen. Bis man die Wahrheit akzeptiert – wenn überhaupt –, dauert es in der Regel mindestens ein Jahr. Beim Tod eines Kindes länger. Und", er blickte bedeutungsvoll in die Runde, „manche kommen nie darüber hinweg."

Thaler zuckte mit den Schultern.

„Hat der Vater Ihnen in irgendeiner Weise gedroht, Herr Thaler?", fragte die Staatsanwältin.

Er nickte. „Das kann man wohl sagen. Er würde mich fertigmachen, meine Firma verklagen und dafür sorgen, dass mein Leben genauso ruiniert würde, wie ich angeblich das seines Sohnes ruiniert hätte."

Aktan schlug die Faust in die Handfläche. „Verdammt, warum haben Sie uns das nicht gleich gesagt?"

Thaler blickte ihn ehrlich erstaunt an. „Weil ich das nicht ernst genommen habe." Er nickte zu Ben Eggers hin. „Wie Sie schon sagten, dachte ich, dass der Mann einfach nur fertig ist mit der Welt und krampfhaft einen Schuldigen sucht, um den Verlust zu verkraften. Ich habe aber daraufhin das Preisgeld zurückgezogen und die Aktion eingestellt." Er schnaubte. „Dafür hagelte es dann Beschimpfungen und Drohungen vonseiten der ganzen Computerfreaks, die sich ebenfalls Hoffnungen gemacht hatten, Level 7 zu knacken und stinksauer waren, dass es dafür kein Geld mehr gibt."

„Das hätten Sie uns wirklich sofort sagen sollen, Herr Thaler“, war auch Sigrid Paulus überzeugt. „So haben wir wertvolle Zeit verloren. Wie heißt der Vater des Jungen?“

Thaler überlegte kurz. „Malinowski. Lutz, glaube ich. Der Junge hieß Florian.“ Er schüttelte den Kopf. „Aber ich habe von dem Mann nichts mehr gehört, seit er mich damals rausgeworfen hat. Keine weiteren Drohungen und auch keine Klage. Noch nicht mal ein Schreiben von einem Anwalt.“ Er zuckte mit den Schultern. „Es gibt ja auch keine Grundlage für eine Klage. Ich habe nur das Spiel rausgebracht, und das ist nicht strafbar. Ich habe den Jungen weder zu dem Wahnsinn ermutigt noch mich an dem ganzen Mobbing beteiligt.“

Aktan hatte schon zum Smartphone gegriffen und informierte Rebecca.

„Das könnte passen, Aktan“, meinte sie. „Die beiden Biker wollten ins Haus nebenan einbrechen und haben mit größter Wahrscheinlichkeit mit der Entführung nichts zu tun. Wir haben den zweiten auch erwischt. Die Kollegen sind mit ihm auf dem Weg hierher. Wenn er die Aussage seines Komplizen bestätigt, können wir die beiden als Tatbeteiligte wohl ausschließen. Ich schicke sofort ein Team zu diesem Malinowski. Verdammt, ich hoffe, wir finden das Kind bei ihm. Vor allem unverletzt.“

Das hoffte Aktan auch. Aber die Botschaft „Sie sollen fühlen, wie es ist, wenn man ein Kind verliert“, deutete leider auf das Gegenteil hin.

„Ich halte dich auf dem Laufenden“, versprach Rebecca und unterbrach das Gespräch.

Thaler starrte immer noch auf den Bildschirm. „Was mache ich denn jetzt?“ Diese Frage stelle er heute am häufigsten.

„Schreiben Sie, dass Sie das Spiel nicht gut genug beherrschen“, entschied Sigrid Paulus. „Wenn es diesem Black Knight und seinen Kumpanen nur darauf ankommt, dass Sie beweisen, dass Level 7 gewonnen werden kann, schlagen Sie ihm vor, jemanden zu holen, der das kann und an Ihrer Stelle spielen wird.“

Thaler zögerte. „Sie meinen, ich soll Ricky holen und sie an meiner Stelle spielen lassen? Ich habe aber keine Ahnung, wie ich sie erreichen kann. Seit damals habe ich keinen Kontakt mehr zu ihr. Und sie steht nicht im Telefonbuch.“

„Das lassen Sie unsere Sorge sein.“ Sigrid Paulus klang ungeduldig. „Wenn die Entführer zustimmen, kümmern wir uns darum.“ Sie nickte. „Unterbreiten Sie denen diesen Vorschlag.“

Thaler gehorchte. Black Knights Antwort ließ wieder auf sich warten. Thaler strich sich mehrmals über das Gesicht, wischte sich den Schweiß ab und trommelte mit den Fingern ungeduldig auf der Tischplatte. Er zuckte zusammen, als ein Signalton die eingehende Antwort ankündigte.

OK. Aber Sie bleiben vor dem Laptop sitzen. Wir wollen Sie jederzeit sehen. Sonst stirbt Ihre Tochter.

Thaler warf Aktan einen flehenden Blick zu.

„Haben Sie eine Adresse von Ricky Schäfer?“

„Kohlhasenbrücker Straße 17 D. Das ist ein Grundstück mitten im Wald und ziemlich einsam gelegen. Gegenüber vom Stölpchensee. Falls sie da noch wohnt. Wie gesagt, ich habe seit damals keinen Kontakt mehr mit ihr.“

Und warum machte den Mann das verlegen mit allen Anzeichen von Schuldbewusstsein? Aktan entdeckte sogar Indizien für Angst. Unsteter Blick, flache Atmung, fahrige Bewegungen und Vermeidung von Blickkontakt. Verdammt, der Mann verbarg immer noch etwas. Und es hatte ganz sicher mit dieser Ricky Schäfer zu tun.

Bevor Aktan ihn darauf ansprechen konnte, verkündete Michael: „Unter der Adresse ist nur eine Ricarda Schäfer gemeldet."

Thaler nickte. „Das ist Ricky."

„Telefonnummer? Handynummer?"

Michael schüttelte den Kopf. „Kein Eintrag."

„Sie benutzt immer nur Prepaid-Handys", erklärte Thaler. „Geschäftskontakte laufen bei ihr ausschließlich über E-Mail."

Sigrid Paulus nickte Aktan zu. „Fahren Sie. Mit Blaulicht, wenn es sein muss. Holen Sie die Frau schnellstmöglich her."

Manfred Thaler öffnete den Mund, als wenn er noch etwas sagen wollte, schloss ihn aber wieder, stützte das Kinn auf die gefalteten Hände und starrte auf den Bildschirm.

Aktan machte sich auf den Weg und hoffte, dass Ricky Schäfer zu Hause wäre. Bis zur Deadline von Level 3 blieben nur noch 72 Minuten.

18.21 Uhr

Der schmale Zufahrtsweg durch den Wald endete abrupt in einem großen Wendehammer vor einem schmiedeeisernen Tor, das den einzigen Zugang zum dahinterliegenden Gelände bildete. Ein zweistöckiges Haus thronte auf dem von einer hohen Mauer umgebenen Hügel. Auf der Mauerkrone waren Rollen aus Stacheldraht befestigt in einer Art, die Aktan an die JVA erinnerte. Er fragte sich, wie jemand freiwillig hinter solchen Mauern leben konnte und sich selbst derart von der

Außenwelt abschottete. Dass Ricky Schäfer hier völlig allein lebte, konnte er sich noch weniger vorstellen.

Er stieg aus dem Wagen und trat an das Tor, das mit einem stählernen, ungefähr zehn Zentimeter breiten Riegel versehen war, der sich über die ganze Breite erstreckte und wohl stabil zu beiden Seiten in der Mauer verankert war. Eine mit einem Bewegungsmelder ausgestattete Überwachungskamera richtete ihre Linse auf ihn. Durch die dichten Stäbe des Tores hindurch entdeckte er entlang der Auffahrt zum Haus Bewegungsmelder und Lampen auf dem Rasen.

Er klingelte und hatte den Finger noch nicht wieder vom Klingelknopf genommen, als es bereits im Lautsprecher der Gegensprechanlage knackte.

„Was?“, verlangte eine unfreundliche Frauenstimme zu wissen.

„Frau Schäfer?“

„Wer will das wissen?“

Aktan sah eins der Klischees bestätigt, die über Nerds und Geeks kursierten, gemäß dem diese besondere Spezies von Computerfreaks und nur an Fachwissen Interessierten die Gesellschaft anderer Menschen nicht nur mied und sich von der Außenwelt abschottete, sondern eben deshalb ihre Umgangsformen auch einiges zu wünschen übrig ließen. Ricky Schäfer schien diesem Klischee jedenfalls zu entsprechen.

Aktan zückte Dienstausweis und Marke und hielt beides vor die Kameralinse. „Hauptkommissar Aktan Sunay, LKA Berlin. Wir brauchen dringend Ihre Hilfe.“

„In welcher Angelegenheit?“ Das klang desinteressiert mit einem Unterton, der signalisierte, dass Aktan sich kurzfassen sollte, da Ricky Schäfer mit etwas ihrer Meinung nach sehr Wichtigem beschäftigt war.

„Das würde ich ungern hier vor der Tür mit Ihnen besprechen. Darf ich reinkommen?"

„Nein. Reden Sie oder verschwinden Sie. Letzteres bevorzugt."

Die Frau war ihm unsympathisch. Sehr sogar. Aber das war völlig unwichtig. „Sie kennen Manfred Thaler?"

Es knackte wieder in der Gegensprechanlage, aber die erwartete Antwort blieb aus.

„Frau Schäfer?"

Keine Antwort.

Er presste die Lippen zusammen. Die Frau war ihm nicht nur unsympathisch, sie machte ihn wütend. Er drückte wieder auf die Klingel und ließ den Finger auf dem Knopf liegen. Eine volle Minute. Zwei Minuten. Trotzdem kam keine Reaktion. Aktan kam zu dem Schluss, dass sie die Klingel wahrscheinlich abgeschaltet hatte. Seine Wut nahm zu, besonders im Hinblick auf die Tatsache, dass er die Frau nicht zwingen konnte, mit ihm zu reden.

Da er ihre Handynummer nicht kannte, nahm er seinen Notizblock und schrieb darauf: „Wenn das Kind stirbt, weil Sie sich weigern, mit mir zu reden, tragen Sie die Konsequenzen." Dann hielt er den Block direkt vor die Kamera in der Hoffnung, dass sie die nicht auch abgeschaltet hatte.

Sekunden verstrichen, die ihm wie Minuten vorkamen. Schließlich knackte die Sprechanlage wieder.

„Ich höre."

„Herr Thalers Tochter wurde entführt. Die Entführer verlagen, dass er Ihr Spiel TRENIGMARIS in zwölf Stunden einschließlich Level 7 gewinnt, sonst ..."

Gelächter unterbrach ihn. Aktan fasste es nicht, aber Ricky Schäfer lachte. Dem Tonfall dieses Lachens nach zu urteilen amüsierte sie sich köstlich.

„Verdammt noch mal, hier geht es um das Leben eines zweijährigen Kindes, das in diesem Moment gerade wer weiß was durchmacht! Das ist nicht lustig!"

„Für mich schon." Sie kicherte, ehe sie wieder brüllend lachte und Mühe hatte, sich weit genug zu beruhigen, dass sie sprechen konnte. „Was das Kind durchmacht, tut mir zwar leid" – das klang allerdings nicht so – „aber wenn ich mir vorstelle, was *The Man* durchmacht ..." Sie lachte wieder. „Sieht so aus, als hätte es jemand dem Kerl mal gründlich gezeigt. Danke für die Nachricht, Herr Sunay. Sie ahnen nicht, wie sehr mich das freut."

Das klang dermaßen befriedigt, dass Aktan froh war, dass Ricky Schäfer nicht vor ihm stand. Er war sich nicht sicher, ob er sich angesichts dieser perversen Schadenfreude hätte beherrschen können und ihr keine Ohrfeige oder Schlimmeres verpasst hätte. Ihm drängte sich der Verdacht auf, dass sie hinter der Entführung stecken oder zumindest daran beteiligt sein könnte. Gleichzeitig fragte er sich, was Manfred Thaler getan hatte, um sich ihren Hass zuzuziehen. Denn nichts anderes steckte seiner Meinung nach hinter dieser Reaktion.

„Warum sagen Sie mir das, Herr Sunay? Wohl kaum, um mich zu erheitern. Trotzdem danke für die Aufmunterung."

Die Frau war so kaltschnäuzig, dass Aktan sie buchstäblich zur Hölle wünschte.

„Herr Thaler sagt, dass Sie die Einzige sind, die das Spiel gewinnen kann."

„Stimmt. Und?"

„Deshalb kommen Sie jetzt bitte mit und spielen dieses Spiel, damit wir das Mädchen unversehrt zurückbekommen." Sofern es überhaupt noch lebte.

Schweigen.

„Haben Sie mich verstanden?"

„Verstanden schon, aber meine Antwort ist nein. Erstens habe ich keine Zeit, und zweitens ist Männi *The Man* Thaler der allerletzte Mensch auf dieser Welt, für den ich auch nur einen einzigen Finger krümme. Zumindest in diesem Leben nicht mehr. Also verschwinden Sie."

Aktan fühlte sich von ihrer Kaltschnäuzigkeit dermaßen abgestoßen, dass er ein Gefühl empfand, das Ekel recht nahe kam. Und Zorn darüber, dass es diese Frau nicht zu interessieren schien, dass das Leben eines Kindes auf dem Spiel stand.

„Sie kommen auf der Stelle mit, Frau Schäfer. Andernfalls Sie sich auf eine Klage wegen unterlassener Hilfeleistung, eventuell mit Todesfolge, gefasst machen können."

Eine leere Drohung, die sich nur dann in die Tat umsetzen ließe, wenn das Kind nachweislich durch ihre Hilfsverweigerung zu Schaden käme. Einen solchen Nachweis zu erbringen wäre in einem Fall wie diesem nahezu unmöglich. Er konnte nur hoffen, dass sie das nicht wusste und sich bluffen ließ.

„Falls Sie es nicht begriffen haben sollten: Die Entführer drohen, das Kind zu töten, wenn Sie das Spiel nicht gewinnen. Es hat schon genug Mühe gekostet, die zu der Erlaubnis zu überreden, dass Sie spielen statt Thaler. Wenn dem Kind was passiert, weil Sie sich geweigert haben, sorge ich dafür, dass Sie die volle Härte des Gesetzes zu spüren bekommen. Haben Sie mich verstanden?" Aktan staunte selbst, wie kalt seine Stimme geklungen hatte.

„Sie reden ja laut genug. Aber falls Sie meinen, dass Sie mich damit einschüchtern können, muss ich Sie enttäuschen. Ich bin schon mit ganz anderen Dingen fertig geworden. Mein Antwort bleibt nein. Und falls Sie wissen wollen warum, fragen Sie *The Man*. Ende der Durchsage."

Es knackte im Lautsprecher, danach war es still. Seine Wut wallte so heftig auf, dass sie ihm für einen Moment den Atem nahm. Aktan trat gegen das Tor. Eine Alarmanlage heulte los. Der Ton erschreckte ihn zwar im ersten Augenblick, befriedigte ihn aber gleichzeitig, weil das durchdringende Schrillen stellvertretend seine Erbitterung ausdrückte. Er ging zum Wagen und schlug mit den flachen Händen aufs Verdeck.

Die Sirene verstummte. Aktan atmete ein paarmal tief durch, um sich wieder zu beruhigen, während er überlegte, wie er Ricky Schäfer „knacken" konnte. Ihm fiel nichts ein, weil er nicht die geringste rechtliche Handhabe besaß. Und Ricky Schäfer würde ihm nicht noch einmal zuhören und auch nicht mehr auf geschriebene Botschaften reagieren, die er ihr vor die Kamera hielt, selbst wenn er ihr darin mit Hölle und Verdammnis drohte.

Eines war ihm vollkommen klar. Was immer sie zu ihrer abweisenden Haltung veranlasste, war eine sehr persönliche Sache. Eine, die Thaler offenbar bewusst war, wenn er sich dessen Reaktionen ins Gedächtnis rief, wann immer Ricky Schäfer erwähnt worden war. Er beschloss, ihrem Rat zu folgen, und Thaler danach zu fragen. Wenn er wusste, worum es ging, fand er vielleicht eine Möglichkeit, sie umzustimmen. Er nahm sein Smartphone.

Ein klickendes und summendes Geräusch ließ ihn innehalten. Der stählerne Riegel rollte zur Seite, das eiserne Tor schwang auf, und eine Frau kam im Laufschritt die Auffahrt herunter. Sie setzte sich in den Wagen und blickte ihn durch die offene Fahrertür auffordernd an.

„Was ist? Ich denke, wir haben es eilig. Also worauf warten Sie?“

Aktan starrte sie an. Er hatte sie sich anders vorgestellt. Zwar konnte er nicht genau sagen, wie, aber er hatte keinesfalls eine flammenhaarige Schönheit erwartet. Ihre durchtrainierten Beinmuskeln unter hautengen Bermudajeans, ihr von einem schwarzen Tanktop mit Drachenaufdruck entblößter wohlproportionierter Bizeps und ein straffer Bauch mit leichter Waschbrettmuskulatur zeugten von intensiver sportlicher Betätigung. Lediglich das Tattoo auf dem linken Oberarm passte in sein Bild, wenn auch nicht dessen Motiv: eine grimmig dreinblickende grüne Schlange, die dem Betrachter die ausgefahrenen Giftzähne entgegenstreckte. Um die Taille hatte sie eine Gürteltasche gebunden, in der sie wohl ihre Papiere und ein Handy hatte.

Aktan erwachte aus seiner Starre, als das Tor vernehmlich zuschlug und der Riegel sich schnarrend in Position schob. Er stieg ein, startete den Motor, wendete und schaltete Blaulicht mit Sirene ein. Ricky Schäfer schnallte sich an, lehnte sich gegen die Tür, als wollte sie größtmöglichen Abstand zu ihm halten, und blickte von ihm weg aus dem Fenster.

„Wieso haben Sie Ihre Meinung geändert, Frau Schäfer?“

„Sie haben gesagt, dass es um das Leben eines Kindes geht. Ich habe mit *The Man* ein Huhn zu rupfen. Das Würmchen kann nix dafür. Erst recht nix dafür, dass es seine Tochter ist.“

„Welche Art Huhn haben Sie denn mit ihm zu rupfen?“

Sie warf ihm unter hochgezogenen Augenbrauen einen spöttischen Blick zu. „Hat er Ihnen das nicht gesagt, als er Sie geschickt hat, mich zu holen?“ Sie winkte ab, bevor Aktan antworten konnte. „Natürlich nicht. Dazu ist er viel zu feige.“

Aktan wartete, dass sie fortfahren würde, aber sie schwieg. „Und was ist es nun?“

„Privat.“

„Frau Schäfer, hier geht es um ein Kapitalverbrechen. Da ist nichts privat.“

Sie antwortete nicht. Aktan ließ die Sache erst einmal auf sich beruhen. Er würde schon noch dahinterkommen. Er bog in die Königstraße ein und raste ostwärts auf das Zehlendorfer Kreuz zu.

„Erklären Sie mir, was genau Sache ist, Herr Sunay“, bat Ricky Schäfer, als sie ein paar Minuten später die Potsdamer Chaussee erreicht hatten und auf die A 115 fuhren. „Ich arbeite am effektivsten, wenn ich vorab so viele Details wie möglich weiß.“

Aktan gab ihr einen umfassenden Bericht, soweit es das Spiel betraf. „Wir haben versucht, so viele Puzzleteile wie möglich zu bekomm'“, schloss er. „Aber nur zwei sind immer noch zu wenig, um etwas darauf erkennen zu können. Die Software von unserem Computer hat daraus zwar die Umrisse einer Haustür errechnet, aber die hilft uns nicht weiter, solang wir keinen Anhaltspunkt haben, zu welchem Haus sie gehört.“ Er sah kurz zu ihr hin. „Stimmt es, was Herr Thaler gesagt hat, dass Level 7 zu schaffen ist?“

Sie nickte. „Absolut. Das ist aber mordsmäßig schwer, weil man auf dem Level nicht mehr gegen einen menschlichen Spieler spielt, sondern nur noch gegen *Mastermind*. Das heißt, der Gegenspieler ist das Programm selbst. Ich habe Level 7 mit allen nur möglichen Variablen und einem Pool von zweitausend kniffligen Rätselfragen beziehungsweise Wissensfragen programmiert, die vom Programm willkürlich gewählt werden. Das heißt, dass auch ich nicht im Voraus weiß, welche Rätsel ich lösen muss, wenn ich auf dem Level *Mother Spider* ins Netz gehe oder noch schlimmer beim *Riddle Master* lande."

Aktan hatte keine Ahnung, wovon sie redete. Das musste er auch nicht. Hauptsache, sie wusste es.

„Erschwerend kommt hinzu, dass man auf dem Level maximal sechzig Sekunden Zeit hat, die Antwort zu finden. Schafft man das nicht: *Game over.* Mit anderen Worten, Sie müssen, um Level 7 gewinnen zu können, erstens exzellent strategisch und vor allem dreidimensional denken können und zweitens eine umfassende Allgemeinbildung haben. Dann schafft man es."

Aktan fragte sich, was sie mit dreidimensionalem Denken meinte. Aber auch das war im Moment zweitrangig. Er fluchte, als vor ihm ein LKW auf die Überholspur ausscherte, um einen anderen LKW zu überholen, obwohl der Fahrer zumindest die Sirene hören musste, wenn er schon nicht das heranrasende Blaulicht im Rückspiegel sah, in den er vor dem Ausscheren garantiert keinen Blick geworfen hatte. Aktan bremste ab, wechselte mit einem gewagten Manöver auf die Standspur und überholte beide Lastwagen rechts.

Ricky Schäfer blickte ihn vorwurfsvoll an, als er wieder auf die normale Fahrspur wechselte. „Sie haben wohl zu viel *Alarm für Cobra 11* im Fernsehen gesehen."

„Nee, nur Formel 1." Aktan gab wieder Gas. „Haben Sie von dem Jungen gehört, der sich wegen des Spiels umgebracht hat?"

Sie nickte.

„Woran hat es Ihrer Meinung nach gelegen, dass er es nicht geschafft hat?“

Sie schnaubte. „Sie meinen, abgesehen von seinem Größenwahn, aus der Sache eine Medienshow zu machen, bevor er auch nur einen einzigen Versuch gestartet hat, Level 7 zu knacken?“

„Wie, hatte er das nicht getan?“

Sie schüttelte den Kopf. „Falls es stimmt, was darüber in den Medien berichtet wurde, hatte er das Spiel ein paar Wochen vorher zum Geburtstag geschenkt bekommen. Er war wohl ziemlich intelligent und ein Ass mit PC-Spielen und hat die ersten sechs Levels auf Anhieb geschafft. Oder zumindest ohne große Probleme. Das veranlasste ihn dann zu glauben, dass er derjenige sein würde, der Level 7 als Erster knackt. Das hat er mit so riesigen Tönen in die Öffentlichkeit gespuckt, dass er mehr als verdient hatte, allein schon deswegen auf die Schnauze zu fallen. Und auch noch an die Presse zu gehen mit der Verkündung, dass er in spätestens einer Woche den Level geschafft haben würde, war nicht nur Größenwahn, sondern ...“ Sie runzelte die Stirn, suchte nach Worten und winkte ab. „Was immer die Steigerung von Größenwahn ist, gepaart mit bodenloser Dummheit und Unbesiegbarkeitsfantasien.“

So wie sie es schilderte, hatte Aktan diesen Eindruck ebenfalls bekommen.

Sie schüttelte den Kopf. „Was die dann aber mit ihm im Internet veranstaltet haben, das war des Guten entschieden zu viel. Vielmehr des Schlechten.“ Sie zuckte mit den Schultern. „Warum er es nicht geschafft hat? Weil er wahrscheinlich aufgrund seiner Jugend und seiner Interessen zu einseitig gebildet war, um die Rätsel zu knacken. Die sind paritätisch auf alle Wissensgebiete verteilt. Und natürlich fragen die nicht nach so leichten Dingen wie wem die tanzenden Männer Kopfzerbrechen bereitet haben."

Aktan fand die Frage alles andere als leicht, denn er hatte keine Ahnung. Seine Zuversicht, dass Ricky Schäfer die Bedingung der Entführer erfüllen könnte, war jedoch um einiges gestiegen.

18.33 Uhr

Mark Dombrowsky gähnte und wischte sich über das Gesicht. Er saß wieder mit Svenja im Wagen gegenüber von Thaler-Rengo auf seinem Beobachtungsposten und fragte sich, was es hier noch zu beobachten oder zu bewachen gab, nachdem Nowak und auch sein Kumpel festgenommen worden waren. Er hielt es für unwahrscheinlich, dass die restlichen Komplizen, die an der Entführung des Thaler-Kindes beteiligt waren, nach diesem Fehlschlag einen weiteren Versuch unternehmen würden, in die Firma einzubrechen.

Andererseits konnte man das nicht völlig ausschließen. Die Leute hatten sich eine immense Mühe gemacht, den Coup über Wochen hinweg zu planen und generalstabsmäßig durchzuführen. Noch dazu die Entführung des Kindes – das tat man nicht, wenn man auf die Erreichung des Ziels verzichten konnte. Dazu war die Strafe für Kindesentführung viel zu hoch. Man riskierte nicht mindestens fünf bis fünfzehn Jahre Gefängnis, um unverrichteter Dinge aufzugeben, wenn in diesem Fall der Einbruch nicht beim ersten Versuch klappte.

Mark zuckte zusammen, als der Signalton des Funkgeräts eine hereinkommende Meldung ankündigte.

„Die Überwachung von Thaler-Rengo wird abgebrochen. Alle dafür eingesetzten Wagen halten sich für andere Einsätze zur Verfügung."

Svenja blickte Mark verblüfft an. „Was soll das denn?" Sie griff zum Mikrofon. „Hier Wagen 5. Erbitte Bestätigung. Wir sollen wirklich abziehen?"

„Bestätigt, Wagen 5. Es haben sich neue Erkenntnisse ergeben. Wie es aussieht, ist nicht die Firma das Ziel der Aktion. Ihr zwei habt einen neuen Auftrag. Fahrt zu Lutz Malinowski, Friedrich-Engels-Straße 72 F. Bringt ihn zur Befragung zur Zentrale. Er steckt möglicherweise hinter der Entführung."

„Sind unterwegs." Svenja unterbrach die Verbindung.

Mark hatte sich bereits angeschnallt, den Motor gestartet und fuhr los. Er war gespannt, was Lutz Malinowski zu sagen hatte. Falls er zu Hause war.

*

„Sie sind weg." Sergej klang erleichtert. Er ließ das Fernglas sinken und machte Anstalten, seinen Beobachtungsposten zu verlassen.

„Du beobachtest weiter", befahl George. Er legte das Messer zur Seite und griff zu einem Stück Sandpapier, um die fertige Bärenfigur glattzuschleifen. „Und zwar noch fünf Minuten. Wenn sich bis dahin nichts getan hat, können wir wohl davon ausgehen, dass die Bahn wirklich frei ist. Pierre, Sara, ihr macht euch bereit, als Vorhut zu gehen. Sandy, wie sieht es aus?"

„Immer noch Stillstand beim Spiel. Thaler und sein Helfer sind offensichtlich mit ihrer Weisheit am Ende."

Damit waren sie ihrem Ziel, vielmehr dem ihres Auftraggebers, ein gehöriges Stück nähergekommen.

„Immer noch alles ruhig“, meldete Sergej, nachdem auf die Sekunde genau fünf Minuten vergangen waren.

George stand auf. „Abmarsch!“

In oft geübter Präzision nahmen die Leute ihre Sachen. Sandy klappte den Laptop zu, steckte ihn in ihren Rucksack, hängte ihn sich auf den Rücken und zog wie die anderen ihre Handschuhe an. Dann folgte sie George, der vorausging.

Das Eingangstor war schnell erreicht. Während Pawel die Linse der das Tor überwachenden Kamera mit der behandschuhten Hand abdeckte, ehe sie ihn erfassen konnte, gab George die Kombination über die Tastatur ein, die die Alarmanlage deaktivierte. Das rote Blinken der Kamera erlosch. George öffnete das Tor und schloss es wieder, nachdem alle das Gelände betreten hatten.

„Tempo!“, befahl er.

Die Gruppe sprintete zur Eingangstür. Wieder tippte George die Kombination ein. Sekunden später war die Gruppe im Haus. Pawel bezog an der Tür Stellung, für den Fall, dass sie unerwarteten Besuch bekämen. Die anderen liefen zu dem Raum, in dem sich befand, weswegen sie gekommen waren. Auch dort tippte George die Kombination in die elektronische Verriegelung ein.

Es hatte die Gruppe nicht allzu viel Mühe gekostet, einen Mitarbeiter der Sicherheitsfirma, die das Alarmsystem hier eingebaut hatte, zu kompromittieren und anschließend zur Herausgabe der Sicherheitscodes für das gesamte Gebäude zu erpressen. Der Mann würde garantiert keine Silbe darüber verraten, was er getan hatte. In dem Fall wäre er nämlich nicht nur seinen Job los und bekäme nie wieder einen in der Branche, sondern dürfte sich noch am selben Tag auf der Straße wiederfinden, weil seine Frau ihn rauswerfen würde.

Sergej blieb vor der Tür stehen, als Sandy und George eintraten. Sara und Pierre rannten ins nächste Stockwerk, um die Aktion von dort aus zu sichern. Sandy wusste, was sie zu tun hatte. Im Raum standen drei Computer, ein Laptop und ein Notebook. Nur einer der drei Computer war ans Internet angeschlossen, die beiden anderen nicht.

Sie packte ihren eigenen Laptop aus, öffnete ihn und stellte fest, dass Thaler immer noch nicht weitergemacht hatte. Offenbar bereitete ihm das Rätsel mit dem Hammerwerfer und der Schlange erhebliches Kopfzerbrechen. Gut, denn ihr bereitete etwas anderes Kopfzerbrechen: In welchem der fünf Computer befand sich, was sie suchten? Laptop und Notebook waren unwahrscheinlich. Im Falle eines Falles ließen sie sich leichter stehlen als man die Festplatten der PCs ausbauen konnte. Ausgeschlossen war das natürlich nicht.

Zum Glück hatte sie auch für diesen Fall vorgesorgt. Sie entnahm ihrem Rucksack den ersten ihrer acht Dekodierer und schaltete den PC mit Internetanschluss ein. Sekunden später verlangte er die Eingabe eines BIOS-Passworts. Sandy schloss den Dekodierer an und ließ ihn das Passwort suchen. Das hochmoderne Gerät, das in der Lage war, selbst die Pentagon-Verschlüsselungen zu knacken, wenn man zu dessen Computern Zugang bekommen hätte, würde nicht lange brauchen, um ein paar BIOS-Passwörter herauszufinden. Sandy hatte mit all ihrer Finesse und ihren technischen Hilfsmittel noch nie eine volle Stunde gebraucht.

Sie verfuhr auf dieselbe Weise mit den beiden anderen PCs und sicherheitshalber auch mit dem Notebook und dem Laptop. Jetzt hieß es warten. Sie setzte sich in den bequemen, ergonomisch geformten Arbeitssessel vor dem Hauptrechner, nahm ihren Laptop und wartete darauf, dass Manfred Thaler und sein Helfer das Spiel fortsetzten. Ein Blick auf den Gesamtcountdown zeigte ihr, dass die zwölfstündige Frist in sieben Stunden und acht Minuten ablaufen würde.

Aber bis dahin wären sie längst fertig und über alle Berge.

18.52 Uhr

Sigrid Paulus hatte sie wohl kommen gesehen oder gehört, denn sie öffnete ihnen Thalers Haustür, als Aktan mit Ricky Schäfer ankam. Die Programmiererin ging ihm zielstrebig voraus und ignorierte die ausgestreckte Hand der Staatsanwältin. Sie verzichtete auch auf einen Gruß.

„Im Arbeitszimmer?“, fragte sie schlicht.

„Eh, ja ...“ Paulus blickte irritiert von ihr zu Aktan. Er zuckte mit den Schultern und schüttelte den Kopf.

Ricky Schäfer marschierte an ihr vorbei ins Wohnzimmer und schwenkte sofort nach rechts zum Arbeitszimmer. Offenbar kannte sie sich im Haus aus. Monique Thaler saß mit bedrücktem Gesicht auf der Couch, hielt ihr Handy mit beiden Händen umklammert und blickte auf, als Ricky Schäfer hereinkam. Die beiden Frauen maßen einander mit Blicken, dass Aktan meinte, Funken sprühen zu sehen. Schlagartig wurde ihm klar, dass Ricky Schäfers Hass auf Manfred Thaler eine sehr persönliche, um nicht zu sagen intime Angelegenheit war. Das erhärtete seinen Verdacht, dass sie möglicherweise an der Entführung beteiligt sein könnte.

Thaler sprang auf, als sie ins Arbeitszimmer kam. Sein Gesicht drückte so viel Erleichterung aus, wie Aktan noch nie bei einem Menschen gesehen hatte.

„Ricky! Gott sei Dank! Ich ..."

„Schnauze!"

Der Blick, den sie ihm zuwarf, war buchstäblich mörderisch, ihre Stimme eisig. Sie stieß ihn unsanft zur Seite und setzte sich in den Sessel, aus dem er aufgestanden war. Sie warf einen kurzen Blick auf den Bildschirm, ehe sie verächtlich grinste.

„Na, dann wollen wir mal."

„Wir haben nur noch neun Minuten bis zur Deadline für den Level", erklärte Michael. „Das ..."

„Hab ich gesehen. Ich bin nicht blind." Ricky Schäfer gönnte weder ihm noch jemand anderem einen Blick, obwohl Aktan das Gefühl hatte, dass sie sehr genau registriert hatte, wie viele Leute anwesend waren. Sie tippte eine Botschaft in das Chat-Feld: *Hallo Black Knight, du spielst jetzt gegen RIS. Zeig mir mal, was du drauf hast.*

Ihre Finger flogen über die Tastatur in einer Geschwindigkeit, dass man keine einzelnen Bewegungen mehr ausmachen konnte. Sie tippte in das immer noch offene Rätselfeld, das eine Antwort auf die Frage nach dem von einer Schlange getöteten Hammerschwinger erwartete, das Wort „Thor". Das Feld klappte zu. Der Rabe aus dem *Winged-Herold*-Feld setzte sich vor Thalers Schamanenfigur, die auf seinen Rücken kletterte. Ricky Schäfer klickte ein Feld an, das elf Felder näher am Zielfeld lag. Der Rabe flog durch die Luft und setze den Schamanen dort ab.

Sie klickte den Oktaeder an, wartete aber nicht, bis er von selbst zum Stehen kam, nachdem er begonnen hatte zu wirbeln, sondern klickte ihn an, noch während er wirbelte. Er fiel und zeigte die beiden Spinnenseiten. Ein weiterer Klick beförderte den Schamanen auf das Feld neben der Spinnenmutter, das weitere vier Felder näher am Zielfeld lag. Das bekannte Schriftfeld klappte auf, nachdem die Spinne erschienen war und ihren Stachel auf den Schamanen gerichtet hatte. Diesmal lautete die Frage: *Die Rätsel des schönen Mädchens brachten vielen Männern den Tod. Zeus sie in den Himmel hob. 31 ist seither ihre Zahl.*

Für Aktan war das ein auf die Schnelle unlösbares Rätsel, das er nicht mal verstand. Ricky Schäfer tippte jedoch ohne zu zögern „Andromeda“ ins Antwortfeld. Die sexy Fee tauchte auf. Ricky klickte die Perle an, auf der ein Wirbelwind zu sehen war. Die Fee verschwand. Dafür erschien der Wirbelwind, hüllte den Schamanen ein und transportierte ihn direkt ins Zielfeld. Ein Feuerwerk aus blauen Flammen füllte den Bildschirm, ehe ein neues Spielfeld eingeblendet wurde. Der Countdown von Level 3 verschwand. Dafür begann der von Level 4 zu zählen. *Level 4: 18.58 – 20.48 Uhr: 01:49:59 ...*

Ricky Schäfer hatte durch die Schnelligkeit, mit der sie den letzten Zug gewonnen hatte, acht Minuten für den nächsten Level gutgeschrieben bekommen. Sie fuhr zu Thaler herum, der sich hinter ihr gegen die Fensterbank gelehnt hatte.

„Verdammt, Manfred, verschwinde da! Du weißt, dass ich es nicht vertragen kann, wenn jemand hinter mir steht.“

„Die Typen verlangen aber, dass ich in Sichtweite der Webcam bleibe. Ich …“

„Dann stell dich neben mich, zum Teufel, aber nicht hinter mich.“

Thaler gehorchte. „Würde mir jemand bitte einen Stuhl bringen?“

Aktan zog einen Stuhl aus dem Wohnzimmer heran und schob ihn ihm zu. „Sie beide kennen sich offenbar ziemlich gut."

„Bedauerlicherweise", knurrte Ricky Schäfer und blickte Thaler auffordernd an, der sich neben sie setzte. „Na los, Männi, erklär es ihnen."

Thaler schwieg.

Sie schnaubte. „Feigling!"

„Erklären Sie es uns, Frau Schäfer", bat Aktan.

Monique Thaler war aus dem Wohnzimmer gekommen, stand in der Tür und starrte Ricky Schäfer mit einer Mischung aus Neugier und Ablehnung an. Aktan hatte den Eindruck, dass die beiden Frauen sich noch nie zuvor begegnet waren.

Ricky Schäfer sah Thaler abwartend an, der errötete und zu Boden blickte.

„Er hat mir das Spiel gestohlen", knurrte sie, als er schwieg. „Und was er sonst noch getan hat", sie warf einen bezeichnenden Blick auf Monique Thaler, „soll er Ihnen selbst erzählen. – Verdammt, Manfred, rück mir nicht so auf den Pelz!" Sie schob ihren Stuhl einen halben Meter zur Seite.

Das erklärte ihre Wut und ihre ursprüngliche Weigerung, Thaler zu helfen

Thaler wusste nicht, wohin er sehen sollte, nachdem er bemerkt hatte, dass seine Frau im Zimmer stand.

„Umso dankbarer bin ich, dass du trotzdem gekommen bist und hilfst, Marie-Claire zu befreien, Ricky."

Sie schnaubte. „Das Blaach ist schon gestraft genug damit, dich als Vater zu haben."

„*Oh mon Dieu,* Monfree, was 'ast du nur gefunden an diese unmöglische *femme?*"

„Mein Fachwissen“, fauchte Ricky Schäfer und funkelte Monique böse an. „Damit ich ihm dieses Spiel entwickele und er seine Scheißfirma retten kann. Dafür hat er mir was von Liebe vorgeheuchelt.“ Sie warf theatralisch die Arme in die Luft, ehe sie beide Hände auf Brust drückte und übertrieben deklamierte: „Oh, Ricky, du bist die Frau meines Lebens. Ich liebe dich, wie ich noch nie eine andere Frau geliebt habe. Du bist meine Sonne, mein Mond und mein Sternenlicht.“

Wäre die Situation nicht so ernst gewesen, Aktan hätte schallend gelacht. Einmal über das geschmacklose Süßholz, das Thaler angeblich geraspelt hatte, und andererseits darüber, dass eine Frau wie Ricky Schäfer tatsächlich darauf hereingefallen war. Michael war nicht so zurückhaltend. Er prustete los, hörte aber sofort auf, als Ricky Schäfer ihm einen vernichtenden Blick zuwarf und Sigrid Paulus ihn strafend ansah.

Monique Thaler war blass geworden und sah ihren Mann fassungslos an. „Das ’ast du auch zu ihr gesagt?“

Thaler errötete und wusste nicht, wohin er blicken sollte. „Schatz, ich ...

„Ich bin mir ziemlich sicher, dass er das zu jeder Frau gesagt hat, die er in sein Bett kriegen wollte.“ Ricky verzog verächtlich das Gesicht. „Männer sind da ziemlich fantasielos. Und als er das Spiel von mir bekommen hatte, meldete er das Patent hinter meinem Rücken auf seinen Namen allein an, verdient sich eine goldene Nase damit, und ich kriege keinen Cent.“

Aktan sah Sigrid Paulus an. Sie erwiderte seinen Blick und nickte. Ricky Schäfer hatte ihnen gerade ein perfektes Motiv für die Entführung geliefert. Allerdings passte Black Knights Bemerkung nicht dazu, dass Thaler am eigenen Leib erfahren sollte, was es bedeutete, ein Kind zu verlieren.

„Obendrein reiste er eben mal nach Frankreich, angeblich um es europaweit zu vermarkten, und kam als verheirateter Mann zurück.“ Wenn Blicke töten könnten, wäre Thaler mausetot. „Du Arschloch hattest nicht mal so viel Anstand, vorher mit mir Schluss zu machen. Nicht mal per Telefon oder SMS.“ Sie blickte Monique an. „Als ich von seinem Schweigen die Schnauze voll hatte und mir sicher war, dass das seine miese Art war, mich loszuwerden, und ein paar Sachen holen wollte, die ich noch hier im Haus gelassen hatte, stellte ich fest, dass er inzwischen die Schlösser ausgetauscht hatte. Meine Anrufe, um einen Termin zur Abholung zu vereinbaren, hat er entweder weggedrückt oder sich in der Firma verleugnen lassen. Stattdessen ließ er mir über seine *Sekretärin* ausrichten, dass ich meine Sachen am Empfang abholen könne, da der Herr Thaler keinen weiteren Kontakt zu mir wünsche. Ich musste erst von der Sekretärin erfahren, dass er geheiratet hat und seine Frau schwanger ist. Aber jetzt soll ausgerechnet ich ihm die Kastanien aus dem Feuer holen. Dafür bin ich ihm plötzlich wieder gut genug, diesem gottverfluchten Scheißkerl!“

Sie starrte ihn bitterböse an. Aktan hatte das Gefühl, dass nicht viel gefehlt hätte, und sie hätte ihm ins Gesicht gespuckt.

„Können wir bitte mit den Beschimpfungen aufhören“, wandte er begütigend ein.

„Nein. Ich habe gerade erst angefangen.“

Der Signalton des Laptops unterbrach, was sie noch hatte sagen wollen. Black Knight hatte seinen ersten Zug auf Level 4 gemacht.

Ricky gab einen verächtlichen Laut von sich. „Strategisch nicht der beste Zug.“ Sie postete: *Ist das alles, was du kannst, Black Knight?* Laut fügte sie hinzu: „Dann pass mal gut auf, wie das geht.“

Aktan, der Michael wieder über die Schulter schaute, verfolgte, was sie tat. Das Spielfeld hatte sich verändert. Bis einschließlich Level 3 war es bis auf die jeweilige Landschaft im Hintergrund identisch gewesen. Jetzt zeigte es nicht nur zwei Ebenen, sondern auch die doppelte Anzahl von Spielfiguren, von denen die Hälfte sich auf der unteren, die andere sich auf der oberen Ebene bewegte. Die untere Ebene wirkte wie ein Höhlensystem, die obere wie eine von Wolken umgebene, auf einem Schachbrettartigen Untergrund mit sechseckigen Feldern gebaute Stadt, durch die leuchtende Pfade verliefen. Der bisher allgegenwärtige Oktaeder fehlte.

Die Figuren auf der unteren Ebene waren identisch mit denen der vorherigen Levels. Auf der oberen gab es neue wie ein Einhorn, eine alte Frau, einen Sensenmann, einen Schwarzen Ritter und andere. Die Auffälligste war eine Frau in einem silbrig glänzenden Kleid, die eine Krone auf dem Kopf trug, die in der Mitte der in zwei Hälften geteilten Stadt stand. Jeder Stadtteil besaß ein Schloss, das zum Betrachter hin offen war, und einen roten beziehungsweise blauen Thron.

„Ab diesem Level ist das Spiel so ähnlich wie Schach", erklärte Michael. „Was die Sache aber verkompliziert, ist, dass die Figuren auf der oberen Ebene sich bis auf den Tod nicht eigenständig bewegen können. Die unteren sind sogenannte Läuferfiguren, die oberen die Springer, deren Bewegungen durch die ihnen zugeordneten Läufer diktiert werden. Und jeder Spieler kann mit seinen Figuren der unteren Ebene Einfluss auf die mit ihm korrespondierende der oberen nehmen. Dadurch kann er theoretisch jeden Zug seines Gegners wieder rückgängig machen. Ziel dieses Levels ist, die Königin auf einen der beiden Throne zu bugsieren. Wer sie auf seinen setzen kann, hat den Level gewonnen." Er warf einen Blick ins Arbeitszimmer auf Ricky Schäfer und fügte mit erhobener Stimme hinzu: „Und ich habe keine Ahnung, wie man das in gut anderthalb Stunden schaffen könnte.“

Ricky Schäfer sah kurz zu ihm herüber und grinste flüchtig. „Anderthalb Stunden habe ich für diesen Level noch nie gebraucht. Obwohl ich immer gegen *Mastermind*, also den Computer, gespielt habe. Falls Black Knights Fähigkeiten nicht besser sind als die des Computers – was ich bezweifle –, sitzt *Queen Moonsong* in spätestens einer halben Stunde auf meinem Thron.“

Aktan hoffte inständig für die kleine Marie-Claire, dass Ricky Schäfer wirklich so gut war, wie sie behauptete. Immerhin begann er zu begreifen, was sie vorhin mit dreidimensionalem Denken gemeint hatte. Sie machte einen Zug, der ihr wohl irgendeinen Vorteil brachte, den er absolut nicht verstand.

„So, Black Knight, dann wollen wir mal den Turbolader zuschalten.“

Offenbar hatte sie sich einen Bonus erspielt und wählte aus einem Pool tanzender Sterne einen aus, auf dem eine Sanduhr zu sehen war. Eine Sanduhr wurde daraufhin am Spielfeldrand eingeblendet, durch die statt Sand Zahlen rannen, von hundertzwanzig abwärts.

„Was haben Sie getan?“ Michael klang entsetzt.

„Um beim Beispiel des Schach zu blieben: Ich habe auf Blitzschach umgeschaltet. Jeder Spieler hat jetzt nur hundertzwanzig Sekunden für seinen jeweils nächsten Zug.“ Ricky Schäfer klang vollkommen ruhig.

„Sie wissen, was Sie tun, ja?“, vergewisserte sich Michael.

„Ist der Papst katholisch?“, fragte sie zurück, ohne den Blick vom Bildschirm zu nehmen. „Keine Sorge. Ich habe die nächsten siebenundzwanzig Züge vorausberechnet. Wenn mein Gegner keinen gravierenden Fehler macht, geht diese Runde in zwanzig Minuten an mich, und ich habe dadurch für Level 5 über eine Stunde Zeit gewonnen. Der ist nämlich nicht ganz so einfach. – Manfred, verdammt noch mal, du sollst auf Abstand bleiben! Sonst verpasse ich dir heute die Prügel, die du dir damals verdient hast."

Thaler, der sich besorgt näher zum Bildschirm gebeugt hatte, fuhr zurück. „Ricky, ich ..."

„Halt einfach deine Klappe", fuhr sie ihm über den Mund. „Du hast in der Vergangenheit schon viel zu viel gesagt."

Black Knight tat seinen nächsten Zug. Ricky Schäfer konterte sofort. Ein Schlagabtausch folgte, bei dem die Figuren so schnell bewegt wurden, dass Aktan, der schon längst nicht mehr durchstieg, gar nicht mehr mitkam. Er fühlte sich beinahe erleichtert, als sein Smartphone klingelte. Der Anruf kam von Rebecca.

„Ich habe ein Team zu dem Vater des toten Jungen geschickt. Er wird gleich zur Vernehmung hergebracht. Gibt es bei euch was Neues?"

Aktan warf einen Blick auf Michaels Bildschirm, auf dem ein Ritter mit einer goldenen Lanze gegen einen Drachen kämpfte. „Außer dass Frau Schäfer ihr Handwerk zu verstehen scheint, war sie mal Thalers Geliebte und behauptet, er hätte ihr das Spiel gestohlen. Sie ist ziemlich sauer darüber und hätte deswegen ein glasklares Motiv. Kannst du das überprüfen?" Er hatte leise gesprochen, damit Ricky Schäfer es nicht mitbekam.

„Mach ich. Ich hoffe, die Sache findet bald ein gutes Ende." Sie unterbrach die Verbindung, ohne seine Antwort abzuwarten.

Aktan wandte seinen Blick von Michaels Bildschirm und betrachtete Ricky Schäfer und Thaler. Sie war vollkommen auf das Spiel konzentriert, aber ihr Gesicht hatte einen missmutigen, um nicht zu sagen wütenden Ausdruck. Gerunzelte Stirn, verkniffene Lippen, herabgezogene Mundwinkel. Ihre Haltung war angespannt und leicht nach links geneigt, weg von Thaler, der zu ihrer Rechten saß. Der hockte zusammengesunken auf seinem Stuhl, hatte die Ellenbogen auf die Oberschenkel und das Kinn auf die gefalteten Hände gestützt. Wenn er nicht auf den Bildschirm starrte, warf er Ricky Schäfer Seitenblicke zu, als ob er ihr etwas sagen wollte, tat es aber nicht.

Immerhin wusste Aktan jetzt, was Thaler die ganze Zeit über verheimlicht hatte und warum er auf Michaels Bemerkung, dass ihn das Engagieren von Ricky Schäfer eine gehörige Stange Geld gekostet haben musste, so schuldbewusst reagiert hatte. Je länger er darüber nachdachte, desto wahrscheinlicher fand er es, dass Ricky Schäfer mit den Entführern unter einer Decke steckte. Schließlich gab es nichts Schlimmeres als die Rache einer enttäuschten Frau. Und wenn Thaler sie tatsächlich auf die Weise abserviert hatte, wie sie behauptete, war ihre Wut auf ihn mehr als berechtigt. Dass er ihren Anschuldigungen nicht widersprochen hatte und alle Anzeichen von Schuldbewusstsein zeigte, sprach dafür, dass sie die Wahrheit sagte.

Aktan ertappte sich dabei, dass er verstohlen Ricky Schäfer mit Monique Thaler verglich. Abgesehen davon, dass Schönheit immer im Auge des Betrachters liegt, fand er die Programmiererin die Schönere von den beiden. Äußerlich. Ihre kaltschnäuzige Art und die Aggressivität, die sie ausstrahlte, machten sie in seinen Augen nicht gerade zu einem Menschen, mit dem er näher bekannt oder gar liiert sein wollte; abgesehen davon, dass er sowieso sehr glücklich verheiratet war. Michael dagegen war sichtbar von ihr fasziniert und starrte sie an wie das achte Weltwunder. Aktan gab ihm einen Knuff. Michael errötete und konzentrierte sich wieder auf das Geschehen auf dem Bildschirm.

Ein Rätselfeld klappte auf. *Die Dame in Schwarz genießt das leichte Leben auf der Geburtstagsfeier des Zauberers.*

Michael warf wieder einen Blick auf Ricky Schäfer. „Was soll das denn?“

Diese Frage stellte sich ihr offensichtlich nicht. „Das sind Songs von Uriah Heep: *Lady in Black, Easy Livin'* und *The Magician's Birthday*.“ Sie tippte „Uriah Heep“ ins Eingabefeld.

Ein Bild wurde eingeblendet, das eine Löwenstatue zeigte, die zum Chinesischen Garten gehörte. Im Chat-Feld erschien die Botschaft: *Blauer Zylinder unter dem Gaumen des Löwen.*

„Heike, Gero, zur Eisenacher Straße. Die Löwenfigur im Chinesischen Garten hat eine unautorisierte blaue ‚Gaumenfreude‘.“

„Sind unterwegs.“ Die beiden verließen das Haus.

Sigrid Paulus' Smartphone klingelte. „Paulus.“ Sie lauschte, zog die Augenbrauen hoch und warf einen Blick auf Ricky Schäfer. „Ach nee. Gut. Danke.“ Sie unterbrach die Verbindung und nickte Aktan zu.

Er ging zu ihr.

„Eine Nachricht von Frau Goldberg. Frau Schäfer hat Herrn Thaler wegen des Diebstahls des Spiels verklagt. Die Verhandlung ist für den zwölften September angesetzt.“

Aktan ging ins Arbeitszimmer. „Herr Thaler, was haben Sie uns eigentlich noch alles verschwiegen?“

Der Mann blickte ihn erschrocken an.

„Die Sache mit dem Selbstmord des Jungen, dass Frau Schäfer Sie verklagt hat ...“

„Und ich werde den Prozess gewinnen“, warf sie mit einem zufriedenen Lächeln ein.

Aktan ignorierte den Einwand. „Ist da noch etwas, das wir wissen sollten, Herr Thaler?“

Thaler schüttelte den Kopf. „Tut mir leid. Daran habe ich nicht gedacht.“ Er fuhr sich mit beiden Händen über das Gesicht. „Verdammt, meine Tochter wurde entführt, und ich bin krank vor Sorge! Das Einzige, woran ich die ganze Zeit denke, ist, wo sie steckt, wie es ihr geht und ob ich sie überhaupt wiedersehe! Irgendwelche Verhandlungen, die erst in Wochen stattfinden, sind mir dabei völlig egal!“

„Auf die Idee, dass wir dadurch vielleicht eine Spur zu Ihrer Tochter finden könnten, sind Sie nicht gekommen?“

Thaler starrte ihn sprachlos an. Sein Kopf ruckte zu Ricky Schäfer herum, und er rückte ein Stück von ihr ab.

Sie blickte ihn ungläubig an. „Männi, wenn du denkst, wonach es aussieht, dann bist du ein noch größerer Idiot, als ich bisher dachte.“ Sie schüttelte den Kopf und schnaubte verächtlich.

„Frau Schäfer, wo waren Sie heute, bevor ich Sie abgeholt habe?“, wollte Aktan wissen.

Sie maß ihn mit einem Blick, als hätte er ihrer Meinung nach nicht alle Tassen im Schrank. „Da, wo Sie mich abgeholt haben. Und zwar seit“, sie dachte nach, „Dienstagnachmittag sechzehn Uhr zweiundvierzig. Da bin ich von einer Verhandlung über einen neuen Auftrag bei einem Kunden nach Hause gekommen und habe das Haus beziehungsweise das Grundstück nicht mehr verlassen, bis Sie sich erdreistet haben, meine Totenruhe zu stören.“

Sie blickte wieder auf den Bildschirm und tippte die Lösung des nächsten Rätsels ein, das diesmal „Longinus“ lautete.

„Abgesehen davon, dass mich hauptsächlich der heutige Vormittag interessiert, nehme ich nicht an, dass jemand das bestätigen kann.“

Sie grinste. „Da irren Sie sich. Ich habe von neun Uhr zwei bis zwölf Uhr achtunddreißig in einer Online-Konferenz mit Videoübertragung mit einem Klienten in Mannheim gesessen. Er hatte einen Kollaps in der Software verursacht, die ich für ihn entwickelt habe, und ich habe ihn durchgelotst, um sein System wieder funktionsfähig zu machen.“

„Wie ist der Name des Klienten? Und kommen Sie mir jetzt nicht mit dem Diskretionsargument.“

Sie schüttelte den Kopf. „Doch, damit komme ich Ihnen.“ Sie sah ihm eine Weile in die Augen und zuckte schließlich mit den Schultern. „Da Sie aber von der Polizei sind, gehe ich davon aus, dass Sie diese Information diskret behandeln. Hagen & Schmitz PharmaKon. Der Typ, mit dem ich konferiert habe, war Herr Jürgen Hagen persönlich. Telefon 0621-5551299.“

Aktan griff zum Smartphone und tippte die Nummer ein.

„Ich hoffe, Sie halten mich nicht wirklich für so dämlich, dass ich irgendwas Illegales tue wie zum Beispiel ein Kind entführen, statt in aller Ruhe die Verhandlung abzuwarten. Da ich hieb- und stichfest Beweise habe, dass ich die Rechte an TRENIGMARIS niemals verkauft habe und auch niemandem, erst recht nicht Herrn Manfred Thaler, die Genehmigung erteilt habe, das Spiel auf seinen Namen zum Patent anzumelden, bekomme ich mein Recht und das mir zustehende Geld, sobald das Urteil rechtskräftig ist. Ich brauche das nur in aller Ruhe auszusitzen.“

Sigrid Paulus schüttelte den Kopf. „Sie könnten das aus Rache tun."

Ricky Schäfer warf ihr einen entrüsteten Blick zu und Thaler einen verächtlichen. „Das ist der Kerl nun wirklich nicht wert."

„Ricky!"

„Halt die Klappe, Männi. Besorg mir lieber einen Kaffee."

„Ich darf hier nicht weg", knurrte er. „Verdammt, Ricky, wenn du was damit zu tun hast ..."

„Mach dich doch nicht lächerlich. Und jetzt lass mich gefälligst in Ruhe für das Leben deiner Tochter spielen. Mich zu beschuldigen, mit der Entführung was zu tun zu haben, motiviert mich nicht gerade, mir besonders viel Mühe zu geben. Krieg ich nun einen Kaffee oder nicht?"

Aktan fand seine Abneigung gegen die Programmiererin bestätigt. Falls sie schon so eiskalt und unleidlich gewesen war, als Thaler mit ihr angebändelt hatte, musste er das wirklich nur aus Berechnung getan haben. Andernfalls wäre die Frage seiner Frau, was er jemals an Ricky Schäfer gefunden hatte, mehr als berechtigt.

Er erhielt Anschluss. Jürgen Hagen, seiner Stimme nach zu urteilen ein älterer Mann, bestätigte, dass Ricky Schäfer ihn heute Morgen von neun bis etwa Viertel vor eins per Videokonferenz Schritt für Schritt durch den Neustart des von ihr für seine Firma entwickelten Programms gelotst hatte, nachdem er es mangels Fachkenntnis zum Absturz gebracht hatte. Ja, er hatte Frau Schäfer ständig auf dem Bildschirm gesehen. Ja, er war mit ihr online vernetzt gewesen. Nein, sie hatte ihren Platz am Bildschirm während der Zeit nicht verlassen. Nein, er hatte sie spontan ohne vorher abgesprochenen Termin angerufen, als das Malheur passiert war und dankte Gott dafür, dass er sie erreicht und sie Zeit für ihn gehabt hatte.

Aktan bedankte sich für die Auskunft und beendete das Gespräch. Das Alibi für heute Morgen stimmte also und war nicht arrangiert worden. Aber das wollte nicht unbedingt etwas heißen. Falls Ricky Schäfer mit den Entführern unter einer Decke steckte, konnte sie die mit der Drecksarbeit beauftragt haben, um nicht selbst in Erscheinung zu treten. In dem Fall wäre es nur folgerichtig gewesen, wenn sie sich ein Alibi verschafft hätte, für den Fall, dass Thaler von Anfang an auf den Gedanken gekommen wäre, dass sie etwas damit zu tun haben könnte. In jedem Fall konnte sie nicht Black Knight sein, da sie kaum hier sitzen und gegen sich selbst spielen konnte. Oder?

Er ging zu Michael, der über den Rand seines Laptops Ricky Schäfer nicht aus den Augen ließ.

„Hör auf, die Frau anzuhimmeln, Micha", zischte er ihm zu. „Sag mir lieber, ob es möglich ist, dass sie von hier aus gegen sich selber spielt."

Michael blickte ihn an, als hätte er ihn persönlich beleidigt.

„Nun tu mal nicht so, als wärst du in sie verschossen. Ist es möglich, dass sie einen Computer so programmiert hat, dass Black Knight ihr eigener PC zu Hause ist?"

Michael überdachte das, während er das Geschehen auf dem Bildschirm verfolgte. Er schüttelte den Kopf. „In dem Fall wäre die Reaktionszeit von Black Knight auf ihre Züge immer identisch. Theoretisch kann man natürlich eine Zeitverzögerung der Antworten in das Programm schreiben, aber das würde bedeuten, dass Ricky, äh, Frau Schäfer im Voraus damit gerechnet haben muss, dass wir sie holen, damit sie das

Spiel an Thalers Stelle spielt. Und das halte ich doch für sehr unwahrscheinlich."

Er hatte recht. Aber es war nicht auszuschließen, dass sie trotzdem wusste, wer Black Knight war. „Es könnte jemand sein, der in ihrem Haus sitzt."

Michael wiegte den Kopf. „Theoretisch. Aber, Mann, Aktan, das ergibt doch keinen Sinn. Nehmen wir an, sie hängt tatsächlich mit drin. Was sollte sie damit erreichen wollen, dass sie Thalers Kind entführen lässt und ihn dann zu diesem Spiel zwingt, das er gar nicht spielen kann?"

Auch das stimmte. Wenn man ihr aber Rache als Motiv unterstellte und ihr Ziel wäre, ihn größtmöglich leiden zu lassen ... Dann wäre sie wohl kaum freiwillig mitgekommen, sondern hätte auf ihrer abweisenden Haltung beharrt und Aktan vor der Tür stehen lassen. Und wenn sie die Intelligenz und Raffinesse eines Thomas Crown besaß, würden auch ihre Handlanger sie nicht identifizieren können, wenn man sie erwischte, und es gäbe keine Spur, die auf sie als Graue Eminenz hinwies. Allerdings hatte der Vater des toten Jungen ein weitaus stärkeres Motiv, das auch viel besser zu der Forderung passte, Thaler solle Level 7 knacken.

Er warf einen Blick in die Runde. Veras Team war immer noch mit der Spurensicherung beschäftig. Vielmehr hätten sie die gesichert, wenn es welche gegeben hätte. Zumindest was Fingerabdrücke betraf, waren die Entführer absolute Profis. Sie hatten keine hinterlassen. Alle bisher gesicherten Abdrücke stammten ausschließlich von den Eltern, und die DNA-Spuren mussten erst im Labor analysiert werden, was Tage dauerte.

Monique Thaler hockte wieder in der Couchecke und telefonierte mit ihrer Schwester. Wie Aktan mit seinem Schulfranzösisch heraushören konnte, wiederholte sie immer wieder, wie furchtbar alles war und was für Sorgen sie sich um ihr Kind machte. Ben Eggers hatte im Moment wenig zu tun. Er war überzeugt, dass Frau Thalers Telefonate mit ihrer Schwester sie besser beruhigten als alles, was er als ein ihr Fremder leisten könnte. Thaler befand sich seiner Einschätzung nach in einem Zustand emotionaler Betäubung, für ihn wohl die einzige Möglichkeit, die Situation auszuhalten, ohne noch einmal, aber dann komplett die Nerven zu verlieren.

Da Thaler dem Team schon vor Stunden gestattet hatte, die Küche nach Belieben zu benutzen, die Getränkevorräte zu dezimieren und sich auch Kaffee zu kochen, wenn sie wollten, ging Aktan in die Küche und holte einen Becher Kaffee für Ricky Schäfer. Er stellte ihn neben den Laptop auf den Schreibtisch und eine Dose Milch und eine Schale mit Würfelzucker daneben.

Sie warf ihm einen überraschten Blick zu. „Danke."

Eine Fanfare ertönte aus dem Laptop. Ricky Schäfer machte das Victory-Zeichen und hielt es mit einem triumphierenden Lächeln vor die Webcam.

„Yeah! Und jetzt, Black Knight, wollen wir mal sehen, was du auf Level 5 drauf hast. Der erste Zug gehört dir."

Sie trank einen Schluck Kaffee und wartete auf den nächsten Zug ihres Gegners. Der ließ sich jedoch Zeit. Thaler blickte sie an und schien etwas sagen zu wollen. Das merkte sie offenbar auch.

„Quatsch mich bloß nicht dumm von der Seite an, Männi", fuhr sie ihn an. „Lass mich einfach in Ruhe."

„Ich wäre dir dankbar, wenn du mich nicht immer Männi nennen würdest. Du weißt, dass ich das nicht mag."

Sie schenkte ihm ein ironisches Lächeln. „Abgesehen davon, dass mir das so was von egal ist, lässt sich das ganz einfach dadurch vermeiden, dass du mir keinen Grund gibst, dich anzureden. Was ich mit dir noch zu schaffen habe, erledigen meine Anwälte für mich."

Thaler setzte zu einer Antwort an, aber Michael kam ihm zuvor. „Darf ich Sie was fragen, Frau Schäfer?"

Sie nickte ihm zu. „Sie dürfen."

„Wie sind Sie eigentlich auf TRENIGMARIS gekommen? Das ist ein ungewöhnlicher Name."

Aktan dankte Michael im Geiste für diese gekonnte Ablenkung, die den Konflikt zwischen Thaler und Ricky Schäfer zumindest vorübergehend entschärfte. Obwohl Michael besser mit Computern umgehen konnte als mit Menschen, traf er doch manchmal genau den richtigen Ton zur richtigen Zeit.

„Der mittlere Teil ENIGMA – Rätsel – steht natürlich für das, worum es in dem Spiel geht: die Lösung von Rätseln, aufgepeppt mit zielgruppenkonformem Schlachtgetümmel, sexy Manga-Figuren und knalligen Farben. TR steht für Thaler-Rengo, und RIS sind die Initialen meines vollständigen Namens." Sie warf Thaler einen giftigen Blick zu. „Mich wundert, dass du den Namen nicht geändert hast. Aber wahrscheinlich ist dir in deiner Fantasielosigkeit nichts Besseres eingefallen."

Thalers Gesichtsausdruck nach zu urteilen hatte sie damit voll ins Schwarze getroffen.

„Wofür steht das I in Ihrem Namen?"

Sie verzog das Gesicht, als hätte sie Zahnschmerzen. „Isolde. Und dafür könnte ich meine Eltern heute noch erschießen. Meine Mutter war eine glühende Verehrerin von Ricarda Huch und mein Erzeuger ein nicht minder eingefleischter Fan von Wagners Opern. Bedauerlicherweise hat er ‚Tristan und Isolde' den Vorzug vor dem ‚Ring der Nibelungen' gegeben. Mit Brunhild hätte ich mich noch anfreunden können. Aber Isolde ..." Sie schnitt eine Grimasse und warf Thaler einen grimmigen Blick zu. „Manchen Eltern müsste man schon allein wegen der Namen, mit denen sie ihre Kinder stigmatisieren, das Sorgerecht entziehen."

Thaler fühlte sich angesprochen, um nicht zu sagen angegriffen und blickte sie empört an. „Nun mach mal halblang! Marie-Claire klingt ..."

„Nach Pechmarie und dummem Klärchen. Beides dürfte die Kleine gerade sein. Also ist das bei näherer Betrachtung doch ziemlich treffend."

„Verdammt, Ricky, deine Gefühllosigkeit ist nicht mehr zu überbieten! Du warst doch früher nicht so."

Sie warf ihm einen bitterbösen Blick zu. „Rate mal, durch welches Ereignis ich so geworden bin, *Männi*."

Ben Eggers trat hinzu, um notfalls einzugreifen, bevor die Situation eskalierte. Ein Signalton vom Laptop, mit dem Black Knights Zug angekündigt wurde, ersparte ihm die Mühe. Ricky Schäfer konzentrierte sich wieder auf das Spiel, und Thaler war klug genug, den Mund zu halten.

Aktan blicke sie nachdenklich an und fragte sich, welche Art von Mensch wohl zum Vorschein käme, wenn man hinter Rickys Schäfers Fassade aus Eis blicken könnte.

19.48 Uhr

„Nehmen Sie Platz, Herr Malinowski." Rebecca deutete auf den Stuhl, auf dem vor drei Stunden Kevin Nowak gesessen hatte.

Lutz Malinowski setzte sich zögernd. Im Gegensatz zu seinem Vorgänger auf diesem Platz wirkte er weder selbstsicher, noch gab er sich empört, sondern erweckte eher den Eindruck, dass er sich vollkommen verloren fühlte. Mit fatalistischem Gesichtsausdruck hockte er auf dem Stuhl und beantwortete Rebeccas Fragen zu seinen Personalien. Als Beruf gab er Lehrer an.

„Zumindest war ich das, bevor ...“ Er zuckte mit den Schultern. „Ich bin seit Flos Tod dienstunfähig. Ich konnte nicht mehr täglich mit den Schülern in einem Raum sein und die unterrichten, die meinen Flo mit ihrer Gehässigkeit in den Tod getrieben hatten.“ Er schüttelte den Kopf. „Ich glaube, ich werde nie mehr unterrichten können.“

Er blickte Rebecca an. Sein Blick war leer, sein Gesichtsausdruck müde, seine Körperhaltung zusammengesunken, als drücke die Schwerkraft übermäßig stark auf seine Schultern.

„Herr Malinowski, die Kollegen haben Ihnen bereits gesagt, weshalb Sie hier sind. Sie stehen im Verdacht, an der Entführung der Tochter von Manfred Thaler beteiligt zu sein, des Mannes, dem Sie die Schuld am Selbstmord Ihres Sohnes geben.“

Er nickte, schien von dem Verdacht gegen ihn aber unberührt. „Sie meinen, ob ich das Kind entführt habe? Nein. Ein Kind zu verlieren, ist die Hölle. Das mute ich keinem Menschen zu. Ja, ich bin immer noch der Meinung, dass das mit der Belohnung für das Gewinnen des Spiels Beschiss war. Ein Marketingtrick, sonst nichts. Ja, ich wünsche dem Kerl die Pest an den Hals. Aber einem Vater das Kind entführen – nein.“ Er schüttelte heftig den Kopf. „So ein Schwein bin ich nicht.“

Rebecca glaubte ihm. Lutz Malinowski machte auf sie keinen gewalttätigen Eindruck, erst recht nicht den, dass er zu einer solchen Planung fähig wäre, wie sie die Entführung des Kindes erfordert hatte. Oder dass er wüsste, wen er für so einen Coup kontaktieren müsste. Dem Bericht des Teams vor Ort nach zu urteilen und dem, was sie auf den Aufnahmen der Überwachungskamera gesehen hatte, die Lukas Jung ihr überspielt hatte, handelte es sich bei den Entführern um Profis mit militärischer Ausbildung.

„Waren Sie beim Militär?"

Er blickte sie erstaunt an, ehe er den Kopf schüttelte. „Ich war schon immer ein Gegner von Waffen und Krieg. Ich habe Zivildienst geleistet. Aber was hat das mit der Entführung zu tun? Wollen Sie wissen, ob ich schießen kann? Nein, kann ich nicht. Und ich besitze auch keine Waffen. Weder erlaubte noch unerlaubte. Sie können gern mein Haus durchsuchen." Er sah ihr offen in die Augen und nickte bekräftigend.

Wieder hatte Rebecca den Eindruck, dass das die Wahrheit war. „Wo waren Sie heute Vormittag zwischen zehn und zwölf Uhr?"

„Im Zug von Rostock. Meine Frau stammt von dort. Sie hat mich letzten Monat verlassen und ist wieder zurück zu ihrer Familie. Ich war die letzten paar Tage da, seit Montag, und habe versucht, sie umzustimmen, damit sie wieder zurückkommt." Er schüttelte den Kopf. „Vergeblich. Sie will nicht."

Und das machte ihm offensichtlich schwer zu schaffen. Rebecca sah Tränen in seinen Augen schimmern.

„Falls ich ein Alibi brauche, die Bahn ist um halb elf in Rostock abgefahren und kurz nach eins hier angekommen. Ich habe die Fahrkarte noch zu Hause."

Hotte nickte und tippte etwas in den Computer ein. „Abfahrt Rostock 10.34 Uhr, Ankunft Berlin Hauptbahnhof 13.17 Uhr. Planmäßig abgefahren und angekommen. Die Fahrkarte sehen wir uns natürlich trotzdem noch an."

„Jederzeit, Herr Kommissar."

„Herr Malinowski, kennen Sie jemanden, der sich derart an Herrn Thaler rächen könnte? Freunde Ihres Sohnes vielleicht?"

Malinowski lachte bitter. Tränen liefen über seine Wangen. Ein Schluchzen erstickte das Lachen. Er wischte die Tränen mit dem Ärmel ab. Rebecca reichte ihm ein Taschentuch, mit dem er sich über die Augen fuhr, ehe er sich lautstark schnäuzte.

„Ich bitte um Entschuldigung." Er schnäuzte sich noch einmal. „Haben Sie das nicht in den Medien verfolgt? Flo hatte keine Freunde. Erst recht nicht mehr, nachdem sie ihn fertiggemacht haben. Und ich hatte auch keinen Nerv und auch keine Zeit, irgendwas zu arrangieren, falls Sie darauf hinaus wollen." Er blickte verlegen zu Boden. „Ich war in einer Klinik."

„Was für einer Klinik bitte?"

Malinowski wurde rot, knetete das Taschentuch und zog den Kopf ein. „Entzug." Seine Stimme klang so leise, dass Rebecca ihn kaum verstehen konnte. „Nach Flos Tod und nachdem der Anwalt uns gesagt hatte, dass es keine rechtliche Grundlage gibt, Thaler und seine Firma zu verklagen, habe ich mich mit der Flasche getröstet. Dann kam ich mit einer Alkoholvergiftung ins Krankenhaus und von da aus direkt zum Entzug und in die Psychiatrie."

Er legte die gefalteten Hände auf den Tisch, starrte darauf und knetete wieder das Taschentuch. Rebecca ließ ihm Zeit, obwohl ihr die unter den Nägeln brannte. Aber manchmal bekam man mehr aus den Leuten heraus, wenn man sie einfach reden ließ, statt sie mit Fragen zu bombardieren oder anderweitig unter Druck zu setzen.

„Als ich entlassen wurde, war nichts mehr so, wie es mal war zwischen meiner Frau und mir. Wir hatten uns völlig entfremdet. Sie wusste nichts mehr mit mir anzufangen, wie sie sagte. Und als ich dann letzen Monat ihren Geburtstag vergessen habe, ist sie zu ihren Eltern gezogen. Um eine Auszeit zu nehmen. Vorübergehend, sagte sie. Als sie sich nicht gemeldet hat, habe ich angerufen. Sie ließ sich verleugnen. Da bin ich letzten Montag hingefahren. Zur Aussprache; mit Eltern, ohne Eltern, Essengehen, das ganze Programm." Er wischte sich wieder über die Augen. „Nur um von ihr zu hören, dass ihr Entschluss feststeht und sie die Scheidung will." Er blickte Rebecca an. „Das war's dann." Wieder kamen ihm die Tränen.

Rebecca reichte ihm ein neues Taschentuch, das er dankbar nahm. „Das tut mir sehr leid, Herr Malinowski."

Er zuckte mit den Schultern. „Ist nicht zu ändern. Klar, ich habe immer noch Wut auf Thaler. Aber ich habe keine Kraft mehr, ihn zu hassen. Ich will meinen Frieden finden. Und wie ich schon sagte, ich würde einem Kind nie etwas antun. Ich bin Lehrer geworden, weil ich Kinder liebe. Ich hätte gern viele Kinder gehabt; mindestens drei. Aber Flo blieb unser einziges." Er weinte stumm in das Taschentuch.

Rebecca wartete ungeduldig, dass er sich wieder fasste.

Nach einer Weile blickte er auf. „Das können Sie glauben oder nicht. Ich muss mein Leben irgendwie wieder auf die Reihe bringen, und ich habe keine Ahnung wie. Nur eins weiß ich." Er sah Rebecca in die Augen. „Dass ich es auf die Reihe bringen will. Dazu muss ich die Vergangenheit abschließen, auch wenn das wahnsinnig schwer ist. Ein Kind zu entführen oder jemanden dazu anzustiften, bewirkt das Gegenteil. Dann würde ich nämlich an der Vergangenheit festhalten und den kümmerlichen Rest meines Lebens auch noch verpfuschen." Er schüttelte den Kopf. „Nee. Das wäre der falsche Weg. Den habe ich schon einmal eingeschlagen, als ich das Saufen angefangen habe. Ein zweites Mal begehe ich so einen Fehler nicht." Er blickte Rebecca und danach Hotte an. „Ich hoffe inständig, Sie finden das Kind. Unversehrt."

„Wir tun unser Möglichstes." Rebecca sah ihm eindringlich in die Augen. „Herr Malinowski, die Entführer verlangen von Herrn Thaler, dass er TRENIGMARIS auf Level 7 gewinnt mit der Begründung, dass er beweisen soll, dass das machbar wäre und am eigenen Leib erfahren soll, wie es ist, ein Kind zu verlieren. Können Sie sich das erklären?"

Er starrte sie mit leerem Blick an. „Würde zu mir passen, nicht wahr?"

Seine Stimme klang müde, distanziert und so, als wäre ihm alles egal. Nicht nach einem Mann, der seine Rache genoss. Es sei denn, er wäre ein begnadete Schauspieler, der auf Kommando weinen konnte.

„Das passt allerdings sehr gut auf Sie."

Er schüttelte den Kopf. „Nein, dafür habe ich keine Erklärung. Es sei denn, es hätte sich noch ein anderes Kind wegen dieses verfluchten Spiels umgebracht." Er blickte sie fragend an.

Sie ging nicht darauf ein. „Hatte Flo eine Freundin?"

Ein bitteres Halblächeln. „Seinen Computer." Er fuhr sich mit beiden Händen über das Gesicht. „Ich frage mich seitdem, was wir falsch gemacht haben, dass er sich so isoliert hat und die virtuelle Welt der realen vorgezogen hat. Eben war er noch ein ganz normaler Junge, der Fußball spielte, Freunde hatte, rausging – und beinahe von heute auf morgen hat er sich nur noch in seinem Zimmer verkrochen und am PC gespielt. Wir waren machtlos."

Die Frage nach dem Warum konnte Rebecca ihm nicht beantworten. „Manchmal macht man alles richtig, aber es bringt trotzdem nichts." Was ihn natürlich in keiner Weise tröstete. „Danke, Herr Malinowski. Unsere Leute bringen Sie nach Hause und sehen sich Ihre Fahrkarte an."

Außerdem würden sie alle anderen seiner Behauptungen auch überprüfen, die keinen richterlichen Beschluss erforderten. Den würde ein Richter sowieso nur ausstellen, wenn ein starker begründeter Verdacht vorlag. Das war bei Malinowski nicht der Fall, falls sich sein Alibi bestätigte.

Hotte begleitete ihn hinaus.

Rebecca rief Aktan an. „Malinowski können wir mit großer Wahrscheinlichkeit ausschließen. Wie es aussieht, bleibt Frau Schäfer die einzige Person mit einem handfesten Motiv und den Möglichkeiten, diesen Coup durchzuziehen."

„Sie hat für heute Vormittag ein Alibi, Becca. Außerdem hängt eine Klage von ihr gegen Thaler an wegen des Spiels. Sich an ihm rächen zu wollen und ihn zu erpressen, bevor das Gericht verhandelt hat, ergibt keinen Sinn. Besonders da sie überzeugt ist zu gewinnen." Aktan seufzte. „Natürlich könnte sie trotzdem mit drinhängen oder die Drahtzieherin im Hintergrund sein. Ich kann mich aber des Gefühls nicht erwehren, dass wir was Wichtiges übersehen und etwas ganz anderes hinter all dem steckt."

Das Gefühl hatte sie inzwischen auch. Noch stärker war das Gefühl, dass der kleinen Marie-Claire immer weniger Zeit blieb. Falls sie überhaupt noch welche hatte.

20.00 Uhr

Aktan betrachtete Ricky Schäfer und versuchte, aus ihrer Haltung, ihren Gesten und ihrer Mimik etwas zu erkennen, das ihm einen Clue gab, ob sie mehr mit der Entführung zu tun hatte, als dass er sie hergeholt hatte.

Vera Kalininas Team war abgezogen, nachdem sie alle Spuren gesichert und festgestellt hatten, dass es außer ein paar Faserspuren, die aber wahrscheinlich zu Monique Thaler oder ihrem Mann gehörten, keine gab. Und mit den Schuhabdrücken unten am Seeufer hatte man bisher nur feststellen können, dass die von Militärstiefeln eines russischen Fabrikats stammten. Was das zu bedeuten hatte – ob es Zufall war oder ein Hinweis darauf, dass die Entführer Russen waren –, musste sich noch zeigen. Thaler hatte jedenfalls glaubhaft versichert, dass er bisher keine Geschäfte mit russischen Partnern gemacht hatte und auch keine Russen zu dem Zweck an ihn herangetreten waren.

Gero und Heike warteten auf ihren nächsten Einsatz und vertrieben sich die Zeit mit Lektüre aus dem reichhaltigen Buchbestand der Thalers. Der letzte Fotoschnipsel, den sie vom Chinesischen Garten geholt hatten, zeigte den Teil einer Hauswand und war durch ein Stück Schrift geschnitten worden, das entweder den unteren Teil eines O oder einer Null und ein B zeigte. Obwohl seit dem Offenbaren des Versteckes eine weitere Stunde vergangen war, gab es bis jetzt kein Rätsel, das mit einem neuen Puzzleteil belohnt worden wäre.

Ricky Schäfer spielte gekonnt auf Level 5 und lag ziemlich gut im Rennen, wenn Aktan Michaels begeisterte Kommentare richtig interpretierte. Monique Thaler hocke in ihrer Couchecke, führte alle zehn bis zwanzig Minuten ein Gespräch mit ihrer Schwester und starrte ansonsten ins Leere. Aktan konnte sich des Gefühls nicht erwehren, dass sie ihrem Mann die Schuld an der Entführung ihres Kindes gab, da sie ihn kaum beachtete.

Thaler warf ihr zwar ab und zu einen besorgten Blick zu, war aber mehr auf das Geschehen auf dem Bildschirm konzentriert. Die spürbare Funkstille zwischen den beiden konnte normal sein oder auch nicht. Aktan hatte schon bei anderen Entführungsfällen erlebt, dass in der Familie unterschwellig vorhandene Konflikte durch die Entführung aufbrachen und manchmal Auseinandersetzungen von vulkanartiger Explosionskraft hervorriefen, die nicht selten in Handgreiflichkeiten ausarteten. Es beruhigte ihn, dass Ben Eggers da war und die beiden Thalers im Auge behielt, um notfalls einzugreifen. Im Moment war er jedoch, wie nahezu jeder, von Ricky Schäfer fasziniert.

Aktan hatte versucht herauszufinden, ob Monique Thaler von der früheren Beziehung ihres Mannes zu der Programmiererin gewusst hatte. Aber die Frau war nicht ansprechbar, und er wollte Thaler nicht direkt danach fragen. Es war jedenfalls gut möglich, dass die Funkstille zwischen den Eheleuten auf Ricky Schäfers Anwesenheit zurückzuführen war. Die ließ keinen Zweifel daran, dass sie für Thaler keine Gefühle mehr hegte; zumindest keine positiven. Er dagegen blickte sie in einer Art an, die darauf hindeutete, dass von seiner Seite aus noch eine gewisse Zuneigung vorhanden sein könnte.

„Ich frage mich, warum wir nur so wenige Puzzleteile bekommen", überlegte Sigrid Paulus halblaut.

Sie saß vor einem Laptop, auf den Michael die von Rebecca übertragenen Fototeile überspielt hatte. Der Rechner in der

Zentrale hatte eine wahrscheinliche Form der abgebildeten Tür errechnet, aber das half absolut nicht weiter. Ricky Schäfer hatte zwar Level 5 erreicht und diesen Level etwa zur Hälfte absolviert, aber sie hatten erst drei Puzzleteile erhalten. Es hätten längst viel mehr sein müssen, wenn die darauf abgebildete Hauswand nebst Tür tatsächlich bis zum hypothetisch gewonnenen Level 7 den Ort abbilden sollte, an dem Marie-Claire Thaler gefangengehalten wurde. Oder die letzten zwei oder drei Teile waren erheblich größer als die drei ersten.

„Wenn Sie mich fragen“, beantwortete Ricky Schäfer die Frage, obwohl sie nicht an sie gerichtet gewesen war, „ist das Ganze nur ein Ablenkungsmanöver, mit dem man die Polizei beschäftigen will. Ich kann mir nicht vorstellen, dass die Entführer so dumm sind, nicht zu wissen, dass Sie die Möglichkeit haben, die Ausschnitte rechnerisch zu ergänzen. Das heißt, die riskieren mit jedem preisgegebenen Puzzleteil, dass Sie den Ort rauskriegen, lange bevor die den letzten Schnipsel freigegeben haben. Damit wäre aber auch die Erpressung hinfällig. Deshalb haben die meines Erachtens gar nicht vor, tatsächlich das vollständige Bild rauszurücken. Nicht mal nachdem ich Level 7 gewonnen habe.“

Sie hatte, während sie sprach, den Blick keine Sekunde vom Bildschirm genommen und spielte unbeeindruckt weiter.

„Das setzt aber voraus, dass die Entführer wissen, dass wir hier sind“, sagte Aktan.

Sie warf ihm einen kurzen Blick zu. „Daran besteht ja wohl kein Zweifel. Selbst wenn die es nicht mit Sicherheit wissen sollten, sondern nur vermuten, sind Sie ein Faktor, den die garantiert eingeplant haben.“

Aktan blickte sie ebenso misstrauisch an wie Sigrid Paulus. „Dafür, dass Sie angeblich mit den Ganoven nichts zu tun haben, kennen Sie sich aber wirklich gut aus.“

„Das ist simples strategisches Denken, Herr Sunay. Ich habe dieses Spiel entwickelt, das zum Teil auf Schach und anderen Strategiespielen basiert. Das Ausklamüsern eines Verbrechens ist im Grunde genommen nichts anderes als eine Art Schachspiel. Mit entsprechendem Grips kann man die meisten Züge vorausberechnen. Wenn man alle möglichen Variablen mit einplant – und bei einem Verbrechen gibt es derer erheblich weniger als beim Schach –, bleibt als einziges nicht kalkulierbares Risiko der Zufall. Der ist aber zum Glück extrem selten. Also wage ich zu behaupten, dass meine Prognose zutrifft, wenn die Entführer auch nur halb so gut in Strategie sind wie ich.“

„Das klingt ja, als hätten Sie Clausewitz gelesen.“

„Und Sun Tzu, Musashi, Moltke, Hannibal, Cäsar, Thukydides, Alexander, Napoleon et cetera. Ich habe von den Besten gelernt.“

Das warf ein neues Licht auf sie. Eine Programmiererin, die sich mit der Strategie von Kriegführung beschäftigte, war eine vielschichtige, um nicht zu sagen undurchsichtige Persönlichkeit. Die Möglichkeit, dass ihre Bemerkung tatsächlich aus diesem Teil ihres angelesenen Wissens stammte, war nicht auszuschließen. Die Möglichkeit, dass sie aus dem intimen Wissen ihrer Mittäterschaft stammte, aber auch nicht.

Sie runzelte die Stirn. „Was zum Teufel ...“ Sie schüttelte den Kopf.

„Was ist?“

„Das frage ich mich auch“, wandte Michael ein, der das Spiel nicht aus den Augen ließ.

Sie zog die Augenbrauen hoch. „Das war eben ein verdammt dummer Zug von Black Knight. Wenn ich jetzt meinen Schamanen ziehe, landet die Hexe auf demselben Feld wie sein Bogenschütze und bannt ihn. Dadurch ist für ihn aber auch der Schwarze Ritter blockiert."

Aktan verstand nur ‚Bahnhof, Endstation'. „Soll heißen?"

„Das bedeutet entweder, dass er gerade ein mächtiges Eigentor geschossen hat, oder dass er etwas plant, das meinen nächsten Zug ausgleicht. Vielleicht sogar mich in die Bredouille bringt." Sie beugte sich vor und betrachtete die Verteilung der Figuren auf den beiden Ebenen des Spielfeldes. Schließlich schüttelte sie den Kopf. „Ich kann die nächsten zwölf Züge basierend auf dem, zu dem er mich verleiten will, sicher voraussagen. Da ist keine Falle möglich."

„Also ist er doch nicht so schlau, wie er sich wohl einbildet", meinte Aktan.

Sie schüttelte den Kopf. „Ich habe ein ungutes Gefühl dabei. Bisher hat der Typ brillant gespielt. So ein nahezu typischer Anfängerfehler passt nicht dazu."

Zu dem Schluss kam Aktan auch, wenn er auf Ricky Schäfers Expertise vertraute. „Haben Sie eine andere Wahl?"

„Nein. Jeder andere Zug in dieser Phase des Spiels würde mich derart zurückwerfen, dass ich es gegen einen Crack wie Black Knight nie mehr aufholen könnte und in relativ kurzer Zeit verliere."

„Worauf wartest du dann noch?", drängte Thaler.

Sie schüttelte den Kopf. „Er will offenbar, dass ich genau diesen Zug mache. Der Kerl plant was, und es macht mich wahnsinnig, dass ich nicht erkennen kann, was es ist."

„Machen Sie den Zug", riet Sigrid Paulus. „Wenn Sie ohnehin keine andere Möglichkeit haben."

Ricky starrte auf den Bildschirm. Ihre Augen bewegten sich hin und her. Man sah ihr an, wie intensiv sie nachdachte. Nach einer Weile schüttelte sie den Kopf. „Eine andere Möglichkeit gibt es nicht. Aber irgendwas stimmt da nicht." Sie seufzte. „Na gut." Sie tätigte den Zug. „Scheiße!", entfuhr es ihr, als sie das Resultat auf dem Bildschirm sah.

„Das gibt's nicht!" Michael klang fassungslos.

Sigrid Paulus beugte sich ebenso wie Aktan über Michaels Schulter, um zu sehen, was passiert war.

Ricky Schäfer orderte: *Zug wiederholen*. Das Spiel reagierte mit der Antwort: *Der ausgeführte Zug wurde registriert und ist gültig. Wiederholung ausgeschlossen.*

Sie stieß einen so lästerlichen Fluch aus, wie Aktan ihn noch nie aus dem Mund einer Frau und nur von sehr wenigen Männern gehört hatte. Er fühlte seine Wangen heiß werden. Sigrid Paulus starrte sie mit offenem Mund schockiert an.

Ricky Schäfer ließ sich mit dem Rücken gegen die Sessellehne fallen.

„Was ist passiert?"

Sie sah auf. In ihren Augen stand Fassungslosigkeit und – Aktan glaubte es kaum – Besorgnis. „Der Kerl hat das Spiel verändert!"

„Was? Wie ist das möglich?"

Sie schlug mit der flachen Hand auf den Tisch, dass es krachte. „Das ist es ja gerade, Herr Sunay: Es ist gar nicht möglich! Es sei denn, man hat die Quellcodes für das Spiel und kann es umprogrammieren." Sie blickte Thaler aggressiv an. „Hast du dazu vielleicht was zu sagen, Männi?"

Er fuhr erschrocken zurück. „Ich? Wieso ich?"

„Stopp!“, fuhr Sigrid Paulus dazwischen. „Bitte der Reihe nach. Was genau ist passiert, das Sie auf den Gedanken bringt, dass das Spiel verändert wurde, Frau Schäfer?“

„Ab dem vierten Level ist das Spiel so aufgebaut, dass die Figuren auf der oberen Ebene nicht selbstständig bewegt werden können, sondern nur über die Züge mit denen von der unteren Ebene. Die oberen Figuren werden von den unteren sozusagen ferngesteuert. Jede untere Figur kann nur eine bestimmte obere Figur steuern. Der Schamane steuert die Hexe, der Bogenschütze den Schwarzen Ritter, die Sängerin die Sirene, der Bote den Herold, der Reiter das Einhorn und so weiter. Andere Kombinationen sind nicht möglich. Normalerweise.“ Sie blickte bedeutsam in die Runde. „Ich habe meinen Schamanen drei Felder nördlich vorgerückt. Das hätte normalerweise meine Hexe von ihrem Feld – auf dem sie immer noch steht – auf dasselbe Feld wie den gegnerischen Bogenschützen bringen müssen. So wie das Spiel aufgebaut und in der Programmierung festgeschrieben ist, wäre kein anderer Zug möglich.“

„Und was ist stattdessen passiert?“ Sigrid Paulus beugte sich gespannt vor.

Ricky Schäfer hob die Hände und ließ sie wieder fallen. „Stattdessen landete mein Bote vollkommen regelwidrig auf dem Rätselfeld der Spinnenmutter. Das heißt, wir bekommen das nächste Rätsel. Das ist zwar nicht tragisch, aber es zeigt eindeutig, dass das Spiel verändert wurde.“

Wie aufs Stichwort erschien die Schriftrolle mit dem Rätsel: *Zinnober oder Gold, Millionen Jahre alt, wie die Erde, wie der Mond, aber klein wie ein Korn.*

„Was bedeutet das?“ fragte Thaler alarmiert und meinte damit nicht das kniffelige Rätsel.

„Das bedeutet, dass irgendwer deine Tochter um jeden Preis tot sehen will“, stellte Ricky Schäfer mitleidlos fest. „Denn ich bin mir sicher, dass das Spiel so manipuliert wurde, dass nur der Gegner gewinnen kann, aber nicht ich. Dieses Rätsel ist keins von denen, die ich einprogrammiert habe.“

„Oh mein Gott!“, entfuhr es Thaler verzweifelt. „Warum?“

„Das müssen Sie den Kerl fragen, wenn wir ihn haben“, knurrte Aktan. „Aber wie ist es möglich, dass er das Spiel manipuliert? Gibt es keine Sicherung dagegen?“

Ricky schnaufte. „Doch, sogar eine, die eigentlich unknackbar sein müsste.“ Sie ließ die Augen nicht von dem Rätsel. „Aber ich mache mir später Gedanken darüber, wie es möglich ist, dass sie offenbar trotzdem geknackt wurde. Jetzt muss ich versuchen, das Spiel trotzdem irgendwie zu gewinnen.“

„Wie denn? Mit solchen unlösbaren Rätseln?“ Thaler klang wieder einmal panisch.

Ricky winkte ab. „Das hier ist nicht allzu schwer. Ich zögere nur mit der Antwort, um eine Strategie zu durchdenken, wie ich trotz Manipulation gewinnen könnte. Und das kann ich am besten, wenn ich Ruhe habe. Manfred, hast du noch was von dem Talisker? Der würde mir denken helfen.“

„Ich darf hier nicht weg, wie du dich vielleicht erinnerst.“

Sie tippte in das Chat-Feld ein: *Thaler muss mal aufs Klo. Wenn es wirklich nur darauf ankommt, dass jemand das Spiel gewinnt, ist seine Anwesenheit unnötig. Der Kerl geht mir sowieso auf die Nerven.*

„Ricky!“ Thaler klang entrüstet.

„Was?“, fauchte sie ihn an. „Glaubst du, es macht mir Spaß, stundenlang neben dir sitzen zu müssen?“

Der Signalton des Laptops verkündete die Antwort: *Er darf gehen. Aber alle 20 Minuten hat er sich zu zeigen.*

Ricky Schäfer machte eine scheuchende Bewegung. „Bring mir den Talisker und dann tröste deine Frau oder tu sonst was. Hauptsache weit weg von mir.“

„Würden Sie uns freundlicherweise erklären, Frau Schäfer, wie es Ihrer Meinung nach möglich ist, dass das Spiel verändert wurde?“ Sigrid Paulus blickte sie auffordernd an.

„Grundsätzlich ist dafür erforderlich, dass jemand die Quellcodes hat, und allein schon das sollte unmöglich sein. Bei PC-Spielen aller Art handelt es sich immer um proprietäre Software, die ...“

„Was bitte heißt das in einfaches Gebrauchsdeutsch übersetzt für simple Staatsanwälte ohne Informatikstudium?“, unterbrach Sigrid Paulus und nahm dem Vorwurf, als den man die Frage interpretieren könnte, durch ein Lächeln die Spitze.

Ricky Schäfer grinste flüchtig. „Proprietäre Software ist eigentums- oder urheberrechtsgebunden. Das heißt, sie darf nicht verändert werden. Um das zu erreichen, wird sie in der Regel ohne die Quellcodes verkauft, damit kein Käufer sie umprogrammieren kann. Der Quellcode ist der in einer Programmiersprache geschriebene Text eines Programms, in diesem Fall des Spiels. Praktisch die Bedienungsanleitung, die dem Computer sagt, wie er das Spiel zu spielen hat, wie er auf welchen Zug reagieren muss oder kann. In dem Quellcode für TRENIGMARIS ist unter anderem festgeschrieben, dass der Schamane nur die Züge der Hexe steuern kann und niemals die des Boten oder einer anderen Figur. Das heißt“, sie blickte erst Sigrid Paulus, dann Aktan an, „dass Black Knight den Quellcode besitzen muss, andernfalls er das Spiel nicht hätte umprogrammieren können.“

„Woher ...“

„Aber damit nicht genug“, unterbrach Ricky Schäfer, „muss er auch noch die Sicherungscodes dafür bekommen haben. Die Dinger sind“, sie schüttelte den Kopf, „ich wage zu behaupten, unknackbar. Ich habe sie speziell für den Schutz des Quellcodes entwickelt.“

„Was ist an dieser Sicherung so besonders?“, wollte Aktan wissen.

„Einiges. Stellen Sie sich eine russische Matroschka vor, diese Holzpüppchen, die man auseinandernehmen kann und in der mehrere immer kleiner werdende weitere Püppchen stecken, fünf oder so. Und Jetzt stellen Sie sich vor, in dem innersten Püppchen einer solchen Matroschka befände sich eine Perle, und die ganze Matroschka wiederum ruht in einem mehrfach verriegelten Tresor. Zusätzlich ist jede einzelne Matroschka in sich noch mit einem Zahlenschloss gesichert, das sie knacken müssen, bevor Sie an die nächstinnere Puppe herankommen. Wenn Sie an die Perle in dem innersten Püppchen heran wollen, müssen Sie erst die fünf verschiedenen ‚Schlösser‘ des Tresors knacken und danach den Zahlencode jedes einzelnen Püppchens, bevor Sie die Perle kriegen können.“

Aktan nickte. „Mit anderen Worten, TRENIGMARIS ist die Perle.“

Sie nicke. „Der Quelltext des Programms. Und der wiederum ist in vier passwortgeschützte Datenordner verpackt. Es ist nahezu unmöglich, dass jemand die knackt. Besonders deshalb, weil jede einzelne Ebene eine zusätzliche Sicherung hat, die den gesamten Inhalt löscht und mehrfach überschreibt, wenn versucht wird, das Ding zu knacken. Das heißt, selbst wenn man die einzige existierende Disc mit dem Quellcode stiehlt, kann man ohne die Passwörter nichts damit anfangen.“

„Wo bewahren Sie die auf?“

Sie tippte sich mit einem Finger gegen die Stirn. „Hier. Ausschließlich. Ich habe ein eidetisches Gedächtnis, fotografisches Gedächtnis im Volksmund. Auch wenn ich das nicht an die große Glocke hänge.“

„Und Sie haben sie nie aufgeschrieben?“, vergewisserte sich Sigrid Paulus.

Ricky Schäfer seufzte. „Doch. Manfred bestand darauf. Für den Fall, dass mir mal was zustößt und er jemand anderen beauftragen muss, das Spiel zu modifizieren, um eine neue Variante herauszubringen, besitzt er eine Disc mit dem Quellcode und einen USB-Stick mit den Passwörtern für die Sicherungen.“ Sie schnitt eine Grimasse. „Wo er sie aufbewahrt, müssen Sie ihn fragen. Wie ich ihn kenne, ist er dumm genug, beide am selben Ort zu lagern.“

Thaler kehrte mit dem Whisky zurück, nachdem er vorher tatsächlich auf der Toilette gewesen war, und reichte ihr die Talisker-Flasche.

Sie nahm sie, zog den Korken heraus und trank wie Thaler heute Mittag direkt aus der Flasche.

„Herr Thaler, wo bewahren Sie die Disc mit dem Quellcode für TRENIGMARIS auf?“ Sigrid Paulus blickte ihn aufmerksam an.

„In einem Bankschließfach, zu dem nur ich den Schlüssel habe. Den zweiten hat natürlich die Bank.“ Er starrte Ricky Schäfer an. „Oh mein Gott! Jetzt wird mir alles klar. *Du* steckst dahinter! Du hast noch eine Kopie vom Quelltext, hast das Spiel umprogrammiert und willst mich jetzt fertigmachen. Verdammt, Ricky, warum? Und wo ist mein Kind?“ Er ballte die Fäuste und machte Anstalten, sich auf sie zu stürzen.

Aktan hielt ihn zurück. „Herr Thaler, beruhigen Sie sich bitte! Das bringt nichts.“

Ricky Schäfer starrte ihn einen Moment an, ehe sie den Kopf schüttelte und sich mit dem Finger an die Stirn tippte. „Hast du sie noch alle, Männi? Wie wäre es, wenn du mal deinen Verstand einschaltest, bevor du's Maul aufreißt. Statt wilde Beschuldigungen auszustoßen, solltest du vielleicht mal nachsehen, ob die Disc überhaupt noch vorhanden ist."

„Wer außer dir sollte denn ein Motiv haben?"

Monique Thaler kam aus dem Wohnzimmer gelaufen. Sie starrte Ricky Schäfer wütend an. „Sie 'aben unser Kind?" Ein Schwall französischer Worte folgte. Bevor jemand sie daran hindern konnte, stürzte sie sich auf die Programmiererin.

Ricky Schäfer reagierte schneller. Sie wirbelte auf dem Drehsessel herum, sprang heraus und stieß ihn mit dem Fuß Monique Thaler entgegen. Das hielt die wütende Frau aber nur zwei Sekunden auf. Sie stolperte, fing sich sofort und ging mit zu Klauen gekrümmten Fingern erneut zum Angriff über. Ricky Schäfer machte eine Drehung zur Seite, packte eine Hand der Französin und setzte einen Handgelenkshebel an, der sie aufschreiend in die Knie und auf den Boden zwang.

Mit einer Ruhe, die Aktan nur als eiskalt bezeichnen konnte, beugte sie sich zu ihr hinab. „Ich habe Ihre Göre nicht." Sie hob nicht einmal die Stimme. „Ich habe mit dieser ganzen verdammten Angelegenheit nicht das Geringste zu tun. Statt mich anzupflaumen, sollten Sie lieber Ihren Göttergatten fragen, wen er noch alles betrogen, hintergangen und gelinkt hat. Ich bin garantiert nicht die Einzige. Ich mache aber jede Wette", sie warf Thaler einen kalten Blick zu, „dass sich unter denen der wahre Schuldige befindet."

Sie ließ Monique Thaler los und wandte sich zur Tür. Die Französin blieb am Boden hocken, rieb sich ihr schmerzendes Handgelenk und brach in Tränen aus. Thaler eilte zu ihr, hockte sich neben sie, nahm sie in die Arme und wiegte sie und sich hin und her. Er weinte ebenfalls. Ben Eggers ging vor ihnen in die Knie und redete beruhigend auf sie ein.

Sigrid Paulus vertrat Ricky Schäfer den Weg. „Wohin wollen Sie?“

„Nach Hause.“

„Sie bleiben. Bitte.“

Ricky Schäfer verzog verächtlich das Gesicht. „Da Sie keinen Grund haben, mich zu verhaften, kann ich gehen, wann ich will. Und das ist jetzt.“ Sie drängte sich an der Staatsanwältin vorbei.

Leider hatte sie recht. Nur aufgrund von Thalers unbewiesener Behauptung, dass sie hinter der Entführung steckte, gab es zwar einen guten Grund, die Sache intensiver zu überprüfen, aber für eine Verhaftung reichte der Verdacht allein nicht aus; nicht einmal für eine vorläufige Festnahme.

Sigrid Paulus legte ihr die Hand auf den Arm. Ricky Schäfer zuckte zusammen, riss ihn zur Seite und unterdrückte sichtbar den Reflex zuzuschlagen, wie die Haltung des zurückgerissenen Arms und vor allem die für zwei Sekunden zur „Schwertklinge“ geformte Hand bewies. Die Frau reagierte seltsam. Als wenn sie Berührungen nicht ertrug. Dazu die Tatsache, dass sie offensichtlich fundierte Selbstverteidigungskenntnisse hatte und deutlich erkennbar Bodybuilding betrieb ... Aktan zählte zwei und zwei zusammen und kam zu dem Schluss, dass es ein einschneidendes Erlebnis in ihrer Vergangenheit gegeben haben musste, bei dem sie Opfer von massiver Gewalt geworden war.

„Sie haben recht, Frau Schäfer.“ Sigrid Paulus sprach ruhig, aber so sanft, wie Aktan die taffe Staatsanwältin noch nie hatte reden hören. „Ich bitte Sie trotzdem zu bleiben und das Spiel fortzusetzen. Versuchen Sie wenigstens zu retten, was vielleicht noch zu retten ist. Bitte."

Ricky Schäfer verschränkte die Arme vor der Brust. „Warum sollte ich das tun? Nennen Sie mir einen einzigen vernünftigen Grund. Ich bin hergekommen, weil ich helfen wollte – freiwillig. Hätte ich nicht tun müssen. Und zum Dank dafür werde ich aus heiterem Himmel beschuldigt, hinter der Entführung zu stecken oder mit den Entführern gemeinsame Sache zu machen, werde beschimpft und angegriffen. Und Sie erwarten auch noch, dass ich unter den Umständen weiterspiele? Noch dazu, wo das ganze Spiel völlig sinnlos ist. Also warum sollte ich weiterspielen?"

„Moment mal", wandte Aktan ein. „Was meinen Sie damit, dass das Spiel sinnlos wäre?"

Sie schnaubte. „Na, das ist doch offensichtlich. Falls Sie es noch nicht kapiert haben: Das Spiel wurde so manipuliert, dass ich es mit größter Wahrscheinlich nicht gewinnen kann. Wer immer hinter der Sache steckt, hat sich immense Mühe gemacht sicherzustellen, dass nur Black Knight gewinnt. Jeder Mensch weiß, dass Manfred das Spiel gar nicht beherrscht. Hat er ja oft genug als Werbegag ausposaunt. Da Black Knight und seine Spießgesellen nicht wissen konnten, dass er – vielmehr Sie – mich oder jemand anderen zu Hilfe holen würden, der es kann, hatten die meiner Meinung nach von Anfang an geplant, dass er das Spiel verliert, und zwar zu einem sehr viel früheren Zeitpunkt. Er wäre spätestens bei Level 2 gescheitert. Aber Black Knight hat offensichtlich vorgesorgt für den Fall, dass er jemanden zur Unterstützung holt, denn das Umprogrammieren kann man nicht eben mal nebenher machen. Das wurde schon Tage, höchstwahrscheinlich sogar Wochen vorher gemacht. Und das alles lässt nur einen Schluss zu." Sie blickte in die Runde. „Es geht gar nicht um das Spiel. Was immer die Entführer wollen oder nicht, es ist völlig egal, ob das Spiel gespielt wird oder nicht. Also warum sollte ich damit noch weitermachen?“

„Oh Ricky, bitte“, Thaler blickte sie flehentlich an. Über sein Gesicht liefen immer noch Tränen. „Wenn du wirklich nichts damit zu tun hast ...“ Ihr eisiger Blick ließ ihn verstummen.

Seinem Gesichtsausdruck nach zu urteilen schien er in diesem Moment – wahrscheinlich zum ersten Mal – zu begreifen, welche Konsequenzen sein Betrug an Ricky Schäfer hatte. Vorausgesetzt, sie hatte tatsächlich nichts mit der Entführung zu tun, wäre sie wohl eher bereit gewesen, alles in ihrer Macht Stehende zu tun und auch noch die letzte und unwahrscheinlichste Möglichkeit auszuschöpfen, um ihm zu helfen, selbst wenn die keinen Erfolg versprach. Unter den gegebenen Umständen konnte Aktan sogar verstehen, wenn auch nicht billigen, dass das entführte Kind in ihren Augen nur die „Göre“ der Thalers war.

„Können Sie das Spiel nicht korrigieren? Während es läuft?“, fragte Sigrid Paulus.

Ricky Schäfer schnaubte. „Das könnte ich vielleicht, wenn ich auf den Server zugreifen könnte, auf dem es läuft.“

„Keine Chance“, meldete Michael und schüttelte den Kopf. „Das läuft über mehr als zwanzig Proxyserver im Ausland.“

Ricky Schäfer schüttelte ebenfalls den Kopf und nickte gleich darauf. „Und damit ist das Spiel absolut sinnlos. Wenn Sie mich fragen, steckt was ganz anderes hinter der ganzen Angelegenheit und ist auch die Sache mit dem Spiel nur eine Verschleierungstaktik. Ein Ablenkungsmanöver wie die unproduktive Schnitzeljagd durch halb Berlin. Ob ich weiterspiele oder nicht, ob ich gewinne oder verliere, hat für das, was Black Knight wirklich will, mit größter Wahrscheinlichkeit keine Relevanz."

Das glaubte Aktan auch. Und davon waren wohl auch die Thalers überzeugt. Sie hielten einander umklammert und weinten beide.

„Frau Schäfer, sind Sie sich da ganz sicher?", vergewisserte er sich. „Könnte es nicht noch irgendeine Möglichkeit geben, wie Sie das Spiel vielleicht gewinnen können? Auch wenn es Ihnen sinnlos erscheint? Sie wissen doch, dass die Hoffnung zuletzt stirbt."

Sie starrte ihn eine Weile an. Zuckte mit den Schultern, seufzte und ging zur Tür. „Ich brauche einen Kaffee. Vielleicht fällt mir danach was ein."

Sie verschwand in der Küche. Thaler half seiner Frau vom Boden hoch, führte sie zur Couch und setzte sich neben sie. Ben Eggers ließ sich in einem Sessel ihnen schräg gegenüber nieder und versuchte, sie zu beruhigen und aufzubauen. Ihnen Hoffnung zu vermitteln, die es, falls Ricky Schäfers Vermutungen zutrafen, aber kaum noch gab.

20.31 Uhr

Aktans Handy klingelte. Der Anruf kam von Rebecca. „Was gibt es, Becca?"

„Eine interessante Neuigkeit über Ricarda Schäfer. Sie ist die Tochter von Gereon Braunstein. Schäfer ist der Geburtsname ihrer Mutter."

Aktan klappte vor Überraschung die Kinnlade nach unten und war für mehrere Sekunden sprachlos. Wenn er mit allem gerechnet hatte, damit jedenfalls nicht.

„Der Entführungsfall vor elf Jahren in Mannheim“, half ihm Rebecca auf die Sprünge, die sein Schweigen als Unwissenheit wertete. „Ricarda Braunstein, damals neunzehn, wurde entführt und ihr Vater, Inhaber der Mannheimer Braunstein Bank, um fünf Millionen Euro erpresst. Der Fall ging bundesweit durch die gesamte Presse, besonders nachdem rauskam, dass der Vater sich weigerte, das Lösegeld zu zahlen.“

Aktan erinnerte sich nur allzu gut an den Fall, denn er hatte damals in der „Soko Ricarda“ mitgearbeitet und tagelang mit den Kollegen ganz Mannheim abgesucht, bis in die Nacht mögliche Zeugen befragt und zu Allah gebetet, dass die Entführte überleben mögen. Zwar hatte er das Mädchen damals nur auf einem Foto gesehen, aber er hätte sie in Ricky Schäfer erkennen müssen, obwohl sie sich natürlich verändert hatte. Die Sache war nicht nur ihm und allen Kollegen an die Nieren gegangen, sondern noch Wochen später das Hauptgesprächsthema in der Kantine gewesen. Vor allem weil Gereon Braunstein sich als eiskalter Hund entpuppt und sich geweigert hatte, das Lösegeld zu zahlen, obwohl er es aus der Portokasse hätte bereitstellen können.

„Ein Braunstein lässt sich von niemandem erpressen!“

Der Satz war als Überschrift von nahezu jeder Zeitung auf der Titelseite gedruckt worden – oder unter dem Foto, in welchem Zustand man seine Tochter gefunden hatte. Die Entführer hatten die junge Frau die Weigerung ihres Vaters grausam büßen lassen. Ricarda Braunstein war nach knapp einer Woche die Flucht gelungen – geschunden, geschlagen, mehrfach vergewaltigt und halb verdurstet. Aktan sah das Foto noch vor sich, das ihn damals entsetzt hatte.

Das Gesicht einer Frau, bei der man weder Alter noch Haarfarbe erkennen konnte, mit aufgeplatztzen, blutenden Lippen, eingeschlagenen Zähnen, einem blutverkrusteten, zugeschwollenen Auge und einem hässlichen Schnitt am Haaransatz. Auf einem Ganzkörperfoto war noch mehr zu sehen gewesen, da sie fast nackt gewesen war: Blut, das an den Innenseiten ihrer Beine klebte, ein gebrochener Arm und großflächige Hämatome. Später hatte es geheißen, dass sie außerdem noch Rippenbrüche und weitere, wenn auch zum Glück nur oberflächliche, Schnittverletzungen gehabt hatte. Dieses schreckliche Bild eines menschlichen Wracks hatte sich so in sein Gehirn gebrannt, dass wahrscheinlich das der Grund war, weshalb Aktan sich nicht mehr an das Foto des hübschen Mädchens aus dem Familienalbum erinnerte, wie sie strahlend in die Kamera lachte.

Zwar waren die Entführer, zwei Langzeitarbeitslose und ein ehemaliger Angestellter der Bank, der sich mit der Erpressung an seinem Ex-Chef für die Entlassung rächen wollte, noch am selben Tag gefasst worden, aber Braunstein hatte im Anschluss daran mehr als fünf Millionen Euro verloren. Die meisten Kunden hatten seine Bank boykottiert, zutiefst empört über seine Hartherzigkeit, keinen Cent für die Rettung des einzigen Kindes rauszurücken. Zwei Jahre später hatte er sie schließen müssen. Seine Frau hatte sich scheiden lassen. Das Letzte, was man von Ricarda Braunstein gehört hatte, war, dass sie in einer Privatklinik in den USA ihre äußeren und inneren Verletzungen auskurierte.

Irgendwann danach war aus Ricarda Braunstein Ricky Schäfer geworden, die sich hinter Mauern und Hochsicherheitstoren vor der Welt versteckte. Das erklärte Aktan ihre Frostigkeit und ihre Selbstverteidigungskenntnisse. Aber lieferte es auch ein Motiv für die Beteiligung an der Entführung? Würde eine Frau, die selbst Entführungsopfer war, einen anderen Menschen, noch dazu ein Kind, entführen oder entführen lassen? Immerhin wusste er nun, warum sie ihren Vater vorhin als „Erzeuger“ bezeichnet hatte.

„Interessant“, antwortete er Rebecca. „Haben sich daraus irgendwelche Zusammenhänge zu unserem Fall ergeben?“

„Nein. Soweit wir ohne richterlichen Beschluss an die Unterlagen herankommen, ist Frau Schäfer sauber. Aber das will nichts heißen. Nur, Aktan, dir ist sicher bewusst, wie brisant die Situation ist. Ich habe keine Informationen darüber, ob Frau Schäfer eine Therapie gemacht hat oder in welchem psychischen Zustand sie sich befindet. Die Konfrontation mit einer Situation, die mit ihrer vergleichbar ist, kann unerwünschte Reaktionen bei ihr hervorrufen. Deshalb rufe ich an. Wenn Ben Eggers Kapazität übrig hat, soll er sich auch um Frau Schäfer kümmern.“

„Danke, Becca.“ Er beendete das Gespräch.

Ricky Schäfer war noch in der Küche und wartete darauf, dass der Kaffee, den sie aufbrühte, fertig war. Die Thalers hielten sich im Wohnzimmer schweigend in den Armen. Auch Eggers schwieg.

„Herr Eggers, haben Sie einen Moment?“, fragte Aktan.

Eggers nickte, erhob sich und kam zu ihm. „Was kann ich für Sie tun, Herr Sunay?“

Aktan vergewisserte sich mit einem Blick durch die offene Küchentür, dass Ricky Schäfer außer Hörweite war, senkte aber trotzdem die Stimme, damit die Thalers nicht mitbekamen, was er sagte. „Frau Schäfer war vor elf Jahren selbst ein Entführungsopfer und hat damals wohl nur knapp überlebt."

„Oh Gott!" Eggers schüttelte den Kopf. „Diese Situation muss die Hölle für sie sein. Möglicherweise wird sie retraumatisiert. Sie hätten sie unter keinen Umständen hinzuziehen dürfen."

Aktan zuckte mit den Schultern. „Das habe ich gerade erst erfahren. Aber sie hält sich verdammt gut. Lässt sich nichts anmerken."

„Das ist nicht ungewöhnlich. Die Seele entwickelt Strategien, um belastende Situationen zu bewältigen. Dazu gehört Distanziertheit, Kaltschnäuzigkeit, Zynismus." Er nickte. „Ich hatte mich schon gefragt, woher die bei Frau Schäfer kommt."

„Sagen Sie, Herr Eggers, ist es möglich, dass jemand, der selbst mal entführt wurde, jemand anderes entführt?"

Eggers blickte ebenfalls zu Ricky Schäfer hin, die sich einen Becher Kaffee einschenkte, ihn in beide Hände nahm und hineinpustete, damit er schneller abkühlte. „Grundsätzlich ist das nicht auszuschließen. Opfer werden später manchmal selbst zu Tätern. Aber in diesem Fall passt das Alter des entführten Kindes nicht dazu. Wenn Opfer zu Tätern werden, wollen sie meistens, dass ihr Opfer dasselbe oder Ähnliches durchmacht wie sie durchgemacht haben. Sie machen ihr Opfer zu dem, was sie selbst gewesen sind und fügen ihm die Dinge zu, die ihnen zugefügt wurden. Wenn Frau Schäfer also jemanden entführen würde, wäre es eine Frau in dem Alter, in dem sie selbst damals gewesen ist. Oder sie würde Rachefantasien ausleben, aber in dem Fall wäre ihr Opfer der damalige Entführer oder jemand, der dessen Profil entspricht."

Das ergab Sinn. „Wie ist es mit Rache an Thaler, weil er sie ausgebootet und eine andere Frau geheiratet hat?"

Eggers schüttelte den Kopf. „Unwahrscheinlich. In dem Fall hätte sie das Kind nicht entführt, weil sie am eigenen Leib erfahren hat, wie entsetzlich es ist, eine Geisel zu sein. Da würde sie ihre Rache anders umsetzen."

Aktan sah Thaler in die Küche gehen und sich ebenfalls einen Becher frischen Kaffee einschenken. „Danke, Herr Eggers. Würden Sie sich ein bisschen um Frau Schäfer kümmern, wenn Sie Zeit haben?"

Eggers nickte. „Die werde ich mir nehmen, wenn es geht."

Aktan ging zur Küche, blieb aber in der Tür stehen. Thaler und Ricky Schäfer hatten ihm den Rücken zugedreht. Thaler räusperte sich. Sie warf ihm einen finsteren Blick zu.

„Ricky, ich ... Es tut mir leid, dass ich ... wie ich mich damals benommen habe. Ehrlich."

Er legte ihr die Hand auf die Schulter. Sie schlug sie zur Seite.

„Fass mich nicht an!" Sie machte einen Schritt von ihm weg. „Deine Entschuldigung kommt derart spät, dass du doch wohl nicht ernsthaft glaubst, ich würde sie annehmen. Dazu klingt sie eben wegen der Verspätung viel zu unglaubwürdig." Sie trat ans Fenster, blickte hinaus in den Garten und trank einen Schluck Kaffee.

„Ich weiß wirklich nicht, was damals in mich gefahren ist."

„Oh, halt doch die Klappe, Manfred. Wie wäre es, wenn du wenigstens jetzt endlich zu dem stehst, was du getan hast? Du hast mich von Anfang an nur benutzt. Ich erinnere mich noch sehr genau an unser erstes Gespräch über das Spiel. Du hast ziemlich geschluckt, als ich dir meinen Preis genannt habe. Du hast zwar zugestimmt, aber danach das Thema nicht wieder angeschnitten, sondern mit mir eine Beziehung angefangen. Es war von Anfang an dein Plan, mich in dich verliebt zu machen, damit ich dir dann vor lauter Liebe einen Preisnachlass gewähre, am besten um hundert Prozent. Darum hast du auch immer wieder die Vertragsunterzeichnung hinausgezögert, weil dein Anwalt angeblich noch dies und jenes recherchieren musste, da er noch nie mit einem Vertrag über die Entwicklung eines Computerspiels zu tun hatte."

„Das hat er mir geraten."

Sie maß ihn mit einem Blick voller Verachtung. „Du bist ein so erbärmlicher Feigling, dass es richtig wehtut. Wie wäre es, wenn du mal die Verantwortung für dein mieses Verhalten übernimmst, statt dich hinter deinem Anwalt zu verschanzen? Falls du es noch nicht begriffen hast: Hier geht es um Moral, nicht um irgendwelche juristischen Finten." Sie schüttelte den Kopf und sah ihm in die Augen. „Manfred, ich weiß es bereits. Du kannst also ruhig zugeben, dass du nie was für mich empfunden hast und deine ganze Werbung um mich nur dem Zweck diente, kostenlos an das Spiel zu kommen und den fetten Kuchen, den es dir bescheren würde, nicht auch noch mit mir teilen zu müssen. Darum hast du hinter meinem Rücken das Patent auf deinen Namen angemeldet und mich ausgebootet."

Er tat einen tiefen Atemzug. „Ja, ich habe dich ausgebootet. Und ja, es tut mir nicht erst seit heute wirklich leid. Aber alles andere ..." Er sah sie ernst an. „Ich hatte mich wirklich in dich verliebt, Ricky."

„Ha!" Sie lachte. Es klang unglaublich bitter und ließ selbst jetzt noch die Verletzung erahnen, die Thaler ihr damals zugefügt hatte. „Falls das wirklich wahr sein sollte, was ich bezweifle, dann war deine sogenannte Liebe ein extrem kurzes Strohfeuer. Wie ich dich inzwischen kenne, hast du wohl Lust mit Liebe verwechselt." Sie winkte ab. „Das könnte ich dir noch nachsehen. Ist ja nicht weiter schlimm. Aber dass du nicht mal den Anstand hattest, mit mir sauber Schluss zu machen und mir obendrein auch noch mein Spiel gestohlen hast, das ist durch absolut nichts zu entschuldigen." Sie zuckte mit den Schultern. „Okay, meine Schuld. Ich hätte auf dem Vertrag bestehen sollen, bevor ich auch nur einen einzigen Key für dich gedrückt habe."

Er ließ den Kopf hängen, ehe er aufblickte und die Hände rang. „Du hast ja vollkommen recht. Aber, verdammt, Ricky, meine Tochter kann doch nichts dafür."

Sie sah ihn fassungslos an. „Du glaubst ernsthaft, dass ich mit der Entführung was zu tun habe?" Sie schüttelte den Kopf. „Du bist tatsächlich dümmer, als ich dachte." Sie schlug sich mehrmals die Hand vor den Kopf. „Wenn ich dich erpressen würde – egal wie – dann würde ich von dir das Geld verlangen, das du mir schuldest. Welchen Sinn sollte es denn haben, dass ich dich zwinge, TRENIGMARIS zu spielen, wo ich genau weiß, dass du das nicht kannst?"

Er blickte sie leidvoll an. „Um mich leiden zu lassen. Um dich dafür zu rächen, dass ich dich habe leiden lassen."

Sie schaute ihm eine Weile stumm in die Augen. „Ich habe nicht deine Papiere in der Tasche, Männi. Im Gegensatz zu dir trage ich meine Kämpfe direkt und mit offenem Visier aus und benutze nicht andere Menschen als Mittel zum Zweck. Erst recht keine unschuldigen Kinder. Und dich fertigmachen, das können meine Anwälte viel besser als ich."

Sie stellte den Kaffeebecher auf die Fensterbank. „Offensichtlich ist dir nicht bewusst, dass ich eine versierte Strategin bin. Ich habe meine Anwälte eine lückenlose Beweiskette zusammengetragen lassen, die zweifelsfrei und unanfechtbar belegt, dass ich die Urheberin von TRENIGMARIS bin und dir niemals die Rechte daran abgetreten habe. Danach wurde die Klage eingereicht. Und sobald die Sache in ein paar Wochen verhandelt wird, bekomme ich mein Recht und eine fette Zahlung der Summe, die du mir schuldig bist."

Sie trank einen Schluck Kaffee, ehe sie ihm wieder in die Augen sah. „Wenn ich mich wirklich an dir rächen wollte, Manfred, dann würde ich meine Anwälte instruieren, dich und deine Firma zu ruinieren. Dazu brauche ich das Geld, das du mir schuldest, nach dem Urteil nur auf einen Schlag einzufordern. Dann bist du deine Firma und dein Haus los und sitzt auf der Straße, weil ich dir auch noch den letzten Sessel unterm Arsch wegpfänden ließe."

Sie wandte sich wieder dem Fenster zu. „Meine Rache an dir wird sein, dass ich, sobald das Gericht zu meinen Gunsten entschieden hat, die Medien wissen lasse, dass du ein Betrüger bist, der sich mit fremden Federn – meinen – geschmückt hat." Sie blickte ihn über die Schulter boshaft lächelnd an. „Manfred *The Man* Thaler – nicht der große Mann, als der er sich in der Öffentlichkeit präsentiert, sondern nur ein billiger kleiner Dieb und Blender." Sie zuckte mit den Schultern. „Wenn ich deine Tochter entführt hätte, um mich an dir zu rächen, würde mich das sämtliche Sympathiepunkte kosten. Die Menschen reagieren ziemlich empfindlich, wenn sich jemand, egal auf welche Weise, an Kindern vergreift."

Da sprach sie eindeutig aus Erfahrung.

Sie drehte sich wieder zu Thaler um. „Sieh mir in die Augen, Manfred, und sag mir, ob du ernsthaft glaubst, dass ich deine Tochter entführt habe. Oder irgendwas damit zu tun habe."

Er hielt ihrem Blick eine Weile stand. Aber nicht sehr lange. „Nein. Tut mir leid, Ricky, dass ich dich verdächtigt habe. Aber verdammt, ich liebe meine Tochter, und ich mache mir die größten Sorgen um sie. Was wollen diese Leute? Warum die Forderung mit dem Spiel?"

Sie zuckte mit den Schultern. „Ich weiß es nicht. Ich bin mir nur ziemlich sicher, dass mehr dahinterstecken muss. Diese Leute haben sich eine immense Mühe gemacht. Um das Ding erfolgreich durchzuziehen, müssen sie euren Tagesablauf minutiös ausbaldowert haben. Sie haben eine Menge Zeit investiert, um das Spiel umzuprogrammieren. Und die Frist von zwölf Stunden scheint mir auch nicht willkürlich gewählt zu sein. Aber welchem Zweck das Ganze dient", sie zuckte mit den Schultern, „ich habe keine Ahnung. Dafür ist mir gerade eine Ahnung gekommen, wie ich meinen Gegenspieler vielleicht trotz der veränderten Programmierung schlagen könnte."

Sie nahm ihren Becher, drehte sich um und sah Aktan in der Tür stehen. „Haben Sie genug gehört?"

„So ziemlich alles, da Sie sich keine Mühe gemacht haben, besonders leise zu sprechen." Er hielt sie zurück, als sie an ihm vorbeigehen wollte. „Sie haben wirklich keine Ahnung, wer hinter der Entführung stecken könnte, Frau Schäfer?"

Sie kniff die Augen zusammen. „Nein, habe ich nicht. Und bei der Menge Leute, die *The Man* irgendwann mal gewaltig verärgert haben dürfte, ist der Pool so unüberschaubar groß, dass ich Ihnen nicht mal einen Tipp geben könnte, wenn ich wüsste, wer die verärgerten Leute sind. Fragen Sie also ihn, nicht mich." Sie machte eine Kopfbewegung zu Manfred hin und drängte sich an Aktan vorbei.

Thaler wollte die Küche ebenfalls verlassen. Aktan vertrat ihm den Weg. „Diese Frage stelle ich Ihnen tatsächlich, Herr Thaler." Er deutete auf den Küchentisch. „Setzen wir uns. Und dann erzählen Sie mal, wer noch alles infrage kommt, der einen ordentlichen Rochus auf Sie haben könnte."

Thaler nahm am Tisch Platz. Aktan holte sich ebenfalls einen Becher Kaffee, setzte sich zu ihm und sah ihn auffordernd an.

Thaler schüttelte den Kopf. „Ich weiß niemanden. Ich schwör's Ihnen. Takumi und der Vater von dem toten Jungen sind außer Ricky die einzigen, die mir einfallen. Und", er errötete, „ich lege Wert darauf, gerade als Geschäftsmann solide zu sein." Er leerte seinen Kaffeebecher zur Hälfte, stellte ihn vor sich auf den Tisch und drehte ihn hin und her.

„Haben Sie das wirklich getan?"

Thaler blickte ihn verständnislos an. „Was?"

„Ich meine, hat Frau Schäfer recht? Oder ist das, was sie gesagt hat, Kokolores?"

Thaler senkte den Blick und starrte in seinen Kaffeebecher. So lange, dass Aktan schon glaubte, er würde ihm nicht antworten.

„Ja." Seine Antwort war nur ein Flüstern. Er warf ihm einen kurzen Blick zu, ehe er den Kopf wieder senkte. „Und jetzt halten Sie mich für einen miesen Dreckskerl." Er wartete Aktans Antwort nicht ab. „Ja, Sie haben recht, ich bin ein Arsch. Aber ich hatte damals einfach nur eine Scheißangst, alles zu verlieren, nachdem Takumi mich gelinkt hatte. Ich war panisch. Und desillusioniert. Und ja, in der Situation habe ich einfach ausgenutzt, dass Ricky, nachdem sie den Auftrag angenommen und sich wie besessen in die Arbeit gekniet hat, zunächst mit keiner Silbe auf dem Vertrag bestand, nachdem ich ihr klar gemacht hatte, wie dringend ich das Spiel brauchte. Ich sagte ihr, das mit dem Vertrag würde ein paar Tage dauern, bis meine Anwälte – ich hatte damals in Wahrheit nur einen –

das Ding zu ihrer und meiner Zufriedenheit formuliert hätten, für mich und vor allem für sie aber jede Stunde zählt, um den Termin für die Präsentation einhalten zu können.“ Er errötete. „Ich habe ihr mein Wort gegeben, dass sie ihr Geld und ihren Anteil bekommt. Sie hat sich darauf verlassen und war die ganze Zeit nur in ihre Arbeit vertieft.“ Er blickte Aktan an. „Ich weiß nicht, ob Sie schon mal einem Computerfreak bei der Arbeit zugesehen haben.“

Aktan nickte lächelnd. „Ich sehe das jeden Tag bei unserem Michael. Wenn er an seinem Computer sitzt, können Sie ihm einen Eimer Wasser über den Wanst gießen, das merkt er nicht.“

Thaler nickte. „So ist Ricky auch. Sie tauchte erst wieder aus ihrer PC-Versenkung auf, als sie mit der Arbeit fertig war. Aber danach fing sie an, auf dem Vertrag zu bestehen.“ Thaler senkte den Kopf etwas tiefer. „Völlig zu Recht, ich weiß. Ich habe sie vertröstet und ihr erst mal nur ihre Stunden bezahlt. Dann habe ich sie für Ergänzungen eingespannt und gleichzeitig begonnen, sie zum Essen einzuladen und so.“

„Sie zu umgarnen’“, brachte Aktan es auf den Punkt.

Thaler nickte wieder. „Ja, am Anfang hab ich das nur getan, um sie hinzuhalten. Aber es hat keine zwei Wochen gedauert, da hatte ich mich in sie verliebt.“ Er zuckte mit den Schultern. „Dachte ich jedenfalls.“ Er drehte wieder den Kaffeebecher in den Händen. „Ricky hat auch eine andere Seite als die zynische, abweisende, die sie der Welt zeigt. Sie kann unglaublich weich und zärtlich sein.“

„Aber dann haben Sie gemerkt, dass sie doch nicht die Richtige für Sie ist?“

Thaler tat einen tiefen Atemzug. „Nicht sofort. Im Gegenteil hatten wir erst mal eine richtig heiße Affäre. Ich habe ihr sogar den Schlüssel zu meinem Haus gegeben. Und damit war das Thema mit dem Vertrag und ihrer Beteiligung am Gewinn erst mal vom Tisch."

„Sie hat Ihnen vertraut, dass Sie Ihr Wort halten. Besonders nachdem Sie mit ihr eine Beziehung angefangen hatten." In Anbetracht dessen konnte Aktan nur zu gut verstehen, welche Wut Ricky Schäfer auf Thaler immer noch haben musste. Ihre Schadenfreude vorhin war auf diesem Hintergrund vollkommen nachvollziehbar.

Thaler trank einen großen Schluck Kaffee, stellte den Becher ab und nickte mit gesenktem Kopf. „Und es gibt keine Entschuldigung für mein Verhalten. Aber alles andere habe ich wirklich nicht gewollt. Ich meine die Sache mit Monique."

„Aber das mit dem Spiel? Warum haben Sie Frau Schäfer nicht beteiligt?"

Thaler schwieg. Offensichtlich fiel es ihm schwer zuzugeben, wie mies er sich benommen hatte. „Ich wollte Ricky ja einen Anteil zahlen. Aber nicht ... Na ja, ich hatte die schlechte Erfahrung mit Takumi gemacht und wollte nicht noch mal so auf die Schnauze fallen. Also habe ich das Spiel hinter ihrem Rücken durch meinen Anwalt auf meinen Namen allein anmelden lassen. Der hat mir gesagt, dass das juristisch wasserdicht wäre, weil Ricky und ich keine schriftliche Vereinbarung getroffen hatten und die Überweisungen an sie belegen, dass sie für die Entwicklung des Spiels bezahlt wurde. Wenn sie behaupten würde, ich hätte ihr versprochen, sie am Gewinn zu beteiligen, stünde Aussage gegen Aussage, weil es keine Zeugen für die Vereinbarung gibt. Deshalb wäre ich in jedem Fall auf der sicheren Seite."

Formaljuristisch mochte das nicht anfechtbar sein. Moralisch hielt Aktan das für zutiefst verwerflich. Spontan fiel ihm

Sure 17, Vers 36 des Korans ein: *Und haltet den Vertrag ein. Siehe, über Verträge werdet ihr zur Rechenschaft gezogen.* Das schloss selbstverständlich auch die Einhaltung mündlicher Verträge ein. Zusätzlich widerte es ihn an, dass Thaler versuchte, seinen Wortbruch schönzureden.

„Ich wollte ihr wirklich einen Anteil zahlen, aber nachdem ich das Spiel auf meinen Namen angemeldet hatte, sagte der Anwalt, wenn ich das tue, gebe ich damit zu, dass sie einen Anspruch darauf hat. Wer zahlt schon jemandem einen Anteil an so einem Riesengewinn, wenn dazu keine Verpflichtung besteht."

Ein anständiger Mann, dachte Aktan. Er begann, Ricky Schäfers Wut auf Thaler immer besser zu begreifen. Besonders da dieser Betrug nicht der einzige war, den er ihr angetan hatte.

„Ricky hat es rausgefunden, während ich auf einer Promotion-Tour in Frankreich war. Sie hat mich ziemlich wütend angerufen." Thaler warf ihm einen leidvollen Blick zu. „Sie haben keine Ahnung, wie wütend Ricky werden kann."

Aktan konnte es sich vorstellen.

„Ich habe sie vertröstet, dass wir das klären werden, wenn ich zurück bin."

Aktan schüttelte unwillkürlich den Kopf und fragte sich, was Thaler da noch hatte „klären" wollen. Der Mann sank in seiner Achtung immer tiefer, denn obendrein war er offenbar tatsächlich der Feigling, den Ricky Schäfer in ihm sah.

„Und dann bin ich Monique begegnet und habe mich so heftig verliebt wie noch nie zuvor in meinem Leben." Er sah Aktan an. „Ich weiß nicht, ob Sie das nachvollziehen können, aber in dem Moment war meine Zuneigung zu Ricky wie ausgelöscht."

Zumindest die heftige Liebe konnte Aktan verstehen, denn die hatte ihn mit Naila auch erwischt. So sehr, dass er sein geliebtes Mannheim und seine Familie und Freunde verlassen hatte und zu ihr nach Berlin gezogen war. Obwohl er seine Zeit im Jungbusch und bei der Mannheimer Kripo manchmal immer noch vermisste, hatte er diesen Entschluss bis heute nicht bereut.

„Wir haben so schnell wie möglich geheiratet", fuhr Thaler fort. „Und ich habe alles, was mit Ricky zu tun hatte, verdrängt. Ich war einfach nur noch glücklich."

Ein Glück, das er auf dem Leid eines anderen Menschen aufgebaut hatte.

Thaler bedeckte das Gesicht mit den Händen und fuhr sich anschließend über den Kopf. „Und jetzt zahle ich den Preis für all die ... den Mist, den ich gebaut habe. Oh Gott, wenn meiner Kleinen was passiert ..." Tränen traten in seine Augen, die er gewaltsam unterdrückte und wegzwinkerte.

„Sie glauben, dass Frau Schäfer was mit der Entführung zu tun hat."

„Himmel, nein!" Thaler schüttelte vehement den Kopf. „Nicht wirklich. Dazu ist Ricky zu geradlinig. Was ich vorhin gesagt habe", er machte eine fahrige Geste, „das entsprang nur meiner Sorge um mein Kind. Da habe ich einfach, wie soll ich sagen – verbal wild um mich geschlagen. Ja, Ricky hätte allen Grund, mir das Schlimmste anzutun, was nur möglich ist. Und das ist die Angst um meine Tochter, glauben Sie mir. Aber wie sie vorhin gesagt hat, ist es ihre Art, Kämpfe direkt auszufechten und nicht Unschuldige mit hineinzuziehen." Er sah Aktan in die Augen. „Glauben Sie mir, Herr Sunay, diese Entführung traue ich jedem zu, aber nicht Ricky. Trotz allem." Er zuckte mit den Schultern. „Außerdem ist sie eine extreme

Einzelgängerin. Sie würde nie mit anderen Leuten in dieser Form zusammenarbeiten."

Diesen Eindruck hatte Aktan auch gewonnen. Was natürlich nicht hieß, dass er mit dieser Einschätzung richtig lag. Vielleicht sollte man sich mal in Ricky Schäfers Haus umsehen, und sei es nur, um sie als Täterin oder Mittäterin zweifelsfrei auszuschließen. Falls sie das gestattete.

21.03 Uhr

Sandy fühlte sich unbehaglich, obwohl sie versuchte, es sich nicht anmerken zu lassen. Nicht nur George wurde langsam ungeduldig. Die anderen waren es schon längst. Seit fast zweieinhalb Stunden versuchten die Dekodierer, die multiplen Passwörter der Computer zu knacken, während Sandy gegen Thalers Ersatz „RIS" spielte. Bei dem ans Internet angeschlossenen PC, einem von den beiden nicht angeschlossenen und dem Laptop war das bereits gelungen. Die gesuchten Daten befanden sich jedoch nicht darauf. Sandy hatte deren Papierkörbe gecheckt und die Festplatten nach Backup-Dateien oder Resten von gelöschten Dateien durchforstet, die sie hätte wiederherstellen können. Was sie gefunden hatte, hatte nicht im Entferntesten mit dem zu tun, was sie brauchten. Also mussten die Daten auf dem Notebook oder dem letzten, noch nicht geknackten, PC sein.

„Verdammt, Sandy, wie lange dauert das noch?" George klang ungehalten.

„So lange wie es dauert. Ich kann nicht hexen. Die Dekodierer sind die Besten, die es gibt. Aber diese Verschlüsselungen sind derart raffiniert ..." Sie zuckte mit den Schultern. „Wir haben ja noch Zeit."

Aber die wurde immer knapper. Es blieben bis zum Ablauf des Ultimatums nur noch knapp fünf Stunden. Sie mussten allerdings lange vorher weg sein. Gut, sie brauchten allenfalls fünf, höchstens acht Minuten, um das Gebäude zu verlassen und alle Spuren ihrer Anwesenheit zu beseitigen. Die gab es ohnehin nicht, sah man davon ab, dass sie und George die Stühle, auf denen sie saßen, exakt wieder an den Platz stellen mussten, an dem sie vorher gestanden hatten. Danach wären sie in wenigen Minuten in den Tiefen Berlins verschwunden und höchstens eine Stunde später in alle Winde verstreut. Trotzdem machte Sandy sich Sorgen, denn die ganze Aktion lief bis jetzt nicht so glatt, wie George sie alle glauben machen wollte.

Zudem spielte RIS verdammt gut. Wenn Sandy sie nicht aufhielt, würde ihre Gegnerin auch Level 5 in kürzerer Zeit gewonnen haben, als selbst der bisher schnellste Gamer, der in der Community von TRENIGMARIS gegenwärtig den Rekord für diesen Level hielt. Aber Sandy hatte für diesen Fall vorgesorgt. Mit ein paar Mausklicks hatte sie dafür das Spiel auf die von ihr umprogrammierte Version umgeschaltet. Zwar sollte RIS nicht verlieren – noch nicht –, aber die Geschwindigkeit, mit der sie spielte, wurde dadurch ausgebremst. Sandy bezweifelte, dass ihre Gegnerin schnell genug die Struktur der Umprogrammierung begreifen und entsprechend weiterspielen konnte.

Falls alle Stricke rissen, gab es immer noch die Hintertür, die Sandy eingebaut hatte. Nicht nur die Fotoschnipsel lieferten einen Hinweis auf den Aufenthaltsort des Kindes, sondern auch die Antworten aller bisher gelösten Rätsel – wenn man herausfand, welches Prinzip den Antworten zugrunde lag. Denn diese Antworten, vielmehr dass im Spiel die Fragen gestellt wurden, die zu diesen Antworten passten, hatte Sandy ebenfalls vorher programmiert. Jemand wie RIS könnte sie entschlüsseln. Wenn nicht ... Nun, auch für den Fall hatte Sandy Vorkehrungen getroffen. Nichts war dem Zufall überlassen worden. Das Einzige, was sie nicht hatte berechnen können, war der Zufall selbst. Aber der hatte bis jetzt nicht eingegriffen. Zumindest nicht in einem Maß, das sie nicht kompensieren konnte.

Ein Signalton ließ sie zusammenfahren. Der Dekodierer hatte endlich den Zugang zum PC geschafft. Sandy rollte mit dem überaus bequemen Bürosessel, in dem sie saß, zu dem Gerät hinüber, während RIS noch darüber brütete, wie die Antwort zu der Frage lautete, was es mit dem Millionen Jahre alten Zinnober- oder Goldkorn in Verbindung mit Erde und Mond auf sich hatte. Eine kniffelige Frage, die Sandy auch nicht hätte beantworten können. Hätte sie nicht, um solche Fragen zu generieren und das Spiel entsprechend damit umzuprogrammieren, die *Encyclopedia Britannica* gewälzt, wäre sie nie darauf gekommen.

Sandy checkte den Computer, zu dem sie endlich freien Zugang hatte. Auch der war bis auf das Betriebssystem und die vorinstallierten Grundprogramme vollkommen leer. Verdammt! Die Daten mussten also auf dem Notebook sein.

Wie aufs Stichwort löste dessen Dekodierer das letzte Passwort des Notebooks. Sandy rollte hin und begann mit fliegenden Fingern, die Festplatte zu durchforsten. Zwar waren auf dem Notebook eine Menge Daten gespeichert, viele Folder und Files, aber kein einziger enthielt die gesuchten Daten. Verflucht, das gab es doch nicht! Sie durchsuchte die Speicher mit den verborgenen Dateien, ließ ein Suchprogramm die gesamte Festplatte durchstöbern – ohne Erfolg.

„Verdammt, Sandy, was ist nun?“ Georges Stimme klang in jenem besondern Tonfall gereizt, der signalisierte, dass seine Geduld rapide zu Ende ging.

„Die Daten befinden sich auf keinem dieser Computer. Den Protokollen nach wurde an ihnen entweder gar nicht mit den Daten gearbeitet, die wir suchen, oder ausschließlich auf einer externen Festplatte.“

„Im Klartext?“

„Entweder gibt es hier im Gebäude irgendwo einen Safe, den wir nicht entdeckt haben und in dem sich ein Laptop oder Notebook oder eine externe Festplatte, USB-Stick, was auch immer befindet, auf dem die Daten sind, oder ...“ Sie verzichtete darauf, den Satz zu vollenden. George konnte sich dieses „oder“ selbst denken.

„Verdammt, was machen wir jetzt?“ Pierre blickte George wütend an. „Du hast gesagt, dass es ganz einfach werden würde. Und was ist? Nichts ist einfach. Die Sache verzögert sich immer weiter. Wir haben keine Zeit mehr, den Safe zu suchen und zu knacken, nur um dann vielleicht festzustellen, dass die Daten auch nicht darin, sondern irgendwo anders aufbewahrt werden.“

„Keine Panik“, beruhigte George ihn. „Du hast recht. Wie es aussieht, weiß nur eine einzige Person, wo die Daten sich befinden.“ Er nickte Sandy zu. „Plan B.“

Sie nickte ebenfalls. „Plan B.“ Dann griff sie zum Smartphone und rief ihre Kontaktperson an.

21.20 Uhr

Ricky Schäfer starrte auf den Bildschirm. Sie hatte die Augenbrauen zusammengezogen, die Lippen gespitzt und strich sich mit dem kleinen Finger wiederholt das Haar zurück, das sowieso schon hinter dem Ohr hing. Eggers saß auf einem Stuhl ihr schräg gegenüber. Er hatte versucht, mit ihr ins Gespräch zu kommen, aber sie blockte ab und reagierte auf seine Versuche äußerst unwirsch.

„Die Situation muss ziemlich belastend für Sie sein", versuchte er es erneut. „Sie halten sich aber verdammt gut."

Sie warf ihm einen kurzen Blick zu, ohne den Kopf zu bewegen. „Hm."

„Sie müssen sich nicht schuldig fühlen, Frau Schäfer, wenn Sie das Rätsel nicht lösen können."

„Das mit dem Zinnober und dem Gold? Das ist nicht schwer. Die Lösung heißt Zirkon. Ich versuche vorher aber zu entschlüsseln, wie Black Knight die Figuren verpaart haben könnte. Wenn ich richtig tippe, kann ich das Spiel vielleicht noch gewinnen. In jedem Fall habe ich dann noch ein paar Chancen."

„Wie kommen Sie auf Zirkon?"

„Das Wort wird wahlweise auf das persische *zargun* zurückgeführt, was goldfarben heißt, oder auf das arabische *zarqun,* was Zinnober bedeutet. Zirkon gilt als das älteste Mineral der Welt, das es schon vor Millionen von Jahren gegeben hat. Es kommt sowohl auf der Erde wie auch auf dem Mond vor und hat eine durchschnittliche Größe wie ein Sandkorn. Damit passt das perfekt zu allen Komponenten des Rätsels."

Eggers schüttelte den Kopf. „Darauf wäre ich nie gekommen.“

„Sie haben wahrscheinlich auch kein Lexikon im Kopf. – Na, dann wollen wir mal. Mit etwas Glück habe ich den Clue gefunden.“

Das hoffte Aktan auch. Sie tippte ihr Lösungswort ein. Nichts geschah. Sie kniff die Augen zusammen.

„Was zum Teufel soll das denn jetzt?“ Sie schüttelte den Kopf. „Komm schon, Black Knight. Die Antwort ist korrekt.“

„Was ist passiert?“ Sigrid Paulus beugte sich über Michaels Schulter, um den Bildschirm besser sehen zu können.

„Black Knight spielt auf Zeit“, sagte der. „Statt wie sonst sofort zu antworten und zu sagen, wo der nächste Zylinder versteckt ist, hat er das Spiel angehalten.“

„Und das gefällt mir gar nicht“, ergänzte Ricky Schäfer. „Der Kerl plant eine Gemeinheit, weil er wohl merkt, dass ihm wahrscheinlich die Felle davonschwimmen, wenn er es weiterhin mit mir aufnehmen muss.“

Das Dudeln der Marseillaise kündigte einen neuen Anruf von Monique Thalers Schwester an. Wenigstens hatte sich die Französin einigermaßen beruhigt, oder sie war so mit den Nerven am Ende, dass sie nicht mehr zu langatmigen Dialogen in der Lage war, denn die Antworten, die sie ihrer Schwester gab, beschränkten sich auf „*oui*“, „*non*“ und ein paar undefinierbare Laute.

„Können Sie dem Kerl nicht Feuer unterm Hintern machen, Frau Schäfer?“, hoffte Sigrid Paulus.

Ricky Schäfer schüttelte den Kopf. „Leider nein. Falls er diese Programmierung nicht auch geändert hat, dauert es eine halbe Stunde, bis das Spiel sich automatisch abschaltet und es für den, der mit dem nächsten Zug an der Reihe ist, als verloren erklärt, wenn bis dahin kein Zug gemacht wurde. Das heißt, er kann das Spiel mindestens noch neunundzwanzig Minuten aufhalten.“ Sie sah auf die Uhr. „Danach hätte ich nur noch neununddreißig Minuten Zeit, um Level 5 zu gewinnen. Ich bin zwar die Beste, aber das schaffe nicht mal ich mit diesen umprogrammierten Bedingungen.“

Aktan bemerkte, dass Monique Thaler besorgt zu Ricky Schäfer hin sah. Obwohl sie immer noch telefonierte, hatte sie deren Antwort mitbekommen. Aktan fürchtete, dass sie wieder hysterisch werden könnte. Doch sie sagte nichts außer: *„Non, c'est impossible“*. Und das galt nicht ihm. Er lächelte ihr beruhigend zu. Sie lächelte zaghaft zurück und unterbrach gleich darauf die Verbindung. Sie seufzte und blickte ihren Mann verzweifelt an, der sich gemäß der Anweisung der Entführer wieder einmal vor der Webcam zeigte.

Aktan fuhr zusammen, als Ricky Schäfer einen obszönen Fluch ausstieß. Nur einen Moment später fluchte auch Michael.

„Scheiße, verdammte!“

„Was ist los?“

„Die Typen haben das Spiel abgebrochen.“

Michael blickte verstört, während Ricky Schäfer wie wild auf der Tastatur tippe und versuchte, den Abbruch rückgängig zu machen. Der Bildschirm wurde übergangslos dunkel, ehe eine rote Schrift verkündete *Game over!*

Ricky warf die Arme hoch und ließ sich gegen die Rückenlehne fallen.

„Was hast du getan?“, fuhr Thaler sie an.

„Nichts, Manni. Also reg dich ab und gib nicht mir die Schuld.“

„Das stimmt“, ergriff Michael ihre Partei. „Ricky, eh, Frau Schäfer hat das letzte Enigma korrekt gelöst. Aber just in dem

Moment, als der neue Hinweis eingeblendet wurde, haben die Typen auf der anderen Seite abgeschaltet. Einfach so." Er schüttelte den Kopf. „Das ergibt keinen Sinn."

„Doch." Ricky fuhr sich von unten über das Gesicht, strich ihre Haare zurück und verschränkte die Hände hinter dem Kopf. „Aber keinen sehr angenehmen."

Alle blickten sie fragend an.

Sie zuckte mit den Schultern. „Was immer die Typen mit der Forderung, dass wir das Spiel spielen sollten, bezwecken wollten, haben sie offenbar erreicht und brauchen nicht mehr weiterzuspielen. Immerhin birgt jede Minute, in der sie online sind, die Gefahr, dass sie aufgespürt werden." Sie schüttelte den Kopf. „Somit haben wir verloren, ohne das Spiel tatsächlich verloren zu haben."

Monique Thaler heulte auf. *„Mon bébé! Où est mon enfant?"* Sie brach wieder einmal in Tränen aus.

Thaler ging zu ihr, nahm sie in die Arme und legte seinen Kopf gegen ihren. Ungeschickt streichelte er ihren Rücken, während er Aktan und Sigrid Paulus einen flehenden und verzweifelten Blick zuwarf.

Aktan schwieg. Es gab nichts, was er hätte sagen können. Ermutigende Versicherungen, dass es noch nicht zu spät wäre und sie das Kind immer noch lebend finden könnten, verkniff er sich nicht nur, weil die Chancen dafür verschwindend gering standen. Berlin war groß. Falls das Kind noch lebte und sich in der Stadt befand, hätten sämtliche Hundertschaften Tage, wenn nicht Wochen gebraucht, um es zu finden, wenn sie systematisch jedes Haus durchsucht hätten, wofür sowieso die rechtliche Grundlage fehlte. Außerdem würden die Entführer kaum am selben Ort bleiben und darauf warten, dass man sie fand. Falls Ricky Schäfers Vermutung stimmte – Aktan zweifelte nicht daran –, dann waren die Leute bereits jetzt ausgeflogen oder gerade dabei. Und Allah allein wusste, ob das Kind nicht schon längst tot war.

Sigrid Paulus rief Rebecca in der Zentrale an, teilte ihr mit, dass die Entführer das Spiel abgebrochen hatten und gab ihr weitere Anweisungen.

Ricky Schäfer trank einen Schluck Kaffee und blickte Aktan nachdenklich an. „Dürfte ich mir mal die Hinweise ansehen, die Sie bisher bekommen haben?"

„Glauben Sie, dass Sie mehr rausfinden können als unser gesamter Stab?" Das war ihm ungewollt entschlüpft. Bevor er sich dafür entschuldigen konnte, hob sie abwehrend die Hand.

„Ihre Leute verlassen sich auf die Technik, ich mich auf meinen Bordcomputer. Der funktioniert gerade im Bereich Intuition viel besser als jede Technik", sie tippte sich gegen die Stirn, „und arbeitet manchmal immer noch schneller als der mechanische PC. Außerdem habe ich das eidetische Gedächtnis. Aber Sie haben recht. Ich sollte mich da raushalten. Falls ich tatsächlich was rausfinde, unterstellt man mir bloß wieder, ich hätte was mit der Sache zu tun." Sie warf Thaler einen vorwurfsvollen Blick zu, der seine Frau im Arm hielt und Ricky Schäfer nicht beachtete.

Sigrid Paulus beendete ihr Gespräch mit Rebecca und nickte. „Kommen Sie, Frau Schäfer. Sehen Sie es sich bitte an. Und falls Sie daraus etwas erkennen, wird niemand Ihnen unterstellen, dass das Täterwissen wäre."

Eine Augenwischerei, denn theoretisch konnte es das durchaus sein, was Sigrid Paulus keineswegs außer Acht lassen würde. Das sah Ricky Schäfer wohl genauso. Zumindest deutete der misstrauische Blick darauf hin, den sie der Staatsanwältin zuwarf. Trotzdem ging sie zu ihr und betrachtete auf deren Laptop die Fotoschnipsel und das mögliche Bild, das der Computer in der Zentrale daraus als mutmaßliches Aussehen der betreffenden Hauswand mit Tür errechnet hatte.

Nach einer Weile schüttelte sie den Kopf. „Black Knight hatte niemals vor, Ihnen alle Hinweise zu geben."

Aktan blickte Sigrid Paulus und danach Ricky Schäfer an. „Wie kommen Sie darauf?"

„Für jeden Level gab es bis jetzt nur ein Puzzleteil. Das heißt, es müssten sieben Teile insgesamt sein. Falls nach dem Sieg auf Level 7 nicht alle restlichen Teile preisgegeben worden wären oder eins dieser Teile der komplette Rest des Fotos gewesen wäre, hätten zwei weitere Teile derselben Größe wie die bisherigen garantiert nicht den Rest des Bildes ergeben. Und so wie ich Black Knight einschätze, würde auch das gesamte Bild nichts helfen. Es sei denn, es handelt sich um die Front eines allgemein bekannten Gebäudes, das jeder erkennen könnte. Aber", sie schüttelte den Kopf, „danach sehen zumindest die schon vorhandenen Teile nicht aus." Sie schüttelte erneut den Kopf. „Ich bin mir verdammt sicher, dass das Ganze nur ein Ablenkungsmanöver ist."

„Sie glauben, dass dieses Fotopuzzle, selbst wenn es vollständig wäre, irgendeinen beliebigen Hauseingang zeigt, der mit dem Aufenthaltsort des Kindes gar nichts zu tun hat?" Sigrid Paulus' Stimme war anzuhören, dass allein die Vorstellung sie frustrierte.

„Wäre möglich. Andererseits ..." Sie strich sich wieder mit dem kleinen Finger eine Haarsträhne zurück. „Haben Sie die Lösungsworte aller Rätsel notiert?"

„Habe ich", sagte Michael. Er rief sie auf und winkte Ricky Schäfer an seine Seite. „In alphabetischer Reihenfolge: Andromeda, der Buchstabe B, Eos, Homo sapiens, Libelle, Longinus, Ukulele, Wolke, Yin und Yang, Thor, Zirkon. Aber ich sehe nicht, was das nützen könnte."

Sie starrte darauf, schlug einen Arm unter, stützte den Ellenbogen darauf und tippte sich mit dem Finger an die Nasenspitze.

Thaler, der sie hoffnungsvoll angesehen hatte, als sie darum bat, die Puzzleteile sehen zu dürfen, holte die Taliskerflasche, entkorkte sie und reichte sie ihr. Sie nahm sie entgegen, ohne die Augen vom Bildschirm zu wenden, und trank einen kräftigen Schluck, bevor sie ihm die Flasche zurückreichte. Minuten verstrichen. Aktan wollte etwas sagen, aber Thaler schüttelte eindringlich den Kopf und legte den Finger über die Lippen.

Ricky Schäfer machte einen Schritt zur Seite und schaute auf das Bild mit den Puzzleteilen, ehe sie wieder auf die Lösungsworte sah. Sie schlug sich mit der flachen Hand vor die Stirn. „Das ist ein Anagramm! Dass ich darauf nicht eher gekommen bin! Die Anfangsbuchstaben der Einzelteile der Lösungswörter für die Rätsel sind ein Anagramm."

„Aber es fehlen noch etliche Buchstaben", wandte Michael ein.

Sie blickte ihn mit hochgezogenen Augenbrauen an, als wäre das eine reichlich dumme Bemerkung. „Schon mal Galgenmännchen gespielt?"

Michael räusperte sich. „Natürlich. Spielen wir also Galgenmännchen."

„Nicht nötig. Die einzige Straße in Berlin, in der alle vorhandenen Buchstaben vorkommen und auf der sich Gelände befinden, wo die Typen ungestört operieren und auch entsprechend schnell verschwinden könnten, ist die Wutzkyallee."

„In ‚Wutzkyallee' gibt es aber weder ein H noch ein B", erinnerte er sie.

„Nein, aber hier“, sie deutete auf das Puzzlebild, „ist der Teil einer Hausnummer, die auf Null endet und ein B im Anhang hat. Und die einzige auf Null endende Hausnummer, die mit H anfängt, ist die 100.“

„Das ist ein bisschen weit hergeholt“, meinte Aktan.

„Ziemlich weit“, fand auch Sigrid Paulus.

Ricky Schäfer schüttelte den Kopf. „Ich bin gewohnt, alle Eventualitäten zu durchdenken, auch die scheinbar unwahrscheinlichen.“ Sie zuckte mit den Schultern. „Mein komisches Gehirn funktioniert nun mal so und stellt Verbindungen und Verknüpfungen her, wo kein normaler Mensch eine sieht. Rufen Sie die Wutzkyallee auf einem Stadtplan auf“, forderte sie Michael auf. „Bitte.“

Er gehorchte.

Sie deutete darauf. „Hier. Direkt neben den Bahngleisen befindet sich das Haus einer Firma, die kürzlich pleite gegangen ist. Die Gebäude stehen leer, und hinten im Hof ist viel Platz, um dort Autos abzustellen, damit sie von der Straße nicht gesehen werden.“

Aktan kniff die Augen zusammen. „Und das wissen Sie woher?“

„Dass die Firma pleite ist und geräumt wurde, stand vor einigen Wochen im Wirtschaftsteil der *Berliner Zeitung*, und das mit dem Hof sehe ich hier auf dem Satellitenbild.“ Sie sah ihm in die Augen. „Oder wollen sie mich wieder verdächtigen, dass ich mit der Sache was zu tun habe?“

Bis zum Beweis des Gegenteils schloss er das keineswegs aus.

„Wir prüfen das.“ Sigrid Paulus rief Rebecca an, teilte ihr Ricky Schäfers Vermutung mit und ordnete an, sofort das SEK zu der Firma zu schicken.

„Dann kann ich ja jetzt gehen.“ Ricky Schäfer wandte sich zur Tür.

Aktan vertrat ihr den Weg. „Bleiben Sie bitte noch hier. Könnte sein, dass wir Ihre Hilfe noch mal brauchen. Für den Fall, dass die Entführer sich entscheiden, das Spiel doch noch fortzusetzen.“

„Höchst unwahrscheinlich“, war sie überzeugt.

Aktan stimmte ihrer Einschätzung zwar zu, aber solange nicht feststand, dass sie tatsächlich nichts mit der Entführung zu tun hatte, konnte er sie nicht gehen lassen, sonst könnte sie sich allzu leicht mit ihren Komplizen zusammen absetzen.

„Nehmen Sie Platz, Frau Schäfer, und erholen Sie sich.“

„Erholen?“ Sie warf einen Blick in die Runde. „Dazu sind hier entschieden zu viele Leute.“

Monique Thaler stand von der Couch auf und stellte sich vor sie hin. Sowohl Aktan wie auch Eggers, Thaler und Sigrid Paulus traten zu ihr, um eingreifen zu können, falls sie wieder aggressiv werden sollte.

„Wenn Ihr 'inweis tatsächlisch führt zu *mon bébé*, isch werde sein Ihnen dankbar in Ewigkeit.“ In ihren Augen schimmerten Tränen.

Ricky Schäfer blickte sie zurückhaltend an und zuckte mit den Schultern. „Warten wir ab, ob ich mit meiner Vermutung wirklich ins Schwarze getroffen habe.“

Sie wollte sich abwenden, aber Monique hielt sie zurück. „*Mademoiselle*, isch wollte Ihnen Monfree wirklisch nischt wegnehmen. Isch 'atte nischt gewusst, dass er 'at eine Freundin in Deutschland.“

Ricky Schäfer warf Thaler einen vernichtenden Blick zu. „Das glaube ich Ihnen gern.“

Thaler errötete, denn der Sarkasmus in ihrer Stimme war nicht zu überhören.

Sie winkte ab. „Vergessen wir das. Ich hoffe, Sie haben Ihre Tochter bald zurück."

Monique hielt ihr spontan die Hand hin. Ricky Schäfer blickte einen Moment darauf, ehe sie sie zögernd ergriff, kurz drückte und schnell wieder losließ. Sie sah sich um und überlegte offensichtlich, wo der beste Platz für sie wäre, die Wartezeit zu überbrücken.

Monique Thaler griff wieder zum Smartphone und rief ihre Schwester an, der sie mitteilte, wenn Aktan das richtig verstand, dass es eine heiße Spur zu ihrem Kind gäbe und sie hoffte, dass es die richtige wäre.

Michael, der im Moment ebenfalls nichts mehr zu tun hatte, nutzte die Gelegenheit. Nachdem er Ricky Schäfer seit ihrer Ankunft mehr oder weniger offen angehimmelt hatte, rückte er ihr den Stuhl an seiner Seite zurecht und deutete einladend darauf. „Würden Sie mir erzählen, wie Sie auf das Spiel gekommen sind? Das interessiert mich brennend. Falls es kein Geheimnis ist."

Sie zögerte, ehe sie neben ihm Platz nahm, schob den Stuhl aber weit genug zur Seite, dass sie über eine Armeslänge von ihm entfernt saß. „Da gibt es nicht viel zu erzählen. Ich hatte ein paar Vorgaben und den Auftrag, etwas Zündendes draus zu machen. Das habe ich getan."

„Aber die Idee mit den Läufern und den Springern ab Level 4, dass die einen durch die anderen quasi ferngesteuert werden – genial."

Sie grinste. „Da habe ich Anleihen bei *Star Trek* gemacht." Sie zwinkerte ihm zu. „Das dreidimensionale Schachspiel, das auf drei Ebenen abläuft. Die dritte Ebene kommt ab Level 6 dazu. Ich habe das Ganze aber ein bisschen abgewandelt. Es sollte ja nicht zu exotisch werden: Eine Mischung aus Bekanntem und Neuem schien mir das Beste."

Aktan stellte erstaunt fest, wie sehr Michael aus sich herausging. Normalerweise vergrub er sich in seine Arbeit und versteckte sich hinter seinen Computern. Schließlich war er nicht umsonst Leiter der DV-Abteilung und für die Datenverarbeitung aller Art zuständig. Aktan hatte ihn schon lange in Verdacht, dass er seine durchaus vorhandene Liebe zur Arbeit auch benutzte, um davon abzulenken, dass er anderen Menschen gegenüber schüchtern war. In Ricky Schäfer hatte er endlich einmal jemanden gefunden, der zumindest fachlich auf seiner Wellenlänge lag. Und auch sie taute ein bisschen auf.

Aktan hoffte, dass sich nicht doch noch herausstellte, dass sie mit den Entführern unter einer Decke steckte.

22.16 Uhr

Fuat Aydin hatte mit seinen Leuten das Gebäude Wutzkyallee 100 B umzingelt, nachdem er mit einer Wärmebildkamera aus sichererer Entfernung überprüft hatte, wie viele Leute sich darin befanden. Die Wärmesignatur zeigte außer ein paar Ratten oder Mäusen nur ein einziges menschliches Wesen an, das sich in einem Raum im hinteren Teil des Gebäudes befand. Der Größe nach zu urteilen musste es das entführte Kind sein, und gemäß der Intensität der Wärmeabstrahlung war es am Leben. Jemand anderes hielt sich nicht im Haus auf. Und die Tür des Haupteingangs stimmte mit den Puzzleteilen und dem vom Computer in der Zentrale errechneten Aussehen überein.

Fuat nahm sein Funkgerät. „Zugriff!“

In oft trainierter Präzision drang das SEK-Team von zwei Seiten in das Gebäude ein, während andere Teammitglieder das Gelände sicherten. Hinter der mit dem Rammbock aufgebrochenen Eingangstür befand sich ein schmaler langer Gang, graugefliest und mit Spritzverputz an den Wänden, von dem links und rechts je zwei Türen mit Lüftungsgittern zu anderen Räumen führten. Von der Decke hing eine nackte Glühbirne, die eingeschaltet war. Am Ende des Gangs befand sich eine weitere Tür, unter der und an deren Rändern Licht hindurch schimmerte.

Fuat lief mit angeschlagenem Gewehr darauf zu, während seine Leute hinter ihm die Nebentüren öffneten und meldeten, dass die Räume dahinter gesichert, also leer waren. Er blieb vor der Tür stehen, hinter der das Licht brannte und lauschte. Nichts war zu hören. Auf seinen Wink schob sein Stellvertreter eine Schlauchkamera unter der Tür hindurch, um einen Blick in den Raum dahinter zu werfen. Bei Entführern, die so gewieft waren wie diese, musste man mit jeder möglichen bösen Überraschung rechnen. Fuat blickte auf den Monitor in der Hand seines Kollegen. Erleichtert stellte er fest, dass an der Tür keine Sprengfalle angebracht war. Auch anderswo war nirgends Sprengstoff zu entdecken.

Der Raum war leer bis auf einen Stuhl und ein Feldbett, auf dem ein kleines blondes Mädchen lag, das sich nicht rührte. Fuat drückte vorsichtig die Türklinke hinunter. Der Raum war nicht verschlossen. Er stieß die Tür auf und eilte zu dem Kind, das sich immer noch nicht bewegte. Hastig zog er den Handschuh aus und prüfte den Puls des Mädchens.

„Sie lebt. Sanitäter!“, rief er ins Sprechgerät, ehe er zum Smartphone griff und die Zentrale anrief. „Wir haben das Kind.

Es lebt. Sieht aber so aus, als ob man es betäubt hätte. Sobald der Arzt es erlaubt, bringen wir die Kleine zu den Eltern."

„Ich schicke sofort ein Team vom Erkennungsdienst", entschied Rebecca Goldberg. „Gibt es irgendwelche Anhaltspunkte, die einen Rückschluss auf die Täter zulassen?"

„Auf den ersten Blick nicht. Hier steht nur das Feldbett, auf dem das Kind liegt, und ein Stuhl daneben. Keine Spuren wie Essensreste oder Zigarettenkippen. Geraucht wurde in diesem Raum sowieso nicht. Zumindest nicht in den letzten vierundzwanzig Stunden. Das würde man riechen."

„Gut, Herr Aydin. Lassen Sie ein paar Leute vor Ort, bis unser Team eintrifft, und bringen Sie das Kind nach Hause, falls es nicht ins Krankenhaus muss."

Er hörte der Einsatzleiterin die Erleichterung an, die er voll und ganz teilte. „Wird erledigt. Ende."

Die Notärztin kam und untersuchte das Mädchen. „Herzschlag normal, Atmung normal, keine äußeren Verletzungen, auf innere deutet nichts hin."

„Warum wacht die Kleine nicht auf? Hat man sie betäubt?"

Die Ärztin nickte. „Wahrscheinlich. Aber wie es aussieht, war das keine gefährliche Dosis. Das Kind schläft ganz normal. Es sollte schnellstens zu den Eltern zurück und idealerweise in seinem Bett aufwachen. Mit etwas Glück kann man der Kleinen dann das, woran sie sich von der Entführung noch erinnert, als Albtraum hinstellen."

„Dann spricht nichts dagegen, sie nach Hause zu bringen?"

Die Ärztin schüttelte den Kopf. „Aus medizinischer Sicht nicht. Das Kind sollte aber unbedingt morgen, spätestens Montag, gründlich untersucht werden. Sollen wir den Transport zu den Eltern übernehmen? Ich glaube nicht, dass Ihre Fahrzeuge dafür ausgerüstet sind."

„Stimmt. Deshalb nehmen wir das Angebot gerne an. Ich schicke aber drei Leute mit zu Ihrer und der Kleinen Sicherheit.“

„Danke.“

Die Notärztin legte das Kind mithilfe ihrer Assistentin auf die mitgebrachte Trage und brachte es nach draußen zum Krankenwagen. Fuat gab drei seiner Leute mit Handzeichen zu verstehen, dass sie mitgehen sollten. Er blickte sich im Raum um und ging anschließend auch in die anderen Räume des Gebäudes. Die waren bis auf Staub und Schmutz völlig leer. Dass bei ihrer Ankunft das Licht im Gang auch in diesem Raum gebrannt hatte, deutete darauf hin, dass die Entführer bis vor Kurzem noch hier gewesen waren. Und wahrscheinlich planten zurückzukommen. Andernfalls hätten sie das Licht ausgeschaltet.

Er nahm das Funkgerät. „Wie sieht es draußen aus? Irgendwas Verdächtiges?“

Von allen Posten kam die Meldung, dass alles in Ordnung war.

„Abrücken. Zwei Mann bleiben hier. Der Rest geht draußen in ausreichender Deckung in Stellung. Die Typen kommen garantiert zurück, falls sie uns nicht schon bemerkt haben.“

Er fragte sich aber, wohin und vor allem warum die Leute das Gebäude verlassen hatten. In unmittelbarer Nähe gab es keinen Kiosk, an dem man sich etwas hätte kaufen können, und auch kein Restaurant. Außerdem wären die Leute nicht alle auf einmal gegangen. Selbst ein betäubtes Kind ließ niemand allein, wenn er es entführt hatte. Da die SEK-Aktion aber bis auf den Zugriff völlig lautlos und unbemerkt vonstatten gegangen war, konnten die Entführer das Gebäude nicht verlassen haben, weil sie das anrückende SEK entdeckt hätten. Ihr Verschwinden musste einen anderen Grund haben.

Er gab das an die Zentrale durch. Danach nahm er seine Position im Einsatzwagen ein, der in einiger Entfernung vom Grundstück geparkt war, und wartete.

22.55 Uhr

Seit die Nachricht von der Zentrale gekommen war, dass Marie-Claire unverletzt gefunden worden war, standen die Thalers Arm in Arm am Fenster, das zur Straße hinausging, reckten den Hals und lauschten auf jedes Motorgeräusch.

Als der Notarztwagen vorfuhr, stieß Monique Thaler einen Schrei aus, rannte zur Haustür und riss sie auf. Thaler folgte ihr im Laufschritt. Zwei Notärztinnen schoben die Trage, auf der das Kind zugedeckt lag, auf die Vorgartentür zu. Thaler riss sie auf, während seine Frau zur Trage stürzte und tränenüberströmt ihre Tochter in die Arme nehmen wollte. Eine der Ärztinnen hielt sie zurück.

„Lassen Sie uns das Kind bitte erst ins Haus bringen."

„Ma pauvre petite! Qu'est-ce qu'elle a?" Sie blickte die Ärztinnen entsetzt an. „Was fehlt ihr? Warum ist sie so ..."

Thaler zog sie zu sich heran. „Lass uns das drinnen klären, Schatz." Seinem Gesichtsausdruck nach zu urteilen, war er zutiefst erleichtert und hätte seine Tochter ebenfalls gern in den Arm genommen. „Kommen Sie bitte."

Er schob seine widerstrebende Frau ins Haus. Die Ärztinnen folgten mit der Trage.

„Am besten legen wir Ihre Tochter in ihr Bett, dass sie eine vertraute Umgebung sieht, wenn sie aufwacht."

Monique Thaler nahm ihr Kind auf den Arm, drückte es an sich, wiegte es hin und her, streichelte es und weinte erleichtert. „Bitte, was fehlt ihr?"

„Sie schläft", beruhigte die ältere Ärztin sie. „Wahrscheinlich hat man ihr ein Schlafmittel gegeben. Davon abgesehen ist alles in Ordnung. Sie sollten sie trotzdem zur Sicherheit von einem Kinderarzt untersuchen lassen, wenn sie morgen aufwacht. Sollte bis dahin irgendetwas sein, rufen Sie bitte sofort 112 an." Sie nickte in die Runde. „Gute Nacht allerseits."

„Danke", sagte Thaler. „Vielen Dank. Und gute Nacht."

Er nahm seine Frau und sein Kind in die Arme, drückte beide an sich, streichelte seiner Tochter den Kopf und küsste abwechselnd sie und seine Frau. Eggers trat zu ihnen und redete beruhigend auf sie ein.

Aktan beobachtete Ricky Schäfer. Sie saß immer noch neben Michael und hatte sich mit ihm angeregt unterhalten. Als das Kind hereingebracht worden war, blickte sie mit einem Ausdruck darauf, den Aktan nicht deuten konnte. Dachte sie daran, dass dies das Kind hätte sein können, das sie zusammen mit Thaler hätte haben können, wenn er sie nicht verlassen hätte? Oder dachte sie daran, was das Kind durchgemacht hatte und was ihr selbst vor elf Jahren widerfahren war? Ein bisschen wirkte sie auch erleichtert.

Thaler kam auf sie zu und machte Anstalten, sie in die Arme zu nehmen. Sie sprang vom Stuhl auf und hob die geballte Faust.

„Komm nicht auf den Gedanken, mich anzufassen, Männi."

Er blieb stehen und ließ die halb erhobenen Arme sinken. „Ich ..." Er schüttelte den Kopf. „Verdammt, Ricky, ich bin dir so unendlich dankbar. Ohne dich hätten wir Marie-Claire vielleicht nie gefunden. Also danke. Danke! Das werde ich dir nie vergessen.“ Er hielt ihr die Hand hin.

„Hm.“ Sie ignorierte seine Hand und wandte sich an Aktan. „Kann ich jetzt endlich gehen?“

„Aber natürlich“, stimmte Sigrid Paulus zu. Sie reichte ihr die Hand. „Haben Sie vielen Dank für Ihre Unterstützung, Frau Schäfer. Sie waren uns eine große Hilfe.“

Ricky Schäfer schüttelte ihr zögernd die Hand. „Keine Ursache. Hauptsache dem Kind geht es gut. Also, gute Nacht.“

„Ich fahre Sie nach Hause“, bot Aktan an. „Dann müssen Sie kein Taxi nehmen.“

Sie zögerte, ehe sie sein Angebot mit einem kurzen Nicken akzeptierte. „Danke.“

Michael hielt Ricky die Hand hin. „Ich fand unsere Unterhaltung ganz toll. Äh, inspirierend. Ich meine interessant. Also ...“ Er schluckte und wurde rot.

Ricky Schäfer lächelte flüchtig und drückte kurz seine Hand. „Ja, fand ich auch. Gute Nacht.“

Aktan sah Michael an, dass er sie am liebsten gefragt hätte, ob er sie wiedersehen dürfe. Aber wie immer traute er sich nicht. Er hätte sich das auch nicht getraut, wenn die Staatsanwältin nicht da gewesen wäre und die Kollegen der Technikabteilung sowie Gero und Heike.

„Wiedersehen!“, war das einzige Wort, mit dem er seiner Hoffnung Ausdruck verlieh.

Aktan bezweifelte, dass Ricky Schäfer die Botschaft dahinter überhaupt verstand und erst recht, dass sie darauf eingehen würde, wenn sie sie verstand. Er hielt ihr die Tür auf.

Er hörte Sigrid Paulus anordnen, dass die Fangschaltung noch nicht abgebaut werden sollte für den Fall, dass die Entführer sich nochmals meldeten. Das Überwachungsteam würde aber in einer halben Stunde ebenso abgelöst werden wie Gero und Heike, die sie noch zu bleiben anwies, damit die Thalers sich sicher fühlten, die mit Ben Eggers nach oben gegangen waren, um ihre Tochter ins Bett zu bringen. Außerdem beorderte sie Leute vom MEK zur Koenigsallee, die über Nacht und auch in den nächsten Tagen das Haus und das Grundstück bewachen sollten, falls die Entführer einen weiteren Versuch unternahmen, nachdem der erste fehlgeschlagen war. Falls sie nicht tatsächlich bekommen hatten, was sie wollten und längst über alle Berge waren.

Aktan ließ Ricky Schäfer höflich den Vortritt, ebenso bei der Vorgartentür. Sie quittierte das mit einem halb verwunderten, halb spöttischen Lächeln, auch dass er ihr die Wagentür wie ein Chauffeur aufhielt. Während er sich hinter das Steuer setzte und sich anschnallte, dachte er unablässig über die seltsame Forderung der Entführer nach. Irgendetwas stimmte an der ganzen Sache hinten und vorne nicht. Er teilte Ricky Schäfers Einschätzung, dass die Leute höchstwahrscheinlich etwas ganz anderes im Sinn gehabt hatten und das Spiel und die Begründung für die Forderung, dass Thaler es spielen sollte, nur ein Ablenkungsmanöver für das eigentliche Ziel der Bande war.

Aber was, verdammt, könnten die damit bezweckt haben? Warum sollte Thaler unbedingt von zu Hause aus spielen? Warum die Schnitzeljagd? Lediglich der abrupte Abbruch des Spiels ergab einen Sinn. Nachdem die Entführer erreicht hatten, was sie wirklich wollten, war es nicht mehr nötig, die Farce mit dem Spiel fortzusetzen. Und möglicherweise hatte dieses Ziel überhaupt nichts mit Thaler und dem Spiel zu tun. Oder nur bedingt. Aber womit dann?

Er seufzte. Dieser Fall war mehr als rätselhaft. Doch um dessen Lösung würden er und das Team sich morgen intensiv kümmern. Er warf einen Blick auf Ricky Schäfer. Wie schon auf der Fahrt zu Thalers Haus hatte sie sich mit der Schulter gegen die Wagentür gelehnt und starrte aus dem Fenster. Sie wirkte nachdenklich.

„Geht es Ihnen gut?“

Sie blickte ihn misstrauisch an. „Wenn Sie mir sagen, wie Sie ‚gut‘ definieren, kann ich die Frage vielleicht beantworten.“

„Ich will Ihnen nicht zu nahe treten, Frau Schäfer. Aber wir haben Sie natürlich überprüft.“

Sie stöhnte. „Ach du Scheiße. Jetzt verstehe ich, warum Ihr Psychologe mir unbedingt ein Gespräch aufzwingen wollte. Ich kann Sie beruhigen. Die Situation hat mich nicht belastet, außer dass sie mich genervt hat und dass ich durch meine Abwesenheit von zu Hause mit meiner Arbeit an die fünf Stunden ins Hintertreffen geraten bin.“ Sie winkte ab. „Das hole ich morgen wieder auf. Und ein bisschen kann ich heute Nacht noch schaffen.“ Wieder ein Seitenblick. „Ansonsten geht es mir seit elf Jahren nicht mehr gut in dem Sinne, wie es mir davor gutging. Obwohl auch das relativ war.“

Sie blickte wieder aus dem Fenster, ein Stück schräg nach oben und sah die vorbeigleitenden Straßenlaternen an. Nach einer Weile sah sie wieder zu Aktan hin. „Ich habe damals mein Leben verloren. Ich habe mir zwar ein neues geschaffen, aber es ist ...“ Sie suchte nach Worten. Atmete tief. „Na ja, in einem einzigen Bereich besser, in allen anderen Bereichen schlechter.“

Das konnte er durchaus nachvollziehen, wenn er bedachte, wie sehr sie sich von der Welt abschottete.

„Ist schon grausam, wenn man auf die härteste nur mögliche Tour erfahren muss, dass man dem eigenen Erzeuger dermaßen am Arsch vorbeigeht, dass er einen skrupellos den Wölfen zum Fraß vorwirft, nur um sein kostbares Geld zu sparen. Sie wissen sicherlich, dass er deswegen am Ende alles verloren hat?"

Aktan nickte. „Das ging durch alle Medien."

„Ich habe es ihm von Herzen gegönnt." Sie zuckte mit den Schultern. „Wenigstens in dem Punkt ist *The Man* ein bisschen besser. Der hat alles für seine Tochter getan. Zum Glück ist sie noch jung genug, dass sie das Erlebnis vergessen kann. Mir lässt mein eidetisches Gedächtnis dazu leider keine Chance."

Umso bewundernswerter war es, dass sie sich weitgehend gefangen hatte. Zumindest nach außen hin.

„Wieso nennen Sie Thaler eigentlich *The Man*?"

Sie grinste flüchtig. „Pure Ironie. Kennen Sie den Film *Kill Bill*?"

Er nickte.

„Darin gibt es eine Szene, in der Uma Thurman David Carradine fragt, wie er sie gefunden hat. Und er antwortet im Brustton männlicher Arroganz: *‚I am the man.'*" Sie schnitt eine Grimasse. „Als wenn allein die Zugehörigkeit zum männlichen Geschlecht irgendwelche besonderen Leistungen garantiert." Sie schnaubte voller Verachtung. „Manfred hat mal in einer Situation, auf die ich nicht näher eingehen werde, diesen Satz mit derselben Arroganz zitiert, ist aber kräftig auf die Schnauze gefallen. Seitdem ziehe ich ihn damit auf. Bei jeder sich bietenden Gelegenheit. Hat mir richtig gutgetan, dass ich die heute noch mal hatte." Sie lächelte voller Genugtuung.

Aktan blickte sie nachdenklich an. „Darf ich Ihnen eine persönliche Frage stellen, Frau Schäfer?"

Sie blickte ihm kurz in die Augen, ehe sie mit den Schultern zuckte. „Die würden Sie mir doch auch stellen, wenn ich nein sage. Also fragen Sie."

„Ich kann verstehen, dass Sie einen Rochus auf Thaler haben, nach allem, was er sich Ihnen gegenüber geleistet hat. Aber der Kerl ist es doch nicht wert, dass Sie ihm immer noch nachtrauern."

Sie schnaubte und verschränkte sie Arme vor der Brust. „Da haben Sie vollkommen recht, Herr Sunay. Und glauben Sie mir, dem Arsch trauere ich schon lange nicht mehr nach. Das habe ich von dem Moment an nicht mehr, vielmehr von Anfang an nicht getan, als ich festgestellt habe, dass er mich nur benutzt hat." Sie sah ihm erneut in die Augen. „Sie wollen wissen, warum ich immer noch wütend bin."

Er nickte.

„Nicht auf ihn, sondern auf mich selbst. Dass ich so bodenlos dämlich gewesen bin, auf ihn reinzufallen. Wie Sie sicher bemerkt haben, bin ich nicht der vertrauensselige Typ."

Das war die Untertreibung des Jahrhunderts, wie Aktan fand.

„Deshalb kann ich im Nachhinein nicht verstehen, wieso ich mich überhaupt auf ihn eingelassen habe. Und noch weniger kann ich verstehen, dass ich seine Hinhaltetaktik nicht durchschaut habe. Vielmehr dass ich die Warnsignale, die ich durchaus bemerkt habe, ignoriert habe." Sie seufzte. „Ich habe mir eingeredet, dass ich einfach zu misstrauisch wäre und ihm eine Chance geben müsste. Dass ich aufgrund meiner, eh, Menschenscheu verlernt hätte, ganz normales Verhalten zu erkennen und einzuschätzen." Sie schüttelte den Kopf. „Ich hätte es besser wissen müssen."

Seine Menschenkenntnis sagte Aktan, dass da noch mehr im Spiel gewesen war. Sie blickte ihn wieder an und überlegte offensichtlich, ob sie ihm noch mehr Informationen dazu geben sollte. Nach einer Weile zuckte sie mit den Schultern.

„Als ich Manfred kennengelernt habe, hatte ich mich gerade weit genug von allem erholt – halbwegs genug wieder ins Leben zurückgefunden, dass ich begriffen hatte, wie ...“ Sie biss sich auf die Lippen. „Mir fehlte etwas im Leben. Das habe ich aber erst durch die enge Zusammenarbeit mit Manfred gemerkt. Wir haben ein paar Dinge gemeinsam. Mannheim zum Beispiel. Ich bin dort geboren und aufgewachsen, und ich liebe meine wunderbare Stadt. Er hat dort studiert. Und über die gemeinsamen Erinnerungen sind wir uns neben der Arbeit nähergekommen.“

Sie lächelte; nicht zynisch oder kalt wie bisher, sondern weich. Es veränderte ihr Gesicht und sogar ihre Körperhaltung in einer Weise, dass Aktan nicht mehr fragen musste, was Thaler damals an ihr gefunden hatte.

„Wir sind sogar mal zusammen hingefahren und haben in meiner Lieblingsweinstube, der ‚Goldenen Gans‘ am Bismarckplatz, Wein getrunken und Bratwürste gegessen. Das passt zwar nicht zusammen, aber diese Bratwürste muss man probiert haben. Ich habe nie bessere gegessen.“

„Ich komme auch aus Mannheim. Die Welt ist ein Dorf, nicht wahr?“

„Offensichtlich.“

„Ich habe damals in der Soko mitgearbeitet, die nach Ihnen gesucht hat. Ich war verdammt froh, dass Sie überlebt haben. Hoffentlich sehen Sie das auch so.“ Schließlich wäre sie nicht das erste Opfer eines Verbrechens, das das dadurch verursachte Trauma nicht verkraftete.

Sie nickte. „Inzwischen sehe ich das so. Aber es gab Zeiten, da war das anders. Ganz anders. – Ist aber schön, jemanden kennenzulernen, der damals an den Ermittlungen beteiligt war. Das gibt mir die Gelegenheit, Ihnen für Ihre Bemühungen zu danken. Sie und Ihre Kollegen haben sich wenigstens gekümmert. Also danke."

„Keine Ursache."

Sie schwieg eine Weile in Erinnerungen versunken. „Ich vermisse meine Stadt. Sehr. Aber", ihre Stimme wurde wieder kalt, „solange mein Erzeuger darin wohnt, werde ich garantiert nicht dorthin zurückziehen."

Ricky blickte wieder aus dem Fenster. Natürlich waren nicht die gemeinsamen Erinnerungen an Mannheim der Grund gewesen, weshalb sie sich mit Manfred eingelassen hatte. Sie hatte sich nach dem Martyrium ihrer Entführung jahrelang unendlich einsam und wie ein emotionaler Krüppel gefühlt. Hatte geglaubt, dass sie nie wieder in der Lage sein würde, Zuneigung zu empfinden oder zu ertragen, dass ein Mann sie berührte.

Manfred war durchaus charmant und auf diesem Gebiet sehr rücksichtsvoll, wie sie zugeben musste. Zärtlich. Unaufdringlich. Die Freude darüber, dass sie nach all den Jahren wieder in der Lage war, solche Gefühle zu spüren und sogar wieder Spaß am Sex zu haben – dass sie ihn überhaupt aushalten konnte –, war für sie ein solches Wunder gewesen und hatte sie so unbeschreiblich glücklich gemacht, dass sie nichts wahrgenommen hatte und nichts wahrnehmen wollte außer diesem Glück. Dass sie sich, wenn sie ehrlich war, dieses Wunder nicht dadurch hatte kaputtmachen lassen wollen, indem sie der Wahrheit ins Auge sah, dass Männi sie nur benutzte und hintering. Das zuzugeben hätte sie – und hatte sie später tatsächlich – wieder in den Zustand zurückgestoßen, aus dem sie für jene kostbaren Wochen entkommen war: eingeschlossen in einen Panzer aus Eis, dessen Kälte hoffentlich nie wieder zulassen würde, dass sie ihren Verstand von irgendwelchen Gefühlen ausschalten ließ.

„Das mit Männi war mir eine nachhaltige Lehre, Herr Sunay. Seitdem vertraue ich nur noch mir und meinen Instinkten und bin lieber ungerechtfertigt misstrauisch als noch mal so dämlich. Dass er mich so reinlegen konnte, ist meine eigene Schuld. Und es macht mich immer noch maßlos wütend, dass ich bei ihm meine gesammelten Erfahrungen mit Menschen über Bord geworfen und ihm vertraut habe." Sie tat einen tiefen Atemzug. „Das wird mir nie wieder passieren." Sie schnitt eine Grimasse. „Genau genommen vertrage ich es einfach nicht, an diesen Fehler erinnert zu werden. Deshalb will ich mit Manfred so wenig wie möglich zu tun haben und nichts von ihm hören oder sehen oder überhaupt daran erinnert werden, dass er existiert."

Aktan blickte sie nachdenklich an. Langsam begannen die Eindrücke, die er in den letzten Stunden von ihr gewonnen hatte, ein stimmiges Bild zu ergeben. Das Bild einer Frau, die aufgrund schlechter Erfahrungen mit Menschen oder vielleicht ausschließlich mit Männern niemandem traute, sich gleichzeitig aber wie jeder Mensch nach Zweisamkeit sehnte, nach Liebe. Und das vielleicht einzige Mal, dass sie dieser Sehnsucht nachgegeben hatte, war sie ein weiteres Mal herbe enttäuscht worden. Kein Wunder, dass sie sich in ihrem Haus abschottete und sich lieber mit Computern beschäftigte als unter Menschen zu gehen, obwohl sie bei ihrem Aussehen jeden Mann hätte haben können, den sie wollte.

„Solche Fehler haben wir alle gemacht, Frau Schäfer. Glauben Sie mir. Aber es gibt auch gute Männer. Unser Michael zum Beispiel ist ein ganz Netter. Aber ich glaube, das haben Sie selbst bemerkt.“

Sie blickte ihn empört an. „Wollen Sie mich verkuppeln?“

„Nein, ich will nur darauf hinweisen, dass es auch Männer gibt, die Ihr Vertrauen verdienen.“

Sie zuckte mit den Schultern. „Sicher. Da haben Sie recht. Und Ihr Michael macht tatsächlich einen ganz netten Eindruck. Aber ich traue keinem mehr.“

„Das ist Ihr gutes Recht. Aber das stelle ich mir ziemlich einsam vor. Nichts für ungut.“

Sie blickte aus dem Fenster und wieder zu ihm hin. „Tja.“ Mehr sagte sie dazu nicht.

23.45 Uhr

Aktan hielt den Wagen vor dem Tor an und schaltete den Motor aus. Das veranlasste Ricky Schäfer, ihm einen misstrauischen Seitenblick zuzuwerfen.

„Danke fürs Bringen, Herr Sunay. Gute Nacht.“

„Ich würde mich gern in Ihrem Haus umsehen, wenn Sie gestatten.“

Sie warf ihm einen verblüfften Blick zu, dann lachte sie und schüttelte den Kopf. „Sie glauben immer noch, dass ich was mit der Entführung zu tun habe.“

„Sagen wir mal, ich würde mich gern davon überzeugen, dass Sie sauber sind.“

Sie zog finster die Brauen zusammen. „*My home is my castle*. Da lasse ich höchst ungern jemanden rein. Genau genommen niemanden außer mir.“

Er lächelte gewinnend, versuchte aber nicht, sie zu überreden. Sie starrte ihn eine Weile an, ehe sie mit den Schultern zuckte und seufzte.

„Okay. Kommen Sie mit. Unter Protest. Da ich aber nichts zu verbergen habe und es mir lieb ist, wenn Sie mich nicht noch mal belästigen, dürfen Sie sich im ganzen Haus umsehen.“

Sie stieg aus und tippte die Kombination in die Tastatur für das Schloss am Tor. Der stählerne Riegel auf der Rückseite des Tores rollte schnarrend zurück. Das Tor schwang auf. Augenblicklich flammten Lampen am Rand der Zufahrt zum Haus auf. Ricky Schäfer ging durch das Tor. Aktan folgte ihr. Sie blieb stehen und beobachtete, wie das Tor sich schloss und der Riegel wieder in Position glitt, ehe sie zum Haus ging. Auf dem kurzen Weg zur Haustür schaute sie nach allen Seiten, ob alles noch so war, wie sie es verlassen hatte.

Über der Tür flammte ebenfalls eine Lampe auf, als sie ein paar Schritte davon entfernt war. Eine Kamera über dem Eingang nahm sie ins Visier. Ricky Schäfer tippte den Öffnungscode für das Schloss und die Alarmanlage in die Tastatur an der Haustür. Es gab ein leises Klicken, als die Tür entriegelt wurde. Sie schob sie auf, schaltete das Licht im Flur dahinter ein und machte eine einladende Handbewegung.

„Treten Sie ein.“

Aktan kam der Aufforderung ohne zu zögern nach. Sie schloss die Tür, verriegelte sie und aktivierte die Alarmanlage. Aktan fand, dass die Diele, in der sie standen, seinem Bild von Ricky Schäfer entsprach: nüchtern. Außer einer an die hellgrün gestrichene Wand gedübelten Leiste mit Kleiderhaken und einem spärlich bestückten Schuhregal darunter war sie leer. Es gab keinen Spiegel, dafür aber ein Poster, das den Mannheimer Wasserturm bei Nacht zeigte mit den erleuchteten Wasserfontänen davor.

Ricky Schäfer streifte die Schuhe von den Füßen, stellte sie ins Regal und machte keine Anstalten, die dort wartenden Hausschuhe anzuziehen. Sie blieb barfuß.

„Was möchten Sie zuerst besichtigen, Herr Sunay?"

Sie öffnete die Tür am Ende der Diele und schaltete auch in dem dahinter liegenden Raum das Licht ein.

„Hands up! Now!"

Der Befehl wurde von dem mehrfachen typischen Klicken begleitet, mit dem Schusswaffen entsichert werden. Aktan erstarrte mit der Hand in der Luft über dem Halfter am Gürtel, in dem seine Pistole steckte. Sein Polizistenverstand erfasste in wenigen Sekunden die Situation. Vier Männer, zwei Frauen, mit Skimasken vermummt, dunkelblaue Overalls, schwarze Handschuhe, Militärstiefel, vermutlich russisches Fabrikat, Pistolen, eine Uzi – ohne jeden Zweifel die Entführer von Marie-Claire.

Ricky Schäfer war ebenfalls erstarrt. Sie starrte die Leute mit entsetzt aufgerissenen Augen an, den Mund halb offen und war unfähig, sich zu bewegen und sogar zu atmen. Die Situation musste entsetzlich für sie sein. Mit Sicherheit erlebte sie in diesem Moment ein schreckliches Déjà-vu.

„I said hands up!" Der Sprecher trat einen Schritt vor und richtete seine Waffe auf Ricky Schäfer.

Sie begann zu zittern und zu hyperventilieren.

„Bitte bleiben Sie ganz ruhig, Frau Schäfer", versuchte Aktan, sie zu beruhigen, und wandte sich an die Entführer. „Sie hat einen Schock. Sehen Sie das nicht?"

„Wir wollen niemandem was tun", versicherte eine der beiden Frauen auf Deutsch, während einer der Männer Aktan die Dienstwaffe abnahm und einsteckte. „Wenn Sie uns geben, was wir verlangen, sind wir sofort wieder weg, und niemandem geschieht etwas. Verstehen Sie das?"

Die Stimme der Frau kam Aktan bekannt vor. Er hörte einen schwachen Akzent, den er nicht einordnen konnte. Aber die Stimme …

Ricky Schäfer starrte den Anführer immer noch an und hyperventilierte. Sie versuchte, tief einzuatmen, schaffte es aber nicht. Die Frau trat vor.

„Bitte", sagte sie sanft, „Sie müssen wirklich keine Angst haben. Wir werden Ihnen nichts antun. Wirklich nicht. Wir wollen nur ein paar Daten. Verstehen Sie? Daten, die wir auf Ihren Computern nicht gefunden haben. Verstehen Sie das?"

Ricky Schäfer nickte langsam und schaffte endlich einen Atemzug, der ihre Lungen erreichte.

„Gut. Sie bewahren diese Daten irgendwo extern auf, nicht wahr? Sie arbeiten mit einer externen Festplatte oder so was. Stimmt's?"

Ricky nickte wieder.

„Gut." Die Stimme der Frau klang einschmeichelnd. „Wir haben die Festplatte nirgends gefunden. Geben Sie sie uns und die Passwörter, und wir sind sofort wieder weg. Haben Sie sie bei sich? In Ihrer Gürteltasche?"

Aktan begriff schlagartig die Zusammenhänge; zumindest im Groben. Nicht Manfred Thaler war das Ziel der Entführer, sondern Ricky Schäfer. Von Anfang an. Mit der Forderung, dass Thaler TRENIGMARIS spielen sollte, obwohl sie genau wussten, dass er das nicht konnte, hatten die Entführer darauf spekuliert, dass er Ricky Schäfer zu Hilfe holen würde. Mit der Forderung, dass er in seinem Haus spielen musste, hatten sie sichergestellt, dass Ricky ihres verlassen musste, um vor Ort zu spielen und sie hier freie Bahn hatten, um die Daten zu stehlen, hinter denen sie her waren. Dann hatten sie festgestellt, dass die sich nicht im Haus befanden und mussten Ricky zurückholen, um sie von ihr zu erpressen. Deshalb hatten sie das Spiel abgebrochen. Die Frage, wie sie es geschafft hatten, in diese Hochsicherheitsfestung zu gelangen, würde später zu klären sein.

Jetzt mussten sie erst mal lebend und möglichst unversehrt aus dieser gefährlichen Situation rauskommen. Aktan glaubte nicht daran, dass diese Typen tatsächlich einfach abziehen würden, wenn sie die Daten hatten.

Rickys Hand zuckte zur Gürteltasche. Sie schüttelte den Kopf auf die Frage, ob sie ihre externe Festplatte darin aufbewahrte.

Der Anführer streckte gebieterisch die Hand aus. *„Hand it over.“*

Ricky schnallte die Tasche ab und reichte sie ihm. Während seine Leute Ricky und Aktan in Schach hielten, schüttete er den Inhalt auf einen Tisch. Ausweis, Führerschein, Schlüsselbund, ein paar Geldscheine, ein paar Münzen und ein Notizbuch mit Stift fielen heraus. Keine Speicherplatte. Kein USB-Stick.

„Where is it?“

„Y-you have to tell me which data you want“, brachte Ricky nach zwei vergeblichen Anläufen heraus. *„I save a copy of the files for each customer on a separate USB-Stick.“*

Das passte zu ihr, dass sie jeden Auftrag auf einem gesonderten USB-Stick speicherte. Eine externe Festplatte, die sie eventuell bei sich trug, konnte verloren gehen. Die Sticks bewahrte sie garantiert an einem sicheren Ort auf.

Der Anführer überlegte einen Moment. „*We need the one with the programm for the firewall you designed for MiloChem.*“

Es ging ihnen also um die Daten für die Firewall einer Firma namens MiloChem. Aktan brauchte nicht viel Fantasie, um sich auszurechnen, was sie damit wollten.

„*They're in the safe.*“ Ricky deutete zum Treppenaufgang im Hintergrund des Zimmers.

„*We not have found a safe nowhere*“, sagte einer der Männer.

Aktan glaubte einen slawischen Akzent zu hören.

Der Anführer deutete mit der Pistole zur Treppe und machte eine auffordernde Kopfbewegung. „*Lead the way.*“ Er forderte zwei seiner Leute auf mitzukommen und wies die anderen an, die Stellung zu halten.

Zu Aktans Erstaunen ergriff Ricky Schäfer seine Hand und klammerte sich daran fest. Klar, sie brauchte Halt, um nicht vor Angst durchzudrehen. Er hoffte, dass sie seine eigene Angst und Nervosität nicht merkte und drückte ihre Hand – beruhigend, wie er hoffte –, während er hinter ihr die Treppe hinaufstieg. Der Anführer und zwei seiner Leute folgten.

Die Treppe war recht schmal, sodass sie hintereinander gehen mussten. Sie führte zu einem ebenso schmalen Korridor, der durch ein etwa anderthalb Meter langes Bücherregal, das am Treppenabsatz an der linken Wand stand, noch enger wurde und gerade einer Person bequem Platz bot. Ricky Schäfer stolperte an der letzten Stufe und fiel auf die Knie. Sie wimmerte. Aktan stützte sie am Arm, während sie sich mit der Hand am Regalgestänge festhielt und hochzog. Übergangslos fiel sie ihm um den Hals und klammerte sich an ihm fest.

„Stop that! Hurry!"

„Ganz ruhig, Frau Schäfer", versuchte Aktan sie zu beruhigen.

Ihr Mund war direkt an seinem Ohr. „Ich werde Sie jetzt gegen das Regal stoßen", flüsterte sie. „Wehren Sie sich nicht. Lassen Sie sich nach hinten fallen und machen Sie eine Rolle rückwärts."

Bevor er begriff, was das Ganze sollte, stieß sie ihn gegen das Regal. Das gab mitsamt der Wand nach. Aktan hätte selbst ohne ihre Warnung das Gleichgewicht nicht halten können und fiel. Die Entführer fluchten. Instinktiv rollte Aktan sich ab und kam wieder auf die Beine. Gerade rechtzeitig um zu sehen, dass Ricky Schäfer in den Raum sprang, der sich hinter der vom Bücherregal verborgenen, in die Wand eingearbeiteten Drehtür aufgetan hatte. Licht flammte auf. Bevor die Entführer die Tür erreicht hatten, schlug Ricky Schäfer auf einen faustgroßen Pilzkopfknopf neben der Tür. Aktan hörte, wie es in der Wand metallisch knackte und klackte, als die Tür verriegelt wurde. Davor fielen Schüsse, die aber die Wand und die Tür nicht durchdrangen.

Aktan sah sich um. Sie befanden sich offenbar in einem Panikraum. Ein Bett, Tisch, Stuhl, eine Kochnische und ein Regal voller haltbarer Lebensmittel und Mineralwasser zeigten, dass sie eine Belagerung von geschätzten dreißig Tagen überleben würden. Musikanlage, an die hundert Bücher, Radio und ein Fernseher konnten im Fall des Falles für Ablenkung sorgen. Eine schmale Tür führte wahrscheinlich zu einem Toilettenraum.

Auf einem zweiten Tisch waren Monitore installiert, die sich mit dem Öffnen der Tür automatisch eingeschaltet hatten und das Innere aller Räume des Hauses zeigten – im Infrarotmodus, denn in allen Zimmern war es stockfinster bis auf das Wohnzimmer. Eine rote Lampe blinkte am Pult. Ricky Schäfer setzte sich vor die Monitore, zoomte die Fenster der Räume heran.

„Wunderbar", stellte sie zufrieden fest. Von einer beginnenden Panik war bei ihr nichts mehr zu merken. Sie war völlig ruhig und kontrolliert. Nicht einmal ihre Hände zitterten, während sie einige Schaltungen vornahm.

Aktan ging zu ihr und blickte ihr über die Schulter. Er machte einen Schritt zur Seite, als er sich daran erinnerte, dass sie nicht gern jemanden hinter sich stehen hatte. Auf den Monitoren sah er, dass alle Fenster mit Jalousien verschlossen waren. Eine Kamera zeigte die Entführer. Sie versuchten, durch die Eingangstür zu entkommen, doch die war ebenfalls verriegelt. Die Frau, die mit Ricky Schäfer gesprochen hatte, versuchte mit fliegenden Fingern, den Öffnungscode des Türschlosses zu knacken.

„Schafft die nie", war Ricky überzeugt. Sie grinste Aktan an. „Sobald der Panikraum aktiviert ist, wird das Schloss blockiert und kann nur noch mit einem Overridecode von hier aus geöffnet werden. Bei sämtlichen Fenstern fallen die Jalousien. Gleichzeitig geht bei der Polizei ein Alarm los, der die Kavallerie auf den Plan ruft. In ein paar Minuten sind sie hier. Unnötig zu erwähnen, dass alle Wände dieses Raums sowie sämtliche Jalousien und Türen im Haus aus Panzerstahl bestehen. Die können darauf schießen, soviel sie wollen, die bleiben hier drinnen gefangen, bis die Polizei sie einsackt."

Aktan griff zum Smartphone und rief Rebecca an, die bestimmt noch in der Zentrale saß und versuchte, die Spuren und Fakten in einen vernünftigen Zusammenhang zu bringen.

„Becca, schick das SEK zu Frau Schäfers Adresse. Die Entführer sind im Haus. Sie hatten es auf Daten von Frau Schäfer abgesehen. Den Rest erkläre ich später. Vier Männer, zwei Frauen, alle bewaffnet und gefährlich."

„Wo bist du, Aktan?"

„Mit Frau Schäfer in ihrem Panikraum in Sicherheit. Sie hat hier eine Art Schaltzentrale, von der aus sie das ganze Haus abgeriegelt hat. Die Typen sitzen in der Falle und können nicht weg."

„Sagen Sie dem SEK, es soll sich melden, sobald es vorm Haus in Stellung ist", warf Ricky Schäfer ein. „Dann öffne ich von hier aus die Verriegelung und lass sie rein. Ich kann denen auch sagen, wo genau sich die Typen aufhalten, wenn es so weit ist. Ich beobachte sie über die Überwachungsanlage."

Rebecca bestätigte das. Aktan schaltete das Phone aus. „Sie haben an alles gedacht, wie es aussieht."

Ricky zog finster die Brauen zusammen. „Nur an eins nicht. Das heißt, gedacht habe ich daran schon, aber ich dachte, ich könnte wenigstens der Sicherheitsfirma vertrauen, die die Anlage für mich eingebaut hat. Die Typen da können nur mit den Sicherungscodes reingekommen sein. Die kenne aber nur ich, und die Firma hat eine Kopie für den Fall, dass mir etwas zustößt und jemand ins Haus muss, ich aber nicht in der Lage bin, ihnen die Tür zu öffnen. Gerade die Alarmanlagen am Tor, an der Haustür und an der Hintertür haben einen besonderen Sicherungsmechanismus. Sobald ein Dekodiergerät angeschlossen wird, löst das sofort Alarm bei der Polizei aus. Wird der Strom gekappt, tritt automatisch eine weitere Spezialverriegelung in Kraft, die nur durch den Strom offengehalten wird. Und die Fenster sind natürlich auch alle mit Alarmanlagen und Panzerglas gesichert.“

Der Bau dieser Festung musste sie eine gewaltige Stange Geld gekostet haben. „Ich kann verstehen, dass Sie sich so umfassend schützen.“

Sie schüttelte den Kopf. „In erster Linie schütze ich die Daten meiner Kunden.“ Sie wandte den Blick von den Monitoren und sah Aktan an. „Ich habe Aufträge für das Verteidigungsministerium und fürs BKA durchgeführt und natürlich von allen ein Backup für alle Fälle. Was glauben Sie, was passiert, wenn diese Daten in die falschen Hände geraten. Zum Beispiel in die von Typen wie denen.“

Sie deutete auf die Bildschirme, wo Marie-Claires Entführer erfolglos versuchten, sich den Weg durch ein Wohnzimmerfenster ins Freie zu schießen. Die Frau, die mit ihr gesprochen hatte, stritt sich mit dem Anführer in der Diele, da sie es offenbar nicht schaffte, den Türcode zu knacken. Wütend riss sie sich die Sturmhaube vom Kopf.

„Das glaub ich nicht!“

Ricky Schäfer zoomte das Gesicht der Frau heran, winkte Aktan an ihre Seite und deutete auf den Bildschirm. Er konnte ebenfalls kaum glauben, was er sah. Bis auf die kurzen Haare sah die Frau aus wie Monique Thaler. Deshalb war ihm ihre Stimme so bekannt vorgekommen, wenn sie auch mit erheblich geringerem Akzent sprach.

„Das ist Sandrine Leclerc, Frau Thalers Zwillingsschwester“, stellte Ricky fest. „Mit der hat sie doch die ganze Zeit telefoniert.“ Sie sah Aktan in die Augen. „Ich müsste mich schwer täuschen, wenn die ganze Entführung nicht von vorn bis hinten ein Fake war.“

Sandrine – Monique Thaler hatte ihre Schwester „Drini“ genannt; offenbar eine Koseform von Sandrine. Aktan griff zum Smartphone und rief Sigrid Paulus an. Die Staatsanwältin meldete sich nach dem zweiten Freizeichen.

„Frau Paulus, sind Sie noch bei den Thalers?“

„Ich bin gerade auf dem Weg zu meinem Wagen. Was gibt es, Herr Sunay?“

„Es besteht der dringende Verdacht, dass die Entführung mitsamt der Erpressung vorgetäuscht war. Frau Thalers angeblich in Paris sitzende Schwester ist hier und gehört zu den Entführern.“ Er erklärte ihr, was passiert war.

„Sobald das SEK die Lage entschärft hat, kommen Sie zu den Thalers, Herr Sunay. Wir bleiben solange hier. Besteht der Verdacht, dass Thaler auch mit drinhängt?“

„Das sieht mir nicht so aus, aber das kann ich im Moment nicht ausschließen. Ich komme, so schnell es geht.“

Er beendete das Gespräch und blickte Ricky Schäfer nachdenklich an. Ihre Hand zitterte jetzt doch, aber sie wirkte sehr gefasst. Keine Spur mehr von einem hysterischen Zusammenbruch, dem sie vorhin nahe zu sein schien.

„Was?“, fragte sie, als sie seinen Blick bemerkte.

„Ich hätte nicht gedacht, dass Sie ...“, er suchte nach Worten, „so, eh ...“

„Dass ich so gut schauspielern kann? Tja, das hat mich selbst überrascht. Hauptsache es hat funktioniert.“ Sie stieß erleichtert die Luft aus.

„Das meine ich nicht, Frau Schäfer. Ich hätte gedacht, dass Sie diese Situation erheblich mehr mitnimmt. Wegen damals. Dass Ihr, eh, Zusammenbruch echt ist.“

Sie sah ihn ein paar Sekunden mit einem Ausdruck an, den er nicht deuten konnte. Schließlich zuckte sie mit den Schultern. „Ich hatte einen verdammt guten Therapeuten. Nachdem ich mich fünf Jahre verkrochen und verbarrikadiert habe und eine gottverdammte Angst vor jedem Geräusch und sogar meinem eigenen Schatten hatte, führte kein Weg an einer Therapie vorbei."

„Sie haben nicht sofort im Anschluss an die Entführung eine Therapie gemacht?" Das ging ihn zwar überhaupt nichts an, aber er war neugierig.

Sie schüttelte den Kopf. „Ich wollte das alles einfach nur vergessen und dachte, dass das möglich wäre. Jedenfalls war das Letzte, was ich wollte, an die Entführung und alles, was dabei passiert ist, erinnert zu werden oder überhaupt daran zu denken. Das ist aber die Voraussetzung für eine erfolgreiche Therapie, also wollte ich keine." Sie zuckte mit den Schultern. „War ein verdammter Fehler. Dadurch, dass ich mein Trauma nicht bewältigen wollte – konnte, wurden die Auswirkungen immer schlimmer. Eines Tages war ich nicht mal mehr in der Lage, das Haus zu verlassen. Zumindest nicht, ohne mich vorher so mit Alkohol zuzudröhnen, dass ich gar nichts mehr fühlte. Da wusste ich, dass ich dringend was tun musste, wenn ich jemals wieder ein Leben führen wollte, das es wert ist, ‚Leben' genannt zu werden."

„Und haben sich zur Therapie entschlossen."

Sie nickte. „Ich wohnte damals in den USA und habe eine dortige Koryphäe konsultiert, die sich auf die Behandlung von Entführungsopfern spezialisiert hat und die besten Erfolge vorweisen konnte. Er hat erst mal eruiert, wovor ich die größte Angst hatte." Sie sah ihm in die Augen. „Noch mal von maskierten Männern überfallen und entführt zu werden, ohne mich dagegen wehren zu können. Wieder so gelähmt zu sein vor Angst und Entsetzen, wie ich war, als es passierte." Sie blickte versonnen zu Boden. „Seine Methode war sehr effektiv, aber nicht unbedingt das, was hierzulande möglich gewesen wäre."

Aktan blickte sie gespannt an.

„Er – wir sind zweigleisig gefahren. Er hat einen Ex-Marine engagiert, der mich knallhart in Nahkampf unterrichtet hat. Gleichzeitig hat er Leute engagiert, die mich überfallen haben – maskiert, mit Waffen, das ganze Programm. Und ich wusste nie im Voraus, wann oder wo sie mir auflauern würden." Sie schüttelte den Kopf und atmete tief durch. „Die ersten Male war ich wieder gelähmt vor Angst und total panisch. Aber mit seiner Hilfe und der von Jack – meines Nahkampfausbilders – habe ich durch dieses spezielle Desensibilisierungstraining gelernt, die Panik zu überwinden und zu erkennen, welche reellen Chancen ich gegen einen, gegen zwei, drei und so weiter maskierte Angreifer habe. Deshalb wusste ich, was vorhin machbar war und was nicht, und meine Panik war tatsächlich nur gespielt. Auch solche Situationen hat mein Therapeut mit mir geübt: schauspielern, um die Leute in Sicherheit zu wiegen, sie nicht zu provozieren, auf die Gelegenheit warten, in der ich tatsächlich eine Chance habe und dann zuschlagen. Vor maskierten Angreifern – bewaffnet oder nicht – habe ich tatsächlich keine Angst mehr. Vor dem Tod auch nicht." Sie blickte zur Seite. „Vor anderen Dingen schon. Denn glauben Sie mir, Herr Sunay", sie sah ihm nach einem Blick auf die Monitore wieder in die Augen, „es gibt Dinge, die sehr viel schlimmer sind als der Tod."

Sie musste nicht ins Detail gehen. Aktan ahnte auch so, dass diese „Dinge" nicht unbedingt leblose Sachen waren.

„Sie sind sehr mutig, Frau Schäfer."

Sie schüttelte den Kopf. „Nicht wirklich. „Wäre ich mutig, würde ich mich nicht mehr hinter Mauern verschanzen und die Welt aussperren."

Aktan ahnte, nein, war sich dessen nun sicher, dass das Desaster ihrer Beziehung mit Thaler einen Teil ihrer Fortschritte wieder zunichte gemacht hatte, mit denen sie gewagt hatte, auf das Leben zuzugehen. „Seien Sie nicht so streng mit sich. Nehmen Sie sich Zeit. Dann wird das schon."

Sie lächelte flüchtig. „Sagte mein Therapeut auch immer. Und Jack hat mir das auch ständig vorgebetet. Muss wohl was dran sein. – Übrigens bitte ich in aller Form um Entschuldigung, dass ich Ihnen vorhin um den Hals gefallen bin. War nichts Persönliches."

Er musste lachen. „Kein Problem. Ich habe das schon verstanden. Mal nur so aus Neugier: Die Daten bewahren Sie hier im Raum irgendwo auf, stimmt's?"

Sie grinste, griff in die Gesäßtasche ihrer Jeans und zog ein knapp handtellergroßes Feuerzeug heraus, das sie ihm zuwarf. „Ziehen Sie die Zündvorrichtung ab."

Er tat das. Darunter kam ein USB-Anschluss zum Vorschein.

„Die externe Festplatte, die die Gauner gern gehabt hätten. Spezialanfertigung mit drei Terabyte Speicherplatz, einer Spezialverschlüsselung und Passwortsicherung, dass sich der gesamte Inhalt automatisch löscht und die Platte unbrauchbar wird, wenn man zweimal ein falsches Passwort eingibt. Selbst wenn man versuchen sollte, die Passwörter aus mir rauszufoltern, werde ich lange genug durchhalten um zweimal ein falsches zu nennen. Aber", sie grinste zufrieden, „auf dem Ding befinden sich nur die aktuellen Aufträge, die noch nicht abgeschlossen sind. Die Daten für die abgeschlossenen Aufträge bewahre ich ausschließlich hier auf." Sie tippte sich mit dem Finger gegen die Stirn. „Natürlich bekommen Leute wie MiloChem ein Speichermedium mit den Quellcodes für die Ware, die sie eingekauft haben, aber weitere Kopien gibt es nicht. Dank meines formidablen Gedächtnisses existiert aber immer noch zusätzlich eine, solange ich lebe. Mit andern Worten“, ihr Grinsen wurde breiter, „die Gauner“, sie deutete auf die Bildschirme, „hätten sich hier dumm und dämlich suchen können und absolut nichts gefunden, selbst wenn sie das ganze Haus bis auf die Grundmauern auseinandergenommen hätten. Ihr Plan war von vornherein zum Scheitern verurteilt.“

Aktan musste lachen. Die Sache entbehrte nicht einer gewissen Ironie. Er setzte die Kappe auf den Anschluss und warf ihr das „Feuerzeug“ zu. „Eine Frage hab ich noch. Woher wissen Sie, dass Frau Thalers Schwester Sandrine heißt? Sie hat immer nur Drini gesagt.“

Sie errötete. „Ich gestehe, ich habe mich damals über die Frau schlau gemacht, die Männi so Knall auf Fall geheiratet hat. Dabei bin ich auf die Website eines Ateliers gestoßen, das sie mit ihrer Schwester zusammen in Paris betreibt oder betrieben hat mit einem Foto von den beiden. Darunter standen die Namen Sandrine und Monique Leclerc.“ Sie lächelte flüchtig. „Nein, Herr Sunay, ich habe wirklich nichts mit der ganzen Sache zu tun, außer dass ich das Opfer sein sollte.“

Bevor Aktan darauf antworten konnte, klingelte sein Smartphone. Fuat Aydin, der Leiter des SEK, war am Apparat.

„Sagen Sie, Herr Sunay, in was für einer Festung sitzen Sie da eigentlich? Unsere Wärmebildkameras und Richtmikrophone versagen völlig. Wir sind quasi komplett blind.“ Da er und Aktan sich kannten, sprach er Türkisch.

Aktan grinste. „Ich glaube, genau das ist der Zweck der Abschottung. Ich gebe Ihnen die Dame, die diesen Nachteil für Sie in einen Vorteil verwandeln wird." Er reichte Ricky Schäfer das Phone. „Das ist das SEK."

Sie nahm es entgegen. „Ricky Schäfer, hallo." Sie schaltete das Phone auf Lautsprecher, legte es auf den Tisch und wandte sich den Monitoren zu. „Ich habe Sie auf den Monitoren und die Schurken auch. Die halten sich gegenwärtig alle im Wohnzimmer auf und zanken sich wie die Marktweiber. Vier Männer, zwei Frauen. Die Waffen, mit denen Sie es zu tun haben: eine Uzi, zweimal Makarov, zweimal Walther P99, die andere ist, glaube ich, eine Glock. Da bin ich mir aber nicht sicher. Außerdem haben alle ein Kampfmesser im Stiefel. Der mit der Uzi ist Linkshänder. Sie sprechen untereinander und auch uns gegenüber Englisch. Die Frau im Wohnzimmer versteht auch Deutsch, aber keine Ahnung, wer noch."

„Wow! Das ist die akkurateste Zeugenaussage, die ich je erhalten habe." Fuat Aydin klang bewundernd. „Mein Name ist übrigens Fuat Aydin. Was können Sie mir über den genauen Standort der Leute sagen?"

„Wenn Sie durch die Vordertür kommen, sind Sie in einer drei Komma fünfunddreißig Meter langen und zwei Komma zehn Meter breiten Diele. Gegenüber der Eingangstür befindet sich die Tür zum Wohnzimmer, in dem die Typen zurzeit alle sind. Zwei sitzen in den Sesseln der Sitzgruppe links von der Tür. Die haben ihre Pistolen eingesteckt. Drei stehen mitten im Raum, ungefähr zwei Meter von der Tür entfernt, darunter eine Frau. Die hat ihre Pistole im Halfter. Der Anführer und der vierte Mann stehen mit dem Rücken zur Tür, halten ihre Waffen aber in den Händen. Die zweite Frau steht mit dem Rücken an die Wand zwischen Küche und dem Kelleraufgang gelehnt. Das ist von der Wohnzimmertür aus schräg rechts ungefähr vier Meter. Sie hat die Waffe ebenfalls eingesteckt."

„Sie machen das sehr gut, Frau Schäfer. Sie ließen uns ausrichten, dass Sie von Ihrem Standort aus sämtliche Türen öffnen können. Geht das lautlos?"

„Es klickt natürlich. Aber gemessen an der Lautstärke, mit der die Typen sich anbrüllen, dürften die das kaum hören."

Auf dem Bildschirm war zu sehen, wie der Anführer Sandrine Leclerc das Handy aus der Hand riss, mit dem sie wohl ihre Schwester warnen wollte und sie mit der Waffe bedrohte, als sie es wieder an sich nehmen wollte. Offenbar wollte er nicht, dass Monique Thaler gewarnt wurde. Über den Grund dafür konnte Aktan nur spekulieren. Der Anführer hob seine Waffe und hielt Leclerc damit in Schach, während die beiden das gegenseitige Anbrüllen ungebrochen fortsetzten.

„Prima", sagte Fuat Aydin. „Entriegeln Sie bitte die Hintertür auf mein Kommando. Sie können meine Leute sehen und ihren Weg im Haus verfolgen?"

„Ja."

„Ich schalte Sie auf den Helmfunk meiner Leute, dann können Sie die einweisen. Schaffen Sie das?"

„Logo!"

„Okay, dann los. Hintertür öffnen."

Ricky Schäfer nahm eine Schaltung vor. „Hintertür ist offen. Gehen Sie die Treppe runter und geradeaus den Gang entlang auf die rote Tür zu. Links davon führt eine Treppe nach oben. Oben ist eine unverschlossene Tür. Hinter der befindet sich eine Nische in der Breite der Treppe und eins Komma zehn Metern Länge. Die Nische führt zum Wohnzimmer. Ungefähr anderthalb Meter links neben der Nische steht die Frau an der Wand. Vorsicht beim Öffnen der Tür. Die Frau steht nahe genug, dass sie das vielleicht hören könnte."

Aktan hatte sich neben Ricky Schäfer gestellt, weit genug von ihr entfernt, dass er weder direkt hinter ihr noch so nahe neben ihr stand, dass sie sich unwohl fühlte, und beobachtete das Geschehen auf den Bildschirmen. Er sah, wie sich die SEK-Leute durch den ebenfalls kameraüberwachten Keller bis zur Tür zum Wohnzimmer vorarbeiteten.

„In Position", meldete einer flüsternd und legte die Hand auf die Türklinke.

„Position halten", befahl Fuat Aydin. „Frau Schäfer, entriegeln Sie die Eingangstür bitte – *jetzt*."

Sie nahm die Schaltung vor. „Offen."

„Zugriff!"

Fuat Aydin stürmte ins Haus. Gleichzeitig drangen die Leute vom Keller aus ins Wohnzimmer ein und hatten die Frau neben der Nische in Sekunden entwaffnet und zu Boden gezwungen. Sandrine Leclerc hob augenblicklich die Arme zum Zeichen, dass sie sich ergab. Der Anführer hob seine Waffe ein Stück an, ebenso der Mann, der bei ihm stand, aber beide ließen sie angesichts der vielen auf sie gerichteten schussbereiten Waffen sinken und sie sich widerstandslos abnehmen.

„Situation eingefroren", hörten sie Fuat Aydins Stimme aus dem Smartphone. „Frau Schäfer, Herr Sunay, Sie können Ihre Höhle gefahrlos verlassen." Er unterbrach die Verbindung.

Ricky Schäfer reichte Aktan sein Smartphone und seufzte erleichtert, ehe sie breit grinste und mit dem Daumen auf den Bildschirm deutete. *„Game over!"* Sie hielt ihm die erhobene Hand hin. *„Gimme five, pal!"*

Aktan klatschte zum „Gib mir fünf!" dagegen und fühlte sich mindestens so erleichtert wie sie, dass die Sache unblutig über die Bühne gegangen war. Ricky Schäfer vergewisserte sich über die Monitore, dass wirklich alles in Ordnung war, ehe sie die Verriegelung der Tür löste und Aktan nach unten folgte.

Die SEK-Leute führten die Gefangenen ab, die keine Gegenwehr mehr leisteten. Sandrine Leclerc blieb stehen, als man sie nach draußen führen wollte und blickte Aktan an.

„Ich will ein Geständnis ablegen. Sofort."

„Das freut mich zu hören, Frau Leclerc. Bevor wir dazu kommen, habe ich ein paar Fragen an Sie: Ihre Schwester war von Anfang an mit von der Partie, nicht wahr?"

„Oui."

„Manfred Thaler auch?"

„*Non*. Er hat nichts gewusst. Monique hat auch nur mitgemacht, weil sie früher eine von uns war. Aber das erkläre ich Ihnen gern alles ausführlich."

„Letzte Frage." Aktan deutete zur Eingangstür, durch die ihre Komplizen abgeführt wurden. „Wie viele Leute haben Sie noch, und wo halten die sich auf?"

„Nur noch eine Frau, die auf Marie-Claire aufgepasst hat. Sie wartet im Einsatzwagen."

Fuat Aydin winkte ab. „Den haben wir schon gefunden und die Frau festgenommen."

Aktan war erleichtert, das zu hören. Er griff zum Smartphone, rief Rebecca an und teilte ihr mit, dass alles in Ordnung und die Bande in Gewahrsam war und dass Sandrine Leclerc sofort ein Geständnis ablegen wollte.

„Dann sollten wir das auch sofort erledigen, bevor sie es sich anders überlegt", meinte Rebecca. „Lass die Frau zu uns ins Präsidium bringen. Mit den anderen beschäftigen wir uns morgen."

„Ich fahre zu den Thalers und komme dann auch." Er beendete das Gespräch und wandte sich an Fuat Aydin. „Wenn Sie die Dame freundlicherweise im Präsidium abliefern und den Rest der Bande zur JVA bringen würden."

„Machen wir." Er reichte Aktan die Hand. „Bis dann mal wieder." Er ging zu Ricky Schäfer, die mitten im Zimmer stand, sich die Verwüstung ansah und ein bisschen verloren wirkte. Er reichte ihr ebenfalls die Hand. „Vielen Dank für Ihre kompetente Hilfe, Frau Schäfer. Für eine Zivilistin waren Sie große Klasse."

„Danke." Sie schüttelte seine Hand.

„Woher kennen Sie sich so gut mit Waffen aus?"

„Durch meinen Nahkampfausbilder. Der bestand darauf. Er meinte, in einer Situation wie dieser kann es von entscheidendem Vorteil sein, wenn man die Waffen seiner Gegner identifizieren kann, ihre Daten kennt und dadurch weiß, wie viele Kugeln einem im schlimmsten Fall um die Ohren fliegen können, bevor der Gegner nachladen muss. Und im günstigsten Fall kann man durch solche Kenntnisse der Polizei die Arbeit erleichtern."

„Wie wahr." Er nickte ihr zu. „Gute Nacht, Frau Schäfer."

„Nacht, Herr Aydin."

Aktan trat zu ihr. „Kommen Sie klar, Frau Schäfer? Soll ich unsern Herrn Eggers vorbeischicken?"

„Himmel, nein!" Sie hob abwehrend die Hände. „Danke fürs Angebot, aber ich komme klar. Wirklich." Sie lächelte leicht. „Erinnern Sie sich, dass ich vorhin sagte, dass mein Leben in einem einzigen Bereich besser geworden wäre seit damals? Dies ist der Bereich. Durch die unkonventionelle Behandlungsmethode meines Therapeuten und Jacks Training empfinde ich das Geschehen nur als eine weitere der unzähligen Übungen, die ich schon auf dem Gebiet absolviert habe. Nichts Besonderes. Es belastet mich nicht." Sie deutete in die

Runde. „Ich werde hier aufräumen und Montag die beschädigte Panzerglasscheibe austauschen lassen. Dann ist alles wieder wie neu.“

Die Scheibe, auf die die Entführer geschossen hatten, hatte ein paar Haarrisse bekommen und war an den Aufprallstellen der Kugeln beschädigt, aber immer noch in einem Stück. Ansonsten waren ein paar Möbel beim Zugriff umgestoßen worden und eine Obstschale lag nebst verstreutem Inhalt auf dem Boden.

„Herr Sunay, ich bitte in aller Form um Entschuldigung dafür, dass ich heute Nachmittag so unfreundlich war.“

Er winkte ab. „Keine Sorge. Das habe ich nicht persönlich genommen. Und nach allem, was ich von ‚Männi‘ gesehen habe, kann ich Sie gut verstehen.“

„Danke.“

„Kann sein, dass wir noch ein paar Fragen haben. Morgen oder die Tage.“

„Dann melden Sie sich. Gute Nacht, Herr Sunay.“

Das war ein klarer Rauswurf, wenn Aktan je einen gehört hatte. „Nacht, Frau Schäfer. Falls wir uns nicht mehr sehen oder sprechen, wünsche ich Ihnen alles Gute.“

„Danke. Wünsch ich Ihnen auch.“

Sie begleitete ihn zur Haustür, ließ ihn hinaus und öffnete per Fernbedienung auch das Grundstückstor. Die Wagen des SEK waren fast alle abgerückt. Der letzte wendete gerade im Wendehammer und rollte die Auffahrt hinunter zur Straße.

Aktan setzte sich in seinen Wagen und machte sich auf den Weg zu den Thalers, nachdem er Sigrid Paulus über den Stand der Dinge informiert hatte.

Sonntag, 7. Juli – 1.12 Uhr

Die Staatsanwältin öffnete Aktan die Tür, als er klingelte, und ließ ihn ein. Sie hatte dafür gesorgt, dass die Thalers noch wach waren. Beide saßen in enger Umarmung auf der Couch. Heike und Gero hatten es sich in den Sesseln bequem gemacht. Auch Ben Eggers war noch da, hatte im Moment aber nichts zu tun und trank einen Kaffee. Manfred Thaler war sichtlich erschöpft. Monique wirkte dagegen nervös und besorgt. Sie hielt ihr Smartphone in der Hand und starrte immer wieder auf das Display.

„Sie warten vergeblich, Frau Thaler."

Die Französin zuckte beim Klang von Aktans Stimme zusammen und blickte ihn mit großen Augen an.

Thaler stand auf. „Was meinen Sie damit? Und wann können wir endlich schlafen gehen? Wir sind verdammt müde. Stattdessen werden wir wachgehalten, weil Sie angeblich mit neuen Informationen kommen. Haben Sie welche?"

Aktan nickte. „Die werden Ihnen aber nicht gefallen. Wir haben die Entführer verhaftet. Alle. Bis auf eine Person, die ebenfalls daran beteiligt war. Aber das holen wir jetzt nach."

Monique Thaler erbleichte und starrte ihn erschrocken an. Diese Geste bestätigte ihm, dass sie in der Sache mit drinhing.

„Monique Thaler, ich nehme Sie vorläufig fest wegen Vortäuschung der Straftat der Entführung Ihrer Tochter und wegen Beteiligung an allen Straftaten, die im Zusammenhang mit dem Einbruch in Frau Schäfers Haus begangen wurden. Stehen Sie bitte auf und legen Sie die Hände auf den Rücken."

„Sind Sie wahnsinnig?" Thaler vertrat ihm den Weg.

„Ganz und gar nicht, Herr Thaler. Ihre Frau ist an der Sache beteiligt. Laut Aussage Ihrer Schwägerin, die ebenfalls mit zu der Bande gehört. Die Entführung Ihrer Tochter war nur vorgetäuscht. Man war hinter Daten her, die sich in Frau Schäfers Haus befanden. Zumindest glaubte man das. Um die unbemerkt stehlen zu können, musste man sie aus dem Haus locken. Die genauen Zusammenhänge und warum man sich zu dem Zweck Ihrer bedient hat, werden wir noch herausfinden. Oder wollen Sie es uns sagen, Frau Thaler?“

Thaler blickte seine Frau an, der die Schuld ins Gesicht geschrieben stand. „Monique? Das ist doch nicht wahr!“

Tränen traten in ihre Augen. „George ’at misch erpresst. Isch ’atte keine Wahl.“

„Die hatten Sie sehr wohl, Frau Thaler. Sie hätten die Polizei informieren können, falls das mit der Erpressung tatsächlich die Wahrheit ist.“

Thaler schüttelte fassungslos den Kopf. „Das kann doch nicht wahr sein! Und wer ist George?“

„Wahrscheinlich der Anführer der Bande.“ Aktan sah Monique an. Sie nickte. „Die ganze Sache mit dem Spiel, Herr Thaler, diente einzig und allein dem Zweck, Frau Schäfer aus dem Haus zu locken. Man wusste durch Ihre Frau, dass Sie das Spiel nicht spielen können, und spekulierte darauf, dass Sie deswegen in Ihrer Not Frau Schäfer zu Hilfe rufen. Gerade auch im Hinblick darauf, dass die Programmiererin des Spiels die einzige Person ist, die den geforderten Level 7 knacken kann. Dadurch, dass unser Michael das Spiel bis Level 3 beherrscht, hat sich das Ganze um ein paar Stunden verzögert. Auch dass die Polizei eingeschaltet wird, war wohl Teil des Plans. Auf die Weise wäre niemand darauf gekommen, dass nicht Sie oder Ihre Firma das Ziel sind, sondern Frau Schäfer.

Und Ihre Frau hat mit den Gesprächen mit ihrer Schwester die Bande auf dem Laufenden gehalten, wie die Dinge hier stehen. Ich wette, sie hat der Bande auch den Zugriff auf Ihnen Laptop ermöglicht. Ihre Frau kennt Ihr Passwort, nicht wahr?“

Thaler nickte mechanisch und starrte seine Frau fassungslos an, ehe er den Kopf schüttelte. „Das begreife ich nicht, Monique. Du hast mich doch davon abhalten wollen, die Polizei zu rufen.“

Monique Thaler wischte sich die Tränen aus dem Gesicht und vollzog in Sekunden die Wandlung von beginnender Verzweiflung zu nüchterner Akzeptanz der Situation. Sie zuckte mit den Schultern. „Das war nur Schau. ’ättest du darauf verzischtet, isch ’ätte disch angefleht, sie zu rufen. Und wärst du nischt von selbst auf den Gedanken gekommen, diese Ricky zu ’ilfe zu ’olen, ’ätte isch dir dazu geraten.“ Sie warf Aktan einen Seitenblick zu. „Wir ’atten für alles einen Plan. *C‘était parfait.*“

„Nicht perfekt genug“, korrigierte Aktan.

Monique Thaler schwieg.

„Mein Gott, Monique, warum hast du dich von deiner bescheuerten Schwester da mit reinziehen lassen? Und dann auch noch dein eigenes Kind für diesen Wahnsinnsplan missbraucht?“

Sie schüttelte den Kopf. „George ’at mir keine Wahl gelassen. Ja, isch war früher Mitglied seines Teams. Aber isch bin ausgestiegen, als isch disch kennenlernte, Monfree. Er ’at gedroht, er wird dir alles sagen von meine damaligen Taten, wenn isch nischt mitmach. Isch wollte disch nischt verlieren.“ Sie blickte ihn mit einem gequälten Ausdruck an. „Isch liebe disch, Monfree, das musst du mir glauben.“

Er stieß einen verächtlichen Laut aus und schüttelte den Kopf. „Ja, offensichtlich liebst du mich so sehr, dass du mir die schlimmsten Stunden meines Lebens verpasst hast. Ich hatte eine solche entsetzliche Angst um mein Kind. Ich fürchtete, Marie wäre *tot*! – Deinetwegen!“ Anklagend sah er sie an.

„Oh Monfree, es tut mir so leid!“

Er schüttelte erneut den Kopf. „Das glaube ich dir nicht. Du hast mich von Anfang an belogen und betrogen und mir deine kriminelle Vergangenheit verschwiegen. Hast du dir mal Gedanken darüber gemacht, was es für mich für Konsequenzen hätte haben können, wenn publik geworden wäre, dass meine Frau eine Kriminelle ist? Was es jetzt noch bedeutet, wenn das rauskommt?“ Er sah ihr in die Augen. „Ich hätte es wirklich begrüßt, von Anfang an die Wahrheit zu erfahren.“

„Isch ’atte Angst, dass du misch verlässt, wenn du das erfahren ’ättest.“ Monique Thaler rang die Hände. „Bitte, Monfree, du musst mir glauben.“

Thaler schwieg und starrte sie angewidert an. „Tut mir leid, das kann ich nicht. Wer weiß, welche krummen Dinger du noch hinter meinem Rücken gedreht hast. Daran darf ich gar nicht denken.“

„*Rien*, Monfree, isch schwöre!“

„Das werden wir sowieso genauestens überprüfen“, wandte Aktan ein.

Thaler wandte ihnen den Rücken zu und ging ein paar Schritte von ihnen allen weg. Offenbar brauchte er eine Weile, um sich nach dieser ungeheuerlichen Offenbarung wieder zu fassen; zumindest halbwegs. Als er sich umdrehte und Monique ansah, spiegelte sich Abscheu auf seinem Gesicht.

„Was bist du nur für ein Mensch? Missbrauchst die eigene Tochter für so einen Wahnsinn. Du hast ihr ein Trauma verpasst, von dem sie sich vielleicht nie mehr erholt. Und was haben deine Kumpane ihr eingeflößt, wovon sie immer noch nicht wieder aufgewacht ist?“

Monique blickte zur Seite. „Nur das *tranquillisant*, das Dr. Bender ihr ’at gegeben, als sie ’atte diese Zahnschmerzen und nischt schlafen konnte. Morgen wacht sie auf, und alles ist in Ordnung.“

„Nichts ist in Ordnung. Gar nichts! Was du mir und unserm Kind angetan hast, dafür gibt es keine Entschuldigung.“

„Monfree, isch ...“

„Halt’s Maul! Ich will kein einziges Wort mehr von dir hören.“ Er schüttelte den Kopf. „Wenn ich von deiner kriminellen Vergangenheit gewusst hätte – das hätte ich dir verzeihen können. Ich hätte es dir verziehen, weil ich dich geliebt habe. Aber was du meiner Tochter angetan hast, das verzeihe ich dir nicht. Niemals. Und ich werde dafür sorgen, dass du Marie nie wiedersiehst.“

„Mon Dieu, non, Monfree, je t’en prie!“

Monique wollte sich in Thalers Arme werfen, er stieß sie brutal zurück, sodass sie gegen die Rückenlehne eines Sessels prallte und beinahe stürzte. Aktan packte sie am Arm, bevor sie fiel oder sich erneut auf ihren Mann werfen konnte. Er zog die Handschellen aus der Tasche. Monique versuchte sich loszureißen, aber Heike griff zu und hielt sie ebenfalls fest, während Monique ihren Mann mit einem Schwall französischer Worte überschüttete, von denen *„Non!“* am häufigsten vorkam. Aktan legte ihr die Handschellen an.

Thaler blickte Aktan an. „Würden Sie sie mir aus den Augen schaffen. Bitte!“

Aktan nickte Heike und Gero zu. Sie zerrten Monique hinaus, die sich heftig sträubte, und abwechselnd nach ihrem

Kind rief und die Beamten und Thaler beschimpfte. Zumindest die wenigen französischen Wörter, die Aktan verstehen konnte, waren eindeutig Beschimpfungen. Thaler ging nach oben zum Kinderzimmer. Ben Eggers folgte ihm.

Sigrid Paulus schüttelte den Kopf. „Das ist eine völlig unerwartete Entwicklung der Dinge. Da die Sache aber soweit geklärt ist, können wir hier abrücken.“ Sie schüttelte erneut den Kopf. „Thaler mag ja kein besonders angenehmer Mensch sein, aber irgendwie tut er mir leid. Erst die Wahnsinnsangst um sein Kind, dann erfährt er obendrein, dass seine Frau mit den Entführern unter einer Decke steckt und eine kriminelle Vergangenheit hat.“ Sie schüttelte erneut den Kopf. „Sein Leben liegt erst mal für eine lange Zeit in Trümmern.“

Aktan dachte daran, wie unsauber Thaler Ricky Schäfer abserviert hatte. Sein Mitleid mit ihm hielt sich in Anbetracht dessen in Grenzen.

Sigrid Paulus winkte ab und wandte sich an die Techniker, die immer noch mit ihrem Überwachungsequipment beim Telefon saßen. „Sie können abbauen, meine Herren. Wir sind hier fertig.“

„Frau Thalers Schwester will ganz dringend ein Geständnis ablegen“, teilte Aktan ihr mit. „Ich habe die Dame zum Präsidium bringen lassen. Ich halte es für besser, wenn wir uns jetzt noch anhören, was sie zu sagen hat, auch wenn es mitten in der Nacht ist. Ich will nicht riskieren, dass sie sich das anders überlegt, wenn wir bis morgen Vormittag mit der Vernehmung warten.“

„Da stimme ich Ihnen zu.“ Sie dachte nach. „Ich werde dabei sein. Die Nacht dauert heute sowieso noch etwas länger. Und ich gebe zu, ich bin neugierig auf die genauen Zusammenhänge.“ Sie nahm ihre Aktentasche und nickte Aktan zu.

„Ich sage Thaler Bescheid, dass wir abrücken."

Sie nickte. „Wir sehen uns im Präsidium. Bis gleich, Herr Sunay."

Aktan ging ins Obergeschoss. Er brauchte nicht lange nach Thaler zu suchen. Nicht nur das Licht, das aus der offenen Tür eines Zimmers fiel, wies ihm den Weg, auch die gedämpften Stimmen von Thaler und Eggers. Thaler saß im Zimmer seiner Tochter, die in ihrem Bett lag und immer noch schlief, einen Teddy an die Brust gedrückt, der fast so groß war wie sie, den Thaler ihr wohl in die Arme gelegt hatte. Er streichelte ihren Kopf und strich ihr über die Wange. Thaler mochte in manchen Dingen skrupellos und eiskalt sein, aber seine Tochter liebte er offenbar von Herzen.

„Ich kann es einfach nicht fassen", sagte er leise zu Eggers. „Dass Monique nicht nur mir, sondern ihrem eigenen Kind das angetan hat, ist mir absolut unbegreiflich. Ganz zu schweigen davon, dass sie mich hintergangen hat. Verdammt, sie hätte doch mit mir reden können! Wenn sie mir gesagt hätte, dass sie eine kriminelle Vergangenheit hat", er zuckte mit den Schultern, „dann wäre ich davon natürlich nicht begeistert gewesen, aber ich hätte doch zu ihr gehalten. Solange sie keinen Mord auf dem Gewissen hat." Er bemerkte Aktan. „Was ist das überhaupt für eine Bande, mit der sie und Drini zu tun haben?"

„Das wissen wir noch nicht, aber das finden wir raus."

Thaler blickte ihn mit einem leidvollen Ausdruck an. „Dies ist der schwärzeste Tag meines Lebens. Ich hoffe, Sie wollen mir jetzt nicht obendrein was sagen, das ihn noch schlimmer macht."

„Nein. Ich will Ihnen nur sagen, dass wir gehen. Unser Team räumt noch auf, dann sind wir alle weg. Wahrscheinlich müssen wir die Tage noch mal kommen, um ein paar Sachen zu klären. Für heute war es das aber."

Thaler streichelte die Wange seiner Tochter, ehe er Aktan anblickte. „Sie denken wahrscheinlich, dass ich bekommen habe, was ich verdiene." Seine Stimme klang müde. „Da haben Sie vollkommen recht."

„Ich maße mir kein Urteil an, Herr Thaler. Die Kleine ist gesund wieder da. Das ist alles, was zählt, nicht wahr."

Thaler tat einen tiefen Atemzug. „Ja. Das ist das Wichtigste." Er strich dem Kind über den Kopf.

„Kommen Sie klar?"

Thaler nickte. „Werde ich wohl müssen. Außerdem habe ich kompetente Unterstützung." Er deutete auf Eggers. Dann trat er zu Aktan und reichte ihm die Hand. „Danke, Herr Sunay. Vielen Dank für alles."

Aktan erwiderte seinen Händedruck. „Keine Ursache. Für uns war das nur der Job. Da gibt es aber jemanden, der Ihren Dank wirklich verdient. Und vielleicht auch eine Wiedergutmachung."

Thaler blickte zu Boden und nickte. „Ricky." Er schüttelte den Kopf. „Mein Gott, ich war so ein Idiot!"

Aktan hütete sich, ihm zu widersprechen. „Wir machen alle Fehler. Solange wir sie hinterher korrigieren, so weit das möglich ist, sind die fast immer verzeihlich."

Thaler schnaubte. „Sie haben Ricky erlebt. Die ist nicht der verzeihende Typ."

Aktan rief sich sein Gespräch mit ihr ins Gedächtnis. „Ich glaube, sie ist aber auch nicht ganz so unversöhnlich, wie sie sich gibt. Ich wünsche Ihnen und vor allem Ihrer Kleinen alles Gute."

„Danke."

Während Thaler sich wieder seiner Tochter widmete, ging Aktan nach unten und räumte seine Sachen zusammen. Trotz seiner Erschöpfung, die er erst jetzt richtig zu spüren begann, nachdem die Anspannung nachließ, fühlte er sich großartig.

Und das würde er morgen zusammen mit seiner Frau feiern.

2.10 Uhr

Aktan betrachtete Sandrine Leclerc. Sie hatte die gefalteten Hände vor sich auf die Tischplatte gelegt und wirkte gefasst. Während ihre Komplizen mauerten und wahlweise vorgaben, kein Wort Deutsch zu verstehen oder nur das Wort „Anwalt" zu kennen, hatte sie nochmals ihre Bereitschaft bekräftigt, ein Geständnis abzulegen. Er war gespannt, was sie zu sagen hatte.

Das galt auch für Sigrid Paulus, die es sich nicht nehmen ließ, bei der Vernehmung dabei zu sein. Sie saß an der Kopfseite des Schreibtisches und wirkte überaus zufrieden. Und erleichtert. Genau wie Rebecca. Für das ganze Team war der größte Erfolg, dass die kleine Marie-Claire lebend und weitgehend wohlbehalten wieder zu Hause war.

„Ich stelle noch einmal fürs Protokoll klar", Rebecca blickte Sandrine Leclerc aufmerksam an, „Sie wollen ein Geständnis ablegen und verzichten auf einen Anwalt."

„*Oui*. Ja."

„Und Sie haben Ihre Rechte verstanden?"

„Ja."

„Ihnen wird zur Last gelegt, an der Entführung Ihrer Nichte Marie-Claire Thaler beteiligt gewesen zu sein, ebenso am Einbruch in das Haus von Ricarda Schäfer, Kohlhasenbrücker

Straße 17 D sowie am versuchten Diebstahl von Daten und der Erpressung Ihres Schwagers Manfred Thaler." Rebecca fragte die üblichen Daten ab: Geburtsdatum, Geburtsort, Adresse, Nationalität, Familienstand, Beruf.

„Welchen Beruf meinen Sie bitte? Den ich in den Zeiten zwischen zwei Aufträgen ausübe oder den, mit dem ich das meiste Geld verdiene?"

Im Gegensatz zu ihrer Schwester sprach sie zwar nicht akzentfreies, aber doch erheblich weniger akzentgefärbtes Deutsch.

„Beide."

„Ich bin Künstlerin. Malerin. Monique und ich haben zusammen Kunst studiert an der *École Nationale Supérieure des Beaux-Arts de Paris*. Mein zweiter Beruf und meine Berufung ist Hacken."

„Nur der Vollständigkeit halber", wandte Aktan ein. „Wie kommt eine Künstlerin zum Hacken?"

„Die Frage muss anders herum lauten: Wie kommt eine Hackerin zur Kunst?" Sie zuckte mit den Schultern. „Man könnte sagen, aus Liebe zu meiner Schwester. Wir haben immer alles zusammen gemacht. Malen war Moniques Leidenschaft. Für sie gab es nie etwas anderes. Leider haben wir den Abschluss nicht geschafft. Sie war nicht gut genug, und ich stand sowieso nicht vollkommen hinter der Sache, weil Hacken viel interessanter ist." Sie lächelte.

Wäre sie keine Verbrecherin, hätte Aktan ihr Lächeln sympathisch gefunden. Leclerc wurde wieder ernst.

„Schon während des Studiums hatte ich mir als Hackerin einen Namen gemacht. Als wir die *École* verlassen mussten, habe ich begonnen, meine Dienste für Geld anzubieten, während Monique versuchte, trotzdem als Malerin Fuß zu fassen.

Sie hat das Atelier gegründet, in dem ich heute noch arbeite. Sie war zunächst nicht mit meiner Tätigkeit als Hackerin einverstanden. Erst recht nicht damit, dass ich die Malerei dazu benutze, meine Einkünfte aus den Hackerjobs zu kaschieren."

„Lassen Sie mich raten", warf Rebecca ein. „Jeder Ihrer Kunden bekam ein Bild von Ihnen, das er angeblich für viel Geld gekauft hat."

„*Tout à fait.* Aber natürlich tat ich das unter einem anderen Namen und über einen Agenten, damit unser Atelier nach außen hin sauber blieb. Bereits nach wenigen Aufträgen trat George McNamara an mich heran und bot mir einen Job in seiner Truppe. Sein Hacker war erwischt und verhaftet worden. Er brauchte dringend Ersatz. Ich sagte zu."

„George McNamara?", wiederholte Rebecca und blickte Hotte an, der das Protokoll führte. „Da war doch vor ein paar Tagen eine Anfrage von Kollegen aus den USA, übermittelt vom BKA, dass die einen Mann namens George McNamara suchen, der sich auch John Carrington nennt, und seine Komplizen."

Hotte nickte. „Der tote Spanier im Hotel am 13. Juni, der an einer Überdosis eines Betäubungsmittels gestorben ist, war wohl ein Informant der Amerikaner. Am Tag vor seinem Tod hat er denen gesteckt, dass George McNamara alias John Carrington mit seiner gesamten Bande in Berlin ist und einen Coup plant."

Rebecca blickte Leclerc an, die nickte.

„Ich bin mir ziemlich sicher, dass George Juan ermordet hat. Juan war in *McNamara's Bunch* – ‚McNamaras Haufen', wie er uns nennt – mein Vorgänger als Hacker. Er ist bei einem Job in den USA erwischt worden und kam dort ins Gefängnis. Als wir hier gerade mit der Planung begonnen hatten, tauchte er auf, angeblich um wieder mitzumachen. Aber Georges Regeln sind in diesem Punkt sehr strikt. Wer einmal erwischt wird, ist verbrannt und raus aus dem Team. Juan drohte ihm, um wieder ins Team zu kommen. George traf sich mit ihm und hat ihn angeblich zur Vernunft gebracht. Aber ein paar Tage später las ich in der *Berliner Zeitung*, dass er tot aufgefunden wurde, gestorben durch eine Überdosis eines Betäubungsmittels." Sie nickte. „Das passt zu George, denn wir verwenden immer ein Betäubungsmittel, um Wachpersonal unblutig auszuschalten, wenn ein Job das erfordert. – Kann ich bekommen ein Glas Wasser, bitte?"

Aktan ging zum Wasserspender in der Ecke, zapfte einen Becher und stellte ihn vor Leclerc.

„*Merci.*" Sie nahm einen Schluck und blickte gedankenverloren auf die Tischplatte vor sich.

Sigrid Paulus, Hotte und Rebecca sahen einander an. „Wie es aussieht, haben wir mit der Bande einen dicken Fisch an Land gezogen."

Leclerc nickte. „Warten Sie ab, bis Sie alles wissen. Erst dann werden Sie erkennen, wie groß der Fisch wirklich ist."

„Was für eine Truppe sind Sie eigentlich?", wollte Sigrid Paulus wissen.

Leclerc wiegte den Kopf. „Sagen wir, wir beschaffen unseren Kunden Informationen, mit denen sie einen Vorteil gewinnen gegenüber ihrer Konkurrenz. Manchmal beschaffen wir auch andere Dinge, die so gut gesichert sind, dass man normalerweise nicht an sie herankommt. Dafür bezahlen die Kunden sehr gut."

„Sie sind also nichts anderes als Diebe, die mit Hightech-Equipment arbeiten", brachte die Staatsanwältin es auf den

Punkt. „Nennen Sie uns den Namen des Kunden, der Sie für diesen Auftrag engagiert hat.“

Leclerc lächelte. Es wirkte einen Moment lang resigniert, dann boshaft. „Ich tue etwas viel Besseres. Ich gebe Ihnen die Namen aller Kunden und die Daten aller Jobs, die McNamara's Bunch erledigt hat, seit George in das Geschäft eingestiegen ist.“ Ihr Lächeln wurde breiter. „Er hat natürlich keine Ahnung, dass ich diese Daten besitze und glaubt, sie so sicher verwahrt zu haben, dass niemand an sie herankommt.“ Sie zuckte mit den Schultern. „Ein Irrtum.“

Aktan schnaufte ironisch. „Und dafür verlangen Sie vermutlich Immunität nach der Kronzeugenregelung.“

Diesmal erinnerte ihr Lächeln Aktan an das zufriedene Gesicht einer Katze, die gerade einen Topf Sahne ausgeschleckt hat.

„*Oui*. Das ist nicht mehr als recht, *n'est-ce pas*? Sie bekommen dadurch zu dem dicken Fisch von Georges Team einen Haufen *White-collar criminals* zu fassen. Wirtschaftskriminelle. Und können gleichzeitig eine Menge hochkarätiger Verbrechen aufklären.“

Daher wehte also der Wind, weshalb Sandrine Leclerc so eifrig zu einem Geständnis bereit war. Sie hatte diesen Schachzug offenbar von langer Hand geplant für den Fall, dass sie eines Tages gefasst werden sollte. Falls ihre Informationen so gut waren, wie sie behauptete, könnte sie tatsächlich mit einer Bewährungsstrafe davonkommen. Oder zumindest mit einer Strafe, die, gemessen an ihren Verbrechen, lächerlich gering war.

„Darüber entscheide ich, wenn ich die Daten gesehen habe und sie sich als so gut erweisen, wie Sie behaupten, Frau Leclerc“, erklärte Sigrid Paulus.

Leclerc nickte. „Das ist mir bewusst. Aber mein Angebot steht."

„Welche Aufgabe hat Ihre Schwester in der Gruppe?", setzte Rebecca die Befragung fort. „Und wieso hat sie überhaupt mitgemacht?"

Leclerc warf theatralisch die Arme hoch. „Um mich zu retten." Sie lachte und schüttelte den Kopf, als Aktan, Rebecca und Paulus sie ungläubig anblickten. „*Non*, sie war sehr deprimiert und verzweifelt, weil es auch mit dem Atelier nicht klappte und nicht annähernd genug einbrachte, dass wir davon leben konnten. George engagierte sie als Lockvogel für Situationen, in denen die Ablenkung einer Zielperson erforderlich war. Oder ein diskreter Druck, um jemanden zur Kooperation zu bewegen. Sie ist mit den Typen ausgegangen und hat sich amüsiert, während wir in deren Wohnung oder Büro unseren Coup durchgezogen haben. Oder sie hat heimlich Fotos in intimen Situationen gemacht, um die als Argument zu verwenden, damit jemand uns behilflich ist."

Mit anderen Worten, die Bande hatte die betreffenden Opfer mit den kompromittierenden Fotos erpresst.

„Sie war perfekt in dem Job, aber nicht glücklich damit."

„Und Manfred Thaler war einer dieser Jobs", vermutete Rebecca.

Leclerc schüttelte den Kopf. „*Mais non*! Sie hat ihn kennengelernt zwischen zwei Jobs. Das heißt, wir hatten den einen abgeschlossen und machten Urlaub in Nice. Nizza. Er war dort auf einer Promotion Tour für TRENIGMARIS und feierte mit seinem neuen französischen Geschäftspartner den Vertragsabschluss. Er hat sich auf den ersten Blick in Monique verliebt. Zunächst fand sie ihn nur amüsant, aber dann hat sie sich auch verliebt." Sie zuckte mit den Schultern. „Vielleicht auch nur in die Möglichkeit, die sich ihr dadurch bot, aus der Gang auszusteigen. George lässt normalerweise niemanden so einfach gehen. Aber nachdem sie sich in Manfred verliebt hatte, war sie für den Job nicht mehr zu gebrauchen. Sie und Manfred haben jedenfalls sehr schnell geheiratet, und sie ist mit ihm nach Deutschland gezogen."

Sie trank wieder einen Schluck Wasser und blickte eine Weile, wohl in Erinnerungen versunken, auf die Tischplatte.

„Wie war das nun mit diesem Auftrag?", fragte Aktan, als sie keine Anstalten machte, von sich aus fortzufahren.

Sie seufzte und schüttelte den Kopf. „Eigentlich hätte ich wissen müssen, dass er schiefgeht. Er stand von Anfang an unter einem bösen Stern." Sie straffte sich. „Der Kunde – dessen Namen ich Ihnen nennen werde, wenn ich Kronzeugin werde ..."

„Es wäre ein Zeichen Ihres guten Willens und Ihrer Glaubwürdigkeit", unterbrach Sigrid Paulus sie, „wenn Sie uns diesen Namen jetzt nennen würden."

Leclerc zögerte und blickte die Staatsanwältin kalt an. Nach einer Weile nickte sie. „*D'accord*! Sein Name ist Thorbjörn Rasmusson. Er ist Inhaber eines Pharmakonzerns in Oslo. Seine Firma forscht an neuen Medikamenten. In seinen Kreisen kam das Gerücht auf, dass die Firma MiloChem hier in Berlin möglicherweise einen Durchbruch erzielt hat oder kurz davor steht, einen zu erzielen für einen Impfstoff gegen Diabetes."

„Den gibt es doch meines Wissens schon", wandte Aktan ein.

Leclerc nickte. „Aber einen, der erst wirkt, wenn die Krankheit schon ausgebrochen ist, und außerdem nur bei Typ 1 Diabetes. Der Stoff von MiloChem soll bei erblich bedingter

Veranlagung im Vorfeld den Ausbruch der Krankheit sowohl für Typ 1 wie für Typ 2 verhindern. Sie können sich vorstellen, was die Firma verdient, die diesen Stoff auf den Markt bringt, *non*?"

Dazu brauchte Aktan keine große Fantasie. Da ging es um ein Milliardengeschäft.

„Was genau hat Frau Schäfer damit zu tun?", wollte Rebecca wissen.

Leclerc trank einen weiteren Schluck Wasser. „MiloChem hatte sie beauftragt, ihr Rechnersystem mit einer Firewall zu versehen, um die Forschungsdaten zu schützen. Und ich muss sagen, sie hat einen perfekten Job gemacht." Ihrer Stimme klang bewundernd, sogar ehrfürchtig. Sie schüttelte den Kopf. „Ich bin gut, wirklich gut im Hacken. Ich bin die Beste. Aber diese Firewall ist die Erste, die ich nicht knacken konnte." Sie blickte von Aktan zu Rebecca zu Sigrid Paulus. „Ob Sie wohl arrangieren könnten ein Treffen mit Mademoiselle Schäfer? Ich möchte sie unbedingt kennenlernen."

Aktan bezweifelte stark, dass Ricky Schäfer sich dazu bereit erklären würde, hütete sich aber, Leclerc das zu sagen. „Ich werde Ihre Bitte an Frau Schäfer weiterleiten."

„Merci."

„Fahren Sie bitte fort", forderte Rebecca sie auf.

„Unglücklicherweise hatte George die Beschaffung der Daten Rasmusson fest zugesagt. Er hat mit Rasmusson vereinbart, ihm nicht nur die gewünschten Daten zu liefern, sondern auch ein Programm. Dieses Programm sollte ich schreiben. Es sollte ihm ermöglichen, Zugriff auf die Rechner von MiloChem zu nehmen, ohne dass dort einer etwas davon merkt. Stellen Sie sich vor, welche Vorteile er hätte, wenn er unbemerkt deren neueste Forschungsergebnisse ausspionieren könnte."

Auch dazu bedurfte es keiner großen Fantasie.

„Um die Firewall bei MiloChem zu knacken und ein Programm zu entwickeln, das sie neutralisiert, brauche ich den Quellcode. Und den besitzt allein Mademoiselle Schäfer, wie wir von einem etwas indiskreten Mitarbeiter von MiloChem erfahren haben." Leclerc schüttelte den Kopf. „Ich habe George gewarnt, dass er Rasmusson zu viel versprochen hat. Jemand, der ein solches Firewallprogramm schreibt, hat seine eigenen Daten mindestens ebenso gut, wenn nicht besser, gesichert."

„Deshalb kamen Sie an den Quellcode nicht heran."

Leclerc schüttelte den Kopf. „Und George ist manchmal so ein Idiot!" Sie schlug mit der Faust auf den Tisch, beruhigte sich aber sofort wieder. „Er hat Rasmusson einen festen Liefertermin zugesagt, an dem er zumindest die Daten von MiloChem bekommen soll."

„Und der ist morgen", vermutete Rebecca.

„Dienstag." Sie seufzte. „Das war sehr leichtsinnig, aber wir hätten es schaffen können. Herauszufinden, dass Ricky Schäfer das Programm geliefert hat, war leicht. Aber danach lief nichts mehr nach Plan. Das hätte uns eine Warnung sein sollen." Sie warf einen missmutigen Blick in die Runde und fuhr sich mit gespreizten Fingern durch das kurze Haar. „Ich denke, es hat uns ein ungesundes Gefühl von Unbesiegbarkeit vermittelt, dass wir noch nie erwischt worden sind und es bis heute keinen Auftrag gab, den wir nicht erfüllen konnten. Jedenfalls waren wir immer noch überzeugt, es zu schaffen, obwohl die Zeit immer knapper wurde und Rasmusson den Liefertermin auch noch vorverlegt hat."

„Warum?“ Rebecca blickte Leclerc verständnislos an.

Aktan bekam Durst und zapfte sich ebenfalls einen Becher Wasser sowie einen für Rebecca, nachdem sie ihm mit einem kurzen Nicken zu verstehen gegeben hatte, dass sie auch etwas trinken wollte. Sigrid Paulus und Hotte winkten dankend ab.

„In den Fachmedien wurde vor zwei Wochen ein Bericht über Forschungen an dem Impfstoff veröffentlicht, in dem es hieß, dass MiloChem kurz vor dem Durchbruch stünde. Daraufhin lancierte Rasmussen eine Pressemeldung, dass seine Firma ebenfalls an einem *vaccin* zum selben Zweck arbeitet und die ersten Ergebnisse schon früher liefern würde.“

Aktan schnaufte und reichte Rebecca das Wasser. „Da hat er sich verdammt weit aus dem Fenster gelehnt.“

„*Oui*. Aber das musste sein. Wenn er aus heiterem Himmel Forschungsergebnisse präsentiert hätte, ohne jemals zuvor in der Öffentlichkeit gesagt zu haben, dass auch seine Firma an einem solchen Impfstoff arbeitet, wäre man misstrauisch geworden. Und um den Jackpot zu kassieren, um den es bei dieser Sache geht, muss man der Erste sein. Also brauchte er schnellstens die Daten.“

Sie seufzte, stützte den Ellenbogen auf die Tischplatte, den Kopf in die Hand und trank ihr Wasser aus. Sie hielt ihnen den Becher hin. „Kann ich bitte noch ein Wasser bekommen?“

Aktan füllte den Becher und reichte ihn ihr. „Sie wollten uns erzählen, warum der Coup nicht nach Plan verlief.“

„*Oui*.“ Sie stellte den Becher auf den Tisch. „Wie ich schon sagte, war es unmöglich, von außen in Mademoiselle Schäfers Rechner einzubrechen. Also mussten wir, vielmehr ich, direkt an ihren Rechner heran. Wie Sie wissen, verhindert eine Firewall nur, dass jemand von außen auf einen Computer zugreift, wenn er online ist, nicht, dass jemand ihn hochfährt und vor Ort Daten von seiner Festplatte zieht. Zu dem Zweck mussten wir in ihr Haus hinein.“ Sie schüttelte den Kopf. „Aber an Mademoiselle Schäfer ist extrem schwer heranzukommen.“

Aktan grinste. „Das haben wir auch festgestellt. Was ich aber nicht verstehe, ist, warum Sie die ganze Sache mit der Entführung inszeniert haben. Warum haben Sie sich nicht von Anfang an zu Frau Schäfers Haus Zutritt verschafft und sie zu zwingen versucht, Ihnen die Daten zu geben?“

Sie schüttelte den Kopf. „Das ging nicht. Erstens sind solche gewalttätigen Aktionen, wie wir sie am Ende doch gezwungen waren durchzuführen, nicht unser Stil. Sie werden feststellen, wenn Sie das nachprüfen, dass bei unseren Jobs niemals jemand zuschaden kam. Außer zwei, drei Mal, aber das waren Unfälle. Obwohl George ziemlich skrupellos sein kann. Zweitens hätte Mademoiselle Schäfer sofort MiloChem informiert, dass wir die Daten für deren Firewall gestohlen haben und hätte die augenblicklich vor Ort umprogrammiert, bevor es mir gelungen wäre, die Wall zu knacken. Ich bin sicher, sie hat einen Masterzugang zum Rechner von MiloChem für den Fall, dass eine Notsituation eintritt und ein externes Reboot erforderlich ist, das deren Admin nicht allein schafft. Dann wäre die Arbeit vergeblich gewesen. Außerdem hätte Mademoiselle Schäfer sofort die Polizei informiert, die bei ihren Ermittlungen, wer ein Interesse ausgerechnet an MiloChem haben könnte, möglicherweise schnell auf Rasmusson gekommen wäre. Und in unserer Branche ist das oberste Gebot, die Identität unserer Auftraggeber unter allen Umständen zu schützen.“

Es sei denn, es ging darum, die eigene Haut zu retten. Dann war zumindest Sandrine Leclerc nicht nur bereit, den aktuellen Auftraggeber ans Messer zu liefern, sondern alle anderen gleich mit.

„Sie hätten noch ein paar andere Daten stehlen können, um diese Spur zu verwischen", meinte Rebecca.

Leclerc nickte. „In welchem Fall Mademoiselle Schäfer alle Kunden gewarnt hätte, deren Daten wir gestohlen hätten und sofort begonnen hätte, bei ihnen allen Modifikationen vorzunehmen, um zu verhindern, dass ich mich einhacke. Da Milo-Chem hier in Berlin sitzt, hätte sie aus Gründen der Effizienz mit dieser Firma begonnen, und das Ergebnis wäre dasselbe gewesen. Wir mussten also ihre Daten stehlen, ohne dass sie etwas davon mitbekommt."

Sie drehte den Wasserbecher in den Händen, ehe sie einen Schluck trank. In einer sehr sinnlichen Art leckte sie sich einen Tropfen aus dem Mundwinkel. Wenn Monique Thaler solche Gesten ihrem Mann gegenüber gebrauchte – wovon Aktan überzeugt war –, dann war es kein Wunder, dass er sich Knall auf Fall in sie verliebt hatte.

„Das Problem war, dass das Haus von Mademoiselle Schäfer eine Sicherheitsfestung ist, die nicht geknackt werden kann, ohne dass man entweder Alarm auslöst oder Spuren hinterlässt. Und wir hatten keine Zeit herauszufinden, wie man dieses System knackt. Also haben wir in Erfahrung gebracht, welche Sicherheitsfirma die Anlage installiert hat. Bei solchen Firmen wird immer die aktuelle Sicherheitseinstellung hinterlegt für den Fall, dass es eine Fehlfunktion gibt oder der Bewohner Alarm auslöst, weil er im Haus einen Unfall hatte und die Tür nicht mehr selbst öffnen kann, damit der Notarzt Zugang erhält." Sie verzog das Gesicht. „Da Monique für diese Aufgabe nicht mehr zur Verfügung stand, musste ich einen der Angestellten der Firma bezirzen, der Zugang zu den

Codes hat.“ Sie lächelte boshaft. „Er ist verheiratet und wollte unter allen Umständen verhindern, dass George seiner Frau die Fotos zuspielt, auf denen zu sehen ist, wie leidenschaftlich er sich mit mir vergnügt. Also gab er uns die Codes.“

Aktan trank sein Wasser aus und warf den Becher zielsicher in den Abfallkorb. Langsam ergab das Ganze ein schlüssiges Bild.

„Dann mussten wir nur noch Mademoiselle Schäfer aus dem Haus locken.“ Leclerc seufzte. „Das war das Schwierigste. Da sie selbstverständlich ihre Rechner passwortgeschützt hat, war klar, dass es sich dabei ebenfalls um hochkarätige Systeme handelt, die nicht einfach zu knacken wären, und ich demnach längere Zeit dafür brauchen würde.“ Sie seufzte wieder und schüttelte den Kopf. „Ich habe noch nie länger als siebenundfünfzig Minuten gebraucht, um eine Passwortverschlüsselung zu knacken. In der Regel brauche ich nur ein paar Minuten. Deshalb dachte ich, ich würde auch in diesem Fall kaum länger als höchstens zwei Stunden brauchen. Für den Fall, dass ich mich irren sollte, habe ich mit drei Stunden gerechnet. Inklusive aller Vorbereitungszeit und der Zeit, die wir gebraucht hätten, um zu verschwinden, waren sechs Stunden mehr als genug. Aber für eben diese Zeit musste Mademoiselle Schäfer aus dem Haus bleiben und garantiert nicht vor Ablauf dieser Zeit zurückkommen können.“

Rebecca unterbrach sie. „Warum haben sie Thaler zwölf Stunden Frist eingeräumt, wenn Sie nur sechs Stunden brauchten?“

„Das war die Nettozeit, die wir brauchten, um den Coup durchzuziehen. Wir hatten keine Ahnung, wie lange er brauchen würde, um von sich aus oder mit Moniques Hilfe auf die Idee zu kommen, Mademoiselle Schäfer zu holen, um das

Spiel zu gewinnen. Ich wusste von meiner Schwester, dass es zwischen ihm und Mademoiselle Schäfer hat gegeben sehr hässliche Differenzen wegen TRENIGMARIS." Sie winkte ab. „Aber ich muss beginnen am Anfang."

„Das wäre hilfreich", bestätigte Rebecca und blickte sie erwartungsvoll an.

„Nachdem wir Mademoiselle Schäfer über eine Woche beobachtet hatten, stand fest, dass sie sehr selten aus dem Haus geht oder das Grundstück verlässt. Sie lässt sich sogar ihre Lebensmittel liefern, statt einkaufen zu gehen. Sie rauszulocken, erst recht für mehrere Stunden, würde extrem schwer werden."

Das konnte Aktan blind unterschreiben, wenn er daran dachte, wie sie zunächst reagiert hatte, als er sie abholen wollte.

„Wir hatten mehrere Szenarien überlegt, zum Beispiel ihr ein Ticket für eine Reise über eine gefälschte Verlosung zu schenken. Aber die hätte sie wahrscheinlich nicht angetreten; abgesehen davon, dass sie wohl nicht an Verlosungen teilnimmt. Wir hatten eine Menge Ideen, aber keine hätte sie wirklich gezwungen, das Haus zu verlassen. Wir mussten einen Notfall konstruieren, der sie dazu zwang und sie vor allem mindestens sechs Stunden fernhielt."

Rebecca schüttelte den Kopf. „Und da sind Sie auf die absurde Idee gekommen, Ihre Nichte zu entführen?"

„*Mais non*! Das war Georges Idee. Ich kenne TRENIGMARIS und wusste, dass Ricky Schäfer es entwickelt hat." Sie schnitt eine Grimasse. „Ich versuche schon seit zwei Jahren, Level 7 zu knacken. Ohne Erfolg. Die Programmierung dieses Levels ist ein absolutes Meisterstück! *Magnifique*!" Das klang nicht nur ehrfürchtig, sondern auch begeistert. Sie seufzte.

„Und weiter?“, drängte Rebecca.

„Ich wusste, dass Manfred das Spiel herausgebracht hat, und ich wusste auch seit damals in Nice, dass er es nicht spielen kann. Er hatte es erwähnt. Von Monique wusste ich, dass er und Mademoiselle Schäfer einmal ein Verhältnis hatten, das auseinanderbrach, als er sich in Monique verliebte. Meine Schwester und ich telefonieren jede Woche mindestens einmal miteinander, müssen Sie wissen. Ich bin also immer informiert über alles, was los ist in Manfreds Haus.“

Und mit ihrer Schwester sozusagen an der Quelle, war der Rest beinahe eine Kinderspiel gewesen. Wirklich raffiniert eingefädelt.

„Die Idee, ihn irgendwie zu zwingen, es zu spielen und Level 7 zu gewinnen, stammt von mir. Aber mein Vorschlag war, so zu tun, als wäre Monique entführt worden. Damit war George nicht einverstanden. Er sagte, dass Mademoiselle Schäfer bei der Aussicht auf deren gewaltsamen Tod möglicherweise sogar jubeln würde, wenn es scheinbar um das Leben der Frau geht, die sie bei Manfred ausgestochen hat.“

Davon wäre Aktan noch vor ein paar Stunden ebenfalls überzeugt gewesen. Inzwischen war er sich nicht mehr sicher. Unter Ricky Schäfers zur Schau gestellten Misanthropie schlummerte doch ein gewisses und wohl gar nicht mal so geringes Maß an Mitgefühl. Auch wenn sie sich wohl eher die Zunge abgebissen hätte, als das zuzugeben. So wie er sie in den vergangenen Stunden erlebt hatte, hätte sie sich wohl tatsächlich erst eine Weile stur gestellt, aber am Ende nicht fertiggebracht, einen Menschen seinem tödlichen Schicksal zu überlassen. Selbst wenn sie den nicht ausstehen konnte.

„Deshalb wollte George, dass wir so tun, als wäre Manfreds Tochter entführt. Er meint, dass keine Frau ein hilfloses

Kind im Stich lassen würde, selbst wenn sie kein eigenes hat. Monique war damit natürlich nicht einverstanden. Auch nicht mit meinem Plan. Sie liebt Manfred und wollte ihm kein Leid zufügen. Außerdem wollte sie nie wieder etwas mit uns und unseren Jobs zu tun haben. Erst recht wollte sie nicht an ihren Job bei uns erinnert werden. Sie hatte sowieso Angst, dass Manfred das eines Tages herausfinden könnte und sie dann verlassen würde."

Sie trank einen großen Schluck Wasser und tat einen tiefen Atemzug. „Und genau damit hat George sie erpresst. Er hatte noch die Fotos, die er von Monique und den Männern gemacht hatte, die sie für die Jobs verführt hat. Die meisten haben wir nie gebraucht, aber er hat sie aufgehoben und gedroht, sie alle Manfred zu geben mit einem hässlichen Brief, dass seine Frau eine *putain* wäre, eine ... Wie sagt man auf Deutsch?"

„Hure", übersetzte Aktan.

„C'est ça." Leclerc zuckte mit den Schultern. „Ich kenne Manfred nicht gut genug, um zu wissen, ob er das Monique zum Vorwurf gemacht hätte. Aber sie ist davon überzeugt, dass er sie auf der Stelle aus dem Haus geworfen hätte. Darum hat sie mitgemacht. Unter sehr großem Protest und sehr, sehr vielen Tränen."

Leclerc machte ein bekümmertes Gesicht und zeichnete mit dem Wasserrand, den ihr Becher auf der Tischplatte hinterlassen hatte, eine *Fleur-de-lis.* Offensichtlich bedauerte sie, daran beteiligt gewesen zu sein, was George McNamara ihrer Schwester angetan hatte. Sie sah auf.

„Damit ich das Spiel modifizieren konnte, brauchte ich den Quellcode. Monique hat die Quellen-CD aus dem Bankschließfach geholt, in dem Manfred sie aufbewahrt, unter dem Vorwand, eines ihrer dort ebenfalls eingelagerten Schmuckstücke zu benötigen. Da Manfred so gut wie nie an das Schließfach geht, ist es nicht aufgefallen, dass die *disquette* ein paar Tage fehlte. Monique hat auch die Passwörter besorgt, mit denen die Quelldatei gesichert war. Die bewahrt Manfred idiotischerweise auf seinem USB-Stick auf. Den trägt er zwar am Schlüsselbund, aber an den konnte Monique sehr leicht herankommen und die Passwortdatei kopieren. Ich habe die Quellcodes kopiert, Monique hat die CD zurück ins Schließfach gebracht, und ich brauchte nur noch das Spiel für unsere Zwecke zu ändern und mich in Manfreds Laptop einzuhacken, damit er sofort mit meinem verbunden wird, sobald er sich auf der Website für TRENIGMARIS anzumelden versucht. Monique hat uns auch gesagt, dass die Nachbarn in Urlaub sind, sodass wir freie Bahn hatten. Dann konnte es losgehen."

„Und Ihre Schwester hat Sie mit Informationen versorgt, während Sie beiden miteinander telefoniert haben", stellte Aktan fest.

„*Oui.* Wir sind davon ausgegangen, dass Manfred natürlich die Polizei einschaltet. Da wir nicht wussten, ob einer von denen Französisch spricht, haben wir vorher harmlose Floskeln abgesprochen, mit denen Monique mir die Informationen lieferte, die wir brauchten, sofern wir die nicht offen aussprechen konnten, wie zum Beispiel, dass die Polizei im Haus ist. Wenn sie gesagt hat, ‚Ich mache mir große Sorgen', hieß das, dass alles nach Plan verläuft."

„Raffiniert", fand Rebecca.

Leclerc verzog das Gesicht, als hätte sie in eine Zitrone gebissen. „Es hat trotzdem nichts genützt, denn der Plan ging schief." Sie winkte ab. „Aber zunächst hat er funktioniert. Manfred ist auf den klugen Gedanken gekommen, Mademoiselle Schäfer hinzuzuziehen, wenn auch erheblich später, als wir vorausgesehen hatten, und wir hatten freie Bahn in ihrem Haus."

„Obwohl Sie genau das wollten, haben Sie zuerst so getan, als müssten wir Ihnen die Erlaubnis, dass Frau Schäfer an Stelle Ihres Schwagers spielt, aus der Nase ziehen." Aktan schüttelte den Kopf.

Leclerc lächelte. „*Naturellement.* Hätten wir sofort zugestimmt, wären Sie misstrauisch geworden. Wir hatten also endlich freie Bahn."

„Und mit dem subtilen Hinweis auf den Jungen, der wegen des Spiels Selbstmord beging, haben Sie uns bewusst auf eine falsche Fährte gelockt."

„*Oui.* Sie dachten, Sie hätten eine Spur und kamen deshalb nicht auf den Gedanken, dass der Grund für die Entführung und das Spiel ein ganz anderer sein könnte. Erst recht haben Sie nicht vermutet, dass Monique damit zu hat." Sie zuckte mit den Schultern. „Während ich als Black Knight gespielt habe, habe ich gleichzeitig versucht, Mademoiselle Schäfers Passwörter an ihrem Rechner zu knacken. Ein sehr hartes Stück Arbeit, das länger als geplant gedauert hat." Sie schüttelte seufzend den Kopf. „Und als es mir endlich gelungen war, musste ich feststellen, dass die Rechner bis auf das Betriebssystem komplett leer waren oder nur Belanglosigkeiten enthielten. Mademoiselle Schäfer war offenbar so schlau, ihre gesamten Daten nicht darauf zu speichern, sondern auf einer externen Festplatte. Wir vermuteten sie im Haus, konnten aber keinen Safe oder anderes auf die Schnelle finden. Also dachten wir, dass sie die Festplatte mitgenommen hat. Damit war der Plan gestorben. George hat getobt."

Das konnte sich Aktan lebhaft vorstellen.

„Ich habe Monique angerufen und sie gefragt, ob Mademoiselle Schäfer eine Tasche bei sich hat. Sie sollte nachsehen, ob sich darin eine Festplatte oder ein anderes Speichermedium befindet. Sie sollte es entwenden und aus dem Haus schmuggeln. Einer von unseren Leuten hätte es dann abgeholt."

„Aber wieder hatten sie Pech, dass Frau Schäfer keine Handtasche dabei hatte, sondern eine Gürteltasche, die sie nie abgelegt hat. Mal ganz abgesehen davon, dass die Daten, die Sie suchen, auf keinem Medium gespeichert sind, wie mir Frau Schäfer erklärte. Sie hat sie ausschließlich im Kopf." Aktan musste grinsen. Das ganze Ausmaß, in dem der von der Bande so sorgfältig ausgeklügelte und extrem aufwendige Plan schiefgegangen war, entbehrte nicht einer gewissen Ironie.

„Oh!" Leclerc schüttelte den Kopf. „Wenn wir das gewusst hätten ..." Sie seufzte. „Da wir das aber nicht wussten, mussten wir sie schnellstmöglich wieder nach Hause holen und dann tun, was wir hatten vermeiden wollen: eine direkte Konfrontation. Deshalb haben wir das Spiel abgebrochen, und sie kam wie geplant zurück. Wenn auch erst nach Stunden, was die Sache nochmals verzögert hat." Sie blickte Aktan an. „Sie waren ein nicht eingeplanter Faktor."

Er nickte. „Und ein weiterer nicht eingeplanter Faktor war, dass Sie nichts von der Existenz des Panikraums wussten."

Sie verzog das Gesicht. „Der ist ja auch extrem gut verborgen." Sie seufzte. „Andererseits hätten wir uns denken müssen, dass eine Frau wie Mademoiselle Schäfer so etwas hat." Sie sah ihm in die Augen. „George hatte übrigens geplant, Mademoiselle Schäfer zu töten, sobald er die Daten gehabt hätte. Anders wäre es nicht mehr möglich gewesen, den Coup durchzuziehen. Der basierte schließlich darauf, dass kein

Mensch erfährt, dass wir die Daten für MiloChems Firewall besitzen." Sie schüttelte den Kopf. „Wir waren damit nicht einverstanden. Keiner von uns. Das ist nicht unser Stil. Und es hat deswegen heftig Streit gegeben."

„Wir ging der aus?", wollte Rebecca wissen.

Leclerc zuckte mit den Schultern. „George gab nach. Sagte er jedenfalls. Aber ich kenne ihn. Er hätte Mademoiselle Schäfer trotzdem getötet. Er hätte uns aus dem Haus geschickt, wäre unter einem Vorwand zurückgeblieben und hätte sie umgebracht, ohne dass einer von uns etwas davon mitbekommen hätte, bis wir es irgendwann in einer Zeitung gelesen hätten."

Aktan war sich nicht sicher, ob das der Wahrheit entsprach oder ob Sandrine Leclerc mit dieser Behauptung nur versuchte, George McNamara möglichst lange aus dem Verkehr zu ziehen. Wenn zu der Diebstahlserie und der Kindesentführung, für die er sich zu verantworten hatte, noch die Planung eines Mordes im Raum stand, würde ihn das Gericht wohl noch härter verurteilen. Falls sich obendrein herausstellen sollte, dass er tatsächlich seinen früheren Kumpel aus Spanien ermordet hatte, würde er so oder so die Höchststrafe bekommen. Aber die Ermittlungen in dem ganzen Komplex hatten gerade erst begonnen.

Leclerc blickte von Rebecca zu Sigrid Paulus und zu Aktan. „Ich versichere Ihnen, dass Marie-Claire zu keiner Zeit in Gefahr gewesen ist. Wir haben sehr gut für sie gesorgt und sie erst allein gelassen, nachdem Monique mir mitteilte, dass Sie das Versteck herausgefunden haben. Und auch dann ist Nabila in der Nähe geblieben und hat aufgepasst, bis die Polizei gekommen ist."

„Trotzdem hat das Kind garantiert einen Schock erlitten." Rebecca klag vorwurfsvoll. „Möglicherweise fürs Leben."

Leclerc senkte den Kopf. „Und das tut mir unendlich leid. Wirklich sehr, sehr leid. Ich bedauere zutiefst, dass alles so gekommen ist."

Vielleicht bedauerte sie aber nur, dass der Plan gescheitert und sie erwischt worden war. Das konnte Aktan nicht beurteilen, und es war auch nicht seine Aufgabe. Dafür war das Gericht zuständig. Falls Leclercs Plan aufging und sie als Kronzeugin auf freiem Fuß blieb, machte das ohnehin keinen Unterschied.

Sie hob den Kopf. „Was wird mit meiner Schwester?"

„Sie bleibt wegen Fluchtgefahr in Haft und wird sich zumindest für die Beteiligung an diesem Verbrechen vor Gericht verantworten müssen", antwortete Rebecca. „Ob sie zusätzlich noch wegen ihrer Beteiligung an früheren Verbrechen zur Rechenschaft gezogen wird, muss die Staatsanwaltschaft entscheiden." Sie nickte zu Sigrid Paulus.

„Was ich tun werde, sobald ich alle Fakten kenne und geprüft habe", bestätigte die. „Ich habe noch zwei Fragen. Warum haben Sie diese Schnitzeljagd quer durch Berlin veranstaltet? Ich vermute, um uns zu beschäftigen."

„*Oui*. Und um Sie davon abzuhalten, durch einen dummen Zufall vielleicht auf den richtigen Gedanken zu kommen, welchem Zweck das alles dient. Die zweite Frage?"

„Sie haben Ihre ‚Schnitzel' an verschiedenen öffentlichen Plätzen hinterlegt. Dort hätten sie aber auch jederzeit von anderen Leuten gefunden und entfernt werden können. Was hätten Sie in dem Fall getan, wenn wir eins nicht gefunden hätten?"

Leclerc machte eine wegwerfende Geste. „In dem Fall hätte Manfred uns ganz entsetzt mitgeteilt, dass der Schnipsel nicht auffindbar ist. Ich hätte ihm dann das entsprechende Teil des Bildes auf seinen Bildschirm hochgeladen. Das hätten wir von Anfang an tun können. Aber“, sie lächelte maliziös, „die Sache mit der Schnitzeljagd war sehr viel amüsanter.“

Womit sie Ricky Schäfers These zu den Gründen für diese Manöver bestätigt hatte.

„Hatten Sie einen Aufpasser vor Ort, damit kein Unbefugter die Zylinder an sich nimmt?“, wollte Aktan wissen.

„Nein, das war nicht nötig, weil es, wie gesagt, keinen Unterschied gemacht hätte, ob irgendwer oder tatsächlich Monique die Schnipsel findet.“

„Danke“, sagte Sigrid Paulus. „Wenn Sie uns im Moment nichts weiter zu sagen haben, werden Sie in die Zelle gebracht und morgen einem Haftrichter vorgeführt.“

Sandrine Leclerc schüttelte den Kopf. „Sie werden mitteilen Mademoiselle Schäfer meine Bitte um ein Treffen?“, vergewisserte sie sich.

„Ja.“

„Dann habe ich nichts mehr zu sagen.“

Rebecca rief zwei Kollegen, die Sandrine Leclerc in die Gewahrsamszelle brachten. Sigrid Paulus verabschiedete sich und verließ ebenfalls den Raum.

Aktan warf die leeren Plastikbecher in den Abfallkorb.

Rebecca seufzte. Es klang deutlich erleichtert. „Ich bin verdammt froh, dass die Sache glimpflich ausgegangen ist. Vor allem, dass dem Kind nichts passiert ist. Körperlich zumindest. Auf dem Hintergrund dessen verblasst sogar die Freude darüber, eine international gesuchte Diebesbande einkassiert zu haben.“

Dem konnte er nur zustimmen. Selbst für den Fall, dass Sandrine Leclerc doch nicht die Namen aller Auftraggeber nennen sollte, blieb die Operation ein Erfolg mit der Krönung, dass ein kleines Mädchen unversehrt nach Hause zurückgebracht worden war.

Rebecca winkte ihm zu. „Gute Nacht, Aktan. Bis morgen."

„Bis morgen, Becca. Dir auch eine gute Nacht."

Er sah auf die Uhr. Da er vor der Vernehmung seine Frau angerufen und ihr Bescheid gesagt hatte, dass er erst spät nach Hause kommen würde, hatte sie ihm mit Sicherheit noch etwas vom Abendessen aufgehoben und auf die Warmhalteplatte gestellt. Er merkte erst jetzt, dass er einen Riesenhunger hatte. Wie er Naila kannte, würde sie aufstehen, sobald sie ihn kommen hörte, um ihm zu helfen, vor dem Zubettgehen noch ein bisschen vom anstrengenden Tag zu entspannen.

Er lächelte voller Vorfreude, löschte das Licht und machte sich auf den Heimweg.

2.10 Uhr

Ricky Schäfers Haus

Ricky packte das Putzzeug in den Schrank und kehrte in ihr Arbeitszimmer zurück. Kritisch betrachtete sie ihr Werk und stellte fest, dass das Zimmer ebenso wie das Wohnzimmer seit Ewigkeiten nicht mehr so aufgeräumt gewesen war und so geglänzt hatte wie jetzt. Nur eins störte sie noch. Sie packte den Drehsessel, auf dem Sandrine Leclerc mit Sicherheit gesessen hatte, rollte ihn zum Eingang und warf ihn mit Schwung nach draußen auf den Rasen. Anschließend verriegelte sie die Tür, checkte die Überwachungsmonitore und schob den Drehsessel aus dem Büro vor ihr Terminal.

Perfekt.

Damit war bis auf das beschädigte Wohnzimmerfenster die letzte Spur der Leute, die in ihre Welt eingebrochen waren, getilgt. Sie hatte die Codes der Alarmanlagen neu programmiert und würde nicht noch einmal so dämlich sein, sie bei der Security-Firma zu hinterlegen. Sie fühlte sich wieder sicher, aber zu aufgekratzt, um sich schon schlafen zu legen.

Sie ging ins Wohnzimmer, goss sich einen Whisky ein und setzte sich in ihren Lieblingssessel. Mit einem Fuß angelte sie den Fußocker heran, schob ihn in Position und legte die Beine darauf. Mit der Fernbedienung dimmte sie das Licht, ehe sie mit der anderen die Musikanlage aktivierte. Sekunden später klang Chris de Burghs markante Stimme aus den Lautsprechern und sang von Fußspuren im Sand.

Ricky lauschte eine Weile der Musik und wartete darauf, dass ihr Geist wieder zur Normalität zurückkehrte und an der Programmentwicklung zu arbeiten begann, bei der sie vorhin unterbrochen worden war. Stattdessen gingen ihre Gedanken nach Mannheim; wahrscheinlich verursacht dadurch, dass sie darüber mit dem Kommissar gesprochen hatte. Wegen der unschönen Erinnerungen durch ihre Entführung damals vermied sie es, an die Stadt zu denken, denn bisher war jeder Gedanke von einem Hagel gemischter Gefühle begleitet gewesen, dem sie sich irgendwann nicht mehr hatte aussetzen wollen: Liebe zu ihrer Stadt und wunderbare Kindheits- und Jugenderinnerungen auf der einen Seite und das Trauma durch das Verbrechen mit allen Begleiterscheinungen auf der anderen.

Jetzt stellte sie fest, dass auch das nicht mehr so schlimm war wie früher. Stattdessen drängten sich wieder gute Erinnerungen in den Vordergrund. Die Spaziergänge mit dem schwarzen Labrador Troll, die Ausritte mit ihrem Pferd Teufel im Käfertaler Wald, die wilden Spiele mit Freundin Isabelle auf ihrem ganz persönlichen und ganz und gar nicht ungefährlichen „Abenteuerspielplatz“ im Industriehafen, Radtouren an den Ufern von Rhein und Neckar ... Später die Besuche der Aufführungen des Nationaltheaters, den jährlichen Maimarkt und die ausgedehnten Shoppingtouren die „Planken“ rauf und runter.

Nicht zu vergessen die Abende in der „Goldenen Gans“, dieser gediegenen, von Holz dominierten Gaststube mit den bunten Motivfenstern, von denen das neben der Eingangstür einen Weinrömer zeigte. Ricky hatte ihren Stammtisch direkt gegenüber gewählt, damit sie dieses Fenster immer im Auge hatte, weil das Motiv ihr wie eine Verheißung der Fülle und Annehmlichkeiten des Lebens erschien.

Die dann so abrupt und nachhaltig unterbrochen worden waren. Als sie das Fenster in jeder Einzelheit vor ihrem geistigen Auge sah, schien es ihr, als würde sich der Römer darin wieder verheißungsvoll mit Wein füllen, den sie nur zu trinken brauchte, um tatsächlich wieder ein Leben führen zu können, das diese Bezeichnung verdiente.

Sie fuhr fluchend zusammen, als das Telefon klingelte. „Was?“, fauchte sie in den Hörer, nachdem sie gesehen hatte, dass im Display Manfreds Nummer angezeigt wurde. Der brachte es sogar in Abwesenheit fertig, ihr die Stimmung zu verhageln.

Ein Räuspern. „Entschuldige die späte Störung, Ricky, aber ich weiß ja, dass du um diese Zeit immer noch wach bist.“

„Geschenkt. Woher hast du meine Nummer?“

„Ich habe mich an ein Schreiben deiner Anwälte erinnert mit dem undiskreten Hinweis, die Sache persönlich mit dir gütlich zu regeln und dich zu dem Zweck anzurufen. Mir ist eingefallen, dass da auch deine aktuelle Handynummer angegeben war.“

„War ein guter Rat, aber bei dir verschwendet. Was willst du?“

Erneutes Räuspern, gefolgt von einem deutlich hörbaren Luftholen. „Ich wollte mich bei dir für deine Hilfe bedanken. Ich ...“ Er räusperte sich noch einmal.

Sie konnte es kaum glauben, aber Manfred war eindeutig verlegen. Das verschaffte ihr ein Gefühl von Genugtuung, das sie mehr genoss, als sie erwartet hatte.

„Ich kann dir gar nicht sagen, wie zutiefst dankbar ich dir bin, dass du Marie gerettet hast. Na ja, im Grunde genommen hast du in gewisser Weise auch mich gerettet.“

Wovon redete der Kerl?

„Ich habe endlich erkannt, welchen Fehler ich damals gemacht habe, als ...“

„Oh, bitte verschon mich mit deinen Plattitüden. Das hast du dir alles selbst zuzuschreiben. War's das?“

„Nein. Und du hast vollkommen recht. Ich ... Verdammt, ich weiß nicht, wie ich es sagen soll.“

Ricky verdrehte die Augen. „Spuck's aus, und dann lass mich in Ruhe. Für alle Zeiten.“

„Ich wollte mich entschuldigen, Ricky. Dich um Verzeihung bitten für alles, was ich dir angetan habe.“

Sie kniff misstrauisch die Augen zusammen. Dieser Tonfall – Manfred kam doch nicht etwa auf den absurden Gedanken, wieder mit ihr anbändeln zu wollen, nachdem seine französische Schlampe ihr wahres Gesicht gezeigt hatte? Das sähe ihm ähnlich.

„Das kommt ein bisschen spät, Manfred. Du erwartest doch nicht ernsthaft, dass ich das alles einfach vergesse."

„Nein. Dazu habe ich bei dir zuviel Porzellan zerschlagen. Ich will aber wenigstens das wiedergutmachen, was ich kann."

„Was soll das heißen?" Bei ihm konnte das alles Mögliche bedeuten. Sie hatte gelernt, gerade bei Manfred mit allem zu rechnen.

„Dass du die Klage nicht mehr brauchst. Ich zahle dir deinen Anteil aus dem Erlös an dem Spiel. Und zwar vollständig. Rückwirkend bis zu dem Tag, an dem du mit der Entwicklung begonnen hast. Und natürlich beteilige ich dich an allen zukünftigen Gewinnen."

Sie setzte sich kerzengerade auf. Hatte sie sich verhört? Bestimmt nicht. Er plante nur die nächste Hinterhältigkeit mit diesem Manöver. „Lass mich raten, Männi. Dir geht der Arsch auf Grundeis, weil in ein paar Wochen alle Welt wissen wird, dass du dir TRENIGMARIS unrechtmäßig unter den Nagel gerissen hast. Jetzt versuchst du, die Öffentlichkeit rauszuhalten, indem du mir dieses Angebot machst."

„Nein. Die Öffentlichkeit werde ich selbst informieren. Morgen, spätestens übermorgen steht meine entsprechende Pressemeldung in den Zeitungen, in der ich die Verantwortung für meinen – Betrug übernehme. Ich habe meine Lektion gelernt, Ricky. Ein bisschen spät zwar, sehr spät, um genau zu sein, aber ich habe sie gelernt. Ich", er räusperte sich wieder, „ich fühle mich durch Moniques Verrat derart beschissen wie noch nie zuvor in meinem Leben. Das hat mir gezeigt, wie du dich damals gefühlt haben musst. Und dich vielleicht noch fühlst. Es tut mir wirklich leid, Ricky. Und ebenso leid tut es mir, dass ich das nicht ungeschehen machen kann.“

Sollte tatsächlich noch ein Funken Gutes in *The Man* stecken? Kaum zu glauben, aber natürlich nicht von der Hand zu weisen. Sie kannte ihn schließlich und wusste, dass er auch seine guten Seiten hatte. Auch wenn sie sich seit ihrem Bruch damals einzureden versucht hatte, dass die nur Show gewesen waren.

„Aber ich kann und werde dir wenigstens geben, was dir zusteht“, fuhr er fort. „Meine Anwälte werden einen entsprechenden Vertrag aufsetzen. Da ich dir die gesamte Summe, die ich dir schulde, nicht auf einmal zahlen kann, schlage ich vor, dass ich dir so viel gebe, wie ich erübrigen kann, und dir so lange achtzig Prozent der Gewinne zahle, bis der Rest beglichen ist. Wenn das Spiel weiterhin so gut läuft, dürfte das nicht länger als fünf Jahre dauern. Danach erhältst du fünfzig Prozent. Wenn du damit einverstanden bist.“

Ricky glaubte, sich verhört zu haben. Sie hielt das Handy ein Stück von sich weg und vergewisserte sich, dass im Display wirklich Manfreds Nummer stand, obwohl es daran keinen Zweifel gab. Schließlich kannte sie seine Stimme. Trotzdem war sie versucht zu glauben, mit einem Fremden zu reden. Der Mann, der gerade behauptet hatte, für die nächsten Jahre auf achtzig Prozent seines Gewinns zu verzichten, konnte unmöglich Manfred Thaler sein. Klar, die zwanzig Prozent, die ihm blieben, beliefen sich nach ihren Informationen immer noch auf runde zwei Millionen netto nach Steuern; mindestens. Er musste also keineswegs darben oder sich anderweitig einschränken. Trotzdem passte das absolut nicht zu dem Mann, der sie damals ausgebootet hatte, nur um den gesamten Gewinn allein einzustreichen.

„Ricky? Bist du noch dran?“

„Ja. Aber wer sind Sie, und was haben Sie mit Manfred Thaler gemacht?“

„Ich scherze nicht Ricky, ehrlich. Ich meine es ernst und werde alles einhalten, was ich dir gerade zugesagt habe. Ich ...“, er räusperte sich, wie immer, wenn er verlegen war. „Die heutigen Ereignisse haben mir die Augen geöffnet. Monique und ihre Bande haben das alles nur wegen Geld getan. Sie haben meine kleine Tochter in Angst und Schrecken versetzt und mir die schlimmsten Stunden meines Lebens verpasst, nur für Geld. Sie wären deswegen sogar über Leichen gegangen.“ Er schwieg einen Moment. „Du wirst es vielleicht nicht glauben, Ricky, aber das hat mir einen Spiegel vorgehalten, in dem ich erkannt habe, dass ich im Grunde genommen auch nicht besser bin. Ich hätte damals zwar kein Kind entführt, aber was ich mit dir gemacht habe, nur um an das Spiel zu kommen, also auch für nichts als Geld, war schon verdammt nah dran. So ein Mensch will ich nicht mehr und nie wieder sein.“

Das passte zu dem Manfred Thaler, den Ricky damals kennengelernt, in den sie sich sogar ein bisschen verliebt hatte; auch wenn es ihr immer noch gegen den Strich ging, das vor sich selbst einzugestehen.

„Du wirst verstehen, dass es mir nach meinen gesammelten Erfahrungen mit dir schwerfällt, das zu glauben. Aber wenn du deine Zusagen wirklich einhältst und meine Anwälte in dem angekündigten Vertrag keinen versteckten Pferdefuß finden ...“

„Es wird keinen geben, das schwöre ich.“

„Dann werde ich die Klage zurückziehen, sobald der Vertrag unterzeichnet und die erste Rate auf meinem Konto eingegangen ist.“

„Danke, Ricky. Das wirst du nicht bereuen, mein Wort drauf."

„Hm. Das glaube ich erst, wenn ich es sehe. Aber vielleicht bringst du es zur Abwechslung tatsächlich mal fertig, mich positiv zu überraschen."

„Das habe ich vor."

Sie schwieg. Das tat er ebenfalls. Ricky hatte aber den Eindruck, als wollte er noch etwas sagen.

„Wie geht es deiner Kleinen, Manfred? Verkraftet sie das Ganze?"

„Ich denke schon. Sie ist ja noch jung. Sie schläft immer noch. Wenn sie aufwacht, werden wir weitersehen. Ich werde aber trotzdem mit ihr zu einem Kinderpsychologen gehen. Ich habe mir sagen lassen, dass Kinder auch schon in diesem Alter sehr viel mehr mitbekommen, als wir Erwachsenen vermuten. Ich will nicht, dass sie einen Schaden fürs Leben behält."

Ein guter Vorsatz. Schließlich wusste Ricky selbst nur allzu gut, was dabei herauskam, wenn man ein Trauma verpasst bekam und nichts oder viel zu spät etwas dagegen unternahm.

„Ich habe mir sagen lassen, dass bei Kindern das beste Mittel gegen ein Trauma viel Liebe ist. Keine Ahnung, ob es stimmt. Aber schaden wird es bestimmt nicht."

„Daran soll und wird es meiner Marie nie mangeln. Schließlich muss ich ihr jetzt nicht nur Vater, sondern auch Mutter sein."

„Du schaffst das schon. – Manfred, ich bin müde. Also wenn du nichts weiter zu sagen hast ..."

Er räusperte sich. „Ricky, ich ... ich ... Haben wir Frieden miteinander? Können wir wenigstens Freunde sein?"

„Nein!" Sie schüttelte vehement den Kopf, obwohl er das nicht sehen konnte. „Ich meine, ja, das mit dem Frieden geht in Ordnung, unter der Voraussetzung, dass du deine Zusagen einhältst. Aber alles andere – nein. Du hast damals zu viel Porzellan zerschlagen, das sich nicht mehr kitten lässt. Und auch wenn du jetzt eine Kehrtwendung um hundertachtzig Grad gemacht hast – von der ich immer noch nicht vollständig überzeugt bin –, bist und bleibst du definitiv kein Mann, mit dem ich befreundet sein will. Belassen wir es also bei einer geschäftlichen Beziehung. Darüber hinaus meinte ich ernst, was ich vorhin gesagt habe: Lass mich in Ruhe. Um das Geschäftliche abzuwickeln, brauchen wir keinen persönlichen Kontakt. Das können unsere Anwälte erledigen. Ich möchte es dabei belassen. Ich hoffe, du respektierst das."

Er schwieg eine Weile. „Natürlich, Ricky. Das tue ich. Ich ... ich wünsche dir alles Gute."

„Hm. – Okay, danke. Und im Sinne unseres gerade geschlossenen Friedens wünsche ich dir das auch. Vor allem deiner Tochter. Gute Nacht, Manfred." Sie wartete seine Antwort nicht ab, sondern unterbrach die Verbindung und schaltete das Handy aus. Nur für alle Fälle.

Sie warf einen Blick auf die Uhr. Zwei Uhr dreißig. Noch lange nicht ihre übliche Zeit, ins Bett zu gehen. Und müde, wie sie gegenüber Manfred behauptet hatte, war sie auch noch nicht. Normalerweise begann sie erst nach Mitternacht, zur geistigen Höchstform aufzulaufen, als söge sie aus der besonderen Atmosphäre der Nacht die Inspiration und vor allem ihre Kraft. Außerdem hatte sie noch genug an dem Auftrag zu arbeiten, bei dem Sunay sie unterbrochen hatte.

Aber dazu hatte sie keine Lust. Sie stellte die Musik etwas lauter und trank schluckweise ihren Whisky, während sie zuhörte. Wenn Manfred sein Wort hielt – und sie hatte den Eindruck, dass er das diesmal tun würde –, wäre sie in ein paar Tagen ziemlich reich. Vielleicht sollte sie sich mit den Millionen eine einsame Insel kaufen und der Welt endgültig den Rücken kehren.

Vielleicht sollte sie aber Manfreds Beispiel folgen, die heutigen Ereignisse als einen Wendepunkt betrachten und ihrem Leben eine neue Richtung geben, die sie von einer verschrobenen, die Welt verachtenden Nerd zu etwas Neuem, etwas Besserem führte. Eine Überlegung war das in jedem Fall wert.

Sie lehnte sich zurück, schloss die Augen und schaltete nun auch geistig in den Relax-Modus.

Game over.

Operation Clavis

1

Dienstag, 4. Juni

Thorbjörn Rasmusson blickte sein Gegenüber zweifelnd an. Der Mann sah nach nichts aus. Allerweltskleidung, Allerweltsaussehen, mit dem er nicht mal aufgefallen wäre, wenn er der einzige Mensch im Raum gewesen wäre, obendrein einen Allerweltsnamen, der garantiert nicht echt war: Anders Andersson. Dabei war er kein Norweger, weshalb er mit Thorbjörn in Englisch verhandelte. Das war kein Problem, denn er war es gewohnt, mit Geschäftspartnern aus aller Welt Englisch zu sprechen.

Mit diesem „Partner" fühlte er sich aber alles andere als wohl. Schließlich verhandelte er mit ihm nicht wegen eines normalen Geschäfts, sondern wegen eines Verbrechens. Eines *White-collar crime*. Aber es musste sein, um die Konkurrenz auszubooten, wenn Thorbjörn weiter im Geschäft bleiben wollte. Besonders bei diesem Geschäft.

Es gab Hinweise aus einer vertrauenswürdigen Quelle, dass die in Berlin ansässige Firma MiloChem kurz davor stand, einen Impfstoff gegen Diabetes zu entwickeln. Zwar gab es bereits ein Serum, das bei Typ 1 wirkte, aber erst nach Ausbruch der Krankheit. MiloChem forschte an einem Stoff, der nicht nur bei erblicher Vorbelastung den Ausbruch der Krankheit sowohl für Typ 1 wie auch für Typ 2 bereits im Vorfeld verhinderte. Bei entsprechender Weiterentwicklung des

Serums wäre es sogar möglich, dass jeder gesunde Mensch sich regelmäßig impfen ließe und danach so ungesund leben könnte, wie er nur wollte, ohne jemals an Diabetes zu erkranken. Wer diesen Impfstoff zuerst auf den Markt brachte und sich patentieren ließ, scheffelte Milliarden.

Deshalb wurden die entsprechenden Forschungen streng geheim durchgeführt und waren natürlich bestens gesichert. Thorbjörn brauchte jemanden, der ihm MiloChems Forschungsdaten beschaffen konnte. Andersson war ein Agent, der Spezialisten für Industriespionage und andere Wirtschaftsverbrechen an der Hand hatte und sie gegen Provision an gut zahlende Auftraggeber vermittelte. Es hatte Thorbjörn eine Menge gekostet, Andersson überhaupt zu finden und zu kontaktieren. Der Mann war natürlich extrem vorsichtig und hatte sich erst mehrfach rückversichert, dass Thorbjörn echt und kein Polizist undercover war, der ihn in eine Falle locken wollte.

Zur Sicherheit hatte er sich mit ihm in diesem Restaurant getroffen und den Treffpunkt erst eine halbe Stunde vorher telefonisch durchgegeben, ihn aber in letzter Minute noch einmal umdirigiert. Falls Thorbjörn mit der Polizei arbeitete, hätte er keine Gelegenheit gehabt, in diesem Restaurant irgendwelche Vorbereitungen zu treffen, um Andersson hier eine Falle zu stellen.

„Bevor wir zur Sache kommen“, begann Andersson das Gespräch, „sollen Sie wissen, worauf Sie sich einlassen. Wenn ich im Namen eines meiner Klienten Ihren Auftrag annehme, garantiere ich Ihnen hundertprozentigen Erfolg. Ich arbeite nur mit zuverlässigen Leuten, die noch nie versagt haben. Im Gegenzug erwarte ich, dass Sie die vereinbarten Modalitäten einhalten. Für was auch immer Sie jemanden brauchen, die

Hälfte des Honorars ist im Voraus fällig, die andere Hälfte bei Lieferung."

„Und wie hoch ist Ihr – Honorar?"

„Das hängt davon ab, welche Leistung Sie buchen." Andersson sah ihn erwartungsvoll an.

Der Mann redete wie ein Versicherungsvertreter. Oder ein Reiseveranstalter. Thorbjörn blickte sich unauffällig um, ob jemand in Hörweite war. Aber sie waren in diesem Teil des Restaurants allein. Die Bedienung stand hinter dem Tresen und das Essen, das sie pro forma bestellt hatten, wurde noch zubereitet.

„Sie arbeiten international, wie ich verstanden habe."

„Selbstverständlich weltweit. Die Arktis und Antarktis ausgenommen."

Das sollte wahrscheinlich witzig sein, aber für Thorbjörn war die Sache zu ernst. „Sie sollen mir die Forschungsdaten einer Berliner Firma beschaffen."

„Kein Problem."

Er blickte Andersson irritiert an. „Sie wissen doch gar nicht, um welche Firma und was für Daten es sich handelt."

„Das ist für die Tatsache, dass der Auftrag kein Problem für meine Klienten darstellt, auch nicht relevant. Solche Aufträge sind nichts Besonderes."

„Dieser vielleicht schon." Thorbjörn war sich nicht sicher, was er von der Lässigkeit des Vermittlers halten sollte – ob dessen Selbstsicherheit seine Professionalität unterstrich oder ein Zeichen für Überheblichkeit war. Sein Ruf sprach immerhin für Ersteres. Thorbjörn blickte sich noch einmal um, ehe er fortfuhr. „Die betreffende Firma hat ihre Daten extrem gut gesichert. Da kommt man nicht so leicht ran."

Andersson ließ sich nicht aus der Ruhe bringen. „Das wissen Sie woher?“

„Ich habe an einer Führung durch die Firma anlässlich eines Tages der offenen Tür teilgenommen. Die Sicherheitsvorkehrungen sind extrem. Und der Begleiter, der uns durch die Firma führte, betonte außerdem, dass auch die Rechner mit modernsten Firewalls und anderen Sicherungen geschützt sind.“

Andersson lächelte flüchtig. „Sie ahnen nicht, Herr Rasmusson, wie viele angeblich unüberwindliche Firewalls meine Klienten schon geknackt haben. Wenn Sie mir diesen Auftrag erteilen, garantiere ich Ihnen den Erfolg. Oder Sie erhalten Ihre Anzahlung zurück; abzüglich der bis dahin angefallenen Spesen, versteht sich.“

Thorbjörn verstand, dass in dem Fall die Spesenabrechnung genau der Summe der Anzahlung entsprechen würde. Aber dieses Risiko musste er eingehen.

„Geht es um bestimmte Forschungsdaten, oder möchten Sie alle haben?“

Er blickte Andersson ungläubig an. „Wäre das möglich? Würde das nicht auffallen?“

Andersson lehnte sich zurück. „Keinesfalls, denn einer meiner Klienten würde ein Programm für Sie schreiben, das Sie auf Ihrem Rechner installieren können, mit dem Sie jederzeit Zugriff auf die Datenbanken der Berliner Zielfirma hätten, ohne dass die was davon merken. Das würde natürlich extra kosten.“

Das eröffnete ungeahnte Möglichkeiten. Wenn er nicht nur die Unterlagen über den Impfstoff bekommen könnte, sondern jederzeit Zugriff auf alle Forschungen von MiloChem hätte ... Er lächelte. „Einverstanden. Sie übernehmen also den Auftrag?“

Andersson neigte zustimmend den Kopf. „Nennen Sie mir Namen und Adresse der Firma und was genau Sie brauchen, und ich nenne Ihnen den Preis.“

Thorbjörn sagte es ihm.

„Fünf Millionen Dollar.“

„Sind Sie wahnsinnig?“

Andersson zuckte mit den Schultern. „Plus einer halben Million für den Trojaner, der Ihnen jeden einzelnen Tastendruck von MiloChems Computern auf Ihren Rechner überträgt. Sie überweisen zweieinhalb Millionen sofort auf ein Konto, das ich Ihnen nenne. Sobald das Geld transferiert wurde, setze ich meine Spezialisten für solche Fälle darauf an.“ Er blickte Thorbjörn in die Augen. „Wir wissen beide, dass das, was Sie durch die von uns gelieferten Daten verdienen, ein Vielfaches dieser bescheidenen Summe ist. Also sollten Sie nicht feilschen.“

Thorbjörn schluckte. Zweieinhalb Millionen Dollar waren kein Pappenstiel. Wenn Anderssons Leute aber tatsächlich Erfolg hatten, war die Summe verglichen mit dem Gewinn tatsächlich lächerlich. „Einverstanden.“

Andersson schrieb etwas auf seinen Notizblock und schob ihm den hin. „Sie haben Ihr Smartphone dabei, wie ich sehe, und können die Überweisung sofort tätigen.“

Thorbjörn gehorchte. Er tätigte die Überweisung auf das Konto einer Bank im Ausland, deren Daten Andersson ihm aufgeschrieben hatte. Der Agent rief ein paar Minuten später mit seinem Smartphone den Kontostand ab und nickte zufrieden.

„Gut, Herr Rasmusson. Sie hören von uns, sobald wir Erfolg haben.“ Er schob ihm ein Handy hin. „Mit diesem Prepaid-Handy können Sie mich kontaktieren, falls es erforderlich sein sollte, und ich Sie. Das Ding hat eine einprogrammierte Nummer, und Sie können damit keine andere Nummer anrufen. Sobald der Auftrag ausgeführt ist, entsorgen Sie das Handy."

„Alles klar."

„Bis auf eines." Andersson zog einen Umschlag aus der Innentasche seines Jacketts und schob ihn über den Tisch.

„Was ist das?"

„Unsere Rückversicherung. Sollten Sie falsch spielen und mich oder meine Klienten in die Pfanne hauen, respektive an die Polizei verraten, wird das nicht ohne Konsequenzen bleiben."

Thorbjörn wurde flau. Er öffnete den Umschlag und zog ein paar Fotos heraus. Bilder von seiner Familie, seiner Frau, seiner Mutter, seinen beiden Kindern. Aufgenommen im Supermarkt, auf dem Spielplatz, in der Schule, am Arbeitsplatz seiner Frau und – sogar *in* seinem Haus! Das Erschreckendste daran war aber das Fadenkreuz, das auf jedes Bild projiziert worden war und dessen Mittelpunkt immer auf etwas Lebenswichtiges gerichtet war: das Herz seiner Frau, die Köpfe seiner Kinder, die Brust seiner Mutter.

„Sie ..."

„Keine Panik", unterbrach Andersson ruhig. „Es ist nicht in meinem und erst recht nicht im Interesse meiner Klienten, unsere Auftraggeber zu verärgern. Es handelt sich dabei, wie gesagt, um eine Rückversicherung. Halten Sie sich an unseren Deal und zahlen Sie nach Lieferung die vereinbarte Restsumme, dann passiert niemandem etwas, und wir gehen als Freunde auseinander."

Thorbjörn schwankte einen Moment zwischen Wut und dem Gefühl, einen entsetzlichen Fehler gemacht zu haben. Aber der ließ sich zumindest entschärfen. Er nahm sein Smartphone und machte ein Foto von Andersson, ehe der reagieren und die Hand vors Gesicht halten konnte. „Und ich werde dieses Foto der Polizei übergeben, wenn Sie sich an meiner Familie vergreifen oder mich übers Ohr hauen."

Andersson lächelte und schob ihm das Glas hin, aus dem er getrunken hatte. „Und hier haben Sie noch meine Fingerabdrücke und meine DNA dazu. Nichts davon nützt Ihnen etwas. Auch kein Foto von mir." Er beugte sich vor. „Stellen Sie sich vor, es gibt so etwas wie Theatermasken, mit denen man einem Menschen jedes beliebige Gesicht geben kann. Ich benutze für jeden Auftrag eine neue Maske und vernichte sie anschließend. Da ich noch nie in den Fokus der Polizei oder anderer Behörden geraten bin, gibt es nirgends von mir gespeicherte Fingerabdrücke oder ein DNA-Profil. Mit anderen Worten, Sie haben nichts gegen mich in der Hand."

Er riss Thorbjörn das Smartphone aus der Hand und löschte das Foto. Sein Gesicht nahm einen harten Ausdruck an, als er es ihm mit deutlicher Verachtung zurückreichte. „Wenn Sie aber noch mal so einen miesen Trick versuchen, bekommt die Polizei einen anonymen Tipp, Ihre Firma mal unter die Lupe zu nehmen. Vorher werden wir jede Leiche ausgraben, die Sie im Keller versteckt haben, und die Informationen der Öffentlichkeit zuspielen."

Thorbjörn fühlte, wie ihm das Blut aus dem Gesicht wich. Verdammt, er hätte sich nicht mit diesen Leuten einlassen sollen. Aber mit ehrlichen Mitteln kam man ja heutzutage nicht weit. Deshalb würde Andersson, wenn er seine Drohung wahr machte, eine verdammt große Menge „Leichen" finden. Darunter war zwar nichts, was ein guter Anwalt nicht entschärfen konnte, aber es stand Thorbjörn und seiner Firma gar nicht gut an, ins Visier der Staatsanwaltschaft zu geraten. Selbst ein

Verdacht auf unlautere Machenschaften würde ihn unwiederbringlich ins Aus katapultieren, auch wenn man ihm am Ende nichts beweisen konnte.

Andersson lehnte sich zurück und gab sich wieder liebenswürdig. „Also, Herr Rasmusson, wir beschaffen Ihnen die gewünschten Informationen. Nach der Übergabe zahlen Sie die vereinbarte Summe, danach sehen wir uns nie wieder und hören auch nie wieder voneinander. Es sei denn, Sie hätten einen neuen Auftrag für einen meiner Klienten."

Thorbjörn würde sich hüten. „Wann können Sie liefern?"

„So schnell wie möglich. Spätestens in acht Wochen. Das hängt davon ab, wie gut die Daten tatsächlich gesichert sind." Andersson lächelte. „Wir wollen natürlich nicht Gefahr laufen, dass meine Klienten erwischt werden. Also bedarf es sorgfältigster Planung. Aber seien Sie versichert, dass meine Klienten noch nie versagt haben."

Das musste Thorbjörn ihm wohl oder übel glauben. Schließlich konnte er keine Referenzen von zufriedenen oder unzufriedenen Auftraggebern einholen. Jeder, der Anderssons Klienten für was auch immer eingespannt hatte, würde leugnen, was das Zeug hielt, mit dem Mann und seiner Truppe jemals etwas zu tun gehabt zu haben. Das würde auch Thorbjörn tun, sobald er die Daten und das Programm hatte und den Mann endgültig los war. Wenn er danach nie wieder was von dem Kerl hörte oder an ihn erinnert wurde – umso besser.

Die Bedienung brachte das Essen. Obwohl er am liebsten schnellstmöglich das Restaurant verlassen hätte, musste er mit Andersson essen, um den Schein einer ganz normalen Geschäftsbesprechung aufrecht zu erhalten. Dass Andersson hinterher die Rechnung beglich, kam ihm sehr gelegen, weil es dadurch keine Kreditkartenabrechnung gab, die ihn mit diesem Restaurant und demnach mit Andersson in Verbindung brachte.

Als er das Lokal verließ, hoffte er, dem Mann nie wieder begegnen zu müssen.

*

George McNamara suchte eine öffentliche Toilette auf, nachdem er das Lokal verlassen hatte. In der Toilettenkabine zog er sich die Maske von „Anders Andersson“ vom Kopf, brachte seine Haare in Ordnung und wendete den Mantel mit der karierten Seite nach außen. Ein paar Minuten später verließ er als dunkelhaariger, braungebrannter Tourist die Toilette und kehrte in sein Hotel zurück.

Was er Rasmusson über die Theatermaske gesagt hatte, entsprach der Wahrheit. Er benutzte für die Verhandlungen zu jedem neuen Auftrag eine andere und trat als sein eigener Agent auf, immer unter einem Namen, der im Land seines Auftraggebers so häufig und gewöhnlich war wie „John Smith“ in seiner australischen Heimat. Er traute niemandem, erst recht keinem Vermittler, weshalb er die Auftragsverhandlungen selbst übernahm. Sein Team war handverlesen; er arbeitete mit den Leuten seit Jahren zusammen, kannte jeden Einzelnen und wusste, dass keiner auf den Gedanken käme, die Kameraden oder George ans Messer zu liefern.

Das hatte Juan Sola vor acht Jahren bewiesen. Er war durch einen dummen Zufall bei dem Versuch erwischt worden, sich in die Datenbanken des Pentagon zu hacken und hatte nicht mehr rechtzeitig abtauchen können. Seitdem saß er in einem amerikanischen Gefängnis, aber er hatte bis heute den Mund gehalten und darauf bestanden, allein gehandelt und keine

Komplizen oder gar einen Auftaggeber gehabt zu haben. Das finanzielle Polster, das Juan sich bis dahin mit Georges Hilfe geschaffen hatte und das nach seiner Entlassung in zwei Jahren auf ihn wartete, tröstete ihn über die Zeit hinweg.

Damit er auch weiterhin den Mund hielt, hatte George natürlich ein Druckmittel gegen ihn in der Hand, wie gegen jeden von seinen Leuten, das er rücksichtslos gegen sie verwenden würde, sollte einer auf den Gedanken kommen, George zu verpfeifen. Dazu gehörten auch Dinge wie die Bedrohung ihrer Familie, sofern sie eine hatten. Sollte er jemals wegen einem von ihnen oder überhaupt auffliegen, stürzten alle mit ihm ab. Das wussten sie und gaben sich deshalb die größte Mühe, dass jeder Job reibungslos klappte.

George ging kein Risiko ein. Gerade deshalb nicht, weil er nach der eisernen Regel verfuhr, dass, wer einmal erwischt worden war, für immer raus war aus dem Geschäft; zumindest was seine Mitgliedschaft in McNamara's Bunch betraf. Wer bei den Behörden aktenkundig war, stellte ein Sicherheitsrisiko für das Team dar, das er sich nicht leisten konnte. Und sollte einer auf den Gedanken kommen zu reden, um mit irgendeinem Staatsanwalt einen Deal auszuhandeln, verfügte George über mehr als eine Möglichkeit, den Mann oder die Frau mundtot zu machen, und zwar für immer.

Selbst wenn einer ausstieg, wie Niqui vor drei Jahren, hütete der sich, George und sein Team auch nur zu erwähnen. Normalerweise hätte er sie nicht gehen lassen. Aber sie hatte sich Hals über Kopf in einen Deutschen verliebt und taugte von dem Moment an nicht mehr für ihre Aufgabe, Männer zu verführen, damit George kompromittierende Fotos machen und die Typen damit erpressen konnte. Als Niqui auch noch schwanger geworden war, konnte man sie zu gar nichts mehr gebrauchen. Also hatte er sie gehen lassen. Sie würde schon in ihrem eigenen Interesse den Mund halten. Denn ihr Mann, ein erfolgreicher Firmeninhaber, der mit der Vermarktung eines bombigen Computerspiels ein Vermögen scheffelte, wäre ganz sicher nicht erfreut zu erfahren, dass seine geliebte Frau Mitglied einer Bande von Cyberverbrechern und Berufsdieben gewesen war und sich für deren Jobs prostituiert hatte.

Davon abgesehen hätte es wenig Sinn, George ans Messer zu liefern, denn George McNamara war selbstverständlich nicht sein richtiger Name, sondern eine geklonte Identität. Der echte George McNamara lebte zurückgezogen im australischen Outback und ahnte nichts von seinem Namensdoppelgänger. Wenn alles nach Plan verlief, würde er niemals davon erfahren. Schließlich wurde George unweigerlich irgendwann zu alt für den Job. Dann würde er sich unter seinem echten Namen zur Ruhe setzen und „George McNamara" in der Versenkung des Outbacks verschwinden lassen.

Juans Verlust damals war jedoch ein Glücksfall gewesen, denn seine Nachfolgerin Sandy, Niquis Zwillingsschwester, war brillanter, als Juan zu seinen besten Zeiten gewesen war.

Er schob die fruchtlosen Gedanken beiseite, packte seine Sachen, checkte aus dem Hotel aus und machte sich auf den Weg zum Flughafen.

Von einer öffentlichen Telefonzelle aus würde er Sandy anrufen und den Auftrag an sie weitergeben. Wenn es eine schaffte, eine Firewall zu knacken, dann sie. Der Job würde ein Kinderspiel werden und fünfeinhalb Millionen Dollar für wenig Arbeit bringen. Zwei Millionen für Sandy, dreieinhalb Millionen für ihn. Saubere Sache.

Eigentlich hätte er sich mit dem Geld, das er sich mit solchen Coups in den letzten fünfzehn Jahren verdient hatte, längst zur

Ruhe setzen können. Aber Müßiggang war nicht sein Ding. Er brauchte den Nervenkitzel, die Spannung, die geistige Herausforderung, immer neue Strategien zu entwickeln, um ans Ziel zu kommen. Je schwieriger ein Auftrag durchzuführen war, desto mehr gefiel er ihm.

Manchmal bedauerte er, dass er mit seinen Erfolgen nicht an die Öffentlichkeit gehen und in alle Welt posaunen konnte, dass er und sein Team es geschafft hatten, in bester Thomas-Crown-Manier verschiedene Museen rund um den Globus zu erleichtern und einen Miró aus einer Privatsammlung zu stehlen, die wie Fort Knox gesichert war. Dass sie virtuell in etliche Banken eingebrochen waren und Konten abgeräumt oder im Auftrag von Kunden manipuliert hatten. Dass sie Konzerne ausspioniert oder über den Cyberspace ruiniert hatten. Dass sie Auktionen manipuliert, ihren Kunden geholfen hatten, Konkurrenten mit gefälschten Bilanzen oder kompromittierenden Fotos auszubooten und eine Menge Dinge mehr vollbracht hatten, die das Team der Fernsehserie *Leverage* ziemlich alt hätte aussehen lassen. Nur dass sie im Gegensatz zu den Serienleuten mit Altruismus und Robin-Hood-Mentalität nichts am Hut hatten. Georges Teammitglieder waren nicht „die besseren Guten", sondern die bösen Jungs und Mädchen, die Interpol und Europol und manch andere Behörde wie FBI, AFP[1] und BKA nur allzu gern in die Finger bekommen hätten. Aber McNamara's Bunch war ebenso wenig zu fassen wie Thomas Crown.

Ein bisschen bedauerte er, dass der neue Job so leicht werden würde. Andererseits war er dann auch schnell erledigt und das Team frei für den nächsten Auftrag. Mal wieder was

1 Australian Federal Police

Großes, Spektakuläres, das wochenlang die Titelseiten der Zeitungen füllte. Vielleicht gespickt mit einem kleinen Katz-und-Maus-Spiel mit der örtlichen Polizei. Ein bisschen Spaß musste schließlich auch ab und zu sein. Aber eins nach dem anderen. Jetzt war erst mal der Job in Berlin dran.

2

Freitag, 7. Juni

Sandy Leclercs Laune befand sich auf dem absoluten Tiefpunkt. Seit Tagen. Als George ihr den Auftrag erteilt hatte, die Firewall von MiloChem zu knacken, hatte sie sich über das leicht verdiente Geld gefreut. Inzwischen war sie zu dem Schluss gekommen, dass „leicht verdient" anders aussah; vollkommen anders. Sie war eine Expertin im Knacken von Firewalls. Sie war die weltbeste Hackerin und als „Black Knight" in diesen Kreisen gefürchtet und bewundert. Aber das, was MiloChems Daten schützte, war ein Meisterwerk, dessen komplizierten Aufbau sie nicht brechen konnte, weil es keine Schwachstelle gab. Darüber hinaus verfügte das System über eine Alarmvorrichtung, welche Sandy bisher bei jedem Einbruchversuch entdeckt, blockiert und aufzuspüren versucht hatte. Wäre sie nicht grundsätzlich immer so vorsichtig, alle derartigen Versuche über ein Dutzend und mehr Proxyserver zu leiten und mit anonymisierten IP-Adressen zu arbeiten, hätte man sie längst erwischt.

Davon abgesehen konnte sie keine Attacken mehr starten, denn dann würde man bei MiloChem sehr schnell darauf kommen, dass jemand ganz gezielt versuchte, den Rechner anzugreifen, und diese Angriffe von ein und derselben Person stammten. Im Moment sah für die noch alles so aus, als wären es unabhängige Versuche verschiedener Personen. Sandy kannte die Folgen. Man würde alles unternehmen, den Angreifer dingfest zu machen und am Ende die Polizei einschalten. Das konnte sie sich nicht leisten.

Also hatte sie es mit Plan B versucht. Unter dem Deckmantel eines Besuches bei ihrer mit Mann und zweijähriger Tochter in Berlin lebenden Zwillingsschwester Monique hatte sie sich unter einem Vorwand in die Firma einzuschleichen versucht. Wenn es ihr gelänge, an ein mit dem Hauptserver verbundenes Terminal heranzukommen, könnte sie über einen USB-Stick einen Trojaner darauf installieren, der ihr ermöglichte, unbemerkt Zugriff auf den Server zu nehmen und die Daten abzugreifen.

Aber auch das hatte nicht geklappt. Die Sicherheitsvorkehrungen in der Firma waren derart rigide, dass niemand die Chance hatte, in den inneren Bereich vorzudringen. Selbst Lieferanten wurden im Foyer abgefertigt. Das Firmenpersonal übernahm den Weitertransport der angelieferten Dinge zu den Büros oder anderen Räumen, oder man rief den Empfänger zum Eingang, damit er seine Sendung selbst abholte. Und die Pförtner waren die reinsten Wachhunde. Sie arbeiteten zu dritt, und einer von ihnen hatte ständig das gesamte Foyer im Auge. Jeder, der kam, wurde akribisch überprüft, ob er auch der war, der er vorgab zu sein. Außerdem war alles kameraüberwacht. Und selbstverständlich waren auch die Überwachungssysteme mit hackersicheren Firewalls versehen. MiloChem war wirklich ein Muster an Sicherheit.

Also Plan C. Der hieß Sebastian Baumer und war einer der Manager von MiloChem. Laut dem Internet-Firmenprofil war er unter anderem für Personalfragen zuständig. Demnach musste er die Informationen besitzen, die Sandy brauchte. Zu ihrem Glück war er nicht verheiratet, was die Sache erleichterte. Sie winkte ihm zu, als er das Gebäude verließ und die Sicherheitsschleuse passierte, die das Firmengelände von der Straße trennte. Er lächelte und reichte ihr die Hand.

„Guten Tag, Blanche. Ich freue mich, dass Sie es einrichten konnten zu kommen."

„Da ich Urlaub in Ihrer schönen Stadt mache, habe ich alle Zeit der Welt, Sebastian. Außerdem bin ich eine Frau, die ihre Versprechen hält. Da ich mich hier nicht auskenne, müssen Sie mir sagen, wo es ein gutes Lokal gibt, in dem ich Sie für den Schrecken und den Schaden entschädigen kann, den ich Ihnen verursacht habe."

Da Sandy neben ihrer Muttersprache Französisch auch ausgezeichnet Englisch, Deutsch und Italienisch sprach, war die Verständigung mit Baumer kein Problem. Der Schaden, auf den sie anspielte, war ein kleiner Blechschaden an der Stoßstange seines Wagens, den sie absichtlich verursacht hatte, um mit ihm in Kontakt zu kommen. Die zutiefst erschrockene und über den Unfall bestürzte Touristin zu spielen, die wegen des Missgeschicks den Tränen nahe war, hatte genau die Reaktion hervorgerufen, die sie beabsichtigt hatte. Baumer fühlte sich bemüßigt, sie zu trösten und ihr zu versichern, dass alles gar nicht so schlimm wäre und die deutschen Versicherungen – Sandy fuhr selbstverständlich einen Leihwagen – das alles problemlos regeln würden. Männer waren ja so berechenbar.

Baumer war kein gut aussehender Sonnyboy, für den die Aufmerksamkeit einer schönen Frau wie Sandy alltäglich war. Er gehörte aber auch nicht zu den völlig unscheinbaren Typen, die von Frauen nicht mal dann beachtet wurden, wenn sie nackt vor ihnen tanzten. Deshalb schmeichelte es ihm zwar, dass sie ihn als „Entschuldigung“ zu einem Kaffee eingeladen hatte, aber es machte ihn nicht misstrauisch.

„Ich schlage das ‚Café Einstein‘ vor. Das ist auf dem Kurfürstendamm und hat durchgehend geöffnet. Es wird Ihnen gefallen. Altes Kaffeehausflair, gemütliche Atmosphäre.“

„Klingt gut.“ Sie hakte sich bei ihm unter, was ihn zu einem überraschten und erfreuten Lächeln veranlasste. „Ist das Fort Knox, wo Sie arbeiten, Sebastian? Die Art, wie Sie herauskamen, erinnert mich an die Entlassung eines Strafgefangenen aus dem Gefängnis.“

Er lachte. „Ja, das Gefühl habe ich auch manchmal. Aber die Firma forscht nur im biologischen und medizinischen Bereich. Nichts Besonderes eigentlich.“

„Bei den Sicherheitsvorkehrungen bin ich geneigt, dem zu widersprechen. Erzählen Sie mir mehr vom ‚Café Einstein‘. Warum heißt es so?“

Der Themenwechsel war sorgfältige Strategie. Wenn sie weiter nach seiner Arbeit fragte, käme er nur allzu schnell auf den Gedanken, dass sie ihn ausspionieren wollte. Falls ihm dieser Verdacht gekommen sein sollte, wurde er durch die Frage nach dem Café wieder zerstreut.

„Ich gebe zu, das weiß ich nicht. Das Einzige, was mich bei einem Café interessiert, ist, dass der Kaffee gut ist und die Atmosphäre angenehm.“ Er sah ihr in die Augen. „Vertrauen Sie mir genug, mit mir in meinem Wagen zu fahren, oder möchten Sie mir mit Ihrem folgen?“

Sie schüttelte den Kopf. „Nach dem Unfall fahre ich nur noch Taxi oder nehme den Bus.“ Sie schenkte ihm ein strahlendes Lächeln. „Aber Sie sind doch ein netter Mann, der mir nichts tut, *non*?“

„Zumindest nichts, was Sie nicht wollen.“ Er errötete, als ihm die Doppeldeutigkeit bewusst wurde. „Ich meine ...“

Sandy lachte. „Ich verstehe das schon richtig, Sebastian. Fahren wir also zu Monsieur Einsteins Café.“

Er war sichtbar erleichtert und Sandy sehr zufrieden. Seine spontane Äußerung zeigte ihr, dass er in genau der Weise angebissen hatte, die sie beabsichtigt hatte, und sich Hoffnungen machte, seine Spontanbekanntschaft ebenso spontan ins Bett zu bekommen. Sie würde ihn nicht enttäuschen.

Als sie zwanzig Minuten später im „Café Einstein“ saßen und einen wirklich guten Mokka tranken, erzählte Sandy Baumer von ihrer Arbeit als Künstlerin. Sie war tatsächlich Malerin – im Nebenberuf. Zwar verdiente sie mit ihren eigenen Bildern als Sandrine Leclerc, wie sie mit bürgerlichem Namen hieß, nicht allzu viel, aber das wusste außer ihr niemand. Da sie für die Öffentlichkeit von ihrer Malerei leben konnte, hielt man sie in Paris für eine erfolgreiche Künstlerin. Niemand ahnte, dass sie den größten Teil ihres Geldes mit Hackeraufträgen für George verdiente.

Nebenbei malte sie als öffentlichkeitsscheue Künstlerin „Blanche de Noir“, von der es bis heute kein einziges Foto gab, Bilder ganz anderer Art, damit niemand den Stil mit dem von Sandrine Leclerc in Verbindung bringen konnte. Blanche de Noirs Bilder waren die Geldwaschanlage für McNamara’s Bunch. Da sich kaum ein Auftraggeber leisten konnte, auffallend hohe Summen bar von seinem Konto abzuheben, dessen Verbleib nicht nachgewiesen werden konnte, kaufte er ein Bild oder mehrere Bilder von Blanche de Noir, die er selbstverständlich auch geliefert bekam.

Das Ganze funktionierte ausschließlich über das Internet und E-Mail-Kontakte und landete, sollte man Blanche de Noir je mit einem Verbrechen in Verbindung bringen, bei einem völlig ahnungslosen Agenten, der die bestellten Bilder per Post in Empfang nahm – von ständig wechselnden Absenderadressen – und sie auf demselben Weg an die Käufer weiterleitete. Der Käufer zahlte an den Agenten, der das Geld abzüglich seiner Provision an ein Konto auf den Cayman-Inseln überwies, von wo aus Sandy es per Online-Banking an die Teammitglieder anteilig weiterleitete.

Die Tarnung war perfekt, weil Sandy die Spuren von Blanche einschließlich der Überweisungen im Netz so verwischt hatte, dass niemand sie identifizieren konnte. Sollte der unwissende Agent Schwierigkeiten mit der Polizei bekommen, würde ein neuer Agent seinen Platz für eine andere Künstlerin einnehmen, hinter deren Namen ebenfalls Sandy steckte. Das System war perfekt. Deshalb hatte sie sich Sebastian Baumer als Blanche vorgestellt und schwärmte von ihrer Malerei.

Baumer hörte fasziniert zu und nutzte ihren Redeschwall dazu, sie unter dem Deckmantel der Höflichkeit, dass man seinen Gesprächspartner immer ansieht, während er redet, ungeniert zu betrachten.

„Aber was mir neulich passiert ist, Sebastian, das war zu ärgerlich. Natürlich habe ich meine Bilder und mein Atelier mit Alarmanlagen und Überwachungskameras gesichert. Trotzdem ist es jemandem gelungen, bei mir einzubrechen und ein paar Bilder zu stehlen."

„Oh Gott!" Baumer tätschelte ihr mitfühlend die Hand.

Sie umfasste seine und hielt sie, als wäre sie ein rettender Anker. „*Oui, c'est agaçant.* Sehr ärgerlich." Sie schüttelte den Kopf. „Ich verstehe nicht, wie diese Hacker es fertiggebracht haben, das Überwachungssystem zu manipulieren. Die Firma, die es mir verkauft hat, hat mir versichert, dass es unknackbar wäre und mir viel Geld dafür abgeknöpft. *Merde*!“ Sie drückte Baumers Hand erneut. „Sie glauben es nicht, Sebastian, aber die haben ... – wie nennt man das? – eine Schleife in die Kameraaufnahmen geschickt, dass es aussieht, als wäre alles in Ordnung. Und wie sie die Alarmanlage überlisten konnten, ist mir auch ein Rätsel.“

Sie verzog das Gesicht, als würde sie jeden Moment in Tränen ausbrechen und als fiele es ihr schwer, sich zu beherrschen. Baumer streichelte tröstend ihre Hand.

„Jetzt sind nicht nur meine Bilder weg. Den künstlerischen Wert kann mir sowieso keine Versicherung ersetzen. Ich muss auch noch ein neues Alarmsystem kaufen. Aber“, sie blickte ihn unglücklich an, „wie kann ich sicher sein, dass der nächste Anbieter, der mir ‚hackersicheres Equipment‘ verspricht, auch wirklich Qualität liefert und nicht wieder Schrott?“ Sie schüttelte den Kopf, drückte seine Hand und streichelte sie mit den anderen. „Aber ich belästige Sie an diesem schönen Tag mit meinen Sorgen. Erzählen Sie mir lieber von Berlin, Sebastian. Es ist eine so wundervolle Stadt. Ich denke, ich werde meine nächste Ausstellung hier machen.“ Sie lächelte.

„Ich fühle mich nicht belästigt“, versicherte er. „Und ich denke, ich kann Ihnen auch mit Ihrem Sicherheitsproblem helfen. Meine Firma hat neulich eine wirklich hackersichere Firewall eingekauft, die auch die Kamerasysteme mit einschließt. Sie hat bereits mehrere Angriffe abgewehrt. Das System ist so programmiert, dass es jeden Angriff registriert und aufzeichnet.“

Er ließ widerstrebend ihre Hand los, holte sein Smartphone aus der Jackentasche und rief etwas auf. Schrieb es auf eine Serviette und schob sie Sandy hin. „Das sind Name und E-Mail-Adresse der Programmiererin, der wir das zu verdanken haben. Sie kostet zwar eine Menge Geld, aber die Investition lohnt sich."

„Oh Sebastian, Sie sind ein Schatz. Vielen Dank!" Sie beugte sich über den Tisch und hauchte ihm einen Kuss auf die Wange. Er hatte ihr genau die Information gegeben, die sie haben wollte. Zumindest den ersten Teil. Für den zweiten, wichtigeren Teil musste sie ihn sich noch eine Weile warm halten.

Baumer errötete und blickte sie hoffnungsvoll an. Sie durfte sich jetzt nur nicht zu schnell verführen lassen, sonst würde er Verdacht schöpfen. Sie plauderte noch eine Weile mit ihm über völlig andere Dinge. Als sie signalisierte, dass sie gehen wollte, bot er an, sie zu ihrem Hotel zu fahren. Sandy sträubte sich zunächst mit dem Hinweis, ihm keine Umstände bereiten zu wollen, nahm dann aber an. Er sollte für die Information seine Belohnung bekommen, die ihn durstig nach mehr zurücklassen würde, sodass er von sich aus weitere Treffen mit Blanche wünschte.

„Wenn Sie noch Zeit haben, Sebastian, zeige ich Ihnen meine Bilder. Ich habe Fotos davon auf meinem Laptop", sagte sie, als er sie vor dem Hotel absetzte und sich erkundigte, ob sie noch länger in der Stadt wäre, die er ihr gern zeigen wollte, falls sie Zeit und Lust dazu hätte.

Er nahm die Einladung nur zu gern an. Wenig später saßen sie in ihrem Hotelzimmer auf der Couch und betrachteten Sandys Bilder. Fünf Minuten lang. Dann hielt Baumer es nicht mehr aus und küsste Sandy. Zehn Minuten später lagen sie im Bett.

Baumer konnte spürbar sein Glück kaum fassen. Die Art, wie er Sandy zwischen zwei Küssen immer wieder ansah, ließ darauf schließen, dass sein Selbstbewusstsein nicht allzu ausgeprägt war, zumindest was Frauen betraf, denn er blickte sie an, als wäre sie das achte Weltwunder. Außerdem war er ein ausgesprochener Softie, stand auf ausgiebiges Streicheln und Kuscheln und war überhaupt sehr rücksichtsvoll.

Sandy hatte nichts dagegen und fand das eine nette Abwechslung, die sie genoss, obwohl Baumer auch in dieser Beziehung nur ein „Job" war. Sie musste die Leidenschaft nicht einmal spielen und kam zusammen mit ihm zu einem sehr befriedigenden Höhepunkt. Sie empfand es auch als angenehm, dass er noch eine Weile mit ihr liegen blieb und sie im Arm hielt, ehe er nach einem innigen Kuss aufstand und ins Bad ging.

Während er duschte, nahm Sandy die Serviette, auf die er den Namen der Programmiererin geschrieben hatte, der sie ihre Probleme mit der Firewall von MiloChem zu verdanken hatte: Ricky Schäfer. Sie kannte den Namen. Ricky Schäfer hatte vor einiger Zeit ein Computerspiel entwickelt, TRENIGMARIS, das reißenden Absatz fand. Sandy war auf das Spiel aufmerksam geworden, weil ihr Schwager Manfred Thaler es vermarktete. Vielmehr hatte Ricky Schäfer es für seine Firma in seinem Auftrag entwickelt.

Auf seiner Promotiontour, die ihn auch nach Nizza geführt hatte, wo McNamara's Bunch einen Job erledigt hatte, waren sie und Niqui ihm und seinem französischen Geschäftspartner in einer Bar begegnet. Beide Männer waren von den Zwillingsschwestern fasziniert, und sie hatten zu viert einen netten Abend verbracht, dem sich eine heiße Nacht anschloss. Was ein One-Night-Stand hatte bleiben sollen und für Sandy auch gewesen war, hatte sich für Niqui zu mehr entwickelt. Sie hatte sich in Manfred verliebt, und zwar so heftig, wie Sandy ihre Schwester noch nie für einen Mann hatte brennen sehen. Zu ihrem Glück beruhte das auf Gegenseitigkeit. Manfred erwiderte ihre Gefühle, andernfalls Niqui wohl sehr unglücklich geworden wäre. So aber war sie mit ihm nach Deutschland gegangen, hatte ihn geheiratet und war inzwischen glückliche Mutter einer süßen zweijährigen Tochter.

George war natürlich sauer gewesen, dass sie sein Team verlassen hatte. Niquis Aufgabe war die der Verführerin gewesen, des Lockvogels, der Venusfalle, in der sich die Männer verfingen, die anschließend mit den bei den Schäferstündchen mit ihr gemachten Aufnahmen erpresst wurden. Weder Sandy noch Nabila, die zweite Frau im Team, waren in dem Metier auch nur annähernd so gut, und Sara, die dritte Frau der Gruppe, war lesbisch. Da Niqui, nachdem sie sich in Manfred verliebt hatte und schwanger geworden war, für den Job nicht mehr zu gebrauchen war, hatte George sie gezwungenermaßen gehen lassen.

Ricky Schäfer also. Kein Wunder, dass Sandy MiloChems Firewall nicht knacken konnte. Sie versuchte seit zwei Jahren vergeblich, bei TRENIGMARIS Level 7 zu gewinnen. Nicht nur weil Manfreds Firma einen hohen Geldpreis ausgelobt hatte für denjenigen, dem das nachweislich als Erstem gelang, sondern in erster Linie, um sich zu beweisen, dass sie die Beste war und es kein Computerspiel gab, das sie nicht meistern konnte. An TRENIGMARIS biss sie sich immer noch die Zähne aus.

Dabei war das Spiel, an dem zwei bis fünf Spieler gleichzeitig spielen konnten, auf den unteren Levels gar nicht mal kompliziert und funktionierte wie eine Mischung aus *Dungeon & Dragon* und *Mensch ärgere dich nicht*. Aber ab Level 4 wurde es komplizierter. Was sich nicht nur auf die Rätselfragen bezog, die jeder lösen musste, der *Mother Spider* ins virtuelle Netz ging, die auf den oberen Levels vom *Riddle Master* mit noch komplizierteren Rätseln abgelöst wurde. Die oberen Levels liefen auf zwei virtuellen Ebenen ab, Level 7 sogar auf drei. Nur durch die Züge mit den Figuren auf der unteren Ebene konnte man die auf der oberen steuern. Aber auf jede einzelne von denen hatte nicht nur ein Spieler Zugriff, sondern sie konnten von allen benutzt werden, die mit ihren eigenen Zügen die eines Gegners rückgängig machen oder blockieren konnten.

Nachdem Sandy in den Online-Foren unter dem Spielernamen „Dragonfly“ bis einschließlich Level 6 alle Herausforderer geschlagen hatte, spielte sie Level 7 gegen *Mastermind*, den Spielcomputer, weil die anderen Spieler in der Regel sowieso nicht bis zu diesem Level kamen oder bereits an der ersten Rätselfrage scheiterten. Die waren auf dem Level wirklich kompliziert. Obendrein wurde das Ganze dadurch erschwert, dass man für die Antwort nur sechzig Sekunden Zeit hatte. TRENIGMARIS war ein wirklich interessantes und intellektuell herausforderndes Spiel.

Baumer kam aus dem Bad zurück, ein Handtuch um die Hüften gewickelt, und gab Sandy einen Kuss. „Ich muss dich leider jetzt verlassen. Und glaub mir, das bedauere ich zutiefst.“

Sie glaubte ihm. „Wenn dein Angebot, mir die Stadt zu zeigen, ernst gemeint war, muss dies nicht unser letztes Treffen gewesen sein.“

Er strahlte sie an. „Das war mir ernst, meine Schöne. Übermorgen ist Sonntag. Da habe ich den ganzen Tag frei.“

„Dann sehen wir uns Sonntag. Ich freue mich darauf. Oder Samstagabend schon. Dann können wir Sonntag zusammen frühstücken.“

„Mit Freuden!“ Er lächelte glücklich wie ein Kind.

Während er sich anzog, schlüpfte sie in einen hoteleigenen Bademantel und begleitete ihn anschließend zur Tür, wo sie ihn mit einem verheißungsvollen Kuss verabschiedete.

Kaum hatte sie die Tür hinter ihm geschlossen, rief sie George an und teilte ihm den Teilerfolg mit. Danach nahm sie ein ausgiebiges Bad. Wenn alles glatt ging, würde sie spätestens Sonntagabend alle Informationen haben, die sie brauchte. Der Rest wäre wieder ein Kinderspiel.

*

Los Angeles, Vollzugsanstalt San Quentin

Juan Sola starrte die beiden in schwarze Anzüge gekleidete Agents vom FBI ausdruckslos an. Agent Granger und Agent Cooper hatten ihn in den vergangenen acht Jahren immer wieder mit Fragen, Schmeicheleien und auch Drohungen belästigt. Sie waren überzeugt – völlig zu recht –, dass Juan nicht allein gearbeitet hatte, wie er behauptete, schon gar nicht aus Jux, nur um zu zeigen, dass man die Rechner des Pentagons hacken konnte. Aber Juan hatte sich nicht brechen lassen.

Zum einen, weil er nur zehn Jahre abzusitzen hatte. Zum anderen, weil er für McNamara's Bunch gearbeitet hatte, was in zweierlei Hinsicht bedeutsam war. Er hatte mit dieser Arbeit genug Geld verdient, das auf einem Offshore-Konto auf ihn wartete und genug Zinsen brachte, dass er sich damit zur Ruhe setzen konnte. Viel wichtiger war jedoch die Tatsache, dass George zwar seine eigene wahre Identität vor allen Mitgliedern seines Teams geheim hielt, seinerseits aber über alles informiert war, was jeden Einzelnen betraf, und von jedem mindestens einen wunden Punkt kannte, an dem er ihn packen konnte. In Juans Fall waren es seine Mutter und die Familie seiner Schwester. Mit den Mitteln, die George zur Verfügung standen, konnte er ihre Existenz vernichten. Was er ohne zu zögern tun würde, wenn Juan ihm einen Grund dafür gab. George war ebenso skrupellos wie brillant.

„Mr. Sola." Die beiden Agents hielten sich nicht mit einer Begrüßung auf. „Wir haben gehört, dass Sie nächste Woche vorzeitig auf Bewährung entlassen werden sollen", sagte Cooper. „Das freut uns für Sie."

Juan glaubte ihm kein Wort. „Was wollen Sie dann noch von mir?" Er gab sich keine Mühe, seinen Unmut zu verbergen.

„Immer noch dasselbe", erklärte Granger. „Mr. Sola, wir wissen doch beide, dass Sie nicht allein gearbeitet haben. Nachdem man Sie nun vorzeitig entlassen will, sollten Sie sich dafür etwas dankbar zeigen und uns Ihren Auftraggeber nennen."

Juan seufzte leidgeprüft. „Sie wollen den Namen meines Auftraggebers? Okay, hier ist er. Er heißt Hybris. Und mein Komplize heißt Selbstüberschätzung. Hybris ließ mich glauben, dass es keine Konsequenzen hätte, wenn ich die Rechner des Pentagons knacke, und Selbstüberschätzung versicherte mir, dass ich das mit links schaffe, ohne erwischt zu werden." Er zuckte mit den Schultern. „Dafür habe ich meine Strafe bekommen. Und glauben Sie mir, ich werde nie wieder einen Auftrag von Hybris annehmen und erst recht nicht noch mal mit Selbstüberschätzung zusammenarbeiten."

Cooper lächelte, aber das Lächeln erreichte seine Augen nicht. Die blieben vollkommen kalt. „Witzig, Mr. Sola. Aber glauben Sie nicht, dass Sie uns für dumm verkaufen können. Wir haben Datenbanken, wissen Sie. Und wir haben Kontakte zu Kollegen in der ganzen Welt. Nachdem wir Ihre Fingerabdrücke und Ihr DNA-Profil haben, schickten wir das zu unseren Kollegen in der großen weiten Welt zum Abgleich mit offenen Fällen. Und wissen Sie, was dabei herauskam? Natürlich wissen Sie das. Wir können Sie mit zwölf teilweise spektakulären Verbrechen in Verbindung bringen, die Sie weltweit begangen haben. Sie wissen, was das bedeutet." Cooper sah ihn erwartungsvoll an.

Juan schwieg.

Cooper lehnte sich auf seinem Stuhl zurück. „Nun, Mr. Sola, in Anbetracht dieser Tatsache und weil Sie sich bisher so unkooperativ gezeigt haben, werden Sie, sobald Sie hier wegen guter Führung entlassen sind, in Abschiebehaft genommen und in eines der Länder ausgeliefert, in denen Sie diese Verbrechen begangen haben." Er blätterte in einer Aktenmappe und tippte auf ein darin abgeheftetes Schriftstück, ehe er Juan lächelnd ansah. „Russland. Nach meinen Informationen hat man Ihnen in irgendeinem sibirischen Gefängnis schon eine Zelle reserviert. Und wenn Sie nach zwanzig Jahren entlassen werden – falls Sie dort so lange überleben – liefert man Sie in das nächste Land aus, das ein Hühnchen mit Ihnen zu rupfen hat. Und so weiter, bis Sie irgendwann irgendwo in irgendeinem Gefängnis irgendeines Ihnen fremden Landes an Altersschwäche sterben."

Juan grinste unbeeindruckt. „Ich bin spanischer Bürger und habe Rechte. Ihre Drohung entbehrt jeder Rechtsgrundlage. Selbst für amerikanische Verhältnisse."

Coopers Lächeln gefiel ihm nicht: nachsichtig und mit jenem Amüsement, das man einem unverständigen Kind entgegenbringt, wenn es mangels geistiger Reife etwas nicht kapiert.

„Da haben Sie recht, Mr. Sola. Für Terroristen gilt das aber nicht."

Juan lachte. „Ich bin kein Terrorist, und das wissen Sie."

Cooper verlor seine scheinheilige Freundlichkeit. Seine Miene wurde hart. „Im Gegenteil. Den Coup in Honolulu haben Sie ebenso wenig allein durchziehen können wie den in Moskau oder den in Christchurch. Es sei denn, Sie wären Superman und könnten an zwei Orten gleichzeitig sein. Außerdem sprachen Zeugen der jeweiligen Verbrechen von mindestens fünf daran beteiligten Personen." Cooper beugte sich vor. „Damit, Mr. Sola, sind Sie eindeutig Mitglied einer terroristischen Vereinigung und werden als Terrorist behandelt."

Juan begann sich unwohl zu fühlen. Offenbar hatte das FBI die Geduld mit ihm verloren und versuchte, ihn mit dieser haltlosen Beschuldigung unter Druck zu setzen. Allerdings kannte er sich mit den amerikanischen Gesetzen nicht gut genug aus, um mit Sicherheit sagen zu können, dass das FBI solche Befugnisse gar nicht besaß. Davon abgesehen, wenn nur ein Viertel von dem auf Tatsachen basierte, was man zum Beispiel in der Fernsehserie „24" an Rechtsbrüchen sehen konnte, dann war alles möglich.

„Wenn Sie das so sehen, warum kommen Sie erst jetzt damit und haben dieses Argument nicht schon vor acht Jahren bei unserem ersten Gespräch in die Waagschale geworfen?", versuchte er, sich seinen Weg in die zum Greifen nahe Freiheit zu bluffen.

Cooper lächelte. „Weil wir beide wissen, dass Sie kein Terrorist sind. Da Sie aber verstockt darauf bestehen, allein gehandelt zu haben und sich weigern, Ihre Komplizen und vor allem Ihren Auftraggeber zu nennen, müssen wir davon ausgehen, dass Sie nach Ihrer Entlassung dort weitermachen, wo Sie vor acht Jahren aufhören mussten. Das können wir nicht zulassen." Er beugte sich vor. „Mr. Sola, wir sind nicht an

Ihnen interessiert. Wir wollen die ganze Bande, mit der Sie gearbeitet haben, und die Hintermänner.“

Die kannte Juan nicht. George war der Einzige, der zu denen in Kontakt stand. Er schwieg.

Cooper stand auf. „Nun gut. Dann geht Ihr Flugzeug in ein paar Tagen nach Sibirien.“ Er schob Juan ein Schriftstück hin.

Der nahm es und las es durch. Verdammt, Cooper bluffte nicht. Falls dieses Dokument nicht gefälscht war, handelte es sich tatsächlich um einen Auslieferungsantrag der Russen, die irgendein amerikanischer Beamter bereits als genehmigt unterzeichnet hatte.

„Oder wir nehmen das hier.“ Cooper schob ihm ein anderes Dokument hin, das noch nicht unterzeichnet war, mit dem Juan in ein Zeugenschutzprogramm aufgenommen werden würde. „Ihre Entscheidung.“

Verdammt! Er hatte nicht acht Jahre treu und brav den Mund gehalten, um McNamara's Bunch jetzt ans Messer zu liefern. Andererseits war der Auslieferungsantrag eine verdammt schlechte Alternative. Zu Georges Team gehörten auch zwei russische Ex-Söldner. Nach dem, was die hin und wieder andeutungsweise über russische Gefängnisse hatten fallen lassen, war die Hölle verglichen mit denen eine Kurklinik. Und was wurde dann aus seiner Familie?

Cooper zuckte mit den Schultern, als Juan nicht antwortete, sammelte die Schriftstücke ein und wandte sich zum Gehen.

„Warten Sie.“

Cooper setzte sich wieder. „Ich höre.“

Juan zögerte immer noch, wog sorgfältig seine Optionen ab und traf seine Entscheidung. „Ich kenne von keinem den richtigen Namen und erst recht weiß ich nicht, wo die Leute wohnen. Der Chef nennt sich George McNamara, benutzt aber für jeden Job einen anderen Namen. Ich kann Ihnen helfen, ihn zu finden."

*

Berlin – Montag, 10. Juni

„George, wir haben ein Problem." Sandy wusste, wie seine Antwort lautete, noch bevor er sie aussprach.

„Es gibt keine Probleme, nur Aufgaben, die man lösen muss. Und jede Aufgabe hat eine Lösung. Wie also lautet die Aufgabe?"

„Es gibt nur zwei externe Möglichkeiten, auf die Rechner von MiloChem zuzugreifen. Das eine ist der Mastercode der Firma, aber der liegt in einem Hochsicherheitssafe in der Firma, zu dem nur zwei Leute Zugang haben. Den zweiten hat die Programmiererin des Sicherheitssystems, falls mal nach Feierabend ein GAU im System passiert, sodass man wegen der elektronischen Sicherheitsverriegelung nicht mehr in die Firma rein kommt, um das System zu rebooten."

Diese Informationen stammten von Sebastian Baumer. Sandy hatte das Wochenende mit ihm verbracht und sich auf geschickte Weise von ihm „Tipps" geholt, wie sie ihr Atelier sicherer machen und ihre Bilder schützen könnte. Dabei hatte er ein paar entsprechende Bemerkungen fallengelassen. Anschließend hatte sie sich von ihm auf Nimmerwiedersehen verabschiedet mit der Begründung, dass ihr Urlaub vorbei wäre und sie wieder nach Hause müsste. Damit das glaubwürdig war, hatte sie aus ihrem Hotel ausgecheckt und war unter einem ihrer Tarnnamen in eine kleine Pension gezogen, von der aus sie mit George telefonierte, der in einem anderen Hotel abgestiegen war.

„In die Firma kommt man nicht rein, wie du weißt, und ..."

„Dann holen wir uns den Code eben von der Programmiererin." Georges Stimme nach zu urteilen, fragte er sich, warum sie nicht von selbst auf den Gedanken gekommen war.

„Das ist das Problem, George. Sagt dir der Name Ricky Schäfer etwas?"

„Sollte er?"

„Sie gilt als die Beste in der IT-Branche."

„Ich dachte immer, du bist die Beste." Sein Sarkasmus war nicht zu überhören. „Wo also liegt das Problem?"

„Darin, dass ich ihren Computer nicht hacken kann. Jemand, der eine so raffinierte Firewall wie die von MiloChem entwickelt, hat seine eigenen Daten mindestens genauso gut, wenn nicht besser geschützt. So ungern ich das auch zugebe, aber erstens würde ich mir an der Firewall die Zähne ausbeißen – ohne Garantie auf Erfolg. Zweitens bekomme ich zu ihrem PC keinen Zugang. Ich konnte nicht mal ihre IP-Adresse rausbekommen, obwohl ich ihre E-Mail-Adresse und auch schon eine Mail von ihr erhalten habe. Ich habe mich ihr gegenüber als potenzieller Kunde ausgegeben und mich nach den Preisen für ihre Dienste erkundigt. Auch über ihre Website komme ich nicht an sie ran."

„Was ist dieser langen Rede kurzer Sinn?"

„Ich muss in ihr Haus und ihren PC vor Ort hochfahren, um die Daten abzugreifen. Das Problem dürfte sein, dass ich dazu mindestens zwei Stunden brauchen werde, weil sie ihren PC garantiert mit den raffiniertesten Passwörtern gesichert hat, die sie sich ausdenken konnte."

„Wir müssen einbrechen, ohne dass sie was davon merkt", brachte George es auf den Punkt. „Wir brauchen also den Rest des Teams. Dürfte ein Job von drei, vier Tagen werden, sobald sie hier sind."

Sandy schüttelte den Kopf, obwohl er das nicht sehen konnte. „Ich habe mir das Haus angesehen, in dem sie wohnt. Das Ding ist eine Fort-Knox-mäßige Festung. Wenn wir da rein wollen, brauchen wir definitiv länger als ein paar Tage. Drei bis vier Wochen ist realistischer."

Sie berichtete ihm, was sie über Ricky Schäfer rausgefunden hatte. Er schwieg eine Weile, nachdem sie geendet hatte.

„Okay, ich trommele das Team zusammen. Dann gehen wir die Sache gemeinsam an."

Er unterbrach die Verbindung, bevor Sandy antworten konnte. Sie legte ihr Smartphone zur Seite. Georges Selbstsicherheit hätte sie beruhigen sollen, tat es aber nicht. Sie hatte ein ungutes Gefühl bei der Sache. Hoffentlich war das kein Omen.

3

Donnerstag, 13. Juni

McNamara's Bunch. Eine erlesene Truppe von Spezialisten aus aller Herren Länder. International wie die Aufträge, die sie ausführten, weshalb sie untereinander Englisch sprachen. Abgesehen davon, dass George sie alle gedrillt hatte und sie etliche Monate Nahkampf und Schießen trainieren ließ, bevor er sie für würdig befunden hatte, seiner illustren Spezialeinheit anzugehören, besaß jeder von ihnen besondere Fähigkeiten.

Pawel und Sergej, die beiden Brüder aus der Ukraine, kannten sich mit jeder Schusswaffe aus, die auf der Welt existierte, vom Blasrohr bis zur Hightech-Kanone und sämtlichen Handfeuerwaffen, und konnten alle besorgen, die man eventuell benötigen würde. Ihre Mitgliedschaft war genaugenommen ein Paradoxon, denn George legte grundsätzlich Wert darauf, dass jeder Job unblutig ablief. Bis heute war das immer der Fall gewesen, sah man von unvorhergesehenen Unfällen ab. Deshalb fungierten Pawel und Sergej meistens als Bodyguards und Rückendeckung und als Fahrer. Oder als Druckmittel, um Leuten, die nicht kooperieren wollten, Angst einzujagen.

Pierre aus Belgien war der begnadetste Fassadenkletterer, den man sich denken konnte, und ein gewiefter „Parcours"-Sportler. Es gab keine Hauswand, an der er nicht hochkam, kein Hindernis, das er nicht überwinden konnte. Und auch kein Schloss, das er nicht knackte. Mit Ausnahme der hochmodernen computergesteuerten. Aber für die war Sandy zuständig.

Sara kam aus Italien und sorgte für die Ausrüstung. Es gab nichts, was sie nicht organisieren konnte.

Die aus Ägypten stammende Nabila war eine gewiefte Fälscherin. Egal ob es sich um Kunstgegenstände handelte, Banknoten, Pässe oder Urkunden, sie bekam alles täuschend echt hin. Sie selbst bezeichnete sich als Künstlerin, was sie zweifellos war. Wenn es nichts anderes zu tun gab, bestand ihre Hauptaufgabe darin, ständig neue Pässe für das Team herzustellen, damit niemand unter demselben Namen ein Land verließ, unter dem er eingereist war. In die neuen Pässe wurden natürlich die aktuellen Einreisestempel kopiert. Eine perfekte Methode, Spuren zu verwischen.

Sie alle hatten sich in Georges Hotelzimmer versammelt. George hatte eine Flipchart aufgestellt und das oberste Blatt mit „Operation Clavis“ überschrieben. Er liebte es, den Jobs des Teams Namen zu geben. „Sie sind meine Kinder“, hatte er einmal erklärt, „und ein Kind braucht einen Namen.“ George war auf alle seine „Kinder“ unglaublich stolz. So stolz, dass er, wie Sandy herausgefunden hatte, sie in einer virtuellen Kinderstube auf seinem Laptop gespeichert hatte und sie sich wahrscheinlich in sentimentalen Momenten ansah, um sich an ihnen zu erfreuen.

„Willkommen zu Operation Clavis, Leute. Das Wichtigste für euch zuerst: Der Job bringt jedem von uns 600.000 Dollar. Die Spesen sind schon abgezogen.“

„Wer ist Clavis?“, wollte Pawel wissen. „Unser Auftraggeber?“

George schüttelte den Kopf. „Habe ich schon jemals den Namen eines unserer Auftraggeber preisgegeben? Clavis ist das lateinische Wort für Schlüssel. Denn um einen Schlüssel geht es bei der ganzen Sache. Einen virtuellen Schlüssel. Der Job gliedert sich in zwei Teile. Wir sollen für unseren Auftraggeber die Forschungsdaten einer hier in Berlin ansässigen Firma besorgen. Das übernimmt Sandy. Der zweite Teil besteht darin, den Schlüssel zu diesen Forschungsdaten zu bekommen.“ Er nickte Sandy zu, damit sie die nähere Erklärung übernahm.

„Der Schlüssel, den wir brauchen, ist der Mastercode für die Firewall, mit der die Firma ihre Daten gesichert hat. An den kommen wir aber in der Firma nicht ran, weil die Sicherheitsausstattung selbst für uns zu hoch ist. Das heißt, wir müssen den Code direkt von der Programmiererin holen, die ihn ebenfalls besitzt.“

„Das sollte nicht schwierig sein.“ Pierre grinste und machte mit den Fingern Bewegungen, die an die Trockenübungen eines Klavierspielers erinnerten.

„Irrtum.“ Sandy schüttelte den Kopf. „Ihr Haus ist eine Festung. So einfach kommen wir da nicht rein. Nicht mal du, Pierre.“

„Denn die Aufgabe ist nicht nur, überhaupt an die Daten heranzukommen“, übernahm George wieder das Wort, „sondern auch, dass niemand erfahren oder auch nur ahnen darf, dass wir hinter dem Schlüssel zu der Firewall der besagten Firma her sind. Die Programmiererin darf überhaupt nicht mitkriegen, dass wir in ihrem Haus waren und Daten abgegriffen haben. Wir müssen unbemerkt rein und unbemerkt wieder raus. Da wir nicht genau wissen, wie lange das Ganze exakt dauern wird, müssen wir, um auf Nummer Sicher zu gehen, ein Zeitfenster von sechs Stunden einplanen. So lange werden wir nicht brauchen, aber sicher ist sicher. Das heißt, wir müssen den Coup in einer Zeit durchziehen, in der sie gewohnheitsmäßig für längere Zeit aus dem Haus ist.“

„Schon klar“, warf Sara ein. „Wenn sie irgendwo auf Besorgungstour ist oder so, hänge ich mich an sie dran und verwickele sie in irgendwas, das sie lange genug aufhält, während ihr die Sache durchzieht.“

George nickte. „Pawel und Sergej, ihr findet ihren Tagesablauf heraus. Sandy ...“

Ein Klopfen an der Tür unterbrach ihn. Für einen Moment erstarrten alle. Nur die beiden Russen nahmen augenblicklich Verteidigungshaltung ein und gingen links und rechts der Tür in Stellung. George ging zur Tür und klappte im Vorbeigehen die Flipchart zu. Mit dem Ausdruck eines Geschäftsmannes im

Gesicht, den man gerade bei etwas Wichtigem stört, öffnete er die Tür.

Der Mann davor breitete die Arme aus und grinste. „Überraschung! Hey, Amigo, lange nicht gesehen!“ Er umarmte George, der diese Geste nicht erwiderte.

Pierre war beim Klang der Stimme aufgestanden. „Juan, altes Haus! Mensch, mit dir haben wir ja überhaupt nicht gerechnet.“ Er begrüßte ihn mit einer Umarmung und freundschaftlichem Rückenklopfen. „Seit wann bist du wieder draußen? Hattest du nicht noch ein paar Jahre abzusitzen?“

„Ja, aber sie haben mich wegen guter Führung entlassen.“ Er begrüßte die restlichen Teammitglieder, ehe er Sandy intensiv musterte. „Dich kenne ich nicht. Demnach hast du wohl meinen Job übernommen.“ Er drehte sich um und blickte auf die Flipchart. „Ich bin wohl gerade rechtzeitig gekommen, wie es aussieht. Was für einen Job bereiten wir diesmal vor?“

George war an der Tür stehen geblieben. „*Wir* bereiten gar nichts vor, Juan. So sehr ich mich auch freue, dass du wieder frei bist, aber dir ist klar, dass du nicht wieder bei uns mitmachen kannst. Du kennst die Regel. Außerdem bist du acht Jahre raus aus dem Job.“

Juan steuerte zielsicher die Minibar an, schenkte sich einen Whisky ein und nahm unaufgefordert in einem Sessel Platz. „Was glaubst du, was ich seit meiner Entlassung getan habe? Mich auf den neuesten Stand der Technik gebracht. Ich bin wieder fit und einsatzbereit.“ Er stellte das Glas ab und ging zur Flipchart. „Also worum geht es diesmal?“

George vertrat ihm den Weg. „Tut mir leid, Juan, aber du kannst nicht erwarten, dass du einfach wieder mitmachen kannst, als wäre nichts gewesen. Du bist ins Visier der Polizei geraten und damit ein Sicherheitsrisiko für uns.“

Juan fläzte sich lässig in einen Sessel. „Was soll das denn heißen? Dass du mir nicht mehr traust?"

„Das hat er ganz sicher nicht gemeint, Juan", war Nabila überzeugt. „Aber dir ist doch selbst klar, dass du uns in Gefahr bringst, allein schon dadurch, dass du so kurz nach deiner Entlassung Kontakt zu uns aufgenommen hast. Wie hast du uns überhaupt gefunden?"

Juan grinste und blickte George an. „Weil ich hackermäßig voll auf der Höhe bin und genau weiß, nach welchen Brotkrumen im Netz ich suchen muss, um dahinter George McNamara zu finden. Und wo unser Georgie ist, da seid auch ihr." Er blickte Sandy an. „Wir sind uns noch nicht vorgestellt worden. Juan." Er reichte ihr die Hand.

Sie ergriff sie zögernd. „Sandy."

„Okay, Sandy. Ich bin sicher, du hast einen tollen Job gemacht, aber jetzt bin ich wieder da."

Sie würdigte ihn keiner Antwort. Das überließ sie George.

„Wer zum Team gehört und wer nicht, entscheide immer noch ich. Und du", George nickte nachdrücklich, „bist draußen und bleibst es auch."

Juan nahm sein Glas wieder auf, schwenkte den Whisky hin und her und starrte eine Weile in die Flüssigkeit. Als er George wieder ansah, war sein Blick kalt. „Versuchst du, mich auszubooten? Das würde ich dir nicht raten." Er warf einen Blick in die Runde. „Keinem von euch."

George trat dich vor ihn hin und starrte ihn nicht minder eisig an. „Willst du uns drohen, Juan? Mir?"

Nabila stellte sich zwischen die beiden. „Das hat Juan bestimmt nicht so gemeint, George."

Der Spanier stand auf und schob sie rüde zur Seite. „Ich mache wieder mit", sagte er zu George, ohne den Blickkontakt zu ihm zu unterbrechen. Er warf die Visitenkarte eines Hotels auf den Tisch. „Ihr findet mich im Zimmer 442."

Ohne ein weiteres Wort verließ er das Zimmer. George starrte auf die geschlossene Tür. Als er sich dem Team wieder zuwandte, war sein Gesicht ausdruckslos.

„Wir ziehen um. Ihr checkt aus euren Unterkünften aus und sucht euch was in kleinen Pensionen. Ihr verlasst dieses Hotel alle gleichzeitig. Ich gehe davon aus, dass Juan uns beobachtet. Da er aber nicht allen von uns folgen kann, wird er sich auf mich konzentrieren. Deshalb gehe ich später. Ich teile euch mit, wo wir uns zur nächsten Besprechung treffen." Er begann, die Flipchart abzubauen.

„Moment mal, George", wandte Pierre ein. „Du tust ja gerade so, als wollte Juan uns in die Pfanne hauen."

George blickte ihn an und deutete zur Tür. „Wir können es uns nicht leisten, dieses Risiko einzugehen." Er winkte ab. „Ich rede später mit ihm und bringe ihn zur Vernunft. In aller Ruhe. Aber die Mission hat Priorität." Er machte eine Kopfbewegung zur Tür.

Die Leute verließen das Zimmer.

„Sandy, dich brauche ich noch", hielt George sie zurück. Er wartete, bis die anderen den Raum verlassen hatten, und reichte ihr die Visitenkarte. „Finde raus, unter welchem Namen Juan im Hotel residiert. Und dann finde alles darüber raus, was er seit seiner Entlassung getrieben hat – Juan Sola." Er lächelte maliziös.

Sandy gefiel weder sein Ton noch sein Grinsen. „Was hast du vor?"

Er zuckte mit den Schultern. „Ich werde mit ihm reden, wie ich schon sagte. Er war einer von uns und wird einsehen, dass er nicht mehr mitmachen kann. Spätestens wenn ich ihm eine fette Abfindung biete."

„Du misstraust ihm."

„Ich bin vorsichtig, wie du weißt. Was anderes wäre leichtsinnig. Juan war acht Jahre im Knast. Und obwohl er die Regeln kennt, taucht er hier auf und gefährdet die Mission und uns." Er schüttelte den Kopf. „Sagen wir mal so. Ich schließe nicht aus, dass er sich seine vorzeitige Entlassung erkauft hat. Denn einen anderen Grund außer bodenloser Dummheit wüsste ich nicht, warum er hergekommen ist. Und glaub mir, vor acht Jahren war er alles andere als dumm. Ich kann mir nicht vorstellen, dass er im Knast seinen Verstand verloren hat."

So ungern sie das auch zugab, aber George hatte in diesem Punkt recht. Der Verdacht, dass dieser Juan falsch spielte, war nicht ganz unbegründet. „Okay." Sie nickte ihm zu und verließ ebenfalls das Zimmer.

Sie fuhr mit dem Bus zurück zu ihrer Pension, packte ihre Sachen und wechselte zu einer anderen Unterkunft. Am liebsten wäre sie zu Niqui gezogen, tat es aber nicht nur wegen der eisernen Regel nicht, dass Job und Privates niemals miteinander vermischt werden durften. Sie und ihr Schwager Manfred kamen nicht allzu gut miteinander aus. Er vergötterte Niqui und die kleine Marie-Claire. Doch obwohl sie und Niqui Zwillinge waren, hätten sie im Wesen unterschiedlicher nicht sein können. Niqui war die Sanftere von ihnen, die Liebevolle, Liebenswerte. Sandy war dagegen nüchtern, geschäftstüchtig, unnachgiebig und notfalls knallhart. Manfred kam mit ihrer schnippischen Art nicht klar, und sie mochte den Opportunismus und den Egoismus nicht, den er in manchen Situationen zeigte. Deshalb war sie froh, wenn sie mit ihm so wenig wie möglich zu tun hatte.

Nachdem sie sich in ihrer neuen Unterkunft eingerichtet hatte, einem winzigen Zimmer in einer Hinterhofpension, begann sie mit den Nachforschungen, die George in Auftrag gegeben hatte. Obwohl sie die Notwendigkeit einsah, fühlte sie sich nicht wohl bei der Sache. Sie führte ihr einmal mehr sehr deutlich vor Augen, wie skrupellos George war. Umso dankbarer war sie dafür, dass sie sich von Anfang an ihm gegenüber abgesichert hatte. George hatte ihnen allen oft genug klar gemacht – um sie einzuschüchtern, keine Frage –, dass, wenn er jemals unterging, er sie alle mit sich in den Abgrund riss. Aber dieser Trick funktionierte auch in die andere Richtung.

*

Juan hatte seine Hotelzimmertür noch nicht geschlossen, als sich Agent Pete Kent an ihm vorbeidrängte. Kent war sein Aufpasser, den das FBI ihm unnachgiebig an die Fersen geheftet hatte. Die Feds[2] trauten Juan keinen Millimeter über den Weg und waren sich sicher – zu Recht –, dass er abtauchen würde, sobald er nicht mehr unter Aufsicht stünde. Bei seinen Fähigkeiten wäre es ihm ein Leichtes, seine Spuren zu verwischen und unauffindbar von ihrem Radar zu verschwinden. Wenn er nicht so dumm wäre, seine Familie zu kontaktieren, würden sie ihn nie finden. Aber im Zeugenschutz zu leben unter der Protektion der US-Marshalls, sobald diese Sache hier erledigt war, war erheblich bequemer.

2 Bundesbeamte, hier das FBI

Da das FBI in Deutschland keine Befugnisse hatte, spielte Kent den Touristen und gab vor, Juan nicht zu kennen. Dass er jetzt in dessen Zimmer gestürmt kam, zeigte ihm, dass etwas nicht in Ordnung war. Juan konnte sich denken, was das war.

„Verdammt, Sola, was ist in Sie gefahren, dass Sie dem Mann gedroht haben?“

„Entspannen Sie sich, Kent.“ Er zog das mit einem leistungsstarken Sender versehene Minimikrofon unter seinem Kragen hervor, über das Kent sein Gespräch mit George mitgehört hatte. „Ich kenne George. Das ist die einzige Sprache, die er versteht. Hey, Sie wollen dass ich Ihnen die Bande liefere. Das geht nur, wenn ich bei denen wieder mitmische. Und Georgie unter Druck zu setzen, ist die einzige Möglichkeit, wieder mit einzusteigen. Die planen hier in Berlin ein großes Ding, sonst wäre nicht die ganze Bunch gekommen.“

„Das nützt uns nichts, weil ich hier in Deutschland keine Befugnisse habe.“

Juan nickte. „Genau. Und deshalb muss ich wieder in die Bande rein, damit ich bei dem nächsten Job, den die in den USA durchführen, dabei sein und Sie mit Informationen versorgen kann, mit denen Sie die schnappen können. Ich muss Georgie beweisen, dass ich wieder fit bin, damit er diese Sandy in den Wind schießt, die meinen Platz eingenommen hat. Anders geht es nicht.“

Kent sah das, wenn auch sichtbar widerwillig, ein. „Okay. Sie kennen den Mann. Hoffen wir, dass er sich in den vergangenen acht Jahren nicht gravierend geändert hat.“ Er zögerte. „Sie glauben, dass er tatsächlich kommt?“

Juan nickte. „Da bin ich mir absolut sicher. Mit etwas Glück, kann ich ihm ein bisschen auf den Zahn fühlen, was den neuen

Job angeht. Dann haben Sie schon mal was gegen ihn in der Hand.“

Kent schüttelte den Kopf. „Wir werden ihn das Ding ungehindert durchziehen lassen. Wir wollen ihn in den Staaten schnappen und haben kein Interesse daran, dass die deutsche Polizei ihn einkassiert. Wenn wir denen einen anonymen Tipp gäben, hätten wir das Nachsehen. Außerdem, falls McNamara trotzdem entkommen sollte, weiß er, dass er einen Maulwurf in seinem Team hat. Raten Sie, wie schnell er auf Sie käme. Das können wir uns nicht leisten. Stecken Sie das Mikro wieder an und lassen Sie es eingeschaltet. Dann kann ich in meinem Zimmer alles hören, was Sie miteinander bereden.“

Kent nickte ihm zu und trollte sich. Juan setzte sich in einen Sessel, schaltete den Fernseher ein und fragte sich, wie lange Georgie wohl auf sich warten lassen würde.

*

George betrat das Hotel, in dem Juan abgestiegen war, als distinguiert gekleideter Geschäftsmann und blickte sich unauffällig um. Überwachungskameras in der Lobby. Kein Problem, da er wieder einmal eine Maske trug. Er hatte seinen Eintritt so getimt, dass er zusammen mit einem anderen Gast die Lobby betreten konnte. Während der seinen Zimmerschlüssel am Empfang abholte, tat George so, als suchte er etwas in seiner Aktentasche. Als der andere Gast seinen Schlüssel geholt hatte und zum Lift ging, lächelte George ihm zu und schloss sich ihm an. Der Mann lächelte automatisch zurück. George nickte ihm zu. Spätestens jetzt sah es für einen unbefangenen Betrachter so aus, als wäre George ein Bekannter des Hotelgastes, den dieser zu einer Geschäftsbesprechung auf sein Zimmer eingeladen hatte.

George stieg im vierten Stock aus und hatte das Glück, dass der Flur leer war. Noch mehr Glück hatte er, dass es hier keine Kameras gab. Das erleichterte die Sache erheblich. Als er vor Zimmer 442 stand, zog er die Maske vom Kopf und steckte sie in die Aktentasche, bevor er klopfte.

Juan öffnete Sekunden später. Er grinste, als er George sah und machte eine einladende Bewegung ins Innere. „Ich wusste, dass du kommst. Setz dich, mach es dir bequem, und dann erzähl, worum es diesmal geht."

George nahm in einem Sessel Platz und stellte die Aktentasche in einen anderen. „Hast du einen Whisky für mich?"

„Klar." Juan ging an die Minibar, schenkte zwei Gläser Whisky ein und reichte ihm eins, ehe er sich ihm gegenüber setzte. Er stieß mit George an. „*Chinchín!*"

„*Cheers*", prostete George zurück.

Juan beugte sich vor. „Also, worum geht es bei dem neuen Job?"

George drehte sein Glas in den Händen. „Juan, mein Freund, du bist ein kluger und sehr intelligenter Mann. Deshalb muss dir klar sein, dass du nicht mehr bei uns mitmachen kannst. Du bist verbrannt, Kumpel. Die Feds hatten dich im Visier, und was die wissen, haben sie garantiert an Interpol weitergegeben. Die kennen deinen Namen und dein Gesicht und haben deine Fingerabdrücke. Und deine DNA haben die auch gespeichert." Er schüttelte den Kopf. „Du wärst ein zu großes Risiko für uns. Das können wir uns nicht leisten."

„Blödsinn!" Juan sprang auf und ballte die Fäuste. „Ich bin der Hacker. Ich habe mit den eigentlichen Tatorten nichts zu tun und hinterlasse deshalb auch an keinem meine Fingerabdrücke, erst recht nicht meine DNA."

George blieb ruhig wie immer. Er blickte dem Spanier in die Augen. „Das ist nur bedingt richtig. Du erinnerst dich doch bestimmt noch an die Aufträge, bei denen es erforderlich war, dass du eins deiner Spezialgeräte im Zielobjekt installieren musstest, weil nur du das konntest. Bei so was hinterlässt man immer DNA in Form von ausgefallen Haaren, Hautschuppen und so weiter, wenn schon keine Fingerabdrücke. Bisher hatte Interpol nie von einem von uns eine Referenzprobe, mit der sie die hätten abgleichen können. Jetzt haben sie die von dir. Sobald sie deine mit den ungelösten Fällen abgleichen, können sie dich mit allen Jobs in Verbindung bringen, bei denen du vor Ort agieren musstest. Und wenn sie dich dann wegen einem von denen oder allen einkassieren und unter Druck setzen ..." Er blickte Juan bezeichnend an, ehe er misstrauisch die Augen zusammenkniff. „Ich wundere mich, dass die das nicht schon längst getan haben. Man sollte meinen, dass die in acht Jahren genug Zeit gehabt hätten." Er trank seinen Whisky zur Hälfte.

Juan wurde eine Nuance blasser. „Daran habe ich nicht gedacht." Er nickte langsam. „So gesehen hast du recht. Tut mir leid, George. Ich will keine Probleme. Ich will einfach nur wieder mitmachen. Wie in den alten Zeiten."

George nickte. „Kann ich verstehen. Aber du hast eingesehen, dass das nicht geht."

„Mann, George, Kumpel, bitte, lass mich wieder einsteigen. Ich habe meine Spuren komplett verwischt. Ich bin von deren Radar verschwunden. Die finden mich nie wieder. Mein Wort drauf."

George sah ihn kalt an. „Dein Eifer, dich mir anzudienen, macht mich misstrauisch, *Kumpel*. Du weißt, dass es eine ziemliche Dummheit wäre, dich wieder mitmachen zu lassen. Also wieso bestehst du so nachdrücklich darauf?"

George wusste das nur zu gut, nachdem Sandy herausgefunden hatte, dass Juan unmittelbar nach seiner Entlassung in einem Hotelzimmer in Los Angeles residiert hatte, das er nicht selbst bezahlt hatte. Zwar war die Rechnung über ein unverfängliches Konto beglichen worden, aber Sandy hatte rausgefunden, dass es sich dabei um ein Strohkonto des FBI handelte. Wäre Juan tatsächlich noch auf der Höhe seiner früheren Leistungsfähigkeit, hätte er diese offensichtliche Spur seines Verrats unauffindbar verschleiert.

Sandy hatte noch mehr herausgefunden. Die Feds hatten Juans Fingerabdrücke und DNA mit allen einschlägigen Datenbanken abgeglichen, unter anderem auch der von Interpol, und waren fündig geworden. Die Länder, die Juans Auslieferung verlangten, nachdem er in den USA seine Strafe abgesessen hatte, standen quasi Schlange. Man hatte ihn aber nicht ausgeliefert, sondern freigelassen. Dass konnte nur einen einzigen Grund haben.

Juan hatte die Aussicht, noch unzählige weitere Jahre in irgendwelchen Gefängnissen zu verbringen, gegen die Freiheit eingetauscht und war bereit, dafür seine früheren Teammitglieder ans Messer zu liefern. Sandy hatte sein Smartphone gehackt und war dabei auf Anrufe gestoßen, deren Telefonnummern zu einer kaum bekannten US-Bundesbehörde gehörten, hinter der sich garantiert das FBI verbarg. Juan hatte denen mit Sicherheit jeden Job genannt, an dem er beteiligt gewesen war. George und die anderen konnten von Glück sagen, dass die eiserne Regel besagte, niemals unter ihren echten Namen in ein Land einzureisen oder irgendwo einzuchecken und auch mit ihren jeweiligen Tarnnamen vorsichtig umzugehen. Andernfalls hätte man sie längst alle einkassiert.

Juan seufzte. „Mann, George, das musst du doch verstehen. Ich war immer gern bei euch." Er trank seinen Whisky und füllte sein Glas erneut. „Die Hoffnung, wieder bei euch mitmachen zu können, hat mich die vergangenen acht Jahre aufrecht erhalten." Er grinste schief. „Du kennst mich doch. Ich gebe nicht auf." Er gab George einen freundschaftlichen Schlag auf die Schulter. „Hey, Mann, gib mir eine Chance. Muss nicht jetzt sofort sein. Später ist auch okay. Aber gib mir 'ne Chance. Um der alten Zeiten willen."

George schwieg eine Weile und gab sich den Anschein, sich die Sache ernsthaft zu überlegen. „Okay, um der alten Zeiten willen, Juan. Sobald der Job hier erledigt ist, setzten wir uns zusammen und besprechen die Einzelheiten. Und bei der Gelegenheit kannst du mir beweisen, dass du immer noch so gut bist wie früher." George lächelte und hielt ihm sein leeres Glas hin. „Hast du noch einen Schluck für mich?"

Juan nahm es ihm aus der Hand, ging zur Bar und schenkte den Whisky ein. Als er George den Rücken zudrehte, nahm der eine kleine Phiole aus der Brusttasche seines Hemdes und goss den Inhalt in Juans Glas. George lächelte, als er das gefüllte Glas von Juan entgegen nahm und ihm zuprostete. Die Behörden würden wieder einmal einen Fehlschlag erleiden, denn die Spur von McNamara's Bunch endete hier. Sie alle würden erneut umziehen und unter bisher noch nie benutzten Namen anderswo einchecken. Nabila hatte genug falsche Pässe und Kreditkarten für sie alle im Gepäck.

George leerte sein Glas auf einen Zug. Das tat zu seiner Zufriedenheit auch Juan. Bei der Droge, die er ihm in den Whisky geschüttet hatte, handelte es sich um das Beruhigungsmittel, mit dem sie bei ihren Jobs das Wachpersonal betäubten, wenn es sein musste. Der Whisky verdeckte dessen geringen Eigengeschmack. Die Wirkung würde sich in fünfzehn bis zwanzig Minuten einstellen. Der einzige Unterschied zu den bisherigen Einsätzen der Droge war, dass George Juan eine Überdosis verpasst hatte, die ihm einen Schlaf bescherte, aus dem er nicht erwachen würde. Die Droge würde in spätestens einer halben Stunde ihre tödliche Wirkung entfalten. Bis dahin wäre George längst über alle Berge.

Er musste allerdings ab sofort noch größere Vorsicht walten lassen als bisher. Am besten hielt er erst mal für einige Zeit die Füße still, sobald dieser Job über die Bühne gegangen war, und nahm für mindestens ein halbes Jahr keinen mehr an. Ein ganzes Jahr wäre besser. Das blieb abzuwarten.

George stellte das Glas ab und stand auf. Er reichte Juan die Hand. „Ich melde mich spätestens Ende des Monats, Kumpel. Im Moment ist es günstiger, wenn du abtauchst und dich eine Weile bedeckt hältst."

Er sah es dem Spanier an, dass ihm das nicht gefiel. Trotzdem gab er nach. „Klar, mach ich. Danke, George."

George nahm seine Aktentasche und ging zur Tür. Juan begleitete ihn und verabschiedete ihn mit einem kräftigen Händedruck. George öffnete die Zimmertür einen Spalt und lauschte unauffällig, ob draußen auf dem Gang Schritte zu hören waren. Alles war still. Perfekt.

„Bis dann, George." Juan nickte ihm zu und schloss die Tür hinter ihm.

George nahm die Maske aus der Aktentasche und zog sie sich über den Kopf, nachdem er sich nochmals vergewissert hatte, dass niemand um die Ecke bog und ihn dabei sah. Danach verließ er das Hotel durch den Hinterausgang.

Juan Sola war kein Problem mehr.

*

Juan wartete, bis George das Zimmer verlassen hatte. Er empfand eine solche Wut, dass er sie am liebsten an der Einrichtung ausgelassen und irgendwas demoliert hätte. Aber das hätte unliebsame Aufmerksamkeit erregt. Und nicht aufzufallen war ihm in Fleisch und Blut übergegangen. Er fürchtete, dass George Lunte gerochen hatte. Zumindest war er misstrauisch geworden. In Anbetracht dessen konnte Juan von Glück sagen, dass er so billig davongekommen war. George konnte verdammt skrupellos sein, wenn er glaubte, dass ein Job durch was oder wen auch immer gefährdet werden könnte.

„Sie haben es gehört, Kent", sagte er in das Mikrofon, das er weisungsgemäß trug. „Wir müssen uns gedulden, bis George in ein paar Wochen Kontakt zu mir aufnimmt. Aber keine Sorge, er ist ein Mann, der zu seinem Wort steht. Sobald ich ihn bei unserem nächsten Treffen überzeugt habe, dass ich immer noch auf der Höhe bin, nimmt er mich wieder ins Team."

So zuversichtlich, wie er sich gab, war er jedoch keineswegs. Im Gegenteil. Aber wenn er das dem FBI-Agenten mitteilte, wäre damit auch sein Deal mit den Feds hinfällig. Sein nächster Schritt würde sein, Kent irgendwie abzuhängen und unterzutauchen. Am besten ließ er sich in einem Land nieder, das niemanden auslieferte. Dass er dort den Rest seines Lebens im Exil verbringen musste, war zwar nicht angenehm, aber mit dem Geldpolster im Rücken, das er angespart hatte, ein relativ kleines Übel.

Darüber konnte er später nachdenken. Er gähnte ausgiebig. Verdammt, was war er auf einmal müde. Das musste der Klimawechsel sein. Oder der Jetlag, denn es war erst früher Nachmittag. Oder die Nachwirkung der letzten Nacht, die er größtenteils damit verbracht hatte, durch Berlins Nachtleben zu ziehen. Am besten legte er sich eine Stunde hin.

„Ich haue mich ein bisschen aufs Ohr, Kent. Bis nachher."

Er nahm das Mikrofon ab, schaltete es aus und legte es auf den Tisch neben die leeren Whiskygläser. Er stand auf und musste sich am Sessel festhalten, weil ihm schwindelig wurde. Er hätte nach dem Alkoholexzess der vergangenen Nacht den Whisky nicht trinken sollen. Oder das Glas nicht so voll machen sollen. Egal. Eine Mütze voll Schlaf, und er war wieder der Alte.

Er schleppte sich zum Bett und hielt sich nicht damit auf, sich auszuziehen. Bäuchlings ließ er sich darauf fallen und registrierte noch, dass ihm übel wurde. Dann war er eingeschlafen.

*

Pete Kent stand vor der Leiche von Juan Sola und fluchte lautlos. Nachdem sich der Mann nicht wie verabredet um acht Uhr abends im Hotelrestaurant hatte blicken lassen, begann Pete sich Sorgen zu machen. Er befürchtete, dass Sola sich wegen des Fehlschlags abgesetzt haben könnte, obwohl er, nachdem Sola sich angeblich schlafen gelegt hatte, sich in der Lobby an einem Platz postiert hatte, von dem aus er die beiden einzigen

Ausgänge im Auge behalten konnte, die Sola hätte nehmen können, wenn er abhauen wollte.

Als der Spanier eine halbe Stunde nach der vereinbarten Zeit immer noch nicht aufgetaucht war, hatte er sich Zugang zu dessen Zimmer verschafft und die Leiche entdeckt. Für ihn stand außer Frage, dass McNamara Sola ermordet hatte. Offenbar hatte der Bandenchef Lunte gerochen und seinen „Kumpel“ mit größter Wahrscheinlichkeit vergiftet.

Pete rief seinen Vorgesetzten Agent Cooper an. „Was machen wir nun?“, schloss er seinem Bericht an. „McNamara ist garantiert abgetaucht und über alle Berge.“

Cooper stieß einen Fluch aus, brauchte aber nicht lange zu überlegen. „Kommen Sie zurück, Kent. Beseitigen Sie alle Spuren, die der deutschen Polizei einen Hinweis auf uns geben könnte. Dann spielen Sie noch einen Tag Tourist und nehmen übermorgen eine Maschine nach L. A.“ Er stieß frustriert die Luft aus. „Verdammt, wir waren so nahe dran! Jetzt fangen wir wieder von vorn an. Aber das tun wir von hier aus. Fahren Sie fort wie besprochen.“

Cooper unterbrach die Verbindung. Pete nahm als Erstes das Minimikrofon an sich, das Sola auf den Tisch gelegt hatte und überlegte, was er mit den beiden leeren Whiskygläsern machen sollte. In einem von beiden war das Gift. Wenn er die Gläser auswusch und wieder ins Barfach stellte, würde die Polizei wissen, dass nach Solas Tod jemand versucht hatte, Spuren zu beseitigen. Auf einem der beiden Gläser waren McNamaras Fingerabdrücke und seine DNA. Aber das nützte Pete nichts, solange das Bureau keine Referenzproben hatte, die sie einem Gesicht und vor allem einer realen Identität zuordnen konnten. McNamara war ein Phantom.

Pete beschloss, alles so zu lassen, wie es war. Mit einer Ausnahme. Er entfernte die SIM-Karte und den Speicherchip aus Solas Smartphone, nachdem er sich Plastikbeutel über die Hände gezogen hatte, um keine eigenen Fingerabdrücke zu hinterlassen. Die Polizei würde so oder so darauf kommen, dass der Mann ermordet worden war; spätestens bei der Obduktion. Deshalb war es kein zusätzlicher Hinweis auf Fremdverschulden, wenn SIM-Karte und Speicherchip verschwunden waren. Das FBI konnte es sich nicht leisten, mit Sola in Verbindung gebracht zu werden, da die ganze Aktion inoffiziell war.

Nachdem er noch Solas Zimmer und Gepäck durchsucht und nichts gefunden hatte, was in irgendeiner Form eine Verbindung zum FBI herstellte, verließ er dessen Zimmer, nachdem er sich vergewissert hatte, dass auf dem Gang davor niemand war, der ihn daraus kommen sehen konnte. Anschließend spielte er weisungsgemäß den Touristen und stürzte sich ins Berliner Nachtleben, nachdem er sich vom Portier ein paar Tipps dafür hatte geben lassen.

Die Aktion gegen McNamara's Bunch hatte zwar einen Fehlschlag erlitten, gescheitert war sie deswegen noch lange nicht. Sola hatte ihnen ein paar wertvolle Hinweise gegeben, unter anderem den, nach welchen Anzeichen man im World Wide Web suchen musste, um einen Hinweis auf eine von McNamara's Tarnidentitäten und somit seinen Aufenthaltsort zu bekommen. Man würde mit einem neuen Ansatz weitermachen. Es war nur noch eine Frage der Zeit, bis die Bande endlich unschädlich gemacht wurde.

4

Freitag, 21. Juni

„Verdammt, die Frau muss doch mal irgendwann aus dem Haus gehen!“ George funkelte Pawel und Sergej an, als wäre es ihre Schuld, dass Ricky Schäfer seit einer Woche ihr Grundstück nicht verlassen hatte. Sie bestellte alles, was sie brauchte, per Internet oder Telefon und ließ sich sogar ihre Lebensmittel liefern, statt selbst einzukaufen.

„Das wundert mich nicht“, warf Sandy ein. „Nach allem, was ich über sie rausgefunden habe, wurde sie vor elf Jahren in Mannheim entführt und hat das nur knapp überlebt. Danach tauchte sie ein paar Jahre unter – vermutlich in irgendeiner psychiatrischen Klinik – und als sie wieder auftauchte und sich hier in Berlin niederließ, verwandelte sie ihr Haus in eine Festung, ehe sie einzog, und verlässt es seitdem nur noch selten.“

Letzteres stimmte nicht so ganz. Ricky Schäfer hatte in der Zeit, in der sie TRENIGMARIS für Manfred entwickelt hatte, begonnen, wieder auf die Welt zuzugehen. Zumindest nach allem, was Manfred Niqui gegenüber an Bemerkungen hatte fallen lassen. Er und Ricky Schäfer hatten sogar eine Affäre gehabt, die er abrupt beendete, als er Niqui kennengelernt und sich in sie verliebt hatte.

Manfred redete zwar nicht darüber, aber nach allem, was Niqui mitbekommen und Sandy von ihrer Schwester erfahren hatte, musste er Ricky Schäfer vor vollendete Tatsachen gestellt haben, was sein Verhältnis zu Niqui betraf, und hatte die Programmiererin eiskalt abserviert. Offenbar hatte er ihr auch die Rechte an TRENIGMARIS gestohlen, denn sie hatte ihn auf ihren Anteil am Erlös aus der Vermarktung des Spiels verklagt. Die Verhandlung hatte noch nicht stattgefunden.

Vor dem Hintergrund all dessen konnte Sandy nur zu gut verstehen, dass Ricky Schäfer der Welt den Rücken gekehrt hatte und ihr Grundstück so wenig wie möglich verließ. Und Manfreds Verhalten nicht nur in dieser Angelegenheit machte Sandy ihren Schwager nicht unbedingt sympathischer. Sie fürchtete, dass er eines Tages auch Niqui auf ähnliche Weise abservieren würde; zum Beispiel wenn er erfuhr, dass sie zu McNamara's Bunch gehört und mit unzähligen Männern geschlafen hatte, nur damit die hinterher hatten erpresst werden können.

So wie der Mann von der Sicherheitsfirma, die im Haus von Ricky Schäfer die Alarmanlage und das Überwachungs-Equipment installiert hatte. Für den Fall einer Fehlfunktion, die von innen nicht behoben werden konnte, oder falls die Bewohnerin der Festung einen Unfall hatte und den Sanitätern nicht mehr die Tür öffnen konnte, waren bei der Firma die Öffnungscodes für die Türen hinterlegt.

Sandy hatte sich um den Mann gekümmert, der Zugang zu diesen Codes hatte. Er war ein verheirateter Familienvater und lebte eigentlich grundsolide. Aber Sandy konnte, wenn sie es darauf anlegte, unglaublich verführerisch sein. Der wahrscheinlich erste Fehltritt seines Lebens war für ihn zu einem Bumerang geworden, den er noch lange bereuen würde. Um zu verhindern, dass seine Frau davon erfuhr oder – noch schlimmer – sein Arbeitgeber, hatte er zähneknirschend die Codes zu Ricky Schäfers Haus geliefert und sich damit noch erpressbarer gemacht. Denn sollte er sein schlechtes Gewissen damit beruhigen wollen, dass er die Polizei informierte, da er sich denken konnte, dass Sandy die Codes nicht für eine Überraschungsparty bei Ricky Schäfer verwenden wollte, würde sein Arbeitgeber erfahren, dass er hochsensible Kundendaten Verbrechern in die Hände gespielt hatte und seine Frau die pikanten Fotos seines Fehltritts erhalten. Der Mann war also gezwungen, bis in alle Ewigkeit den Mund zu halten, wollte er nicht seinen Job und seine Familie gleichermaßen verlieren.

Der Zutritt zu der Festung war sozusagen in trockenen Tüchern. Das von Ricky Schäfer unbemerkte Stehlen der Daten noch lange nicht.

„Können wir die Frau nicht irgendwie aus dem Haus locken?", schlug Sara vor. „Wie wäre es mit der Vortäuschung eines neuen Auftrags, und sie soll sich mit dem angeblichen Kunden irgendwo am anderen Ende der Stadt treffen."

George winkte ab. „Haben wir schon versucht. Sie mailte höflich zurück, dass ihr Auftragsbuch bis Jahresende voll ist und sie vor Januar keine neuen Aufträge annehmen kann. Wir sollen uns dann noch mal melden."

Nachdenkliches Schweigen.

„Ich bin dafür, dass wir in diesem Fall ausnahmsweise mal Gewalt anwenden", schlug Sergej vor. „Mit den Codeschlüsseln, die wir haben, rein ins Haus, die Daten abgreifen und wieder weg. In bewährter Manier, dann wird sie keinen von uns erkennen und kann der Polizei keine Hinweise geben."

George schüttelte den Kopf. „Dann wird sie aber sofort MiloChem informieren und denen eine neue Firewall programmieren."

„In jedem Fall kann sie mit den Codes, die wir dann auch haben, sofort auf deren Rechner zugreifen und eine neue Sperre installieren", ergänzte Sandy. „Dann nützen uns die Daten nichts."

„Aber wenn wir nicht nur die von MiloChem nehmen, sondern noch die von anderen, weiß sie nicht, auf welche von denen wir es abgesehen haben“, wandte Sara ein. „Das müsste doch zu machen sein. Und wenn wir sie mit dem Betäubungsmittel für ein paar Stunden ausschalten ...“

„Unser Job“, unterbrach George scharf, „steht und fällt damit, dass keinerlei Rückschlüsse möglich sind, hinter welchen Daten wir her sind.“

„Und sobald sie aus der hypothetischen Bewusstlosigkeit erwacht, wird sie alle Kunden überprüfen, für die sie solche Sicherheitscodes auf ihrem PC hat, ob jemand auf ihre Daten zugegriffen hat“, ergänzte Sandy wieder. „Weil MiloChem hier in Berlin sitzt, wird sie mit der Firma anfangen.“

„Und wenn sie und dann auch die Polizei weiß, hinter welchen Daten unser Auftraggeber her ist, könnte das Rückschlüsse auf seine Identität zulassen. Das können wir nicht riskieren.“ George schüttelte den Kopf. „Gerade in diesem Fall ist es von eminenter Wichtigkeit, dass die Frau überhaupt nicht bemerkt, dass wir Daten von ihrem PC runtergeladen haben oder überhaupt jemand in ihrem Haus war. Zu dem Zweck muss sie aber für ein paar Stunden zuverlässig daraus verschwinden. Somit scheidet auch ein fingierter familiärer Notfall aus. Falls sie noch Familie hat. Wir brauchen eine andere Idee.“

Nabila schüttelte den Kopf. „Bei den meisten Leuten würde funktionieren, wenn man ihnen vorgaukelt, dass sie eine Kreuzfahrt oder so was gewonnen haben. Aber ich vermute mal, dass diese Frau, falls sie überhaupt an Gewinnspielen teilnimmt, auch damit nicht aus dem Haus zu locken wäre.“

„Garantiert nicht“, stimmte Sandy ihr zu. Aber die Sache mit dem Spiel gab ihr zu denken. Ricky Schäfer hatte TRE-

NIGMARIS entwickelt. Vielleicht gab es eine Möglichkeit, das in irgendeiner Form zu verwenden. „Ich hätte eine Idee, wo wir ansetzen können."

Alle blickten sie gespannt an.

„Ricky Schäfer hat TRENIGMARIS entwickelt."

„Und wie sollte uns helfen, dass sie ein Computerspiel erfunden hat?", spottete Pierre.

„Klappe!", fuhr George ihm über den Mund. „Red weiter, Sandy."

„Niquis Mann – mein Schwager – vermarktet es. Die Schäfer hat es für seine Firma entwickelt. Aber er selbst kann es nicht spielen. Das hat er immer wieder in Interviews betont. Wenn wir ihn zwingen, das Spiel zu spielen und bis zum höchsten Level zu gewinnen, was er nicht kann, wird er jemanden zu Hilfe holen müssen."

Sara winkte ab. „Und wer garantiert, dass er dafür ausgerechnet seine Programmiererin nimmt? Der hat doch bestimmt reihenweise Freunde, von denen einer das Spiel gewinnen kann."

Sandy schüttelte den Kopf. „Er hat keine Freunde. Keinen einzigen. Der ist nicht der Typ für Freundschaften. Und Level 7 ist bis heute von keinem Spieler geknackt worden." Sie schnitt eine Grimasse. „Sogar ich versuche es seit zwei Jahren vergeblich. Wenn wir ihn zwingen, Level 7 zu gewinnen, was er nicht kann, wird er die einzige Person zu Hilfe holen, die das kann. Und das ist Ricky Schäfer."

George brachte den Protest, zu dem nicht nur Sara ansetze, mit einer Handbewegung zum Schweigen. „Die Idee ist gut. Die Frage ist nur, wie wir den Kerl dazu bringen, sich auf das Spiel einzulassen."

Sandy lächelte. „Wir könnten so tun, als wäre Niqui entführt worden. Statt eines Lösegeldes soll er Level 7 gewinnen, sonst drohen die Entführer seine geliebte Frau umzubringen. Rate, wie schnell er Ricky Schäfer holt, damit sie das Spiel für ihn gewinnt. Vorher wird Niqui mir Zugang zu seinem Laptop verschaffen, damit ich einen Trojaner darauf installieren kann, der bewirkt, dass er mit mir verbunden wird, sobald er versucht, sich auf der Spieleseite von TRENIGMARIS einzuloggen. Da er das Spiel nie spielt, laufen wir nicht Gefahr, dass er diesen unerwünschten Zwangslink zu früh entdeckt. Und wenn ich vorher noch die Quellcodes für das Spiel bekomme, kann ich es so umprogrammieren, dass ich allein bestimme, welcher Zug als nächstes kommt. Auf die Weise kann ich Ricky Schäfer so lange hinhalten, wie wir wollen. Sobald wir die Daten aus ihrem PC abgegriffen haben, lasse ich sie gewinnen und gebe den Ort preis, an dem die entführte Niqui gefangen gehalten wird. Wenn Ricky Schäfer wieder nach Hause kommt, sind wir längst weg, und sie wird nie erfahren, dass in ihrer Abwesenheit jemand bei ihr eingebrochen ist."

George lachte, fasste Sandy bei den Schultern und gab ihr einen Kuss auf die Stirn. „Die Idee ist genial! Sie hat nur einen kleinen Schönheitsfehler."

Sie machte sich von ihm los. „Welchen?"

„Wenn ich mich recht erinnere, hast du mal gesagt, Niqui hätte erwähnt, dass ihr Mann mit der Schäfer ein Verhältnis hatte und sie wegen ihr abserviert hat."

Sandy nickte. „Und?"

„Wenn Schäfer nachtragend ist, wovon ich mal ausgehe, wird sie keinen Finger krümmen für die Frau, die sie bei ihrem Lover ausgebootet hat, egal wie sehr der sie anfleht. Im Gegenteil könnte ich mir vorstellen, dass es sie sogar freut, zu erfahren, dass ihre Konkurrentin angeblich stirbt, wenn er dieses Spiel nicht gewinnt."

„Mist." Daran hatte Sandy nicht gedacht. Und damit war die Idee gestorben.

„Das macht aber nichts. Statt Niqui werden wir einfach so tun, als wäre sein Kind entführt worden. Jede Frau wird alles in ihrer Macht Stehende tun, um ein Kind zu retten, auch wenn sie kein eigenes hat. Also entführen wir scheinbar das Kind, dann müsste die Sache laufen."

Sandy bereute sofort, dass sie auf diese Idee gekommen war. „Da wird Niqui niemals mitmachen."

George lächelte maliziös. „Ach weißt du, Sandy, da lassen wir ihr gar keine andere Wahl."

*

„Jamais!" Niqui brüllte es regelrecht. „Niemals werde ich das tun. Nie werde ich das zulassen! Nie, nie, niemals!"

Sandy legte ihr den Arm um die Schultern. Sie stieß sie weg. „Wie kannst du da nur mitmachen, Drini?", faucht sie Sandy auf Französisch an und benutzte Sandys Kosenamen aus Kindertagen, den diese auch als offiziellen Künstlernamen in ihrem bürgerlichen Leben führte. „Du bist meine Schwester!"

Sandy verzichtete darauf, ihr zu sagen, dass sie die ursprüngliche Idee gehabt hatte. Sie wandte sich an George. „Bitte, George. Das können wir doch wirklich durchziehen, ohne das Kind da mit reinzuziehen." Sie kannte seine Antwort. Schließlich hatte sie ihn schon unzählige Male darum gebeten.

„Nicht, wenn wir Erfolg haben wollen. Es gibt keine Garantie dafür, dass die Schäfer auch nur einen Finger für Niqui krümmt. Das Kind ist das einzige Druckmittel, das Erfolg verspricht. Also hör auf, dich querzustellen, Niqui. Du wirst uns hierbei unterstützen. Sonst ..."

Er legte Fotos auf den Tisch; eins neben das andere. Sanft, beinahe liebevoll. Sie zeigten Niqui im Bett und an anderen lauschigen Orten mit verschiedenen Männern beim Sex in allen möglichen Varianten.

„Was würde wohl dein Mann dazu sagen, wenn er diese Fotos in der Post findet? Zum Beispiel dieses hier. Das mag ich besonders gern." Er schob ihr eins hin, das zeigte, wie sie sich mit verzücktem Gesichtsausdruck auf allen vieren hockend von einem fetten Glatzköpfigen anal penetrieren ließ.

Sie knüllte das Foto zusammen, warf es ihm an den Kopf und überschüttete ihn mit einem Schwall französischer Schimpfwörter, die George nicht verstand. Es hätte ihn auch nicht gestört, wenn er sie verstanden hätte. Ebenso wenig störte ihn, dass Niqui herzzerreißend weinte.

„Entweder du machst mit, oder ich sorge dafür, dass du alles verlierst, was dir so viel bedeutet. Ich weiß zwar nicht, wie die deutschen Behörden das sehen, aber ich kann mir nicht vorstellen, dass die einer Mutter das Sorgerecht überlassen, die nachweislich eine Hure ist, nachdem dein Mann dich rausgeworfen hat. Denn dass er das tut und dir das Kind wegnimmt, sobald er das hier sieht", George klopfte auf die Fotos, „dürfte wohl klar sein."

Niqui stürzte sich auf ihn und schlug auf ihn ein. Er umklammerte ihre Handgelenke so fest, dass sie aufschrie, und drückte sie ihr auf den Rücken. Kalt starrte er ihr in die Augen. „Du hast zehn Sekunden Zeit, dich zu entscheiden, Niqui. Neun, acht, sieben ..."

Sie fluchte wie ein Rohrspatz und stieß Beleidigungen aus, die Sandy erröten ließen.

„... drei, zwei ...“

„*D’accord, salaud! D’accord!* Ich tue es.“

George ließ sie los. „Na also. Ich wusste, dass du ganz vernünftig sein kannst.“ Er brachte sein Gesicht dicht vor ihres. „Bevor du mich beschimpfst, solltest du die Schuld lieber bei dir suchen. Wenn du uns nicht im Stich gelassen hättest, dann hättest du gar kein Kind, das mal für ein paar Stunden in einem anderen Bettchen als seinem eigenen schlafen wird, und keinen Mann, der um Himmels Willen nichts von deiner Vergangenheit erfahren darf. Das solltest du nicht vergessen.“

Monique fixierte ihn kalt, obwohl ihr immer noch die Tränen über die Wangen liefen. „Wenn ich deinen Bunch nicht verlassen hätte und nicht mit ausgerechnet dem Mann verheiratet wäre, für den diese Frau gearbeitet hat, könntest du diesen Coup nicht durchführen, George. Dann würde der große George McNamara kläglich versagen. Das solltest *du* besser nicht vergessen.“

Sie wandte sich auf Französisch an Sandy. „Ich bringe dir, was du brauchst. Aber dass du da mitmachst, gegen mich, deine Zwillingsschwester, das werde ich dir nie verzeihen, Drini. In Ewigkeit nicht!“ Sie verließ das Hotelzimmer.

„Was hat sie gesagt?“, wollte George wissen.

„Dass sie mir nie verzeihen wird, dass ich sie da reingezogen habe.“

George zuckte mit den Schultern. „Sie beruhigt sich schon wieder. Spätestens wenn sie ihren Anteil bekommt, indem ich auf ihrer nächsten Ausstellung als angeblicher Kunstsammler eins ihrer Bilder kaufe für mehr Geld, als es wert ist.“

In dem Punkt war sich Sandy absolut nicht sicher. Schließlich hatte Niqui recht. Wäre Sandy nicht auf die Schnapsidee gekommen, sie einzuspannen, wäre George nicht auf den Gedanken gekommen, sie zu erpressen. Klar, sie würde Sandy irgendwann verzeihen; sie waren schließlich Zwillingsschwestern und hatten schon zusammengesteckt, noch ehe sie geboren waren. Aber diesmal würde das dauern.

George nickte ihr zu. „Mach dich an die Arbeit, sobald Niqui geliefert hat.“

Sandy verstand den Rauswurf und verließ sein Hotelzimmer mit einem sehr unguten Gefühl im Bauch.

*

Agent Saul Granger betrat das Büro seines Partners Calvin Cooper und legte ihm einen Ausdruck auf den Tisch. Es handelte sich um die Fotokopie eines Artikels aus der *Berliner Zeitung* vom 15. Juni. Darauf prangte das Gesicht von Juan Sola. Die Aufnahme stammte offensichtlich von einem Pass. Eine Übersetzung des Artikels war der Kopie angeheftet.

„Wer kennt diesen Mann? – Berlin. Am vergangenen Donnerstag wurde in einem Berliner Hotel die Leiche dieses Mannes gefunden, der an einer Überdosis eines Betäubungsmittels starb. Wie die Polizei feststellte, reiste er unter falschem Namen und gab sich als südamerikanischer Staatsbürger Salvador Gonzales aus. Wer Informationen zu diesem Mann hat oder seine wahre Identität kennt, melde sich bitte beim LKA Berlin unter der Nummer 030-4664-0.“

Calvin legte den Artikel zur Seite.

„Kein Wort davon, dass der Mann ermordet wurde.“

Calvin schüttelte den Kopf. „Die deutsche Polizei sagt ihrer Presse schließlich nicht alles. Die wissen mit Sicherheit, dass es Mord war.“

Die Frage war, ob er den deutschen Kollegen ein bisschen Amtshilfe leisten sollte, indem er ihnen Solas Identität preisgab. Bei näherer Betrachtung konnte das nicht schaden. Wenn seine Hand die ihre wusch, würden sie sich eines Tage revanchieren und seine Hand waschen, indem sie idealerweise Informationen mit ihm teilten, die seiner Abteilung halfen, McNamara's Bunch dingfest zu machen.

Er sah auf die Uhr. „Wie spät ist es jetzt in Deutschland?"

Granger sah ebenfalls zur Uhr. „Die sind L. A. neun Stunden voraus. Demnach müsste es bei denen fünf Uhr dreißig nachmittags sein."

Calvin griff zum Telefon und wählte die angegebene Nummer in Berlin. Er erhielt Anschluss und hatte Glück, dass auch der Ermittlungsleiter für Solas Fall zu sprechen war.

„Salvador Gonzales war Spanier und hieß Juan Sola", teilte er ihm mit und berichtete, was er über ihn wusste. „Er war früher Mitglied einer Cybercrime Gang, die sich McNamara's Bunch nennt und arbeitete für uns als Informant. Er vermutete, dass die Bande in Berlin war und ein neues Ding plante. Ihr Anführer George McNamara nannte sich nach Solas Aussage zuletzt John Carrington. Seine wahre Identität ist uns bis jetzt nicht bekannt, denn auch McNamara ist ein Alias. Zu der Bande gehören noch sechs weitere Leute. Hören Sie, Kollege, aus unserer Sicht besteht die Möglichkeit, dass McNamara Sola ermordet hat, falls er rausgefunden haben sollte, dass Sola die Gang ans Messer liefern wollte."

Calvin gratulierte sich zu der vorsichtigen Formulierung, mit der er nicht verraten hatte, dass das FBI in irgendeiner anderen Form involviert wäre, als dass sie durch Sola Informationen über McNamara gesammelt hatten. Pete Kent hatte in Berlin keine Spuren hinterlassen, die auf das Bureau hindeuteten.

„Wir überprüfen das", versprach sein Gesprächspartner. „Vielen Dank für die Information, Agent Cooper. Ich halte Sie auf dem Laufenden."

Calvin unterbrach die Verbindung und lehnte sich zurück. „*Shit.* Wir waren so nah dran, die ganze Bande zu erwischen. Und jetzt heimsen die Deutschen die Lorbeeren ein, wenn wir Pech haben."

Granger zuckte mit den Schultern. „Hauptsache, die Typen werden aus dem Verkehr gezogen. Wer das schafft, ist letztendlich egal."

Calvin seufzte und nickte. „Dann wollen wir mal hoffen, dass die Kollegen in *good old Germany* die Sache nicht vergeigen."

Er legte den Zeitungsartikel in die Ablage und widmete sich dem Fall, an dem er gearbeitet hatte, bevor Granger gekommen war. Es gab schließlich noch eine Menge anderer Fälle, die das FBI zu lösen hatte.

Aber es wurmte ihn, dass dieser möglicherweise nicht auf dessen Erfolgsliste stehen würde und somit bedauerlicherweise auch nicht auf seiner eigenen.

5

Dienstag, 2. Juli

„Hervorragend."

George klang überaus zufrieden. Niqui, die nolens volens an der Einsatzbesprechung teilnahm, hatte ihm mitgeteilt, dass die Nachbarn zu beiden Seiten ihres Hauses ab morgen für mehrere Wochen in Urlaub waren. Das begünstigte die Kindesentführung.

„Der Plan sieht aus wie folgt.“ George trat an die Flipchart, auf der er den Zeitplan minutiös aufgelistet hatte. „Operation Clavis startet am 14. Juli. Die Aktion läuft auf drei Ebenen ab. Ebene 1 ist die Falle, mit der wir die Zielperson für zwölf Stunden aus dem Haus locken.“

„Warum zwölf Stunden?“, wandte Nabila ein. „Wenn die Ausführung einer Operation gestartet ist, haben wir doch noch nie so lange gebraucht.“

George nickte. „Wir brauchen real auch höchstens sechs Stunden. Da in diesem Fall aber jede Menge Variablen mit im Spiel sind, müssen wir die Zeit verdoppeln. Nur zur Sicherheit. Davon abgesehen haben wir noch einen Zeitpuffer von zusätzlich maximal je drei Stunden vor und nach der Kernzeit. Den sollten wir aber nach Möglichkeit nicht ausschöpfen.“ Er pochte mit einem Stift auf die Flipchart. „Ebene 1. Damit der Köder keinen Verdacht schöpft, muss alles zunächst seinem üblichen Tagesablauf entsprechen. Frühstück auf der Terrasse, Spielen mit dem Kind. Unmittelbar vor unserem Eingreifen – genau um elf Uhr – wird Niqui ihn für zehn Minuten ablenken. Das Kind wird sich auf der Terrasse im Laufstall befinden. Sollte das Wetter nicht mitspielen, dann steht der Laufstall im Wohnzimmer direkt hinter der Terrassentür, die offen sein wird. Pierre, Pawel, Sergej, ihr ...“

Handyklingeln unterbrach ihn. Es kam von dem Prepaid-Handy, über das Rasmusson ihn kontaktieren konnte. „Ruhe“, befahl er, ehe er das Handy nahm. „Keiner gibt einen Laut von sich.“ Er nahm den Anruf entgegen. „Was gibt es?“

„Wie weit sind Sie, Andersson? Ich brauche die Daten spätestens nächsten Dienstag. In einer Fachzeitschrift ist letzte Woche ein Artikel über die einschlägige Forschung erschienen, in dem es heißt, dass MiloChem kurz vor einem Durchbruch stünde. Darauf war ich gezwungen, eine Pressemeldung rauszugeben, dass meine Firma an einem ebensolchen Impfstoff forscht. Schließlich wäre es reichlich unglaubwürdig, wenn ich plötzlich ein solches Serum präsentiere, ohne je zuvor geäußert zu haben, dass wir in der Richtung forschen. Ich muss den Medien zumindest ein Zwischenergebnis liefern. Deshalb brauche ich die Daten am Dienstag, spätestens um zwölf Uhr mittags. Überhaupt war ich davon ausgegangen, dass das Ganze ein bisschen schneller geht."

„Sie haben Qualität bestellt, meine Klienten liefern Ihnen Qualität. Die braucht nun mal ihre Zeit."

„Mir egal. Wenn Sie nicht bis Dienstagmittag geliefert haben, betrachte ich unsere Vereinbarung als hinfällig. Und kommen Sie nicht auf den Gedanken, mir zu drohen. Andernfalls ruiniere ich Ihren Ruf in Ihrer Branche."

George schnaubte verächtlich. Dazu hatte Rasmusson nicht die Macht und nicht die Mittel. Aber ein verärgerter Kunde war ein Risiko, das es unter allen Umständen zu vermeiden galt. „Aber selbstverständlich erhalten Sie die Bestellung zu dem von Ihnen gewünschten Zeitpunkt. Ich sehe da keine Probleme. Haben Sie sonst noch etwas auf dem Herzen?"

„Sie halten sich an die Vereinbarung und liefern mir auch das Programm, mit dem ich unbemerkt auf alle Daten von MiloChem zugreifen kann?"

„Selbstverständlich. Ich rufe Sie spätestens Dienstag früh an und teile Ihnen mit, wo wir uns zur Datenübergabe treffen.

Halten Sie sich bereit, innerhalb einer halben Stunde vor Ort sein zu können."

George ließ Rasmusson keine Gelegenheit zu antworten, sondern unterbrach die Verbindung. Die anderen sahen ihn erwartungsvoll an. Er ignorierte sie und starrte auf die Flipchart und den sorgfältig ausgearbeiteten Plan, der nun geändert werden musste. Die Frage war nur, in welchem Umfang. Einerseits hasste er solche spontanen Änderungen, andererseits liebte er die damit verbundene Herausforderung.

„Sandy, wie lange brauchst du, wenn du die Programmierung für MiloChems Firewall hast, um daraus ein Programm zu schreiben, das unserem Auftraggeber unbemerkten Zugriff auf MiloChems gesamte Datenbanken verschafft?"

„Das kommt auf die Art der Programmierung an, aber ich müsste es innerhalb eines Tages schaffen, mit etwas Glück in ein paar Stunden. Ich muss nur einen meiner bereits existierenden Trojaner modifizieren und ..."

„Tu das", unterbrach George sie.

„Der Dienstag, den du gerade erwähntest, ist doch nicht etwa der von nächster Woche?"

George nickte. „Unser Auftraggeber hat den Liefertermin vorverlegt."

„*Merda*!", grollte Sara. „Das könnte mit dem Besorgen der Ausrüstung knapp werden."

„Du wirst es schaffen müssen, Sara." Er überlegte einen Moment. „Wir brauchen im schlimmsten Fall alles in allem achtzehn Stunden für den Coup als solchen. Dazu die Zeit für das Abgreifen der Daten und die Programmierung des Trojaners ..." Er sah Sandy auffordernd an.

„Maximal acht Stunden inklusive Testläufe, *wenn* ich eine exstierende Version als Grundlage verwenden kann."

George nickte. „Plus die Zeit, um die Ware dem Kunden bis Dienstagmittag persönlich zu liefern.“ Wieder dachte er eine Weile nach. „Das Ganze muss Samstag steigen, sonst können wir den Liefertermin nicht einhalten.“ Er wandte sich an Niqui. „Wie sieht euer üblicher Samstag aus?“

„Sehr günstig für den Plan.“ Das klang ausgesprochen missmutig. „Mein Mann muss nicht abgelenkt werden, weil er sonnabends immer bis nachmittags in der Firma ist, um dort in Ruhe zu arbeiten. Ich bin dann mit Marie-Claire allein zu Hause.“

George grinste. „Ganz hervorragend. Dann können wir Ebene 2, das Ablenkungsmanöver, sogar noch glaubhafter inszenieren.“ Er dachte eine Weile nach, ehe er sich wieder der Flipchart zuwandte. „Okay. Teil 1 der Operation bleibt bestehen, auch was die Zeit betrifft. Wir verlegen sie nur auf nächsten Samstag vor.“ Er strich den 14. Juli durch und schrieb den 6. darüber. „Pierre, Sergej, Pawel, ihr tarnt euch als Mitarbeiter irgendeines Umweltamtes und fahrt auf dem See hinter dem Haus herum, um Wasserproben zu nehmen oder etwas in der Art. Sara, das Boot muss morgens um acht Uhr bereitstehen.“

„Kein Problem.“

Niqui wohnte mit ihrem Mann am Halensee. Das Grundstück hatte einen direkten Zugang zum See. Von der anderen Seeseite aus konnte man über eine Straße schnell verschwinden.

„Niqui lässt um elf Uhr ihr Kind allein auf der Terrasse und geht aufs Klo. Ihr beobachtet das vom See aus. Da das Grundstück mit Kameras überwacht wird, zieht ihr euch Sturmhauben über den Kopf, entert die Terrasse, schnappt euch das Kind, hinterlasst im Laufstall den Erpresserbrief mit unserer Forderung und verschwindet. Niqui wird dem Kind vorher ein

Beruhigungsmittel geben, damit es kein Theater macht. Bevor ihr ans andere Ufer kommt, habt ihr eure Overalls abgelegt und seht wie ganz normale Ausflügler aus. Klar soweit?"

Die drei Männer nickten.

„Und wehe ihr seid grob zu meinem Kind!", drohte Niqui.

Pierre lächelte ihr beruhigend zu. „Keine Sorge. Ich kenne mich mit Kindern aus."

George klappte das oberste Blatt der Flipchart um. Auf dem zweiten Blatt war ein vergrößerter Ausschnitt des Berliner Stadtplans aufgeklebt. „Hier an der Ecke Am Bahnhof Grunewald und Auerbachstraße ist ein Wartehäuschen irgendeiner Buslinie oder so. Dort wartet Sara auf euch. Ihr gebt ihr das Kind. Danach parkt ihr den Wagen irgendwo – *nicht* im Halteverbot oder anderswo, wo er auffällt – und kommt mit dem Zweitwagen zum Treffpunkt. Sara bringt das Kind zu Nabila, die im Versteck wartet – Wutzkyallee 100 B – und kommt ebenfalls zum Treffpunkt. Das Ganze muss bis spätestens elf Uhr fünfundvierzig über die Bühne gegangen sein. Danach fahren wir alle zum Haus der Zielperson, Kohlhasenbrücker Straße 17 D." Der Name kam ihm schwer über die Zunge. Er schüttelte den Kopf. „Dass die Deutschen ihren Straßen immer so verdammt komplizierte Namen geben müssen." Er winkte ab. „Dort verbergen wir unseren Einsatzwagen unbemerkt an einer Stelle, wo er vom Haus nicht gesehen werden kann. Wir sind spätestens um zwölf Uhr fünfzehn vor Ort und warten, bis die Zielperson das Haus verlässt. Klar soweit?"

Alle nickten.

„Gut." George nickte Niqui zu. „Zehn Minuten nach der Entführung des Kindes ruft Niqui ihren Mann an und informiert ihn über die Katastrophe. Möglichst tränenreich und glaubwürdig, kurz vor der totalen Panik. Ich hoffe, du hast deine schauspielerischen Fähigkeiten nicht verlernt."

Niqui schnitt eine Grimasse. „*Non.*"

George ging nicht darauf ein. „Er wird augenblicklich nach Hause kommen und die Polizei rufen, nachdem er den Erpresserbrief gelesen hat."

„Aber wir werden ihm das doch verbieten?", wandte Sara ein.

George grinste. „Natürlich. Aber wir brauchen die Polizei."

„Bist du wahnsinnig?", fuhr Pawel auf. „Unsere Strategie ist doch zu vermeiden, dass die Bullen Wind von unseren Aktivitäten bekommen. Was soll das jetzt?"

George blickte ihn kalt an. „*Meine* Strategie sah das bisher immer vor. In diesem Fall brauchen wir die Polizei aber als zusätzliches Ablenkungsmanöver. Das ist Ebene 3 von Operation Clavis. Die basiert darauf, dass niemand ahnt, am allerwenigsten unsere Zielperson, dass sich das ganze Manöver um sie dreht. Wir werden deshalb den Eindruck erwecken, dass Manfred Thaler das Ziel ist."

„Das tun wir doch schon mit der Entführung." Pawel verstand immer noch nicht.

George verdrehte die Augen. Nichts ging ihm so sehr auf die Nerven wie schwerfälliges Denken. Aber Pawel war nun mal ein Mann fürs Grobe und intellektuelles Denken jenseits von Kampfstrategien nicht sein Ding.

„Überleg doch mal. Bei einer Kindesentführung wird in jedem zivilisierten Staat der gesamte Polizeiapparat eingespannt. Jeder konzentriert sich auf die Suche nach dem Kind und den Entführern. Wenn wir, was wir tun werden, Spuren legen, die in einen ganz anderen Teil von Berlin zu führen scheinen, haben wir an unserem Zielort völlig freie Bahn. Das

Wichtigste an Ebene 3 ist aber, dass die Polizei die Zielperson notfalls nachdrücklich zur Mitarbeit auffordern kann, falls sie sich trotz allem weigern sollte, ihrem ehemaligen Geliebten zu helfen. Wenn er selbst sie um Hilfe bittet, besteht bis zu einem gewissen Grad die Wahrscheinlichkeit, dass sie ablehnt, obwohl es um das Leben eines Kindes geht. Vielleicht denkt sie auch, das wäre irgendein Trick von Thaler, mit dem er was ganz anderes von ihr will. Bei Frauen weiß man ja nie, auf was für Gedanken sie kommen. Wenn die Polizei sie holt, sieht sie, dass das kein Trick ist. Kurzum: Ebene 3 ist ein zusätzliches Mittel, die Zielperson aus dem Haus zu bekommen. Deshalb wird Niqui ihren Mann dazu drängen, die Polizei zu rufen, falls er nicht von selbst auf den Gedanken kommen sollte." Er grinste. „Mal ganz abgesehen davon, dass wir die Polizei dabei so richtig schön vorführen können."

Typisch George. Er machte sich einen Spaß daraus, bei jedem Coup die Polizei oder andere Leute zu verhöhnen, sie dumm dastehen zu lassen und zog daraus eine ungeheure Befriedigung. Selbst bei den Fällen, in denen die Aktivität von McNamara's Bunch völlig unbemerkt geblieben war, hatte er nebenbei irgendetwas Spektakuläres inszeniert. Wie in diesem Fall angeblich als Ablenkungsmanöver. Aber Sandy hegte schon lange den Verdacht, dass es ihm in Wahrheit nur darum ging, sich zu beweisen, wie clever und unbesiegbar er war. Egotrip pur und ein bisschen verrückt. Bisher war das immer gutgegangen. Blieb zu hoffen, dass Fortuna ihm und damit ihnen allen auch weiterhin hold blieb. In diesem Fall hatte seine „Ebene 3" den Nebeneffekt, dass die Polizei wohl kaum auf den Gedanken kommen würde, dass bei der Entführung etwas nicht koscher sein könnte, wenn Niqui oder ihr Mann sie sofort zu Hilfe riefen.

„Damit Thaler nicht zu lange zögern kann, mit dem Spiel zu beginnen, setzen wir ihm eine Frist bis zwei Uhr nachmittags. Wenn er sofort die Firma verlässt und nach Hause eilt, braucht er mindestens eine halbe Stunde. Dann ist er zwischen elf Uhr vierzig und elf Uhr fünfzig vor Ort. Für den Fall, dass er lange nachdenken muss, was er tut oder nicht, hat die Polizei dann immer noch genug Zeit, bei ihm zu erscheinen. Dann ist er und sind die Bullen erst mal beschäftigt." George lächelte zufrieden. „Damit der Eindruck erweckt wird, dass er aus der Firma weggelockt werden sollte, damit jemand ungestört in sie einbrechen kann, fordern wir, dass er das Spiel von zu Hause aus auf seinem Laptop spielt. Den hat Sandy gehackt. Sobald er sich auf der Seite von TRENIGMARIS einloggt, um ein Spiel zu beginnen, landet er automatisch bei ihr." Er nickte Sandy zu.

„Ich habe das Spiel manipuliert, dass nur die Fragen bei den Rätseln auftauchen, die wir wünschen. Die korrekten Antworten einiger Fragen geben ihm als Belohnung jeweils den Schnipsel eines Fotos, der den Teil der Eingangstür des Verstecks zeigt. Alle Teile zusammen ergeben wie ein Puzzle das vollständige Bild."

„Und wenn er das zu früh zusammensetzen kann?", wandte Pierre ein.

„Sind wir dämlich?", grunzte George und schüttelte den Kopf. „Mal abgesehen davon, dass er nie alle Teile zusammenbekommt, weil er es nicht innerhalb von zwölf Stunden bis zum Ende von Level 7 schaffen kann", er lächelte böse, „erhält er so oder so nicht genug Teile, um ein vollständiges Bild erkennen zu können. Oder dass irgendein Polizeicomputer das errechnen könnte. Wir werfen ihm Brotkrumen hin, durch die er die Hoffnung bekommt, dass er sein Kind finden kann. Aber das ist natürlich nicht der Fall."

Sandy starrte ihn an und begriff plötzlich, dass dieses Katz-und-Maus-Spiel nicht nur als Ablenkungsmanöver für die Polizei diente, sondern noch einen ganz anderen Zweck hatte. George wollte Manfred bestrafen – dafür, dass er ihm Niqui abspenstig gemacht hatte. Zwar waren sie und George nie offiziell ein Paar gewesen, hatten aber ab und zu miteinander geschlafen. Sandy hatte sich manchmal gefragt, warum George ihrer Schwester gegenüber Anwandlungen von Besitzdenken gehabt hatte und warum er so ein Drama daraus gemacht hatte, dass sie die Gruppe verlassen hatte. Jetzt begriff sie endlich.

George konnte nicht ertragen zu verlieren. Nicht bei seinen Coups und auch nicht bei seinen Leuten. Wenn er sich von ihnen trennte, wie zum Beispiel von diesem Juan, war das eine ganz andere Sache. Aber wenn einer von sich aus gehen wollte, konnte er das nicht zulassen, empfand das als persönlichen Affront. Und wenn er es zulassen musste – Niqui war bei dem Job, den McNamara's Bunch durchgeführt hatte, nachdem sie sich in Manfred verliebt hatte, vor Verknalltheit zu nichts mehr zu gebrauchen gewesen –, dann hegte er ewig plus drei Tage einen Groll. In diesem Fall gegen Manfred, der ihm Niqui „weggenommen" hatte. Das erklärte Sandy auch, warum er Niqui so brutal gezwungen hatte, bei der ganzen Entführungsgeschichte mitzumachen. Und es erweckte in ihr die böse Ahnung, dass er am Ende des Coups die kompromittierenden Fotos trotzdem an Manfred schicken würde, um das Glück der beiden zu zerstören – zu einem Zeitpunkt, da Niqui glauben würde, endgültig alles überstanden zu haben.

Sie warf Niqui einen kurzen Blick zu. Ihre Schwester hatte nur finster die Stirn gerunzelt und dieses Manöver offenbar nicht begriffen. Gut, denn sonst würde sie einen Aufstand veranstalten, an dessen Ende sie möglicherweise tot auf der Strecke blieb. Sandy musste sich etwas einfallen lassen, um die ultimative Katastrophe, die George für Niqui plante, zu verhindern.

„Außerdem", fuhr George fort, „geben wir diese Schnipsel nicht über den Computer preis, sondern verstecken sie an verschiedenen Orten in Berlin und schicken die Polizei damit auf eine Schnitzeljagd, die sie zusätzlich ablenken wird. Oder Thaler wird, wie wir verlangen werden, Niqui losschicken. In dem Fall wird die Polizei sich an ihre Fersen heften und nach jemandem Ausschau halten, der sie beobachtet. Wenn wir Glück haben, benimmt sich zufällig irgendein völlig unbeteiligter Passant auffällig und wird verhaftet, weil man ihn für einen von uns hält." George lächelte.

Sandy schüttelte den Kopf. George, der Hasardeur. So ein Spiel war genau nach seinem Geschmack. Besonders wenn es eine kleine perfide Note besaß wie die, dass ein Unschuldiger verdächtigt wurde und ein paar höllische Stunden durchleben musste, bis sich seine Unschuld herausstellte.

George winkte ab. „Thaler wird schnell feststellen, dass er das Spiel nicht schafft. Sollte er nicht von selbst auf den Gedanken kommen, die Zielperson zu Hilfe zu rufen, ist es deine Aufgabe, Niqui, ihm das vorzuschlagen. Natürlich zögerlich und auf eine Weise, als wäre es dir höchst unangenehm, in dem Fall die Verflossene deines Mannes in deinem Haus dulden zu müssen. Du verstehst, was ich meine?"

Sie nickte.

„Und wir tun so, als müssten wir uns das reiflich überlegen, und werden uns lange zieren, bis wir das gestatten. Wenn wir zu schnell nachgeben, könnte das jemanden misstrauisch machen. Sobald die Zielperson aus dem Haus ist, dringen wir bei ihr ein und machen uns ans Werk, während Sandy nebenbei das Spiel spielt. Sobald wir die Daten haben, beschleunigt Sandy das Spiel, lässt aber die Zielperson gewinnen und gibt mit dem letzten Rätsel das letzte Puzzleteil vom Versteck des Kindes preis. Danach: *Game over.* Wir verschwinden. Sollte die Polizei so dämlich sein und das Versteck trotz des Hinweises nicht zu finden, kann einer von uns sie anonym anrufen und in dem besagten Haus verdächtige Geräusche oder so was melden. Dann finden sie das Kind. Nabila ist natürlich längst abgehauen, bis die da sind."

Nabila wandte sich an Niqui. „Ich brauche ein Beruhigungsmittel für das Kind, damit es schläft und nicht viel mitbekommt."

Man sah Niqui an, dass ihr das ganz und gar nicht gefiel. „Marie-Claire hatte vor ein paar Wochen fürchterliche Zahnschmerzen und konnte nicht schlafen. Der Kinderarzt hat uns ein Mittel gegeben, das ihr geholfen hat einzuschlafen. Aber bitte, Nabila, sei vorsichtig! Tu meiner Kleinen nicht weh!"

Nabila lächelte beruhigend. „Das verspreche ich dir. Ich bin mit einem Dutzend Geschwister aufgewachsen, die alle jünger sind als ich. Ich weiß, wie ich mit Kindern umgehen muss."

Niqui war alles andere als beruhigt, aber sie nickte und warf Sandy einen bitterbösen Blick zu. Der Graben, der sich zwischen ihnen aufgetan hatte, würde sich nur schwer wieder schließen. Möglicherweise würde er sie sogar für immer entzweien. Das wäre unendlich bedauerlich. Doch im Moment kam es darauf an, die ganze Sache reibungslos über die Bühne zu bringen. Für alles andere war danach noch Zeit genug.

„Während der ganzen Zeit", ergriff George wieder das Wort, „wird Niqui regelmäßig mit Sandy telefonieren unter dem Vorwand, sich von ihrer geliebten Zwillingsschwester in diesen schweren Stunden trösten zu lassen. Ihr beide“, er deutete auf Sandy und Niqui, „sprecht euch ein paar unverfängliche Floskeln ab, die als Code fungieren. Auch wenn ihr französisch miteinander palavert, kann es immerhin sein, dass einer von den Polizisten genug davon kann, um zu verstehen, worüber ihr redet. Wenn Niqui zum Beispiel sagt, ‚ich mache mir große Sorgen‘, heißt das im Klartext, dass bei ihr alles in Ordnung ist. Irgend so was. Lasst euch was einfallen. Klar soweit?“

Beide nickten.

„Gut. Sollten wir die Zeitspanne von zwölf Stunden tatsächlich ausschöpfen müssen, sind wir um zwei Uhr morgens fertig. Im Falle des zusätzlichen dreistündigen Zeitpuffers um fünf Uhr morgens. Wir werden also im schlimmsten Fall vierundzwanzig Stunden auf den Beinen sein. Sorgt dafür, dass ihr alle das durchhaltet. Ohne Drogen, versteht sich.“

Bei Drogen verstand George nicht den geringsten Spaß. Ausgenommen die Drogen, die sie benutzten, um Wachpersonal und andere Leute zu betäuben.

„Nach dem Coup kehren wir in unsere Unterkünfte zurück und verschwinden, egal wie spät oder früh es ist. Deshalb begleichen wir die Rechnungen am Samstagmorgen, bevor es losgeht. Zum Abhauen nimmt jeder für sich den von seiner Unterkunft aus nächsten Bus oder die nächste Bahn in irgendeine Stadt, die einen Flughafen hat, oder ein Taxi zum Bahnhof und wir zerstreuen uns von da aus in alle Winde wie üblich. Das Honorar gibt es wie immer zwei Wochen später. – Noch Fragen?“

„Wir bringen die Fotoschnipsel in blauen Zylinderkapseln an den bereits auserwählten Orten an“, sagte Sara. „Das sind aber ausschließlich öffentliche Plätze, Gebäude, Restaurants und so weiter, wo unzählige Menschen herumlaufen. Was passiert, wenn einer von denen eine der Kapseln mitnimmt oder sie für Abfall hält und wegwirft?"

„In dem Fall", antwortete Sandy, „wird mein lieber Schwager oder unsere Zielperson mehr oder wenig panisch dem unbekannten Gegenspieler, also mir, via Chat-Feld online mitteilten, dass man die versprochene Belohnung nicht gefunden hat. Ich werde so tun, als wäre das ein fauler Trick, mich aber überzeugen lassen, dass es das nicht ist, und das Puzzleteil auf deren Bildschirm einblenden."

„Ja, das wird ein richtig schöner Spaß", meinte George und grinste zufrieden.

„Nur nicht für *mon petit bébé*!" Niqui funkelte ihn wütend an. In ihren Augen standen Tränen.

„Deinem Kind passiert nichts, Niqui. Sorg du nur dafür, dass wir immer über alles informiert sind, was bei euch vorgeht. Also vergiss nicht, den Akku von deinem Handy vollständig aufzuladen." Er blickte in die Runde. „Keine Fragen mehr? Dann machen wir uns an die Arbeit."

Sie verließen Georges Hotelzimmer. Sandy streichelte Niqui tröstend die Schulter. Sie schüttelte ihre Hand ab.

„Lass mich in Ruhe! Du bist schuld an allem. Aber ich schwöre dir, Drini, wenn meinem Kind was passiert, dann bringe ich dich um! Und George dazu!"

Sie wartete Sandys Antwort nicht ab, sondern eilte davon. Sandy sah ihr nach. Sie konnte Niqui verstehen. Aber ihre Schwester musste vorsichtig sein, verdammt. Mit George war nicht zu spaßen, wenn man sich gegen ihn stellte. Das hatte wohl auch dieser Juan feststellen müssen. Nachdem der so unvermutet aufgetaucht war und George später mit ihm angeblich vernünftig gesprochen hatte, war er abgereist. Hatte

George behauptet. Aber Sandy hatte zwei Tage später in der Zeitung gelesen, dass der Mann tot in seinem Hotelzimmer gefunden worden war; gestorben an einer Überdosis Beruhigungsmittel. Sie schloss nicht aus, dass das Georges Werk gewesen war. Alles andere wäre ein zu großer Zufall gewesen.

Vielleicht wäre es besser, wenn sie Niquis Beispiel folgte und nach diesem Job ausstieg. Untertauchte. Für sie eine einfache Sache. Da gab es nur ein Problem. George hätte keine Hemmung, sich an Niqui zu vergreifen und sie als Druckmittel zu benutzen, um Sandy zur fortgesetzten Kooperation zu zwingen, egal in welcher Versenkung sie sich versteckte. Da er wusste, wo Niqui wohnte, musste sie in dem Fall Vorkehrungen treffen, dass er nicht an sie und ihre Familie herankäme. Und das musste sorgfältig geplant werden.

Doch jetzt musste erst einmal Operation Clavis gelingen.

6

Sonnabend, 6. Juli

Sandy saß im hinteren Teil des Reisemobils an einem schmalen Klapptisch vor ihrem Laptop und wartete ebenso wie die anderen. Es war halb zwei Uhr nachmittags. Die Luft war trotz der eingeschalteten Klimaanlage stickig, weil sich sechs Personen in dem Wagen aufhielten. Der stand im Wald gut verborgen hinter einer Hecke. Außerdem war er im Camouflage-Muster lackiert. Falls Spaziergänger vorbeikommen sollten, würden sie ihm kaum Beachtung schenken, denn ein aufgesprühter Schriftzug wies ihn als Eigentum irgendeines real existierenden Berliner Vereins für Ornithologie aus. Deshalb würden sich Passanten, die sich sowieso kaum abseits der wenigen Wege herumtrieben, die durch den Wald führten, in dem Ricky Schäfers Haus gegenüber dem Stölpchensee lag, nichts dabei denken. Auch das aus dem Beobachtungsschlitz in der Hintertür lugende Fernglas passte in das Bild, falls es bemerkt werde sollte. Mit dem beobachtete gegenwärtig Sergej das Haus.

George saß auf einem Stuhl und schnitzte aus einem Stück Holz eine Bärenfigur. Sara las, Pierre hörte über Kopfhörer Musik von seinem MP3-Player, und Pawel polierte seine Uzi.

Bis jetzt hatte der Plan wie am Schnürchen geklappt. Die „Entführung" von Marie-Claire war reibungslos über die Bühne gegangen. Niemand hatte etwas davon mitbekommen. Das Mädchen lag gegenwärtig schlafend im Versteck in einem Feldbett, das in den leeren Räumen einer vor Monaten geschlossenen Firma stand, zu der sich Nabila heute Morgen mit Pierres Hilfe Zugang verschafft hatte. Da das Gelände abgelegen neben Bahngleisen lag und alle Fenster verdunkelt waren, würde niemand merken, dass sich jemand im Haus aufhielt.

Niqui hatte gemeldet, dass sie Manfred um elf Uhr sieben von der Entführung benachrichtigt hatte und er sofort kommen wollte. Seitdem war Funkstille. Um zwei Uhr musste er gemäß der Forderung der „Erpresser" beginnen, TRENIGMARIS zu spielen.

George sah zur Uhr. Ein Uhr fünfzig. Er nickte Sandy zu. „Ruf sie an."

Sandy griff zum Handy – Prepaid, damit niemand es orten konnte – und rief Niqui an. „Ich bin's. Wie sieht es aus?"

„Ah, Drini! Quelqu'un a enlevé notre enfant!" Niqui heulte gekonnt los.

Das Gespräch wurde unterbrochen. Wahrscheinlich hatte das jemand von der Polizei getan, denn die Botschaft, dass jemand das Kind entführt hatte, war eine der abgesprochenen Floskeln, die Sandy signalisierte, dass die Polizei schon da war. Sie drückte die Wahlwiederholung und vertraute darauf, dass ihre Schwester sich wie gewohnt durchsetzte und der Polizei die Erlaubnis abrang, mit ihr zu telefonieren. Sie hatte sich nicht getäuscht. Niqui teilte ihr gleich darauf mit, dass die Polizei das Spiel überwachte, das Manfred gleich beginnen würde.

Wie aufs Stichwort erhellte sich der Bildschirm, als Manfred sich auf der Website von TRENIGMARIS einloggte. In einem Fenster war zu sehen, wie er verzweifelt vor dem Laptop hockte, denn die „Entführer“ hatten darauf bestanden, dass sie ihn die ganze Zeit über die Webcam beobachten konnten. Auch dadurch sollte der Eindruck erweckt werden, dass er aus seiner Firma weggelockt werden sollte. Allerdings wurden keine Geräusche übermittelt. Das bedeutete, dass die Tonübertragung deaktiviert worden war. Klar, die Entführer sollten durch die Hintergrundgeräusche nicht mitbekommen, dass verbotenerweise Polizei im Haus war. Ton war auch nicht erforderlich, denn Niqui würde sie über alles auf dem Laufenden halten. Die Linse ihrer eigenen Webcam hatte Sandy natürlich abgeklebt, damit Manfred sie nicht sah.

Sandy tippte in das Chat-Feld, mit dem die beiden Spieler sich während des Spiels verständigen konnten, eine Botschaft in fehlerfreiem Deutsch ein: *Willkommen zu TRENIGMARIS, Manfred Thaler! Sie spielen gegen Black Knight. Überlegen Sie Ihre Züge sorgfältig. Wenn Sie verlieren, stirbt Ihre Tochter.* Die deutsche Sprache war unerlässlich, damit niemand auf den Gedanken kam, es mit Ausländern zu tun zu haben, und vielleicht dadurch die richtigen Schlüsse zog.

Sandy blendete einen Countdown ein. Für jeden Level war eine Höchstzeit von einer Stunde und zweiundvierzig Minuten vorgesehen, um ihn zu schaffen. Auf den unteren Levels war das durchaus möglich, ab Level 3 wurde es schwierig, ab Level 5 war es nahezu unmöglich für jeden normalen Spieler. Das konnte nicht einmal Ricky Schäfer schaffen. Sollte es erforderlich sein, die höheren Levels zu erreichen, würde Sandy den einen oder anderen Level absichtlich verlieren, damit Manfred vielmehr Ricky Schäfer rechtzeitig den nächsten Level erreichte, bevor der Countdown des vorherigen ablief, damit er nicht unplanmäßig verlor.

Manfred verzog vor der Webcam gequält das Gesicht, sah auf und sprach mit jemandem, ehe er wieder auf den Bildschirm starrte. Sandy legte ihr Handy neben sich. Sie machte ihren ersten Zug. Manfred machte seinen nur wenig später. Gleichzeitig meldete ihr ein Spezialprogramm, dass jemand versuchte, auf ihren Laptop zuzugreifen und seinen Standort ausfindig zu machen. Sie lächelte. Zwecklos. Sie hatte das Signal nicht nur komplett verschleiert, sondern auch über mehr als zwanzig Proxyserver im Ausland geleitet, deren Signale alle dreißig Sekunden wechselten. Sie aufzuspüren war nahezu unmöglich.

Außerdem waren die Deutschen zu ihrem Glück sowieso überkorrekt und würden den Dienstweg einhalten, wenn sie versuchten, das Ursprungssignal ausfindig zu machen, statt es selbst mit illegalem Hacken zu versuchen. Doch selbst das hätten sie nicht in zwölf Stunden schaffen können. Sandy lächelte zufrieden. Von dieser Seite aus drohte Operation Clavis keine Gefahr.

Sie stutzte, als Manfred den zweiten Zug gekonnt absolvierte, als wüsste er genau, was er tat. Sie griff zum Handy und rief Niqui an. „Niqui, wieso spielt dein Mann so gut? Er hat doch immer behauptet, dass er das Spiel gar nicht beherrscht. War das nur ein Marketing-Gag?“

„Nein, aber die Polizei tut ihr Möglichstes.“

Sandy schaltete sofort. „Die haben einen dabei, der TRENIGMARIS spielen kann und Manfred coacht. Weißt du, wie gut?“

„Nein, aber sie sind bis jetzt noch nicht sehr weit gekommen mit ihren Ermittlungen.“

Das hieß, dass das Können des Polizeispielers nicht bis zu den höheren Levels reichte. „Hat er gesagt, wie weit er kommen kann?“

„Dreimal.“

Level 3 also. „Das ist gut. Danke, Niqui, ich melde mich wieder.“ Sie unterbrach die Verbindung und sah George an. „Die Polizei spielt mit. Aber Niqui sagt, dass das nur bis Level 3 geht.“

„Dann verzögert sich das Ganze um ungefähr vier Stunden“, resümierte George und sah auf die Uhr. „Das liegt noch gut im grünen Bereich.“

Obwohl er sich zuversichtlich gab und vollkommen gelassen klang, hatte Sandy das Gefühl, dass er nicht so ruhig war, wie er tat. Vielleicht projizierte sie aber auch nur ihre eigene Besorgnis auf ihn. Bisher war jeder Job reibungslos verlaufen, sah man von ein paar unbedeutenden Zwischenfällen ab, unter anderem den, der ihren Vorgänger Juan ins Gefängnis gebracht hatte. Noch bei keinem war es so schwierig gewesen, überhaupt eine funktionierende Strategie auszuarbeiten. Und bei keinem einzigen waren jemals so viele unwägbare Variablen geblieben. George hätte den Job zurückgeben sollen, das wäre das Beste gewesen. Aber was tat er? Er ließ sich stattdessen auf einen vorverlegten Liefertermin ein und hatte dem Auftraggeber auch noch versprochen, ihm ein Programm zu liefern, mit dem der jederzeit unbemerkt auf die Rechner von MiloChem zugreifen konnte.

Gut, sobald Sandy die Daten der Firewall hatte, war es für sie eine Frage weniger Stunden, um die umzuprogrammieren beziehungsweise aufgrund derer einen Trojaner zu designen, der das gewünschte Ergebnis lieferte. Das konnte sie notfalls sogar im Flugzeug erledigen. Aber das ungute Gefühl, dass auch der Rest der ganzen Sache nicht so reibungslos wie geplant verlaufen könnte, ließ sie einfach nicht los.

Sie griff zum Handy und rief Nabila an. „Wie geht es Marie-Claire?"

„Alles in Ordnung. Sie schläft. Wie lange dauert das hier noch?"

„Noch eine Weile. Vergiss nicht, dafür zu sorgen, dass die Kleine ab und zu was trinkt."

„Keine Sorge. Seht ihr nur zu, dass ihr die Sache so schnell wie möglich über die Bühne bekommt."

Genau das hatte Sandy und vor allem George vor. Bedauerlicherweise lag das aber nicht in ihrer Hand.

*

16. 15 Uhr

„Verdammt, George, wann geht es endlich los?"

Pawel wurde langsam ungeduldig. Und nicht nur er. Eine gewisse Unruhe hatte sich unter ihnen breit gemacht. Die Enge des Wohnmobils und die sich darin stauende Hitze trugen auch nicht gerade dazu bei, dass sich die Situation entspannte.

„Wenn es so weit ist, Pawel.“ George blickte zur Seite. „Sandy, wie weit ist Thaler?“

„Er hat Level 2 fast geschafft. Aber spätestens auf Level 3 kriege ich ihn.“

Manfred hatte inzwischen einen Fototeil erhalten und sich gerade als Bonus den zweiten verdient. Niqui meldete sich immer wieder zwischendurch, oder Sandy tat das. Daher wusste sie, dass die Polizei den Köder geschluckt hatte, dass die „Entführer“ hinter irgendetwas in der Firma her wären. Sie ließen sie überwachen und hatten inzwischen zwei Verdächtige festgenommen. Besser hätte es nicht laufen können. Nur die Verzögerung war ungünstig.

Sandy, die zu dem Countdown jedes einzelnen Levels noch einen Gesamtcountdown auf dem Bildschirm eingeblendet hatte, sah zwar, dass die Zeit immer noch reichte, aber die sechs Stunden, die sie ursprünglich für den ganzen Coup eingeplant hatten, würden sie bei Weitem überschreiten.

Kurz vor sechs Uhr abends war es endlich soweit. Manfred war zumindest mit den Nerven am Ende, wie über die Webcam zu sehen war, und sein Coach für das Spiel mit seiner Weisheit, nachdem er gerade fast alle seine noch im Spiel befindlichen Figuren verloren hatte. Manfred verschwand von seinem Platz vor der Webcam. Als er nach einer Weile wieder auftauchte, sah man ihm an, dass er geweint hatte. Und er war wütend.

Was zum Teufel wollen Sie???, postete er.

Sandy antwortete: *Dass Sie das Spiel zu Ende spielen und Level 7 gewinnen.*

Warum???, fragte Manfred zurück.

Somit war es Zeit für die nächste falsche Fährte. *Ihre Auslobung des Preisgeldes für den ersten Gewinner von Level 7 war nichts als ein Marketing-Gag und somit Betrug. Sie wissen genau, dass kein Mensch Level 7 gewinnen kann. Sie sind ein Betrüger. Dafür werden Sie bezahlen. Sie sollen fühlen, wie es ist, wenn man ein Kind verliert.*

Einerseits tat es ihr leid, ihn auf diese Weise zu quälen. Andererseits hatte der arrogante Kerl verdient, mal ordentlich eins aufs Dach zu kriegen. Sandy spielte mit ihrer Antwort auf den Umstand an, dass sich vor gut einem Jahr ein junger Gamer umgebracht hatte, nachdem er pressewirksam in alle Welt posaunt hatte, dass er der Erste sein würde, der Level 7 knackte. Damit war er gewaltig auf die Schnauze gefallen und im ganzen Netz gemobbt worden. Niqui hatte ihr damals erzählt, dass der Vater des Jungen Manfred bedroht hatte, aber dann verstummt war. In jedem Fall hatte die Polizei die nächste Brotkrume, nach der sie schnappen konnte.

Immerhin zeigte das endlich den gewünschten Effekt. Nach einer Viertelstunde, in der Manfred sich offensichtlich mit der Polizei beraten hatte, tippte er in das Chat-Feld, dass er das Spiel nicht gut genug beherrschte. Wenn es Black Knight also nur darauf ankäme, dass bewiesen würde, dass Level 7 zu knacken wäre, müsse man ihm erlauben, eine Person hinzuzuziehen, die dazu in der Lage wäre. Sandy ließ sich Zeit mit der Antwort, ehe sie schließlich zustimmte. Wieder hieß es warten. Ein kurzes Telefonat mit Niqui bestätigte ihr, dass der Kripobeamte, der die Ermittlungen vor Ort leitete, mit Blaulicht losgerast war, um Ricky Schäfer abzuholen.

„Sie wird gleich abgeholt“, meldete Sandy.

„Na endlich!“

Es dauerte trotzdem noch eine knappe halbe Stunde, ehe der Polizeiwagen auf dem Wendehammer vor dem schmiedeeisernen Tor der Festung hielt und weitere zehn Minuten, ehe es dem Insassen endlich gelang, Ricky Schäfer zu überreden, mit ihm zu kommen und sie daraufhin in den Wagen stieg, der sofort abfuhr.

Dennoch ordnete George noch eine Wartezeit von fünf Minuten an, ehe er das Team in den Einsatz schickte. Sandy klappte ihren Laptop zu, steckte ihn in den Rucksack und spurtete mit den anderen zum Haus. Pawel deckte mit der behandschuhten Hand die Linse der Überwachungskamera am Eingang ab, während George den Öffnungscode in die Tastatur des elektronischen Türschlosses tippte. Der innen angebrachte stählerne Riegel glitt zur Seite, das Tor schwang auf.

Nächste Station: die Haustür. Dasselbe Spiel. Eine Minute später waren sie im Haus. Pawel blieb an der Tür stehen, um Wache zu schieben. Sandy, George und die drei andern liefen zur Tür, von der sie durch den Mann aus der Sicherheitsfirma wussten, dass dahinter der Arbeitsraum lag, denn auch diese Tür war mit einem elektronischen Kombinationsschloss verriegelt. Aber auch hier erwies sich die Kombination als korrekt.

Während Sandy und George in den Raum dahinter gingen, blieb Sergej an der Tür stehen. Sara und Pierre durchsuchten das obere Stockwerk, nur um sicherzugehen, dass sich niemand dort aufhielt.

„Achtet darauf, dass ihr nichts verrückt und alles exakt so lasst, wie es ist“, wies George sie an. Er machte mit dem Smartphone ein Foto von dem Arbeitszimmer, um hinterher die Dinge, die sie bewegen mussten, genau wieder an den Platz zu stellen, an dem sie jetzt standen.

Das Arbeitszimmer beherbergte nur fünf PC-Stationen und eine Station mit zwei Monitoren für die Überwachungsanlage. Auf drei der Computertische standen PCs, auf einem ein Laptop, auf dem fünften lag ein Notebook. Nur einer der PCs war ans Internet angeschlossen.

Sandy war froh, dass sie für den Fall vorgesorgt hatte, dass Ricky Schäfer mehr als einen PC verwendete, und Sara acht Dekodierer modernster Ausführung hatte besorgen lassen. Ohne zu zögern schloss sie fünf an die Geräte an, nachdem sie sie eingeschaltet hatte, und ließ die Dekodierer die Passwörter knacken. Denn natürlich verlangte jeder Rechner als Erstes ein BIOS-Passwort. Sandy war sich sicher, dass mindestens noch ein zweites folgen würde, vielleicht sogar ein drittes, danach ein Desktop-Passwort. Und selbstverständlich war auch jede auf den PCs gespeicherte Datei passwort- und mit Sicherheit kopiergeschützt.

Während die Dekodierer ihre Arbeit taten, nahm sie ihren Laptop, um weiterzuspielen, sobald Ricky Schäfer in Manfreds Haus eintraf und die TRENIGMARIS-Partie übernahm.

Fünf vor sieben war es endlich soweit. Die Dekodierer arbeiteten immer noch, und Ricky Schäfer hatte noch neun Minuten Zeit, um Level 3 zu gewinnen, auf dem das Spiel stehengeblieben war. Sie schaffte es in siebenundneunzig Sekunden.

„*Mon Dieu!*“, entfuhr es Sandy ehrfürchtig. „Die Frau ist verdammt gut.“

Und sie wurde auf Level 4 noch besser, als sie einen Modus einschaltete, der jedem Spieler für einen Zug nur hundertzwanzig Sekunden ließ. Sandy hatte alle Hände voll zu tun, um mithalten zu können. Es dauerte gerade mal zwanzig Minuten, dann hatte Ricky Schäfer auch diesen Level gewonnen. Level 5 war zum Glück etwas komplizierter zu spielen.

Aber das hielt Ricky Schäfer natürlich nicht auf. Sandy sah sich gezwungen, eine Notbremse zu ziehen.

Sie schaltete auf einen weiteren, von ihr umprogrammierten Status, der die Zuordnung der Figuren zueinander veränderte. Als Ricky Schäfer ihren Schamanen zog, durch den normalerweise die Hexe hätte bewegt werden müssen, landete stattdessen der Bote auf dem Rätselfeld der Spinnengroßmutter. Dadurch wusste Ricky Schäfer aber auch, dass das Spiel manipuliert worden war. In jedem Fall musste sie erst einmal eine Strategie entwickeln, um diesen Level trotzdem gewinnen zu können. Sandy hoffte inständig, dass Ricky Schäfer das schaffte. Andernfalls wäre es auf diesem Level wegen der veränderten Programmierung schwierig, glaubhaft zu verlieren, falls die verdammten Dekodierer nicht endlich die Passwörter knackten.

Um die Wartezeit zu überbrücken, machte sie sich daran, die Aufzeichnungen der Überwachungskameras am Eingangstor und an der Haustür zu manipulieren. Auch diese Überwachungsstationen befanden sich im Arbeitsraum. Sandy kopierte eine entsprechende Sequenz der gespeicherten Aufzeichnung und fügte sie an die Stellen ein, an denen die Kameras Pawels Hand erfassten, mit der er die jeweilige Kamera abdeckte. Anschließend manipulierte sie den Timecode, sodass es aussah, als hätten die Kameras kontinuierlich den leeren Wendehammer vorm Tor und die leere Auffahrt mit einem Stück Rasen vor der Haustür aufgenommen.

Bevor sie das Haus verließen, würde sie die Aufzeichnungen für eine Minute unterbrechen und in die Lücke ebenfalls eine mit manipuliertem Timecode versehene Sequenz einspeisen, die nahtlos die Lücken füllte, bis nach sechzig Sekunden die Aufzeichnungen wieder einsetzten. Wenn Ricky Schäfer nach

Hause kam und kontrollierte, ob in ihrer Abwesenheit jemand versucht hatte, sich Zutritt zu ihrem Haus und Grundstück zu verschaffen, würde sie nichts entdecken.

Ein Signalton eines Dekodierers zeigte an, dass endlich der erste PC zugänglich war. Da Ricky Schäfer in Manfreds Haus immer noch überlegte, wie sie fortfahren könnte und sich im Augenblick sowieso mit Manfred vor der Webcam stritt – wegen des deaktivierten Mikrofons leider ohne Ton – hatte sie ein bisschen Luft. Sie rief das Datenverzeichnis auf.

Sekundenlang starrte sie auf den Bildschirm – den leeren Bildschirm. Im Datenverzeichnis existierte keine einzige Datei. Sie checkte die Festplatte nach Backup-Dateien, gelöschten Dateien, verborgenen Dateien und ließ ein spezielles Suchprogramm durchlaufen, das auch Dateifragmente finden und wiederherstellen konnte. Der Computer blieb leer. Das bedeutete, dass Ricky Schäfer zumindest an diesem nur mit einer externen Festplatte arbeitete. Mist. Demnach mussten die Daten auf einem der anderen Geräte sein.

Doch auch die beiden anderen PCs und der Laptop erwiesen sich als Flop, als die Dekodierer sie endlich geknackt hatten. Sie alle waren leer und enthielten nichts außer dem Betriebssystem und den vorinstallierten Programmen und Musterdateien. Sandy begann zu fürchten, dass das Notebook, an dem sich der letzte Dekodierer immer noch die Zähne ausbiss, auch leer sein könnte und Ricky Schäfer ausschließlich mit einer externen Festplatte arbeitete.

Und George wurde immer ungeduldiger. Die andern waren das schon längst.

*

21. 20 Uhr

Sandy atmete auf, als der Dekodierer endlich auch das Notebook geknackt hatte. Das tat sie ein zweites Mal, als sie in dessen Datenbank eine Unmenge von Files und Foldern fand. Die Ernüchterung folgte auf dem Fuß, als sie feststellte, dass keine davon einen Namen trug, der darauf schließen ließ, dass sich dahinter Daten verbargen, die das Programm für eine Firewall enthielten. Das wollte natürlich nichts heißen, denn eine Frau wie Ricky Schäfer, die alles doppelt und dreifach verschlüsselte und sicherte, nannte eine solche Datei garantiert nicht „Firewall-Programm MiloChem", sondern versteckte sie hinter einem anderen, unverfänglichen Namen. Und selbstverständlich waren alle Dateien und Folder passwortgeschützt mit garantiert nicht demselben Wort für alle und erst recht keinem der Passwörter, die bereits für den Zugang zum Notebook verwendet worden waren. In Anbetracht der Tatsache, dass alle anderen PCs leer waren und Ricky Schäfer offensichtlich generell mit einer externen Festplatte arbeitete, lag der Verdacht mehr als nahe, dass das auch für das Notebook galt. Andernfalls hätte sie es mitgenommen, als sie aus dem Haus ging und es nicht hier gelassen. Demnach trug sie die externe Festplatte entweder bei sich oder hatte sie in einem hier im Haus irgendwo versteckten Safe deponiert.

Verdammte Scheiße!

„Verdammt, Sandy, was ist nun?", drängte George. „Dürfte ja nicht so schwierig sein, die Daten zu finden."

„Nicht wenn sie hier wären." Sie blickte ihn an. „Aber wie es aussieht, hat Mademoiselle Schäfer die Daten auch nicht auf dem Notebook gespeichert."

George starrte sie an. „Was soll das heißen?"

„Dass sie nicht hier sind.“ Sie deutete auf die drei PCs und den Laptop. „Sie hat an denen ausschließlich mit einer externen Festplatte oder einem USB-Stick gearbeitet und offensichtlich auch an diesem Notebook. Zumindest befinden sich auf dem keine Daten, die irgendwas mit irgendeinem Auftrag zu tun haben, soweit ich das erkennen könnte. Und ich habe nicht die Zeit, jedes einzelne Passwort jeder Datei zu knacken. Das dauert ewig. Das Notebook mitnehmen können wir nicht, dann weiß sie, dass jemand in ihrer Abwesenheit im Haus war.“

Pierre, Sara und Sergej kamen heran, während Pawel an der Tür zur Diele stehenblieb und die Eingangstür und durch das Fenster die Auffahrt nicht aus den Augen ließ, durch das er auch das Grundstückstor sehen konnte.

„Das heißt, der Coup ist gescheitert.“ Sara klang fassungslos.

George fuhr zu ihr herum und hielt ihr drohend die geballte Faust unter die Nase. „Nichts ist gescheitert! Ich habe für alles einen Plan! Wenn Plan A nicht klappt, gehen wir zu Plan B über. Und sollte wider alle Erwartungen der auch scheitern, habe ich immer noch Plan C, D und E in petto. Aber niemals, hörst du, *niemals* wird ein Coup scheitern, den *ich* geplant habe. Nie!“

Für Sandy hörte sich das in Anbetracht der Situation eher so an, als wollte George sich in erster Linie selbst davon überzeugen. Er warf ihr einen auffordernden, wenn auch wütenden Blick zu, als wollte er signalisieren, dass sie bloß nicht wagen sollte, seine Worte in irgendeiner Weise Lügen zu strafen.

„Ich vermute, dass sie entweder die Festplatte in einem Safe hier im Haus gelagert hat“, sagte sie schnell, „oder sie trägt sie bei sich.“

Diese Möglichkeit wollte George unter keinen Umständen in Erwägung ziehen. Noch nicht. „Sucht den Safe. Und passt dabei verdammt noch mal auf, dass ihr alles, was ihr verrückt, wieder genauso hinstellt, wie es vorher war."

Er selbst begann, den Arbeitsraum abzusuchen. Doch hier gab es nahezu keine Möglichkeit, einen Safe zu verstecken. Die Wände waren schmucklos hellgrün gestrichen. Nirgends hing ein Bild oder ein Poster oder irgendetwas, hinter dem sich traditionsgemäß ein Wandsafe verbergen konnte. Die PC-Tische besaßen keine Schubladen, und das einzige Regal enthielt nur Fachliteratur und die gesammelten Ausgaben von *dotnetpro*, einer Fachzeitschrift für Programmierer.

George suchte im Keller weiter. Sandy war froh, dass sie eine Weile ihre Ruhe hatte. Sie neigte dazu, Sara zuzustimmen. Dieser Coup war mit größter Wahrscheinlichkeit schon gescheitert. Zumindest ließ sich der ursprüngliche Plan, der darauf basierte, dass Ricky Schäfer nichts davon mitbekam, dass jemand in ihrem Haus gewesen war, nicht mehr aufrechterhalten.

Selbst wenn sie einen Safe fanden, ihn öffnen konnten und sich das gesuchte und erhoffte Speichermedium tatsächlich darin befand, ging die Sache mit dem Knacken von dessen Passwort wieder vorn los. Sandy kalkulierte nach den bisherigen Erfahrungen mit Ricky Schäfers Passwörtern dafür mindestens zwei weitere Stunden ein. Das würde verdammt knapp werden. Deshalb wäre es einfacher, das Ding mitzunehmen und andernorts in Ruhe zu knacken. Aber auch dann würde Schäfer wissen, dass jemand im Haus gewesen war.

Die Suchmannschaft kehrte zurück. Sandy sah ihren Gesichtern an, dass sie keinen Safe gefunden hatten. Sie griff zum Smartphone und rief Niqui an.

„Hat Frau Schäfer eine Handtasche bei sich?“

Die Antwort kam mit kurzer Verzögerung. „Nein.“

„Einen Rucksack? Irgendetwas, worin sie ihre Sachen aufbewahrt?“

Wieder Zögern. „Sozusagen.“

Was immer das heißen sollte. „Kannst du da rankommen und reinsehen, ob sie darin einen USB-Stick oder eine Speicherplatte hat?“

„Nein, das ist unmöglich. Mein Gürtel drückt auf den Bauch. Ich glaube, ich muss ihn abnehmen.“

Gürtel – abnehmen. Demnach trug Ricky Schäfer eine Gürteltasche, die sie nicht ablegte. An die war tatsächlich nicht ranzukommen. Andernfalls hätte Niqui ihr das Speichermedium entwenden und aus dem Haus schmuggeln können, wo jemand vom Team es abgeholt hätte. *Merde!*

„Sie hat das Ding höchstwahrscheinlich bei sich in einer Gürteltasche, die sie nicht ablegt“, erklärte Sandy den anderen.

Sergej stieß George unsanft an. „Na, wie sieht jetzt dein Plan B aus?“

George sah ihn kalt an. „Fass mich nicht noch mal an. Sandy, Plan B. Brich das Spiel ab.“

„Plan B“, bestätigte sie.

Ricky Schäfer hatte gerade das korrekte Lösungswort für das letzte Rätsel eingegeben. Die Frau war wirklich mehr als gut, denn wenn Sandy die Frage nicht selbst entworfen und vorher die Antwort aus einem Lexikon genommen hätte, wäre sie nicht in der Lage gewesen, sie zu beantworten. *Zinnober oder Gold, Millionen Jahre alt, wie die Erde, wie der Mond, aber klein wie ein Korn* – wer kam da schon auf den Gedanken, dass das Lösungswort Zirkon hieß?

Sandy blendete *Game over* ein und unterbrach die Verbindung zu Manfreds Laptop. „Wann teilen wir Manfred mit, wo Marie-Claire ist?“

„Wenn ich es sage“, knurrte George. „Und das wird nicht eher geschehen, als bis ich habe, was ich will.“

Wieder hatte Sandy das Gefühl, dass er die Kleine den Eltern gar nicht zurückgeben wollte. Immerhin konnte Niqui nicht aus heiterem Himmel ahnen oder gar wissen, wo sich ihre Tochter befand, ohne sich dadurch zu verraten, wenn die letzten Hinweise auf ihren Aufenthaltsort nicht mehr preisgegeben wurden. Was würde sie tun?

Für Sandy war die Sache klar. Falls George „vergessen“ sollte, den versprochenen anonymen Hinweis bei der Polizei abzugeben, würde Sandy das tun, sobald sie wieder in ihrer Pension angekommen war. Aber vielleicht war das gar nicht nötig. Wenn Ricky Schäfer wirklich so gut war, wie es aussah, dann würde sie anhand der Antworten auf die Rätselfragen, die sie und Manfred hatten lösen müssen, Marie-Claires Aufenthaltsort herausfinden können.

Sandy hatte die Fragen vorprogrammiert und es nicht dem Computer überlassen, sie per Zufallsgenerator aus seinem Pool von Tausenden von Fragen für jeden Level auszuwählen. Die Anfangsbuchstaben der Antworten bildeten ein Anagramm, das, wenn man sie in die richtige Reihenfolge brachte, „Wutzkyallee 100 B“ ergaben. Sie traute Ricky Schäfer bei ihrer Intelligenz durchaus zu, dass sie das Anagramm erkannte und die richtige Adresse herausfand, obwohl noch einige Buchstaben fehlten. Für den Fall dass sie oder die Polizei das nicht schaffte, folgte später der anonyme Anruf.

Wieder warten. Sandy begann, ihre Dekodierer einzupacken und die PC-Stationen so herzurichten, dass alles auf den Millimeter so stand, wie es gestanden hatte, bevor sie das Arbeitszimmer betreten hatten. Anschließend versuchte sie noch zum Spaß, wenigstens eine der Dateien auf dem Notebook zu knacken, um sich die Zeit zu vertreiben.

Ihr Handy klingelte. Niqui teilte ihr aufgeregt mit, dass Ricky Schäfer aus den Rätselfragen eine Adresse herausgefunden zu haben glaubte, bei der Marie-Claire versteckt sein könnte, und zwar irgendeine Allee mit unaussprechlichem Namen.

„Verstanden." Sie wandte sich an George. „Ricky Schäfer hat herausgefunden, wo Marie-Claire steckt." Sandy blickte ihn ernst an. „Und zwar die richtige Adresse."

George griff augenblicklich zu seinem Smartphone und rief Nabila an. „Verschwinde sofort. Die Polizei ist auf dem Weg zu dir."

„Aber bleib in der Nähe, bis die Kleine wirklich gefunden wurde!", rief Sandy dazwischen.

„Du weißt, wo unser Einsatzwagen steht. Setz dich rein und warte", wies George Nabila an und unterbrach das Gespräch.

Wieder mussten sie warten. Inzwischen hatte auch Georges Geduld sich rapide ihrem Limit genähert.

Zehn Uhr vierzig.

„Warum dauert das so lange?" George blickte Sandy auffordernd an.

Sie griff wieder zum Handy und rief Niqui an. „Wo bleibt die Frau?"

„Ja, sie haben Marie gefunden", antwortete ihre Schwester für etwaige Französisch verstehende Polizisten unverfänglich. „Wir alle warten hier darauf, dass sie endlich nach Hause gebracht wird. Aber vielleicht beginnen die Entführer noch mal mit dem Spiel, weil sie nicht wissen, dass Marie-Claire gefunden wurde. Sobald sie hier ist, können alle gehen."

„Verstanden." Sandy wandte sich an George. „Die Polizei lässt sie wohl erst gehen, wenn sie Marie-Claire nach Hause gebracht haben. Die rechnen damit, dass wir das Spiel doch noch fortsetzen, wofür sie Ricky Schäfer noch mal brauchen." Sie sah auf die Uhr. „Demnach wird es wohl noch eine Stunde oder länger dauern, bis sie hier ist."

George nahm das kommentarlos hin. Pierre dagegen nicht.

„Sieht so aus, als würden wir diesmal den maximalen Zeitpuffer ausschöpfen müssen. Immer vorausgesetzt, dass nicht noch irgendwas schiefgeht. Verdammt, George, die Sache läuft immer mehr aus dem Ruder."

„Es gibt keinen Grund, ungeduldig zu werden." Georges Stimme klang wieder einmal eisig. „Selbst wenn es noch zwei oder drei Stunden dauern sollte, bis die Zielperson hier ist, bekommen wir danach in kürzester Zeit, was wir brauchen."

„Vorausgesetzt, sie bewahrt die Datenträger nicht in irgendeinem Bankschließfach auf", malte Sara schwarz.

George bedachte sie mit einem mörderischen Blick. „Sie hat kein Bankschließfach. Nicht wahr, Sandy?"

Sie nickte. „Ich habe das überprüft. Bei keiner Bank ist ein Schließfach auf ihren Namen registriert. Und so, wie ich sie einschätze, würde sie sensible Daten nicht aus der Hand geben, indem sie die anderswo als hier aufbewahrt."

Das war natürlich keine Garantie dafür, dass alles klappte. Bei diesem Coup war bisher so vieles nicht nach Plan verlaufen, dass Sandy sich des Gefühls nicht erwehren konnte, dass die Sache in einem Desaster enden würde. Besonders im Hinblick auf die Tatsache, dass nun genau das eingetreten war, was unter allen Umständen hatte vermieden werden sollen. Ricky Schäfer würde erfahren, hinter welchen Daten McNamara's Bunch her war.

„Viel wichtiger ist die Frage, wie wir sicherstellen, dass die Zielperson nicht verhindert, dass wir die Daten von MiloChem abgreifen können, nachdem sie dann wohl oder übel erfährt, dass wir hinter denen her sind", hatte auch Sergej das Problem erkannt.

„Genau", stimmte Sandy zu. „Dann kann ich unserem Auftraggeber auch kein Programm liefern, mit dem er auf MiloChems Daten zugreifen kann, weil Ricky Schäfer sofort, wenn wir weg sind, eine neue Firewall installiert. Und unser Kunde könnte dann indirekt preisgegeben werden."

Pierre schüttelte den Kopf. „Lass uns abhauen, George. Der Job ist gescheitert."

„Nein!" George ballte die Faust und hielt sie drohend in die Luft. Sprang auf und baute sich derart aggressiv vor Pierre auf, dass der unwillkürlich zurückwich. „Was zum Teufel ist mit euch los? Nur weil zum ersten Mal nicht alles wie am Schnürchen klappt, wollt ihr *aufgeben*? Seid ihr von allen guten Geistern verlassen? Nur weil ihr nicht genug Grips habt, um zu improvisieren!"

Er funkelte sie alle der Reihe nach wütend an. Sandy fühlte einen Anflug von Furcht. So hatte sie George noch nie erlebt. Zwar hatte sie gewusst, dass er auch noch ein anderes Gesicht hatte als das des kühlen, überlegten Kopfes von McNamara's Bunch und auch, dass dieses Gesicht ziemlich hässliche Aspekte besaß: dass er ein rücksichtsloser Narzisst und Egomane war. Aber wie stark diese Züge tatsächlich waren, begriff sie erst in diesem Moment. Das erhärtete ihren Verdacht, dass er Juan ermordet hatte. Seine nächsten Worte beseitigten daran jeden Zweifel.

„Ihr seid so was von dämlich. Wenn die Frau tot ist, kann sie uns nicht mehr in die Quere kommen. Damit ist das Problem gelöst."

Ein paar Sekunden herrschte ungläubiges Schweigen.

Pierre fasste sich als Erster. „Da mache ich nicht mit, George. Unsere eiserne Regel – *deine* eiserne Regel besagt, dass niemand verletzt wird, zumindest nicht absichtlich, dass wir nach Möglichkeit niemals Gewalt anwenden und erst recht niemals jemanden töten. Das wäre unprofessionell, hast du immer gesagt, und nur was für Idioten, die nicht genug Grips im Kopf haben, um solche Situationen schon im Vorfeld durch sorgfältige Planung zu vermeiden. Du ziehst doch nicht ernsthaft in Erwägung, diese Frau umzubringen?"

Georges Gesichtsausdruck nach zu urteilen tat er genau das. Sandy hatte sich oft gefragt, was für ein Mensch er hinter seiner Fassade als Thomas-Crown-Klon sein mochte. Schlagartig begriff sie das. George McNamara zog seine gesamte psychische Stabilität aus seinen Erfolgen. Daraus, dass jeder Plan, den er sich ausdachte, jeder Coup, den er durchzog, bis auf geringfügige Abweichungen reibungslos klappte. Dass es keine Eventualität gab, die er nicht voraussehen, nicht vorausplanen konnte und mit jeder Situation fertig wurde. Dass er in der Lage war, durch Improvisieren auch eine sich anbahnende Niederlage in einen Erfolg zu verwandeln. Dass er unbesiegbar war.

Nun, da ein Coup zum ersten Mal komplett in die Hose zu gehen drohte, verlor er den inneren Halt. Und das machte ihn unberechenbar und damit gefährlich. Nicht nur für Ricky Schäfer, die er kaltblütig zu töten plante, sondern auch für jeden seines Teams. Sandy beschloss, dass dieser Coup definitiv der letzte war, den sie mit George durchzog. Immer vorausgesetzt, sie alle kamen heil aus der Sache raus.

„Wenn du das auch nur versuchst, George“, schlug Sara in dieselbe Kerbe wie Pierre, „kannst du dir für deinen nächsten Coup jemand anderen suchen, der für dich die Ausrüstung organisiert.“

George kniff wütend die Augen zusammen. „Was wird das hier? Eine Meuterei?“

„Wenn du es so nennen willst“, stimmte Sandy ihm zu. „Denn ich werde dabei auch nicht mitmachen. Datenklau ist eine Sache. Mord eine ganz andere. Ich darf dich daran erinnern, dass wir international gesucht werden, auch wenn noch niemand unsere Identitäten kennt. Gegenwärtig genießen wir zumindest in der Bevölkerung eine gewisse Sympathie. Sobald ein Mord auf unser Konto geht, ist es damit vorbei.“

George trat dicht an sie heran und blickte auf sie herab. „Und wer sollte wohl davon erfahren, dass wir damit zu tun haben?“ Er machte eine ausholende Handbewegung. „Die Frau lebt hier ganz allein und isoliert. Bis die vermisst wird, vergehen Wochen oder sogar Monate. Dann kommt keiner auf den Gedanken, dass wir was damit zu tun haben könnten.“

„Falsch“, widersprach Sergej. „Die Polizei hat sie abgeholt. Mit größter Wahrscheinlichkeit werden die sie in den nächsten Tagen noch mal verhören oder so was und entdecken die Leiche sehr viel früher. Davon abgesehen ist es nicht nötig, sie zu töten. Ich kann sie mit einem speziellen Nahkampfgriff lange genug betäuben, dass Sandy die Daten abgreifen kann und wir in aller Ruhe verschwinden können.“

„Das gefährdet aber unseren Auftraggeber“, fauchte George ihn an.

„Wieso?", wollte Pierre wissen. „Es gibt nicht den geringsten Beweis, der ihn mit MiloChem in Verbindung bringen könnte. Und wie er die Daten benutzt, die wir ihm besorgen, ist nicht unsere Angelegenheit. Wenn er so dämlich ist, das in einer Weise zu tun, die Rückschlüsse darauf zulässt, dass sie von MiloChem stammen, ist das sein Problem. Selbst wenn unsere Zielperson nach dem Aufwachen die Polizei verständigt und MiloChem eine neue Firewall installiert, gibt das nicht den geringsten Hinweis auf den Auftraggeber oder auf uns. Sie wird uns nicht beschreiben können."

„Nein, aber ihre Beschreibung wird der Polizei bestätigen, dass die Entführung und die Sache hier zusammenhängen", knurrte George. „Schließlich haben wir ganz bewusst inszeniert, dass die Überwachungskameras auf Thalers Grundstück euch aufnehmen. Damit er sieht, dass er es mit Profis zu tun hat, die bewaffnet und gefährlich sind und es ernst meinen." Er deutete auf Pierre und die anderen. „Wir tragen alle die gleiche Kleidung wie ihr bei der Entführung. Sobald die Frau die beschreibt, weiß die Polizei, dass die Entführung und der Einbruch hier zusammenhängen und wird sich den Rest zusammenreimen können."

Pierre ließ sich nicht beirren. „Auch das ist keine Gefahr für uns, da niemand weiß, wer unter unseren Sturmhauben steckt. Es ist also absolut nicht nötig, sie umzubringen. Solltest du davon nicht Abstand nehmen, George, dann gehe ich auf der Stelle."

„Ich ebenfalls", entschied Sara.

Sergej nickte. „Gleichfalls. Pawel und ich haben uns dir damals angeschlossen, weil du deine Missionen unblutig durchziehst. Wenn du das jetzt änderst, trennen sich unsere Wege, und wir werden gehen."

„Ich auch." Sandy stand auf. „Und ja, du darfst das gern als Meuterei betrachten."

Georges Kiefer mahlten. „Judas! Jeder Einzelne von euch!" Er starrte sie der Reihe nach an und las in jedem Gesicht unbeugsame Entschlossenheit. Man sah ihm an, dass er an sich halten musste, um nicht komplett auszurasten. Er atmete ein paar Mal schnaufend durch, bis er sich halbwegs wieder unter Kontrolle gebracht hatte.

„Nun gut. Ich beuge mich eurer demokratischen Entscheidung." Seine Stimme triefte vor Hohn. „Wir betäuben sie und verschwinden, bevor sie aufwacht. Zufrieden? Können wir jetzt weitermachen?"

Sandy glaubte ihm nicht. Sie war sich sicher, dass er irgendeinen Weg finden würde, Ricky Schäfer doch irgendwie zu töten, bevor jemand ihn daran hindern konnte. Aber das ging, verdammt noch mal, zu weit. Sollte er das tatsächlich tun, würde sie sich nicht damit begnügen auszusteigen. Sie würde George ans Messer liefern. Sie hatte genug Beweise gesammelt, die ihm das Genick brechen würden. Und selbst unauffindbar abzutauchen, wäre für sie eine Kleinigkeit. Um die Sicherheit von Niqui und ihrer Familie würde sie sich später kümmern, wenn es erforderlich sein sollte.

Ihr Handy klingelte. Der Anruf kam von Niqui, die ihr freudig mitteilte, dass Marie-Claire wieder wohlbehalten zu Hause war und die nette Frau, die ihnen bei dem Spiel geholfen hatte, endlich wieder nach Hause gehen konnte, ebenso wie die netten Polizisten.

„Sie ist unterwegs", gab Sandy bekannt. „In ungefähr einer halben Stunde ist sie hier."

*

23. 45 Uhr

„Sie kommt“, meldete Pawel, der immer noch an der strategischen Stelle im Wohnzimmer vor der Tür zur Diele stand und durch das Fenster das Tor zum Grundstück nicht aus den Augen ließ.

Es hätte seiner Warnung nicht bedurft. Inzwischen war es draußen dunkel, und da sie hier im Haus natürlich kein Licht eingeschaltet hatten, fiel das Licht der Scheinwerfer des ankommenden Wagens ins Wohnzimmer. Das Tor wurde geöffnet. Gleichzeitig flammten am Rand der Auffahrt durch Bewegungsmelder eingeschaltete Parklampen auf und tauchten die gesamte Fläche zwischen Tor und Haustür und über eine weite Fläche des Rasens neben der Auffahrt in helles Licht.

„Sie ist nicht allein“, warnte Pawel. „Ein Mann ist bei ihr. Das ist der von der Polizei, der sie vorhin abgeholt hat. Wie es aussieht, kommt er mit ins Haus.“

Noch etwas, das nicht nach Plan verlief.

„Aufstellung!“, befahl George.

Sie nahmen in oft geübter Präzision ihre Plätze ein und zogen sich die Sturmhaube über das Gesicht. George, Pierre, Sara und Sandy stellten sich der Wohnzimmertür im Halbkreis gegenüber. Sergej und Pawel standen links und rechts daneben. Sekunden später hörten sie, wie die Haustür geöffnet wurde.

„Treten Sie ein“, forderte Ricky Schäfer den Polizisten auf.

Durch die geschlossene Tür waren die Signaltöne zu hören, als Ricky Schäfer den Verriegelungscode für die Haustür und die Alarmanlage eintippte.

„Was möchten Sie zuerst besichtigen, Herr Sunay?“, fragte sie den Polizisten.

Im nächsten Moment öffnete sie die Wohnzimmertür und schaltete das Licht ein.

George ließ ihr und dem Polizisten keine Zeit, sich von der Überraschung zu erholen, die sich beim Anblick der in Overalls und Sturmhauben gekleideten Menschen auf ihren Gesichtern malte. „Hände hoch! Sofort!“, brüllte er in Englisch, da er kein Deutsch sprach.

Die Hand des Polizisten zuckte zum Gürtel, wo er seine Pistole im Halfter trug, hielt aber inne, als Pawel ihm die Mündung seiner Makarov ins Genick drückte und ihm die Waffe abnahm. Ricky Schäfer war erstarrt. Sie blickte die Eindringlinge mit entsetzt aufgerissenen Augen an, den Mund halb offen und schien unfähig, sich zu bewegen und sogar zu atmen.

„Ich sagte: Hände hoch!“ George trat einen Schritt vor und richtete seine Waffe auf sie.

Sie begann zu zittern und zu hyperventilieren.

„Bitte bleiben Sie ganz ruhig, Frau Schäfer“, versuchte der Polizist, sie zu beruhigen, und wandte sich an George. „Sie hat einen Schock. Sehen Sie das nicht?“

„Wir wollen niemandem was tun“, versicherte Sandy auf Deutsch. „Wenn Sie uns geben, was wir verlangen, sind wir sofort wieder weg, und niemandem geschieht etwas. Verstehen Sie das?“

Ricky Schäfer starrte George immer noch an und hyperventilierte. Sie versuchte, tief einzuatmen, schaffte es aber nicht. Verdammt, die Frau war kurz vor einem Nervenzusammenbruch. Kein Wunder, wenn Sandy sich ins Gedächtnis rief, dass sie mal Opfer einer Entführung gewesen war. Das hier musste sie auf entsetzliche Weise an die Situation von damals erinnern. Sandy trat vor.

„Bitte“, sagte sie sanft, „Sie müssen wirklich keine Angst haben. Wir werden Ihnen nichts antun. Wirklich nicht. Wir wollen nur ein paar Daten. Verstehen Sie? Daten, die wir auf Ihren Computern nicht gefunden haben. Verstehen Sie das?“

Ricky Schäfer nickte langsam und schaffte endlich einen Atemzug, der ihre Lunge erreichte.

„Gut. Sie bewahren diese Daten irgendwo extern auf, nicht wahr? Sie arbeiten mit einer externen Festplatte oder so was. Stimmt's?“

Ricky nickte wieder.

„Gut.“ Sandy sprach ruhig und einschmeichelnd. „Wir haben die Festplatte nirgends gefunden. Geben Sie sie uns und die Passwörter, und wir sind sofort wieder weg. Haben Sie sie bei sich? In Ihrer Gürteltasche?“

Rickys Hand zuckte zur Gürteltasche. Sie schüttelte den Kopf, aber ihre Handbewegung strafte die Geste Lügen.

George streckte gebieterisch die Hand aus. „Her damit.“

Sie verstand offenbar Englisch, denn sie schnallte die Tasche ab und reichte sie ihm. Er schüttete er den Inhalt auf einen Tisch. Ausweis, Führerschein, Schlüsselbund, ein paar Geldscheine, ein paar Münzen und ein Notizbuch mit Stift fielen heraus. Keine Speicherplatte. Kein USB-Stick.

„Wo ist es?“

„S-Sie müssen mir schon sagen, welche Daten Sie haben wollen“, brachte Ricky Schäfer nach zwei vergeblichen Anläufen in fast akzentfreiem Englisch heraus. „Ich habe eine Kopie aller Files für jeden Auftrag eines Kunden auf einem gesonderten USB-Stick.“

Eine gute Sicherheitsvorkehrung, wie Sandy fand. Eine externe Festplatte, die sie eventuell bei sich trug, konnte verloren gehen. Die Sticks bewahrte sie garantiert an einem sicheren Ort auf.

George zögerte. „Wir brauchen die mit dem Programm für die Firewall, die Sie für MiloChem entwickelt haben."

Und damit war auch der Plan gescheitert, dass sie nicht erfahren würde, hinter welchen Daten das Team her war. Verdammt, warum hatte er nicht gesagt, dass sie alle Sticks haben wollten? Sandy konnte es kaum fassen, aber George hatte gerade einen Fehler gemacht. Das hatte sie noch nie erlebt.

„Die sind im Safe." Ricky Schäfer deutete zum Treppenaufgang im Hintergrund des Zimmers.

„Wir haben im ganzen Haus keinen Safe gefunden", sagte Sergej misstrauisch.

George deutete mit der Pistole zur Treppe und machte eine auffordernde Kopfbewegung. „Gehen Sie vor." Er nickte Pawel, Sara und Sandy zu. „Ihr bleibt hier. Die anderen folgen."

Ricky Schäfer ergriff die Hand des Polizisten, was diesen sichtlich überraschte, und klammerte sich daran fest. Klar, sie brauchte Halt, um nicht vor Angst durchzudrehen. Immerhin stieg sie einigermaßen zielgerichtet die Treppe hinauf. George, Sergej und Pierre folgten ihr und dem Polizisten.

Die Treppe war recht schmal, sodass sie hintereinander gehen mussten. Sie führte zu einem ebenso schmalen Korridor, der durch ein etwa anderthalb Meter langes Bücherregal, das am Treppenabsatz an der linken Wand stand, noch enger wurde und nur einer einzigen Person bequem Platz bot. Ricky Schäfer stolperte an der letzten Stufe und fiel auf die Knie. Sie wimmerte. Der Polizist stützte sie am Arm, während sie sich mit der Hand am Regalgestänge festhielt und hochzog. Ohne Vorwarnung fiel sie ihm um den Hals und klammerte sich an ihm fest.

„Lassen Sie das!“, schnauzte George sie an. „Beeilung!“

„Ganz ruhig, Frau Schäfer“, versuchte der Polizist sie zu beruhigen.

Übergangslos stieß sie ihn gegen das Regal. Das gab mitsamt der Wand nach. Der Polizist verlor das Gleichgewicht und fiel in den Raum, der sich hinter der vom Bücherregal verborgenen, in die Wand eingearbeiteten Drehtür aufgetan hatte. Ricky Schäfer sprang hinterher und schlug die Tür zu. George fluchte, als die Drehtür, die fast die gesamte Breite des Gangs einnahm, ihm den Weg versperrte und begann zu schießen. Aber seine Schüsse trafen nur die mit dem Regal bestückte Wandtür, die offenbar panzerverstärkt war, denn die Kugeln prallten daran ab. Sandy hörte, wie es in der Wand metallisch knackte und klackte, als die Tür verriegelt wurde. Hölle und Verdammnis! An die mögliche Existenz eines Panikraums hatte niemand gedacht.

„Verdammte Scheiße!“, brüllte George und feuerte weiter auf die Wand, bis sein Magazin leer war. Er versuchte, die Tür aufzudrücken, schaffte es natürlich nicht.

Schlagartig fielen die Jalousien vor allen Fenstern ratternd zu. Sandy reagierte sofort. Sie rannte zur Eingangstür und gab den Öffnungscode ein.

Nichts geschah.

Sie versuchte es erneut, mit demselben Ergebnis. Verdammt, sie hätte damit rechnen müssen, dass Ricky Schäfer bei ihrer Vergangenheit einen Panikraum in ihrem Haus eingerichtet hatte. Aber davon hatte der Mann von der Sicherheitsfirma ihnen nichts gesagt. Womit sie aber auch dann nicht gerechnet hätte, war die raffinierte Falle, die Ricky Schäfer mit dem Panikraum gekoppelt hatte. In dem befand sich offenbar eine Schaltzentrale, von der aus die Verriegelung sämtlicher Türen und Fenster im Haus gesteuert werden konnte. Oder der Verriegelungsmechanismus der Panikraumtür war mit den anderen gekoppelt, dass die automatisch aktiviert wurden, sobald die Tür geschlossen wurde. Gleichzeitig wurde dadurch ein Mechanismus in Gang gesetzt, der die bisherige Öffnungskombination für das Türschloss durch eine andere ersetzte.

Sandy holte einen der Dekodierer aus ihremRuckssack, schloss ihn an den Türöffner an und betete stumm, dass das Gerät den neuen Code entschlüsseln würde, bevor die Polizei eintraf. Jemand schaltete das Licht in der Diele ein. Sandy zuckte zusammen, als neue Schüsse fielen. Pawel versuchte erfolglos, eins der Fenster im Wohnzimmer zu zerschießen. Sandy hätte ihm gleich sagen können, dass das zwecklos war. Das ganze Haus war eine Festung und jedes Fenster mit Sicherheit aus Panzerglas und jede Tür mit Stahlplatten verstärkt. Selbst wenn es ihnen gelungen wäre, die Scheibe eines Fensters zu zerstören, die Jalousie dahinter bestand garantiert aus einem Hochsicherheitsstahl, für den man schon eine Panzerfaust gebraucht hätte, um ihn aufzubrechen.

Verdammt, sie hatte geahnt, dass dieser Job schiefgehen würde. Von dem Moment an, als sie die Festplatten der Computer leer vorgefunden hatte, war sie sich dessen sicher gewesen. Sie alle hätten auf Pierre hören und verschwinden sollen, als sie es noch gekonnt hatten. Jetzt war es zu spät.

George kam angerannt. „Verdammt, Sandy, mach endlich die verfluchte Tür auf!“

Sie hatte ihn noch nie panisch erlebt. In gewisser Weise befriedigte sie das, und sie hätte es richtig genossen, wenn sie nicht mit ihm zusammen in dieser Falle gesteckt hätte. Sie zog sich die Sturmhaube vom Kopf. „Was glaubst du, was ich hier tue? Das Sicherheitsprogramm der Tür hat den Code geändert. Und ich habe so eine Ahnung, dass ich den nicht in den paar Minuten knacken kann, die die Polizei braucht, um herzukommen."

George würdigte sie keiner Antwort. Er rannte ins Wohnzimmer zurück und schnauzte die anderen an, nach einem Ausgang zu suchen. Er selbst rannte in den Keller, wo es eine Hintertür gab. Purer Aktionismus. Sandy konnte ihm Brief und Siegel darauf geben, dass jeder nur mögliche Ausgang unknackbar verschlossen war. Es blieb ihr und den anderen nichts anderes übrig, als ihre Niederlage zu akzeptieren und die Folgen zu tragen. McNamara's Bunch steckte bis zum Hals in der Scheiße und würde darin untergehen. Bis auf Sandy. Sie hatte auch für diesen Fall ihre Vorkehrungen getroffen. Hatte George ihnen nicht wiederholt gedroht, dass er sie alle mit in den Abgrund reißen wurde, sollte er jemals fallen? Er hatte dabei eines außer Acht gelassen: Wer zuerst redete, bekam den Deal und vor allem die Chance, Kronzeuge zu werden. Sandy war fest entschlossen, die Erste zu sein.

Sie gesellte sich zu den anderen, die sich im Wohnzimmer versammelt hatten und sich anbrüllten.

„Na, wie sieht dein Plan C für diese Situation aus, George?", schrie Pierre. „Du hast doch einen? Und auch einen Plan D und E, von denen wenigstens einer uns hier rausbringt!"

„Halt die Schnauze!", fuhr George ihn an.

Doch Pierre ließ sich nicht einschüchtern. „Sag nur nicht, dass *Mastermind* George McNamara nicht vorausgesehen hat, dass wir in so einer Falle landen und deshalb keinen Fluchtplan hat!"

„Ich sagte, du sollst die Schnauze halten.“ George trat dicht an ihn heran.

Pawel drängte sich dazwischen und blickte George kalt an. „Die Frage ist berechtigt, George. Hast du einen Plan oder nicht?“

Sara stand abseits an der Wand neben der Küchentür. Ihrem Gesichtsausdruck nach zu urteilen hatte sie die Situation ebenso akzeptiert wie Sandy. Die setzte sich in einen Sessel und hoffte, dass man ihr die Befriedigung nicht ansah, die sie darüber empfand, dass George so gründlich auf die Schnauze gefallen war. Sie bedauerte nur eines zutiefst: dass Niqui nun noch tiefer mit reingezogen wurde.

Sie griff zum Handy, um ihre Schwester anzurufen und sie zu warnen. George riss es ihr aus der Hand und steckte es ein.

„Du rufst niemanden an!“

Sandy sprang auf. „Gib mir sofort das Handy. Ich muss Niqui warnen.“

„Auf keinen Fall!“

„Verdammt, George, willst du, dass sie verhaftet wird?“

Er schnaubte verächtlich. „Du erinnerst dich bestimmt noch daran, was ich euch immer wieder gesagt habe: Sollte ich untergehen, geht ihr alle mit. Das gilt auch für deine abtrünnige Schwester.“

Sandy machte einen Schritt auf ihn zu, um ihm das Handy abzunehmen. Er riss die Pistole hoch, die er inzwischen nachgeladen hatte, und richtete sie auf Sandy.

„Du bist ein Schwein, George. Juan hast du schon umgebracht. Willst du uns auch umbringen?“

„Was?“, fuhr Pierre dazwischen und sah fassungslos von George zu Sandy. „Juan ist tot? Woher willst du das wissen?“

„Ich lese Zeitung und kann Deutsch. Juan wurde tot in seinem Hotelzimmer gefunden – an dem Tag, nachdem George bei ihm war und uns erzählt hat, er wäre abgereist. Und die Polizei geht von einem Mord aus.“

Bevor jemand darauf reagieren konnte, stürmten bewaffnete Männer mit der Aufschrift „SEK“ auf ihren schwarzen Monturen und Waffen im Anschlag herein. Eine Gruppe kam durch die Vordertür, eine zweite durch die Tür, die zum Keller führte. Offenbar hatte Ricky Schäfer von ihrem Panikraum aus die Türen entriegelt, während sie alle sich hier verbal an die Kehle gegangen waren.

Sandy hob sofort die Hände zum Zeichen, dass sie sich ergab. George war offensichtlich versucht, von seiner Waffe Gebrauch zu machen, ebenso Pawel und Sergej; aber alle drei waren klug genug, nicht durch so eine sinnlose Aktion ihr Leben zu gefährden, besonders da es sowieso keine Möglichkeit für sie gab zu entkommen. Sie ließen sich die Waffen abnehmen und widerstandslos fesseln.

Die Tür des Panikraums wurde geöffnet. Ricky Schäfer und der Polizist kamen heraus. Sandy blickte sie an und wünschte sich, diese Frau unter anderen Umständen kennengelernt zu haben. Sie hätte sich gern mit ihr über Programmierungen ausgetauscht und vor allem über TRENIGMARIS und Level 7 mit ihr diskutiert. Wenn sie es richtig anstellte, hatte sie vielleicht die Gelegenheit, das eines Tages nachzuholen.

Die Polizei führte George und seine Bande ab. Sandy rührte sich nicht vom Fleck, als man sie nach draußen bringen wollte. Sie sah den Polizisten an, der neben Ricky Schäfer stand. „Ich will ein Geständnis ablegen.“ Sie sagte es leise genug, dass ihre Kameraden es nicht mitbekamen, besonders nicht George. „Sofort.“

„Das freut mich zu hören, Frau Leclerc.“

Frau Leclerc? Klar, er hatte Niqui überprüft und ihren Mädchennamen erfahren. Und da Sandy nun mal ihr Zwilling war ...

„Bevor wir dazu kommen, habe ich ein paar Fragen an Sie: Ihre Schwester war von Anfang an mit von der Partie, nicht wahr?“

„Oui.“

„Manfred Thaler auch?“

„*Non*. Er hat nichts gewusst. Monique hat auch nur mitgemacht, weil sie früher eine von uns war. Aber das erkläre ich Ihnen gern alles ausführlich.“

„Letzte Frage.“ Der Mann deutete zur Eingangstür, durch die ihre Komplizen abgeführt worden waren. „Wie viele Leute haben Sie noch, und wo halten die sich auf?“

„Nur noch eine Frau, die auf Marie-Claire geachtet hat. Sie wartet in unserem Einsatzwagen.“

Der Leiter der Eingreiftruppe winkte ab. „Den haben wir schon gefunden und die Frau festgenommen.“

Der Polizist griff zum Smartphone und telefonierte wohl mit seiner Vorgesetzten. Als er das Gespräch beendet hatte, wandte er sich an den Einsatzleiter. „Wenn Sie die Dame freundlicherweise im Präsidium abliefern würden.“ Er blickte Sandy an. „Ich bin gespannt, was Sie uns zu sagen haben.“

Er würde sich wundern, denn Sandy hatte vor auszupacken, und zwar richtig. Als Rückversicherung hatte sie alle Daten der Jobs, die sie für George erledigt hatte, gespeichert – eine sehr lange Liste von Auftraggebern mit Namen, Anschriften, einer minutiösen Jobbeschreibung und den Namen aller Zielpersonen und Firmen, die in deren Auftrag die Opfer von McNamara’s Bunch geworden waren. George hatte sich eingebildet, seine Daten gut genug gesichert zu haben, aber Black Knight war die weltbeste Hackerin und hatte sie trotzdem bekommen. Was er als seine Rückversicherung gegenüber den Kunden gespeichert hatte, würde ihm nun zum Verhängnis werden.

Sie würde die Daten dem Staatsanwalt übergeben. Natürlich nur, wenn man ihr im Gegenzug Immunität nach der Kronzeugenregelung zusagte. In dem Punkt war sie sehr zuversichtlich. Welcher Staatsanwalt würde sich schon mit der Bestrafung einer kleinen Hackerin aufhalten, wenn er durch sie ein paar richtig dicke Fische aus dem internationalen Teich fangen konnte?

Und George mit ans Messer zu liefern betrachtete sie als persönlichen Bonus. Er hätte Niqui nicht erpressen dürfen. Erst recht hätte er sie niemals zwingen dürfen, Marie-Claire als Druckmittel gegen Manfred einzusetzen. Es hätte mehr als eine andere Möglichkeit gegeben. George hatte sich an ihrer Familie vergriffen, und das nahm Sandy ihm sehr übel. Er würde dafür bezahlen.

Aber dass sie in Ricky Schäfer ihre Meisterin gefunden hatte, wurmte sie. Zwölf Stunden waren eine lange Zeit. Besonders wenn man nur sechs Stunden gebraucht hätte und einen Plan gehabt hatte, der eigentlich perfekt war, bei dem alle Eventualitäten, Variablen und unvorhergesehenen Hindernisse einkalkuliert und entschärft worden waren. Alle – bis auf das eine Detail, das niemand hatte voraussehen oder ermitteln können. Ausgerechnet durch dieses eine winzige und unwahrscheinliche Detail war der ganze Plan in sich zusammengefallen wie ein Soufflé und hatte sie alle unter sich begraben.

00.26 Uhr

Game over.

7

Berliner Zeitung
Dienstag, 9. Juli

Berlin. Am vergangenen Sonnabend gelang dem LKA ein entscheidender Schlag gegen eine seit Jahren gesuchte, international tätige Bande von Wirtschaftskriminellen. Acht Personen wurden verhaftet. Wie ein Sprecher des LKA mitteilte, fand man bei ihnen mehrere gefälschte Pässe, sodass die Klärung der Identitäten einige Zeit dauern wird. Nach den dem LKA vorliegenden Beweisen hat die Bande in den vergangenen acht Jahren über hundert teilweise spektakuläre Verbrechen im Auftrag diverser Hintermänner begangen. (...) Der Kopf der Bande, der sich George M. nennt, steht außerdem in Verdacht, den am 13. Juni in einem Berliner Hotel aufgefundenen Toten (wir berichteten) ermordet zu haben, der früher selbst Bandenmitglied war. (...)

*

Calvin Cooper betrat sein Büro und stellte den Kaffeebecher auf den Schreibtisch neben den Stapel von Akten, Faxen und ausgedruckten E-Mails, die sich seit dem gestrigen Feierabend angesammelt hatten. Obenauf, mit dem roten Stempel *Priority 1*! versehen, lag ein Fax aus Deutschland, dem ein kopierter Zeitungsartikel beigefügt war. Absender war sein Kontaktmann beim LKA in Berlin.

„Agent Cooper, wir haben eine gute Nachricht für Sie. Es ist uns Sonntagnacht gelungen, die gesamte Bande von George McNamara festzunehmen. Ferner haben wir Unterlagen erhalten, die jedes einzelne von der Bande begangene Verbrechen auflisten, einschließlich der Daten ihrer Auftraggeber. Sobald wir die Daten ausgewertet haben, leiten wir diejenigen an Sie weiter, die in Ihrem Land begangene Verbrechen betreffen. Nach bisheriger Schätzung dürften Sie in dem Zug mindestens siebzehn ungelöste Fälle aufklären können. Da es sich bei den Mitgliedern der Bande um Personen unterschiedlicher Nationalität handelt, wird die Sache mit der Auslieferung von den zuständigen Behörden entschieden werden."

Das Fax endete mit den besten Wünschen und Grüßen. Calvin setzte sich in seinen Sessel und lehnte sich zufrieden zurück. Die deutschen Kollegen hatten ganze Arbeit geleistet. So sehr er sich auch gewünscht hätte, dass seine Abteilung diejenige gewesen wäre, die die Bande geschnappt hätte, waren die Lorbeeren, die er für die Aufklärung von mindestens siebzehn bisher ungelösten *White-collar crimes* und anderen spektakulären Fällen einheimsen würde, auch nicht zu verachten. Mit Sicherheit war eine Beförderung für ihn drin.

Gut gelaunt setzte er sich an seinen PC, schrieb dem deutschen Kollegen eine Dankesmail und freute sich, dass für George McNamara und seine Bande das Spiel vorbei war. Und das Bewusstsein, dass der Kerl sich garantiert nie hatte träumen lassen, dass *Game over* für ihn mal im Knast enden würde – garantiert für den Rest seines Lebens –, zauberte ein glückliches Lächeln auf Calvins Gesicht.

*

Thorbjörn Rasmusson sah zum wiederholten Mal auf die Uhr, dann wieder auf das Display des Wegwerfhandys, das Andersson ihm gegeben hatte. Der Mittelsmann hätte längst anrufen müssen. Oder auch nicht. Eine konkrete Zeit war nicht genannt worden, nur dass die Übergabe bis zwölf Uhr mittags erfolgt sein musste.

Geduld, ermahnte er sich. Die Kanäle, über die er Andersson ausfindig gemacht hatte, bescheinigten dem Mann, vielmehr seinen „Klienten" ausgezeichnete Arbeit und prompte Lieferung. Es konnte sich nur noch um wenige Stunden handeln, bis er endlich die Daten bekam.

Thorbjörn schob das Handy zur Seite und versuchte, sich auf seine Arbeit zu konzentrieren. Er hatte gleich ein Meeting und musste die Unterlagen dafür noch einmal durchgehen.

Die Tür wurde aufgerissen, und seine Sekretärin platze herein, kreidebleich, mit aufgerissenen Augen.

„Verdammt, Astrid, ich haben Ihnen gesagt, dass ich nicht gestört werden will."

„Herr Rasmusson ..."

Sie wurde zur Seite geschoben. Drei Männer drängten sich ins Büro. Ihnen folgten weitere.

„Herr Rasmusson", einer der Männer reichte ihm ein Schriftstück, „Sie sind verhaftet wegen des Verdachts auf Industriespionage. Ihre Computer und alle Ihre Unterlagen sind beschlagnahmt. Ihre Firma wird bis zur endgültigen Klärung des Sachverhalts geschlossen. Stehen Sie bitte auf. Sie werden uns begleiten."

Thorbjörn hatte das Gefühl, einen Albtraum zu erleben. Die Gedanken wirbelten in seinem Kopf herum; allen voran der Gedanke, wie man auf ihn hatte kommen können.

„Ich weiß nicht, was Sie von mir wollen. Ich habe nichts getan“, versuchte er, den Kopf aus der Schlinge zu ziehen. „Mit Industriespionage habe ich nichts zu tun.“

„Aber nein, Sie haben nur das Team von George McNamara beauftragt, Ihrem deutschen Konkurrenten MiloChem Forschungsdaten zu stehlen. Wir haben dafür Beweise.“

„Ich kenne keinen George McNamara!“ Die reine Wahrheit.

„Den Namen kennen Sie wohl tatsächlich nicht. Er hat sich Ihnen als Anders Andersson vorgestellt. Aber das klären wir alles noch ausführlich. Kommen Sie. Und leisten Sie bitte keinen Widerstand.“

Das hätte wenig Sinn gehabt. Nicht nur weil er durch die Bürotür, die Astrid offengelassen hatte, sah, dass das Vorzimmer von Polizisten wimmelte und noch mehr von ihnen mit Sicherheit im gesamten Gebäude herumliefen, Computer abbauten und zusammen mit Aktenordnern körbeweise abtransportierten. Garantiert waren sie auch schon bei ihm zu Hause und stellten dort alles auf den Kopf. Es war vorbei. Und er fragte sich, was verdammt noch mal schiefgegangen war. Doch letztendlich war auch das egal. Er hätte sich nie mit Andersson – oder McNamara – einlassen dürfen.

Jetzt war er erledigt. Und zwar in jeder Beziehung.

Game over.

Ein Spiel für ein Leben

Ich hätte dieses Scheißspiel nicht entwickeln dürfen; erst recht nicht für *The Man*. Aber hinterher ist man immer schlauer. Und außerdem: Wie hätte ich damals ahnen können, wohin das alles führt? Obendrein beschuldigt mich der Kerl auch noch, *ich* hätte was mit der Entführung seiner Tochter zu tun. Dieser gottverdammte Mistkerl! Am liebsten würde ich ihm die Fresse polieren und ihn so richtig schön bluten sehen. Aber was würde das bringen? Leider nichts. Nur ein flüchtiges Gefühl von Befriedigung, das zu schnell schal würde und nur Bitterkeit zurückließe. Also überlasse ich es meinen Anwälten, den Kerl fertigzumachen.

Genau genommen bin ich selber schuld. Als Manfred mich damals beauftragte – auf Knien anflehte, ihm innerhalb von ein paar Monaten ein Computerspiel zu entwickeln, hätte ich auf einem Vertrag bestehen sollen, bevor ich auch nur die erste Programmzeile für ihn schrieb. Aber ich habe auf sein Wort vertraut, dass seine Firmenanwälte sich erst einmal mit den Vertragsmodalitäten für PC-Spiele vertraut machen müssen, weil sie so einen noch nie ausgefertigt haben. Ich hab's geglaubt, weil ich auch noch nie ein PC-Spiel entwickelt hatte. Normalerweise schreibe ich Programme für Firewalls und andere Sicherheitssoftware. Aber wenn man in dem Ruf steht, ein Genie zu sein ...

Und als das Spiel fertig ist, geht der Kerl hin und meldet es hinter meinem Rücken auf seinen Namen zum Patent an. Jetzt verdient er sich eine goldene Nase damit, und weil es keinen Vertrag gibt, kann ich nicht beweisen, dass er mir eine

Gewinnbeteiligung versprochen hat. Zum Glück habe ich Topanwälte. Die haben einen Dreh ausgegraben, mit dem sie beweisen können, dass ich ihm die Rechte niemals abgetreten und erst recht nicht verkauft habe. Die Klage ist eingereicht, die Verhandlung findet im September statt. Danach bekomme ich mein Recht und das Geld, das mir zusteht.

Also warum, zum Teufel, sollte ausgerechnet ich seine Tochter entführen? Und dieser anklagende Blick, mit dem er mich ansieht – zum Reinschlagen verlockend!

Bleib ruhig, Ricky, das ist der Kerl nicht wert. Deine Stärke ist der Verstand. Also überzeuge ihn damit. Immer vorausgesetzt, dass *er* einen funktionierenden Verstand hat, was ich gegenwärtig bezweifle.

„Wenn du ernsthaft glaubst, dass ich mit der Entführung was zu tun habe, Manfred, bist du tatsächlich dümmer als ich dachte. Wenn ich dich erpressen würde – egal wie – dann würde ich von dir das Geld verlangen, das du mir schuldest. Welchen Sinn sollte es denn haben, dass ich dich zwinge, TRENIGMARIS zu spielen, wo ich genau weiß, dass du das nicht kannst?"

Oh Gott, jetzt sieht er mich mit diesem Dackelblick an, als trüge er alle Last der Welt.

„Um mich leiden zu lassen. Um dich dafür zu rächen, dass ich dich habe leiden lassen."

Verlockender Gedanke. Auf den hätte ich tatsächlich kommen sollen. Aber Rachegedanken kamen mir nie in den Sinn. *Mord*gedanken schon.

„Ich habe nicht deine Papiere in der Tasche, Männi. Im Gegensatz zu dir trage ich meine Kämpfe direkt und mit offenem Visier aus und benutze nicht andere Menschen als Mittel zum Zweck. Erst recht keine unschuldigen Kinder. Und dich fertigmachen, das können meine Anwälte viel besser als ich. Meine Rache an dir wird sein, dass ich, sobald das Gericht zu meinen Gunsten entschieden hat, die Medien wissen lasse, dass du ein Betrüger bist, der sich mit fremden Federn – meinen – geschmückt hat." Und allein die Vorfreude darauf ist jeden Tag ein Highlight für mich. „Manfred *The Man* Thaler – nicht der große Mann, als der er sich in der Öffentlichkeit präsentiert, sondern nur ein billiger kleiner Dieb und Blender."

Das hat gesessen! Wie er zusammengezuckt ist – als hätte ich ihn mit der Peitsche geschlagen. Und dieser schuldbewusste Blick – göttlich! Und ja, ich genieße tatsächlich, dass er leidet, und zwar schlimmer als ich damals gelitten habe.

„Wenn ich deine Tochter entführt hätte, um mich an dir zu rächen, würde mich das sämtliche Sympathiepunkte nicht nur vor Gericht kosten. Die Menschen reagieren ziemlich empfindlich, wenn sich jemand, egal auf welche Weise, an Kindern vergreift."

Das weiß niemand besser als ich. Ich sollte ein bisschen nachsichtig mit Manfred sein. Der sorgt sich wenigstens aufrichtig um seine Tochter. Mein verfluchter Erzeuger hat mich damals den Wölfen zum Fraß vorgeworfen, weil er sich nur um sein Geld gesorgt hat. Die fünf Millionen frische Neuwährung Euro, die Holger vom Privatbanker Braunstein erpressen wollte, hätte der entbehren können. Sogar das Zehnfache. Aber was hat er getan: sich geweigert zu zahlen. Schlimmer noch: Er hat in der Öffentlichkeit vor laufenden Kameras posaunt, dass ein Braunstein sich nicht erpressen lässt.

Ich habe mir die Aufzeichnung der Pressekonferenz später angesehen, weil ich nicht glauben wollte, nicht glauben *konnte*, dass er mich tatsächlich so verraten hat – mein Vater, der mich eigentlich hätte beschützen sollen. Die Wahrheit war schlimmer als alles, was Holger und seine Lakaien mir angetan haben. Auf der Pressekonferenz sollte er eigentlich die Entführer inständig bitten, mir nichts anzutun und ihnen versichern, dass er alle ihre Forderungen erfüllen wird. Aber was tut der Kerl?

Ich werde seine Worte nie vergessen. Sie haben sich in mein Gehirn gebrannt wie ein Brandzeichen aus Wörtern: „Mit der Entführung meiner Tochter haben Sie einen großen Fehler begangen. Sie erhalten keinen einzigen Cent. Ein Braunstein lässt sich von niemandem erpressen. Lassen Sie Ricarda auf der Stelle frei, denn sie nützt Ihnen gar nichts." Kalt hat er das gesagt, gefühllos. Unberührt. Ich war ihm völlig gleichgültig. Sollte mich nicht wundern, denn das war ich ja schon immer, weil ich eine Ricarda bin und kein Richard.

Holger hat getobt, als er das gehört hat. Erst hat er mich zusammengeschlagen und mir den Arm gebrochen, dann hat er seine Lakaien auf mich losgelassen, die mich tagelang immer wieder vergewaltigt haben, wobei sie mich hungern und dursten ließen, bis ich beinahe gestorben wäre. Was auch ihre Absicht war. Schließlich hatte Holger ihnen ganz klar die Anweisung gegeben, mich umzubringen, weil ich sonst mit dem Finger auf ihn gezeigt hätte. Genau genommen verdanke ich der Lüsternheit der beiden Scheißkerle, dass ich noch lebe, weil sie ihren Spaß haben wollten, nachdem ihnen die verheißenen Millionen entgangen waren, und sie sowieso zu feige waren, mich eigenhändig umzubringen. Also wollten sie mich verdursten lassen. Wäre ihnen auch beinahe gelungen.

Aber ich wollte leben. Ich habe gekämpft. Und am Ende bin ich entkommen. Mehr tot als lebendig, aber ich hab's geschafft. Und Holger hat seine gerechte Strafe bekommen.

Die Episode mit ihm hätte mir eine Lehre sein sollen. Er war Angestellter in der Bank meines Erzeugers. Statt sich hochzuarbeiten, hat er gedacht, er könnte den Weg an die Spitze abkürzen, indem er mit mir anbändelt. Hat gehofft, wenn ich ihn heirate, wird er Juniorchef. Aber der Braunstein, der sich nicht erpressen lässt, kennt auch keine Verwandten, wenn es um die Arbeit geht. Nur Leistung zählt, nicht der Mensch dahinter. Und Holgers Leistungen waren so schlecht, dass er entlassen wurde. Völlig zu recht. Als ich ihm dann auch noch den Laufpass gegeben habe, weil er mich zu sehr bedrängte wegen der Heirat, griff er zur Entführung.

Mann, ich war damals erst neunzehn und stand kurz vorm Abschluss des Informatikstudiums; in Rekordzeit, als Überfliegerin mit eidetischem Gedächtnis. Heiraten war das Letzte, woran ich gedacht habe. Klar, ich war ein bisschen verliebt in Holger. Nein, richtig verknallt. Aber ich hatte trotzdem genug Verstand, nicht den Fehler meiner Mutter zu begehen, ohne abgeschlossene Ausbildung und Beruf zu heiraten und mich dadurch auf Gedeih und Verderb von einem Mann abhängig zu machen. Nein danke!

Jedenfalls habe ich damals gelernt, dass ich keinem trauen darf. Ich hätte es dabei belassen sollen. Aber Doc Winston in Philadelphia hat mich in den Jahren der Therapie bei ihm wieder aufgepäppelt und mir klargemacht, dass permanentes Misstrauen mein Leben vergiften und mich einsam machen würde. Dass nicht alle Menschen und erst recht nicht alle Männer sind wie Holger. Dass ich mich irgendwann wieder auf die Menschen einlassen müsste. Alles andere wäre kein Leben. Er hat recht. Ich habe mich einsam gefühlt, denn meine Computer sind ein verdammt schlechter Ersatz für Wärme und Nähe.

Als ich Manfred begegnet bin, hatte ich gerade den Tiefpunkt meiner Einsamkeit erreicht. Und er war nett zu mir, charmant. Ich werde nie vergessen, wie sehr er sich gefreut hat, als ich ihm kurz, *sehr* kurz vor dem terminierten Launch TRENIGMARIS vorgeführt habe. Seine Erleichterung, dass die Firma gerettet war, die er sonst verloren hätte, weil sein Partner ihn ausgebootet hatte, war irgendwie rührend. Sein Partner: noch so ein Mistkerl. Der hat so getan, als würde er für die gemeinsame Firma ein Spiel entwickeln und ist dann mit dem Spiel *und* den Sponsorengeldern auf Nimmerwiedersehen durchgebrannt. Hat Manfred auf einem Berg von Schulden sitzen lassen, die er ohne das Spiel nicht zurückzahlen konnte.

Vor lauter Begeisterung, dass er dank meiner Arbeit gerettet war, hat Manfred mich geküsst. Mein erster Kuss seit damals. Seit geschlagenen acht Jahren. Im ersten Moment hat mir das Angst gemacht. Dann fühlte es sich doch ganz gut an. In jedem Fall hat der Kuss mir gezeigt, dass in mir doch nicht alles tot ist. Leider hatte er auch Sehnsüchte geweckt, die besser weiterhin Winterschlaf gehalten hätten. Wäre ich nicht so ausgehungert nach Zärtlichkeit und Nähe gewesen, hätte ich mich nie mit ihm eingelassen. Im Leben nicht! Aber hinterher ist man immer schlauer.

Zugegeben, es wurde für eine Weile richtig schön. Ich hatte schon die Hoffnung, dass ich wirklich emotional wieder ganz gesund werden könnte, oder zumindest weitgehend, wie Doc Winston prophezeit hat. Aber nicht mit Manfred. Das war mir damals schon klar. Er kann zwar herzlich sein, aber er hat auch eine berechnende Ader, die mich zu sehr an meinen Erzeuger erinnert. Aus uns wäre nie wirklich ein Paar geworden, obwohl ich ein paar Wochen lang relativ viel Zeit in seinem Haus verbracht habe. Ich hatte sogar einen eigenen Schlüssel.

Und dann fährt *The Man* zur internationalen Vermarktung von TRENIGMARIS nach Frankreich. Während er weg ist, muss ich von seinem Anwalt erfahren, dass er mich ausgebootet und das Spiel auf seinen Namen angemeldet hat. Hätte er in dem Moment vor mir gestanden, ich weiß nicht, was ich getan hätte. Ich fürchte, ich hätte ihn tatsächlich umgebracht. Immerhin hatte Doc Winston mich, was Nahkampf betrifft, mithilfe seines Freundes Jack und dessen Kumpels vom Militär so richtig schön gedrillt. Ich trainiere immer noch jeden Tag, damit ich nie wieder hilflos und wehrlos bin, wenn mich bewaffnete und maskierte Kerle überfallen.

Zu seinem Glück war Männi aber in Frankreich, als ich ihn vierteilen und vor allem köpfen wollte. Von wo er ein paar Monate später als verheirateter Mann zurückgekommen ist, das Türschloss ausgetauscht hat und mich meine Sachen in seiner Firma abholen ließ. Verdammt, hat das wehgetan! Aber jetzt, wo irgendjemand seine Tochter entführt hat, bin ich ihm wieder gut genug, um die Kastanien für ihn aus dem Feuer zu holen und das Kind zu retten.

Ich muss zu meiner Schande gestehen, dass ich so was von schadenfroh war, als der Kommissar vor meiner Festung stand mit der Botschaft, dass ich Manfred aus der Bredouille helfen soll, indem ich Level 7 von TRENIGMARIS gewinne, weil man sonst seine Tochter umbringen will. Natürlich habe ich mich nicht gefreut, dass das Kind entführt wurde und in Lebensgefahr schwebt; falls es überhaupt noch lebt. Aber ja, dass der Kerl leidet, das habe ich genossen und genieße es noch!

Ich frage mich aber, was hinter dieser ganzen Entführungssache steckt. Die ganze Welt weiß, dass Manfred TRENIGMARIS gar nicht spielen kann. Das hat er oft genug in Interviews ausposaunt. Die Entführer haben sein Kind heute Vormittag direkt von der Terrasse geholt; es sind also mehrere. Und ich habe vorhin festgestellt, dass sie das Spiel umprogrammiert haben. Dazu brauchten sie die Quellcodes. Die habe ich aber im Kopf, dank meines eidetischen Gedächtnisses. Bis auf die eine Disc, auf der ich sie gespeichert habe, weil Manfred sie haben wollte. Keine Ahnung, wo er die aufbewahrt, aber irgendwie müssen die Typen an die rangekommen sein. Ich wette, die haben das Spiel so umprogrammiert, dass nur Black Knight gewinnen kann, wie sich mein Gegenspieler nennt.

Aber ich bin Ricky Schäfer, verdammt, die Koryphäe und Hexenmeisterin des Cyberspace. Ich muss und werde irgendeine Möglichkeit finden, das Muster zu entschlüsseln, nach dem das Spiel verändert wurde. Wenn ich das rausfinde, kann ich trotzdem gewinnen. Aber ob dafür die Zeit reicht? Die Schurken haben Manfred nur zwölf Stunden gegeben und für jeden Level nur eine Stunde und zweiundvierzig Minuten. Das kann eigentlich niemand schaffen. Ich bin mir nicht mal sicher, ob ich das schaffe.

Wieso diese seltsame Forderung? Statt Lösegeld – wovon Männi dank meiner Arbeit mehr als genug zur Verfügung hat – soll er TRENIGMARIS gewinnen, und zwar von Level 1 bis Level 7. Was steckt dahinter? Und wieso die zwölf Stunden? Und vor allem diese Schnitzeljagd durch halb Berlin nach den Schnipseln eines Fotos, die alle zusammen ein Bild ergeben, das angeblich den Aufenthaltsort des Kindes zeigt? Ich bin mir ziemlich sicher, dass das Ganze nur ein Ablenkungsmanöver ist, um die Polizei zu beschäftigen. Aber was wollen die Kerle wirklich?

Die wichtigste Frage ist aber, was für ein kranker Geist sich ausgedacht hat, einen Vater ein Spiel um das Leben seiner

Tochter spielen zu lassen. Andererseits sollte mich das nicht wundern, denn ich bin garantiert nicht die Einzige, die Männi über den Tisch gezogen, hintergangen, betrogen hat. Irgendeiner will sich dafür rächen.

Die Polizei hatte vermutet, dass Manfred aus der Firma weggelockt werden sollte, weil die Entführer dort einbrechen wollten. Er ist der Einzige, der sonnabends dort arbeitet. Ich hätte ihnen gleich sagen können, dass das Unsinn ist. Wenn die Firma das Ziel wäre, hätten die Typen bis morgen gewartet. Sonntag wäre es nicht nötig gewesen, ihn wegzulocken, weil er sowieso nicht da gewesen wäre.

Aber das ist im Moment völlig unwichtig. Ich muss das Spiel irgendwie gewinnen. Die Hintergründe rauszufinden ist sowieso Sache der Polizei. Gott, hoffentlich lebt das Kind noch. Und wenn ja, hoffentlich tun die der Kleinen nicht weh. Zum Glück ist sie erst zwei Jahre alt. Jung genug, um das Schlimmste zu vergessen oder für einen Albtraum zu halten. Wirklich, ich hätte TRENIGMARIS besser nie entwickelt. Aber das hätte die Entführung wohl auch nicht verhindert.

Schweif nicht ab, Ricky! Denk nach, wie du das Spiel trotz der Veränderung gewinnen kannst.

Black Knight hat den Schamanen mit dem Boten gekoppelt, statt mit der Hexe. Die magisch mächtigste Figur mit der völlig magielosen. Das könnte ein Hinweis sein, dass er Gegensätze verpaart. Dann könnte die Schwertkämpferin die Züge der Hexe diktieren. Muss ich ausprobieren.

Verdammt, warum starrt mich der Kommissar so misstrauisch an? Ja klar, er hat mein Gespräch mit Manfred belauscht.

„Haben Sie genug gehört?“ Jetzt grinst er auch noch.

„So ziemlich alles, da Sie sich keine Mühe gemacht haben, besonders leise zu sprechen. Aber sagen Sie, Sie haben wirklich keine Ahnung, wer hinter der Entführung stecken könnte, Frau Schäfer?"

„Nein, habe ich nicht, Herr Sunay. Und bei der Menge Leute, die *The Man* irgendwann mal gewaltig verärgert haben dürfte, ist der Pool so unüberschaubar groß, dass ich Ihnen nicht mal einen Tipp geben könnte, wenn ich wüsste wer die Leute sind. Fragen Sie also ihn, nicht mich."

Das hat er offenbar vor. Schön. Zwingt er zur Abwechslung Männi ein Gespräch auf und lässt mich in Ruhe. Dafür hat mich jetzt dieser Polizeipsychologe im Visier. Keine Ahnung, was der mit seinen ständigen Fragen danach, ob es mir gut geht, bezweckt. Ich bin nicht das Opfer. Diesmal nicht.

So, erst mal das letzte Enigma beantworten: Zirkon. Eine Antwort auf eine Frage, die ich nicht programmiert habe. Ätsch, Black Knight, in meinem Kopf ist ein ganzes Lexikon. Mehrere Lexika, um genau zu sein. Es gibt garantiert kein Enigma, das du dir ausgedacht hast, das ich nicht lösen könnte.

Hä? Was zum Teufel macht der Kerl denn jetzt? *Game over*? Die Antwort war richtig, verdammt!

„Was ist los?" Der Kommissar starrt mich schon wieder an, als wäre ich die Verbrecherin. Und Manfred auch.

„Die haben das Spiel abgebrochen, obwohl ich das Enigma richtig gelöst habe."

„Das ergibt keinen Sinn."

Na und ob das einen Sinn ergibt! „Doch. Aber keinen sehr angenehmen."

Jetzt sehen mich alle an, als könnten sie nicht selber denken. Muss ich ihnen also auf die Sprünge helfen. Dabei liegt das doch auf der Hand.

„Was immer die Typen mit der Forderung, dass wir das Spiel spielen sollten, bezwecken wollten, haben sie offenbar erreicht und brauchen nicht mehr weiterzuspielen. Immerhin birgt jede Minute, in der sie online sind, die Gefahr, dass sie aufgespürt werden. Somit haben wir verloren, ohne das Spiel tatsächlich verloren zu haben.“

Oh nein, jetzt heult Manfreds Frau, die französische Zicke, wie eine Sirene. Mensch, Männi, bring dein Weib zum Schweigen, verdammt! Die geht mir sowieso schon die ganze Zeit auf die Nerven. Gleich zehn Uhr. Ich will nach Hause. Und da ich hier nicht mehr gebraucht werde ... Aber was wird mit dem Kind? Das sollte mir egal sein. Ist ja nicht meins.

Aber es ist mir nicht egal. Das Kind ist unschuldig und kann nichts dafür, dass es von diesen miesen Typen benutzt wird. Ich weiß, wie man sich fühlt, wenn man in den Klauen von brutalen Entführern ist. Die Kleine weiß doch gar nicht, wie ihr geschieht.

„Dürfte ich mir mal die Hinweise ansehen, die Sie bisher bekommen haben?“

„Glauben Sie, dass Sie mehr herausfinden können als unser gesamter Stab?“

Für die Bemerkung möchte ich diesen Kommissar am liebsten dahin treten, wo es ihm besonders weh tut. Aber Jack hat mich Selbstbeherrschung gelehrt. Unter anderem. Also Contenance, Ricky!

„Ihre Leute verlassen sich auf die Technik, ich mich auf meinen Bordcomputer. Der funktioniert gerade im Bereich Intuition viel besser als jede Technik.“ An die Stirn tippen, damit er weiß, was ich meine.

Na bitte, geht doch. Jetzt darf ich mir die Fotoschnipsel ansehen, die sie auf ihrer Schnitzeljagd erhalten haben. Nur vier Teile? Hab ich mir gedacht. Die Typen hatten niemals vor, das gesamte Bild preiszugeben. Die Sache war nur ein Ablenkungsmanöver, das die Polizei beschäftigen sollte. Die haben entgegen ihrer Behauptung im Erpresserbrief überhaupt keine Hinweise auf den Aufenthaltsort des Kindes gegeben. Oder falls doch, stecken die nicht in den Puzzleteilen.

Mal angenommen, dass das mit den Hinweisen keine komplette Lüge war – wo würde ein Typ wie Black Knight die platzieren? Dort, wo sie nicht sofort ins Auge fallen. Wenn ich seine Spieltaktiken berücksichtige, muss es etwas sein, das Grips erfordert und nicht nur das Zusammensetzen eines Fotopuzzles.

„Haben Sie die Lösungsworte aller Rätsel notiert?“

„Habe ich. In alphabetischer Reihenfolge.“

Sagt der Polizist, der die ganze Zeit versucht hat, Black Knight zu lokalisieren. Wenigstens einer hier, der Verstand hat. Kein Wunder, er ist der IT-Spezialist der Truppe. Und er himmelt mich an wie ein Weltwunder, seit ich gekommen bin. Nun red schon, Mann.

„Andromeda, der Buchstabe B, Eos, Homo sapiens, Libelle, Longinus, Ukulele, Wolke, Yin und Yang, Thor, Zirkon. Aber ich sehe nicht, was das nützen könnte.“

Ich auch nicht. Noch nicht. Aber wenn sich in diesen Wörtern irgendein Hinweis verbirgt, dann finde ich den. Los, Gehirn, fang an zu arbeiten! Die Lösungsworte. Wo ist die Gemeinsamkeit? Immer vorausgesetzt, Black Knight hat sie alle ganz gezielt ausgewählt und das nicht dem Zufallsgenerator überlassen. Drei Begriffe aus der Mythologie, zwei aus der Biologie, zwei aus der Physik, je einer aus Musik, Philosophie, Geschichte/Religion und Allgemeinwissen. Keine Gemeinsamkeit. Die Worte rückwärts gelesen, ergeben auch nichts. Und wenn ich sie ... – *Heureka!*

„Das ist ein Anagramm. Die Anfangsbuchstaben ergeben einen Straßennamen und eine Hausnummer. Wutzkyallee 100 B."

„Es fehlen aber noch Buchstaben. Bis Level 7 hätten wir noch ein paar bekommen müssen."

Mann, hat der IT-Fuzzi noch nie Galgenmännchen gespielt?

„Das ist ein bisschen weit hergeholt."

Dass der Kommissar das nicht versteht, war klar. Na gut, muss ich sie also überzeugen, dass das eine – die einzige – Option ist, die wir im Moment haben. Erklären, Stadtplan im Internet aufrufen – *voilà*, auf der Wutzkyallee 100 B steht eine verlassene Firma mit einem Gelände, das ideal ist, um unbemerkt dort ein Kind hinzubringen und zu verstecken, wie das Satellitenbild zeigt. Warum die Typen, wenn das Kind tatsächlich dort ist, ihre Hinweise in den Lösungsworten versteckt haben statt in den Fototeilen, müssen sie die fragen, wenn sie sie erwischen. Mir ist das herzlich egal. Ich will nach Hause.

Scheiße, ich hätt's mir denken können. Die lassen mich erst gehen, wenn sie das Kind dort gefunden haben. Weil Black Knight sich vielleicht noch mal melden könnte. *Bullshit!* Die vermuten immer noch, dass ich mit den Entführern unter einer Decke stecke und wollen mich im Auge behalten. Und der IT-Mensch strahlt vor Freude über die Gelegenheit, mir über TRENIGMARIS Löcher in den Bauch fragen zu können, während wir warten. Na gut. Das lenkt mich wenigstens etwas ab. Und er scheint ja ganz nett zu sein.

Gott, bitte, lass sie das Kind unversehrt finden. Bitte!

*

Viertel vor zwölf. Endlich daheim! Die kleine Marie-Claire haben sie wohlbehalten in der alten Firma Wutzkyallee 100 B gefunden. Die Entführer hatten ihr gnädigerweise ein Schlafmittel gegeben. Je nachdem, zu welchem Zeitpunkt sie ihr das eingeflößt haben, hat sie wohl tatsächlich von ihrem Martyrium nicht viel mitbekommen. Jetzt liegt sie zu Hause in ihrem Bett und wird morgen in ihrer vertrauten Umgebung aufwachen. Mit etwas Glück wird sie sich kaum an etwas erinnern und keine bleibenden Schäden davontragen.

Für mich ist die Sache leider noch nicht ausgestanden. Kommissar Sunay hat mich zwar nach Hause gefahren, aber gebeten, sich in meiner Festung umsehen zu dürfen. Dazu hat er zwar kein Recht, aber wenn ich es ihm verweigere, bestärkt ihn das in seinem Verdacht, dass ich doch was mit der Entführung zu tun haben könnte. Mann, Sunay, schalte deinen Verstand ein! Ich habe doch nicht das geringste Motiv. Aber Leute zu verdächtigen bis zum Beweis des Gegenteils, ist nun mal eine Berufskrankheit von Polizisten. Und da ich nichts zu verbergen habe, darf er sich meinetwegen überall umsehen. Immerhin ist er ja auch ganz nett. Und er stammt aus Mannheim wie ich.

Also unter Mannheimern: „Was möchten Sie zuerst besichtigen, Herr Sunay?"

Erst mal Licht im Wohnzimmer einschalten. Ich sollte vielleicht auch hier eine Automatik einbauen, die das Licht einschaltet, sobald die Tür geöffnet wird.

„Hands up! Now!"

Scheiße, was ... Maskierte. Mit Waffen in den Händen. Wie damals, als ...

Don't panic! Jacks Stimme. In meinem Kopf. Verdammt, das ist genau der Ernstfall, auf den er mich vorbereitet hat. Den er jahrelang mit mir trainiert hat.

Exactly, Ricky. Now show what you've learned. And don't you dare to embarrass me!

Keine Sorge, Jack. Ich habe nicht vergessen, was ich bei dir gelernt habe, und werde dich bestimmt nicht durch mein Verhalten beschämen. Also, Situation analysieren. Sechs Leute: vier Männer, zwei Frauen, alle bewaffnet. Kommissar wurde gerade entwaffnet. Option: Deeskalation. Schauspielern. Schwäche vortäuschen und Kooperation, damit sich keiner provoziert fühlt. Schnell atmen, Augen aufreißen, so tun, als wäre ich kurz vor der Panik, aber nicht zu stark, dass die dadurch die Nerven verlieren.

Excellent!

Danke, Jack. Du hattest recht. Ich fühle keine Angst. Ich bin ganz ruhig.

Was wollen die Typen? Und wie sind die ins Haus gekommen, ohne dass der Alarm losgegangen ist? Das Haus ist eine Festung mit Alarmanlagen und Überwachungskameras an allen Türen und Fenstern und erst recht am Grundstückstor. – Verdammt, die müssen jemanden von der Sicherheitsfirma bestochen haben, bei denen ich die Codes für den Notfall hinterlegt habe.

„Wir werden Ihnen nichts antun. Wir wollen nur ein paar Daten. Verstehen Sie? Daten, die wir auf Ihren Computern nicht gefunden haben. Verstehen Sie das?"

Und ob ich das verstehe! Vor allem kenne ich die Stimme dieser Frau, die mit mir spricht. Diese Stimme habe ich den letzten Stunden ständig gehört. Sie klingt genauso wie die von Manfreds französischer Frau. Jetzt wird mir alles klar. Nicht *er* war das Ziel oder seine Firma – *ich* bin es. Und war es von Anfang an. Die Typen haben mich aus dem Haus gelockt, um hier unbemerkt Daten klauen zu können. Tja, Pech gehabt, dass ich ausschließlich auf einer externen Festplatte arbeite und sie immer mit mir herumtrage.

„Welche Daten wollen Sie? Ich habe jeden Auftrag auf einem gesonderten USB-Stick gespeichert.“

Glatt gelogen. Die Daten für die abgeschlossenen Aufträge bekommen die Auftraggeber, danach lösche ich sie von meiner transportablen Festplatte. Und die einzigen Backups, die dann noch existieren, habe ich im Kopf und sonst nirgends.

„Wir wollen die mit dem Programm für die Firewall von MiloChem.“

Die sind also hinter MiloChems Forschungsdaten her. „Die USB-Sticks sind in meinem Safe.“

Ich zeige auf die Treppe zum Obergeschoss. Ist natürlich auch gelogen. Aber oben an der Treppe hinter dem Regal ist der Panikraum. Von dem können sie eigentlich nichts wissen, weil ich den von einer anderen Firma habe einbauen lassen als der, die die Alarmanlagen installiert hat. Wenn es uns gelingt, da reinzukommen ... Ich nehme die Hand des Kommissars. Ich bin ja eine so schwache Frau, dass ich mich an ihm festhalten muss. Er fällt drauf rein.

„Ganz ruhig, Frau Schäfer“, versucht er mich zu beruhigen.

Ich bin ruhig.

As I've told you over and over again. Once you've overcome your fear of death, you're going to be completely calm and controlled in a situation like this. – Habe ich dir doch immer wieder gesagt. Sobald du die Angst vor dem Tod einmal überwunden hast, wirst du in einer Situation wie dieser vollkommen ruhig bleiben.

Hast ja recht, Jack. Und ich tue hiermit Abbitte, dass ich das nicht geglaubt habe.

Sein Training hat mich tatsächlich gegen die Angst abgestumpft. Dieser Teil der Therapie sah vor, dass er mich nicht nur die effektiven Nahkampftechniken der Navy SEALs lehrte, sondern auch, dass er mich immer wieder von seinen Kumpels überfallen ließ. Doc Winston nannte das Desensibilisierungstraining. Dadurch, dass ich auf die Weise unzählige Male die Entführungssituation durchleben musste, von maskierten Männern mit Waffen in den Händen überfallen zu werden, habe ich meine Angst davor verloren. Obwohl der Weg dahin die Hölle war. Aber seither weiß ich, dass es auch in so einer Situation Möglichkeiten gibt, mich zu wehren und zu entkommen.

Außerdem kennen diese Scheißtypen hier das Geheimnis meiner Festung offenbar nicht. Die werden gleich eine böse Überraschung erleben.

Oberste Treppenstufe erreicht. Stolpern vortäuschen. In die Knie gehen, aber nicht ganz hinfallen. Hand ans Bücherregal vor der Geheimtür, hochziehen. Da ist der Knopf hinter der Strebe, der den Panikraum entriegelt. Laut genug wimmern, damit die Typen das Klicken nicht hören. Gut. Und jetzt dem Kommissar um den Hals fallen, damit ich ihm ins Ohr flüstern kann.

„Ich werde Sie jetzt gegen das Regal stoßen. Wehren Sie sich nicht. Lassen Sie sich nach hinten fallen und machen Sie eine Rolle rückwärts."

Hoffentlich packt er das. Wenn nicht ...

Stoß. Die Drehtür schwingt nach innen. Er lässt sich fallen, rollt. Ich springe hinterher, schlage auf den Knopf an der Wand. Die Tür knallt zu, die Verriegelung in der Wand rastet ein. Schüsse. Die Typen feuern auf die Tür. Aber die ist mit Panzerstahl verstärkt. Grins!

Paranoia hat doch gewisse Vorteile. Ohne sie hätte ich niemals den Panikraum einbauen lassen und das Haus nicht in die Festung verwandelt, die den Gaunern jetzt zur Falle wird. Die Elektronik des Raums ist mit den Sicherheitsanlagen der Fenster und Türen gekoppelt. Sobald der Panikraum aktiviert wird, schließen sich die Jalousien vor allen Fenstern im Haus, die Türen werden automatisch verriegelt und die Codes für die Vorder- und Hintertür auf den Ersatzcode umgeschaltet. Die Bande sitzt in der Falle. Und ich kann das alles über die Monitore in diesem Raum beobachten. Denn natürlich sind in jedem Raum des Hauses Kameras installiert, klein genug, dass man sie nicht auf den ersten Blick sehen kann.

Einer von den Männern versucht, das Wohnzimmerfenster zu zerschießen. Zwecklos. Kugelsicheres Panzerglas, die Jalousie ist aus Panzerstahl. Und die Frau mit Monique Thalers Stimme versucht vergeblich, den Code für die Eingangstür zu knacken. Schafft die nie. Zumindest nicht in der kurzen Zeit, die ihr bleibt, bis die Polizei hier ist. Bei denen ist der Alarm losgegangen, als der Panikraum aktiviert wurde. Ach, meine Festung ist ein Wunderwerk! Hat mich ja auch genug Geld gekostet, sie so auszurüsten. Aber es hat sich gelohnt. Ich wage nicht, mir auszumalen, was passiert wäre, wenn ich den Panikraum nicht gehabt hätte. Selbst zu zweit hätten der Kommissar und ich schlechte Karten gegen sechs Bewaffnete gehabt.

Die Frau hat ihre Sturmhaube abgenommen. Ich habe es doch gewusst! Ich zoome ihr Bild heran und zeige es dem Kommissar. Der sieht jetzt ziemlich verblüfft aus.

„Das ist ja ...“ Ihm fehlen die Worte.

Ja. Manfred Thalers Schwägerin. Moniques Zwillingsschwester, mit der sie die ganze Zeit telefoniert hat, um sich angeblich von ihr trösten zu lassen. Ich müsste mich schwer täuschen, wenn die ganze Entführung nicht von vorn bis hinten getürkt war. Die Schwester wusste, dass Manfred TRENIGMARIS nicht spielen kann. Deshalb die Sache mit der Entführung und der absurden Forderung, dass er das Spiel bis Level 7 spielen soll. Da der Level bis jetzt noch von keinem Spieler weltweit geknackt wurde, bin ich die Einzige, die das schafft, weil ich das Spiel programmiert habe. Moniques saubere Schwester und ihre Bande haben darauf spekuliert, dass Manfred mich zu Hilfe holt. Mit der Forderung, dass er das in seinem Haus vor eingeschalteter Webcam spielen muss und das Haus nicht verlassen darf, haben sie sichergestellt, dass er mich dorthin holt. In der Zeit wollten die Typen hier in meinem Haus in aller Ruhe die Daten klauen.

Da sie sich offensichtlich die Zugangscodes von der Firma besorgt haben, die die Alarmanlagen eingebaut hat, hätte ich, wenn der Plan geklappt hätte, wahrscheinlich gar nicht gemerkt, dass in meiner Abwesenheit jemand im Haus gewesen ist. Und als die festgestellt haben, dass die Daten nicht auf meinen Computern gespeichert sind und sie im ganzen Haus nicht zu finden waren, haben die das Spiel abgebrochen, damit ich wieder nach Hause kommen musste, wo man mich erwartet hat. Und dann ging auch das gründlich schief. Was ich als ungemein befriedigend empfinde. Wie heißt doch das alte Sprichwort: *Wer andern eine Grube gräbt, fällt selbst hinein.*

Der Kommissar hat das SEK angefordert. Sobald die hier sind, kann ich sie einweisen, weil ich die Bande über die Monitore beobachten kann. Wird ein Kinderspiel. Um die ganzen Einzelheiten, wie die Dinge zusammenhängen und so, soll sich die Polizei kümmern. Ich will wieder meine Ruhe haben. Sobald die Typen verhaftet sind, was hoffentlich unblutig abläuft, werde ich die Wohnung putzen und jede Spur von ihnen aus meinem Reich tilgen. Wird ein paar Stunden dauern, aber das brauche ich, um das Gefühl zu haben, dass die wirklich weg sind. Als Erstes programmiere ich die Alarmanlage neu. Und die neuen Codes werde ich garantiert niemandem mitteilen, damit so was nicht noch mal passiert.

Ich sehe auf meine Hände. Sie zittern nicht. Ich fühle mich auch ganz ruhig. Wütend zwar, weil diese Arschlöcher sich erdreistet haben, in mein Reich einzudringen, aber ich empfinde keine Angst. Keine Flashbacks, die mich an meine Entführung erinnern und alles, was damals passiert ist; obwohl ich das mit meinem eidetischen Gedächtnis sowieso nicht vergessen kann. Aber ich betrachte es inzwischen aus einer wohltuenden Distanz, die sich durch das gegenwärtige Erlebnis nicht verringert hat. Genau das hatte Doc Winston mir prophezeit, und hat auch Jack gesagt. Jedes Mal, wenn er seine Kumpels geschickt hat, mich bewaffnet und mit Sturmhauben überm Kopf zu überfallen und ich nie im Voraus wusste, wann sie kommen würden. Wieder und immer wieder, bis ich nicht mehr gelähmt war vor Panik und Angst, sondern mich wehren konnte und wusste, was zu tun ist. So wie heute.

Na, Jack, bist du stolz auf mich?

Yeah sure, Ricky. Well done, girl. Well done indeed!

Danke, Jack. – Da kommt das SEK. Tja, für die Bande ist das Spiel aus. Hoffentlich für eine sehr lange Zeit.

Game over.

Nachwort

Dieses Buch entstand aufgrund einer Herausforderung. Am 1. Mai 2011 erschien im Online-Magazine „Zauberspiegel"[3] ein Artikel des Chefredakteurs Horst Hermann von Allwörden mit dem Titel „Im Elfenbeinturm?! Drei Tage an der Uni". Darin ging es um eine dreitägige Konferenz an der Georg-August-Universität in Göttingen zum Thema „Ästhetik und Praxis populärer Serialität", also um Heftromanserien.

Zu diesem Artikel äußerte Leserin Kerstin Göbel die Meinung, dass es die Kreativität der Autorinnen und Autoren einschränke, wenn sie wöchentlich, vierzehntägig oder monatlich neue Abenteuer gleicher Machart, also zu einer Serie gehörend, auf nur rund vierundsechzig Heftseiten präsentieren müssen. Dem habe ich widersprochen, dass nicht die Länge des Textes für die Kreativität entscheidend ist, sondern eine vorgegebene Länge die Autoren vielmehr lehrt, sich beim Text aufs Wesentliche zu konzentrieren und Überflüssiges zu eliminieren.

Da ich jahrelang für den Bastei-Verlag an verschiedenen Heftserien mitgearbeitet habe („Sternenfaust", „Schattenreich", „Western-Legenden"), basiert diese Einschätzung auf persönlicher Erfahrung. Sofern vom Verlag keine „Marschrichtung" hinsichtlich der Handlung vorgegeben ist und es sich bei einer Serie tatsächlich um Einzelabenteuer handelt, die in sich abgeschlossen sind, trifft das erst recht auf den

3 www.zauberspiegel-online.de

Inhalt zu. Dann nämlich kann ein Autor, eine Autorin nahezu wild drauflosfabulieren.

Bei Serien mit festem „Personal“, also immer denselben Protagonisten, wird die Kreativität erst recht nicht durch die Textlänge beschnitten, denn jeder Protagonist entwickelt sich in seinem Serienleben weiter (zumindest in guten Serien), hat mit Problemen zu kämpfen (die man herrlich variieren kann), eine Liebesbeziehung (eventuell wechselnde) mit allen Höhen und Tiefen, in seinem Beruf verschiedene Einsatzbereiche und immer wieder neue Aufgaben zu bewältigen, im Privatleben sowieso. Vor allem: Er hat einen Antagonisten, an dem er sich reiben, mit dem er kämpfen und (massenweise) Konflikte austragen kann. Und ist ein Gegenspieler besiegt, taucht im Rahmen der Serie sofort ein neuer auf mit neuen Fähigkeiten, neuen Eigenschaften und anderen Besonderheiten, der dem Helden neue Problem bereitet. Gerade in einer Heftserie hat ein Autor sehr viel mehr „Zeit“ als in einem einzigen Langroman, die Charaktere seiner Figuren zu entwickeln und bestmöglich auszufeilen.

Selbst wenn das Strickmuster einer Serie immer gleich bleibt und zum Beispiel die Crew eines Raumschiffs Abenteuer im Weltraum bestehen muss („Sternenfaust“) oder ein Ermittler immer neue Kriminalfälle zu lösen hat („Jerry Cotton“), liegt die unerschöpfliche Kreativität in den Dingen, die die Protagonisten bewältigen müssen. Dass manche Heftromanserien bereits eine fortlaufende Nummer im vierstelligen Bereich haben („Perry Rhodan“, „Jerry Cotton“, „John Sinclair“ u. a.) und immer noch kein Ende abzusehen ist, beweist eindeutig, dass das Ende der Kreativität nur in der Fantasie der Autorinnen und Autoren liegt. (Auch wenn sich über die Qualität der Romane – Heft oder nicht – grundsätzlich immer streiten lässt.) Vorausgesetzt, wie schon gesagt, dass der Verlag keinen restriktiven Handlungsrahmen vorgibt.

Im Rahmen meines Widerspruchs gegen die These, dass die Textlänge die Kreativität einschränke, bot ich (wahrscheinlich in einem Anfall vorübergehender geistiger Umnachtung) potenziellen Herausforderern an, den Beweis dafür anzutreten, indem ich dieselbe Rahmenhandlung eines Plots sowohl als Kurzgeschichte, Heftroman wie auch Langroman schreibe. Eigentlich war dieses Angebot als Scherz gedacht und nicht wirklich ernst gemeint. Jedoch hatte ich die Rechnung ohne den Chefredakteur gemacht. Horst Hermann von Allwörden nahm mich beim Wort und veranstaltete im „Zauberspiegel" einen Wettbewerb unter dem Titel „Fordert Mara Laue heraus!"

Die Leser konnten eine in maximal fünf Sätzen vorformulierte Idee einreichen, die aus einem der vielfältigen Spannungsgenres stammen sollte (Krimi, Thriller, Fantasy, Urban Fantasy, Science Fiction, Western oder eine ihrer Unterarten). Anschließend sollten die Leserinnen und Leser ihre Stimme für einen der Vorschläge abgeben.

Es gab vier Vorschläge aus den Bereichen Fantasy, Krimi, High Fantasy und Science Fiction, die teilweise recht originell waren. Mir ist auch zu jedem der vorgeschlagenen Themen eine gute Geschichte eingefallen. Von den Lesern gewählt wurde jedoch die folgende Idee von J.S. (der ausdrücklich darum gebeten hat, seinen Namen nicht zu veröffentlichen), die – ich gebe es zu – von allen am schwierigsten umzusetzen war und somit eine echte Herausforderung darstellte:

Eine Person wird entführt und als „Lösegeld" die Bedingung gestellt, dass die Angehörigen ein neu auf den Markt gekom-

menes virtuelles Spiel online gegen den oder die Entführer innerhalb von zwölf Stunden gewinnen müssen, sonst würde der bzw. die Entführte sterben. In dem Spiel sind Hinweise auf den Aufenthaltsort der entführten Person versteckt, die nur preisgegeben bzw. gefunden werden können, wenn das Spiel oder ein einzelner Zug zwischendurch gewonnen wird. Natürlich versucht die Polizei in der Zwischenzeit, den oder die Entführer und die Geisel zu finden und hinter das Motiv für das Ganze, besonders für die ungewöhnliche „Lösegeld"-Forderung, zu kommen. Am Ende sollte (natürlich) alles anders kommen, als der Leser erwartet.

Und die Sache nahm ihren Lauf. Ich machte mich an die Arbeit und ließ meine Kreativität „sprudeln". Das Ergebnis sind die vorliegenden drei Werke, von denen jedes aus einer anderen Perspektive geschrieben ist. Alle drei Varianten zusammen ergeben das Gesamtbild und offenbaren die einzelnen Aspekte der Handlung.

Nach dem Ende der Schreibarbeit und teilweise schon vorher unternahm der Roman inhaltlich eine kleine Odyssee quer durch Deutschland. Ursprünglich war geplant, das Werk bei einem Print-on-Demand-Anbieter zu veröffentlichen. Jedoch war die Idee zu gut, um sie mit einer solchen, immer noch als „Veröffentlichung zweiter Klasse" geltenden Publikation zu „verbraten". Ein regulärer Verlag sollte es herausbringen. Der erste Verlag, dem ich das Konzept vorstellte, begeisterte sich für das Projekt wegen der ungewöhnlichen Entstehungsgeschichte, wünschte aber, dass die Handlung in Duisburg spiele. Als gebürtige Braunschweigerin hatte ich die Handlung in meiner Geburtsstadt angesiedelt. Also begann ich, den

Roman „nach Duisburg“ umzuschreiben und alle Textstellen, in denen auf Braunschweig Bezug genommen wurde, nach Duisburg zu verlegen. Allerdings hatte der begeisterte Verlagsmensch die Rechnung ohne seinen Oberboss gemacht. Dem gefiel das Konzept nicht, sodass er eine Absage anordnete.

Ich machte mich also auf die Suche nach einem anderen Verlag und fand einen, der in Berlin saß. Dieser wünschte aufgrund seines Standortes, dass die Handlung in Berlin spiele. Als Schriftstellerin ist man flexibel und erfüllt die Wünsche der Verlage (meistens jedenfalls), sofern sie machbar sind. Also habe ich das schriftstellerische Äquivalent zu Schere, Kamm und Fön gewetzt und alle Textstellen, in denen Bezug auf die Stadt genommen wird, auf Berlin umfrisiert. Sie werden bemerkt haben, liebe Leserin, lieber Leser, dass das nicht gerade wenige sind. Zu diesem Zeitpunkt hatte ich den Roman fast fertiggestellt. Es folgte eine wunderbare Reise nach Berlin, um die Gegebenheiten vor Ort zu besichtigen, und anschließend die Beschreibungen im Text zu korrigieren.

Jedoch stand in Sachen Verlagssuche das Projekt unter keinem guten Stern, denn kurz vor Abschluss des Romans stellte der Berliner Verlag seine Tätigkeit komplett ein, und „12 Stunden Frist“ stand wieder ohne Verlag da. Die Suche begann von vorn.

Monate verstrichen, bis sich der Mannheimer Waldkirch-Verlag für das Projekt interessierte und es unter Vertrag nahm – mit der Bitte, dass die Handlung zu einem Teil mit Mannheim verknüpft sein möge und Kommissar Sunay aus Mannheim stammen solle. Ich zückte erneut das schreibtechnische Frisierwerkzeug, ergänzte den Text nach den erforderlichen Recherchen mit Stellen, die in Mannheim angesiedelt sind, und „übersetzte“ Aktan Sunays Berlinerisch in den Dialogen ins Hochdeutsche. Und ich muss sagen, dass die erforderliche Recherche mir sehr viel Vergnügen bereitet hat.

Ich hoffe, der Roman, der Kurzroman und die Story haben Ihnen gefallen und dieses Buch zu lesen hat Ihnen so viel Spaß gemacht, wie es mir eine Freude war, es zu schreiben. Allerdings war mir die Episode insofern eine Lehre, dass ich nie wieder – scherzhaft oder nicht – anbieten werde, man solle mich ruhig für was auch immer beim Wort nehmen. (Andererseits musste schon James Bond erfahren, dass man besser niemals „nie" sagen sollte ...)

Immerhin ist das Projekt nun erfolgreich vollendet. In ihm stecken:

- 422 Stunden Schreibarbeit (inkl. meiner Korrekturen),
- ca. 50 Stunden Lektorat und Korrektorat beim Verlag
- 2 jeweils dreitägige Reisen nach Berlin und Mannheim,
- 37 Stunden sonstige Recherche
- und geschätzte drei Pfund „Gehirnschmalz".
- Die gesamte Arbeit einschließlich der Abschlusskorrektur vor der Drucklegung verteilte sich (mit Unterbrechungen) auf 2 ¾ Jahre.

Ich schalte nun in meinen persönlichen Relax-Modus mit einem guten Buch bei Tee, Kerzenschein, dem Duft von Räucherstäbchen und einem *wee dram* (kleinen Schluck) meines Lieblingswhiskys. Denn an dieser Stelle heißt es auch für mich:

Game over!

Danksagung

Wie bisher jeder meiner Krimis wäre auch dieser Thriller nicht geworden, wie er ist, ohne die Unterstützung einiger Helferinnen und Helfer, die in verschiedener Weise zum Gelingen beigetragen haben. Ihnen allen einen herzlichen Dank!

Kerstin Göbel, deren Diskussionsbeitrag den ersten Anstoß gab.

J.S., der die Idee lieferte. Sie auszuarbeiten war wirklich eine interessante Herausforderung.

Horst Hermann von Allwörden, Chefredakteur des „Zauberspiegels“, der aus meinem Scherz Ernst machte, andernfalls ich diesen Roman, die Story und den Kurzroman nicht geschrieben hätte und mir der Spaß daran entgangen wäre.

Erster Kriminalhauptkommissar Thomas Neuendorf, Stellvertretender Leiter der Pressestelle der Polizei Berlin, der mir meine Fragen zum Vorgehen der Berliner Polizei in Entführungsfällen geduldig und ausführlich beantwortete.

Sandra Thoms, die Monique Thalers französische Äußerungen übersetzte und mir wertvolle Tipps zum Plot gab.

Das **Restaurant „Zur letzten Instanz“**, Waisenstraße 14-16 in Berlin, das ich mit freundlicher Genehmigung der Eigentümer als konspirativen Nebenschauplatz verwenden durfte (und dessen köstliche „Verhandlungspause" – hausgemachte Bouletten mit Gemüse und Bratkartoffeln – ich nie vergessen werde).

Die **Berliner Zeitung**, die mir drei Monate lang mit etlichen Artikeln einen Eindruck der Stadt und ihrer Menschen vermittelte.

Barbara Waldkirch, die mit mir einen halben Tag durch Mannheim fuhr und mich mit dem Flair der Stadt vertraut machte.

Das **Gasthaus „Goldene Gans"**, Tattersallstraße 19/Ecke Bismarckplatz in Mannheim, das mir während meines Aufenthaltes in der Stadt ein gemütliches Dach über dem Kopf gab und mich bestens verköstigte. Und

die beiden wunderbaren Städte **Berlin**, das mich sehr inspirierte, und **Mannheim**, das mich im kalten und trüben März 2013 mit strahlendem Sonnenschein begrüßte und mit einem herrlichen Regenbogen verabschiedete. Ich hoffe, dieses Buch wird beiden einigermaßen gerecht.

Die Autorin

Mara Laue (Jahrgang 1958), begann im Alter von zwölf Jahren mit dem Schreiben. Auf erste Veröffentlichungen von Fantasy- und Science-Fiction-Storys in verschiedenen Fanzines folgten Kriminal- und andere Kurzgeschichten und Gedichte in Anthologien sowie verschiedene Sachartikel zu diversen Themen. 1999 wurde ihr erstes (inzwischen vergriffenes) Buch veröffentlicht. Seit 2005 arbeitete sie als Berufsschriftstellerin und schreibt hauptsächlich Krimis/Thriller, Science Fiction, Okkult-Krimis, Dark Romance, Fantasy und Lyrik.

Sie war Mitautorin der Science-Fiction-Serie „Sternenfaust“ des Bastei-Verlages und arbeitete als Co-Autorin an der SF-Serie „Rex Corda“ des Mohlberg-Verlages mit. Seit 2008 gehören auch Theaterstücke zu ihrem Repertoire. Sie verfasst die Okkult-Krimi-Serien „Sukkubus“ und „Schattenwolf“ beim Online-Magazin „Geisterspiegel“ sowie die Science-Fiction-Serien „Sternenkommando Cassiopeia“ und „Mission Phoenix“.

Im Jahr 2012 gewann sie ein Tatort-Töwerland-Literaturstipendium für den Kriminalroman „Brocksteins letzter Vorhang“ (erscheint 2014).

Mara Laue ist Mitglied der „Mörderischen Schwestern - Vereinigung deutschsprachiger Krimiautorinnen“ und im „SYNDIKAT - Autorengruppe deutschsprachige Kriminalliteratur“.

Weitere Infos unter www.mara-laue.de.

MIMENMORD

Ein Mannheim-Krimi

von Oliver Hoffmann

Während einer Aufführung von Wagners *Walküre* im neuen *Mannheimer Ring* wird der Sänger des Siegmunds auf offener Bühne ermordet. Das ist jedoch erst der Anfang einer unheimlichen Mordserie, die die Quadratestadt erschüttert. Scheinbar wahllos schlägt der Mörder zu, und erst nach und nach fügen sich die Puzzleteile zum Bild einer unbewältigten braunen Vergangenheit.

Einer jedoch will unbedingt hinter die Fassade der Wohlanständigkeit blicken. Leo Lessing, Deutschlehrer am gleichnamigen Mannheimer Gymnasium und Gourmet aus Leidenschaft, bleibt hartnäckig auf der Spur und muss verstört erkennen, dass sein geliebter Bertolt Brecht recht hatte:

„Der Schoß ist fruchtbar noch, aus dem das kroch.“

Ein Kriminalroman um einen unkonventionellen Ermittler und das Mannheimer Nationaltheater – spannend, sinnlich, kultiviert.

ISBN Taschenbuch	978-3-86476-039-6
ISBN E-Book EPUB	978-3-86476-618-3
ISBN E-Book PDF	978-3-86476-619-0

Der Kult-Thriller von Manfred H. Krämer

ISBN Taschenbuch	978-3-927455-84-9
ISBN E-Book EPUB	978-3-86476-504-9
ISBN E-Book PDF	978-3-86476-505-6

Die Thriller-Reihe von Manfred H. Krämer dreht sich um einen bekannten Mannheimer Strafverteidiger. Folgen Sie dem Autor in die glitzernde Welt der internationalen Model-Szene. Das naiv-optimistische junge Mädchen, das in einem Essener Hinterhof ein demütigendes Casting durchleidet, entwickelt sich zu einer Frau, gegen die Skorpione harmlose Kuscheltiere sind.
Die Handlung führt die Leserinnen und Leser von Mailand nach Nordafrika, von Mannheim über ein einsames Schloss im Odenwald bis ins kalifornische Napa Valley. Anna-Sophia Barlow, die „Skorpionin", hat in ihrem Leben immer alles bekommen, was sie sich gewünscht hat.
Bis ihr eines Tages das Wertvollste genommen wurde, dass sie jemals besaß.
Ihre Rache war fürchterlich. Sie werden sie hassen und Sie werden sie lieben. Lesen Sie. Erschrecken Sie.